Heibonsha Library

龍《りゅう》潭《たん》譚《だん》／白鬼女物語

平凡社ライブラリー

Heibonsha Library

龍《りゅう》潭《たん》譚《だん》／白鬼女物語

鏡花怪異小品集

泉鏡花著
東雅夫編

平凡社

本書は平凡社ライブラリー・オリジナル編集です。

目次

I　龍潭譚の系譜

龍潭譚

躑躅か丘　鎮守の社　かくれあそび　おう魔が時　大沼

五位鷺　九ツ谺　渡船　ふるさと　千呪陀羅尼

躑躅《つつじ》か丘《おか》

日《ひ》は午《ご》なり。あらら木《ぎ》のたらたら坂《ざか》に樹《き》の蔭《かげ》もなし。寺《てら》の門《もん》、植木屋《うえきや》の庭《にわ》、花屋《はなや》の店《みせ》など、坂下《さかした》を挟《さしはさ》みて町《まち》の入口《いりくち》にはあたれど、のぼるに従《したが》いて、ただ畑《はた》ばかりとなれり。番小屋《ばんごや》めきたるもの小《こ》だかき処《ところ》に見《み》ゆ。谷《たに》には菜《な》の花残《はなのこ》りたり。路《みち》の右左《みぎひだり》、躑躅《つつじ》の花《はな》の紅《くれない》なるが、見渡《みわた》す方《かた》、見返《みかえ》る方《かた》、いまを盛《さかり》なりき。ありくにつれて汗少《あせすこ》しいでぬ。

空《そら》よく晴《は》れて一点《いってん》の雲《くも》もなく、風《かぜ》あたたかに野面《のづら》を吹《ふ》けり。

一人《ひとり》にては行《ゆ》くことなかれと、優《やさ》しき姉上《あねうえ》のいいたりしを、肯《き》かで、しのびて来《き》つ。おもしろきながめかな。山《やま》の上《うえ》の方《かた》より一束《ひとたば》の薪《たきぎ》をかつぎたる漢《おのこ》おり来《きた》れり。眉太《まゆふと》く、眼《め》の細《ほそ》きが、向《むこう》ざまに顱巻《はちまき》したる、額《ひたい》のあたり汗《あせ》になりて、のしのしと近《ちか》づきつつ、細《ほそ》き道《みち》をかたよけてわれを通《とお》せしが、ふりかえり、

「危《あぶ》ないぞ危《あぶ》ないぞ。」

といいずてに眦《まなじり》に皺《しわ》を寄《よ》せてさっさっと行過《ゆきす》ぎぬ。

見返《みかえ》ればハヤたらたらさがりに、其肩《そのかた》躑躅《つつじ》の花《はな》にかくれて、髪結《かみゆ》いたる天窓《あたま》のみ、やがて

山蔭《やまかげ》に見《み》えずなりぬ。草《くさ》がくれの径《こみち》遠《とお》く、小《お》川流《がわなが》るる谷間《たにあい》の畦道《あぜみち》を、菅笠冠《すげがさかむ》りたる婦人《おんな》の、跣足《はだし》にて鋤《すき》をば肩《かた》にし、小《ちい》さき女《むすめ》の児《こ》の手《て》をひきて彼方《あなた》にゆく背姿《うしろすがた》ありしが、それも杉《すぎ》の樹《こ》立《だち》に入《い》りたり。

行《ゆ》く方《かた》も躑躅《つつじ》なり。来《こ》し方《かた》も躑躅《つつじ》なり。山土《やまつち》のいろもあかく見《み》えたる、あまりうつくしさに恐《おそろ》しくなりて、家路《いえじ》に帰《かえ》らむと思《おも》う時《とき》、わが居《い》たる一株《ひとかぶ》の躑躅《つつじ》のなかより、羽音《はおと》たかく、虫《むし》のつと立《た》ちて頬《ほほ》を掠《かす》めしが、かなたに飛《と》びて、およそ五六尺《しゃく》隔《へだ》てたる処《ところ》に礫《つぶて》のありたる其《その》わきにとどまりぬ。羽《はね》をふるうさまも見《み》えたり。手《て》をあげて走《はし》りかかれば、ぱっとまた立《た》ちあがりて、おなじ距離《きょり》五六尺《しゃく》ばかりのところにとまりたり。其《その》まま小石《こいし》を拾《ひろ》いあげて狙《ねら》いうちし、石《いし》はそれぬ。虫《むし》はくるりと一《ひと》ツまわりて、また旧《もと》のようにぞ居《お》る。追《お》いかくれば迅《はや》くもまた遁《に》げぬ。遁《に》ぐるが遠《とお》くには去《さ》らず、いつもおなじほどのあわいを置《お》きてはキラキラとささやかなる羽《は》ばたきして、鷹揚《おうよう》に其二《そのふた》すじの細《ほそ》き髯《ひげ》を上下《うえした》にわづくりておし動《うご》かすぞいと憎《にく》さげなりける。

われは足踏《あしぶみ》して心《こころ》いらてり。其居《そのい》たるあとを踏《ふ》みにじりて、

「畜生《ちくしょう》、畜生《ちくしょう》。」

と呟《つぶや》きざま、躍《おど》りかかりてハタと打《う》ちし、拳《こぶし》はいたずらに土《つち》によごれぬ。

渠《かれ》は一足先《ひとあしさき》なる方《かた》に悠々《ゆうゆう》と羽《は》づくろいす。憎《にく》しと思《おも》う心《こころ》を籠《こ》めて瞻《みまも》りたれば、虫《むし》は動《うご》かずなりたり。つくづく見《み》れば羽蟻《はあり》の形《かたち》して、それよりもやや大《おおい》なる、身《み》はただ五彩《ごさい》の色《いろ》を帯《お》びて青《あお》みがちにかがやきたる、うつくしさいわむ方《かた》なし。

色彩《しきさい》あり光沢《こうたく》ある虫《むし》は毒《どく》なりと、姉上《あねうえ》の教《おし》えたるをふと思《おも》い出《い》でたれば、打置《うちお》きてすごすごと引返《ひっかえ》せしが、足許《あしもと》にさきの石《いし》の二《ふた》ツに砕《くだ》けて落《お》ちたるより俄《にわか》に心動《こころうご》き、拾《ひろ》いあげて取《と》って返《かえ》し、きと毒虫《どくむし》をねらいたり。

このたびはあやまたず、したたかうって殺《ころ》しぬ。嬉《うれ》しく走《はし》りつきて石《いし》をあわせ、ひたと打《うち》ひしぎて蹴飛《けと》ばしたる、石《いし》は躑躅《つつじ》のなかをくぐりて小砂利《こじゃり》をさそい、ばらばらと谷深《たにふか》くおちゆく音《おと》しき。

袂《たもと》のちり打《うち》はらいて空《そら》を仰《あお》げば、日脚《ひあし》やや斜《ななめ》になりぬ。ほかほかとかおあつき日向《ひなた》に唇《くちびる》かわきて、眼《め》のふちより頬《ほほ》のあたりむず痒《がゆ》きこと限《かぎ》りなかりき。

心着《こころづ》けば旧来《もとき》し方《かた》にはあらじと思《おも》う坂道《さかみち》の異《こと》なる方《かた》にわれはいつかおりかけ居《い》たり。丘《おか》ひとつ越《こ》えたりけむ、戻《もど》る路《みち》はまたさきとおなじのぼりになりぬ。見渡《みわた》せば、見《み》まわせば、赤《あか》土《つち》の道幅《みちはば》せまく、うねりうねり果《はて》しなきに、両側《りょうがわ》つづきの躑躅《つつじ》の花《はな》、遠《とお》き方《かた》は前後《ぜんご》を塞《ふさ》ぎて、日《ひ》かげあかく咲込《さきこ》めたる空《そら》のいろの真蒼《まさお》き下《した》に、イ《たたず》むはわれのみなり。

鎮守《ちんじゅ》の社《やしろ》

坂《さか》は急《きゅう》ならず長《なが》くもあらねど、一《ひと》つ尽《つく》ればまたあらたに顕《あらわ》る。起伏恰《きふくあたか》も大波《おおなみ》の如《ごと》く打続《うちつづ》きて、いつ坦《たん》ならむとも見《み》えざりき。

あまり倦《う》みたれば、一《ひと》ツおりてのぼる坂《さか》の窪《くぼみ》に踞《つくば》いし、手《て》のあきたるまま何《なに》ならむ指《ゆび》もて土《つち》にかきはじめぬ。さという字《じ》も出来《でき》たり。くという字《じ》も書《か》きたり。曲《まが》りたるもの、直《すぐ》なるもの、心《こころ》の趣《おもむ》くままに落書《らくがき》したり。しかなせるあいだにも、頰《ほほ》のあたり先刻《さき》に毒虫《どくむし》の触《ふ》れたらむと覚《おぼ》ゆるが、しきりにかゆければ、袖《そで》もてひまなく擦《こす》りぬ。擦《こす》りてはまたもの書《か》きなどせる、なかにむつかしき字《じ》のひとつ形《かたち》よく出来《でき》たるを、姉《あね》に見《み》せばやと思《おも》うに、俄《にわか》に其顔《そのかお》の見《み》とうぞなりたる。

立《たち》あがりてゆくてを見《み》れば、左右《さゆう》より小枝《こえだ》を組《く》みてあわいも透《す》かで躑躅《つつじ》咲《さ》きたり。日影《ひかげ》ひとしお赤《あこ》うなりまさりたるに、手《て》を見《み》たれば掌《たなそこ》に照《て》りそいぬ。

一文字《いちもんじ》にかけのぼりて、唯《と》見《み》ればおなじ躑躅《つつじ》のだらだらおりなり。走《はし》りおりて走《はし》りのぼりつ。いつまでか恁《かく》てあらむ、こたびこそと思《おも》うに違《たが》いて、道《みち》はまた蜿《うね》れる坂《さか》なり。踏心地柔《ふみごこちやわら》かく小石《こいし》ひとつあらずなりぬ。

いまだ家《いえ》には遠《とお》しとみゆるに、忍《しの》びがたくも姉《あね》の顔《かお》なつかしく、しばらくも得堪《えた》えずなりたり。

再《ふたた》びかけのぼり、またかけりおりたる時《とき》、われしらず泣《な》きて居《い》つ。泣《な》きながらひたばしりに走《はし》りたれど、なお家《いえ》ある処《ところ》に至《いた》らず、坂《さか》も躑躅《つつじ》も少《すこ》しもさきに異《ことな》らずして、日《ひ》の傾《かたむ》くぞ心《こころ》細《ぼそ》き。肩《かた》、背《せ》のあたり寒《さむ》うなりぬ。ゆう日《ひ》あざやかにぱっと茜《あかね》さして、眼《め》もあやに躑躅《つつじ》の花《はな》、ただ紅《くれない》の雪《ゆき》の降積《ふりつ》めるかと疑《うたが》わる。

われは涙《なみだ》の声《こえ》たかく、あるほど声《こえ》を絞《しぼ》りて姉《あね》をもとめぬ。一《ひと》たび二《ふた》たび三《み》たびして、こたえやすると耳《みみ》を澄《すま》せば、遥《はるか》に滝《たき》の音《おときこ》聞えたり。どうどうと響《ひび》くなかに、いと高《たか》く冴《さ》えたる声《こえ》の幽《かすか》に、

「もういいよ、もういいよ。」

と呼《よ》びたる聞《きこ》えき。こはいとけなき我《わ》がなかまの隠《かく》れ遊《あそ》びというものするあい図《ず》なることを認《みと》め得《え》たる、一声《ひとこえ》くりかえすと、ハヤきこえずなりしが、ようよう心《こころ》たしかに其《そ》の声《こえ》したる方《かた》にたどりて、また坂《さか》ひとつおりて一《ひと》つのぼり、こだかき所《ところ》に立《た》ちて瞰《み》おろせば、あまり雑作《ぞうさ》なしや、堂《どう》の瓦屋根《かわらやね》、杉《すぎ》の樹《こ》立《だち》のなかより見《み》えぬ。かくてわれ踏迷《ふみまよ》いたる紅《くれない》の雪《ゆき》のなか

をばのがれつ。背後《うしろ》には躑躅《つつじ》の花飛《はなと》び飛《と》びに咲《さ》きて、青《あお》き草《くさ》まばらに、やがて堂《どう》のうらに達《たっ》せし時《とき》は一株《ひとかぶ》も花《はな》のあかきはなくて、たそがれの色《いろ》、境内《けいだい》の手洗水《みたらし》のあたりを籠《こ》めたり。柵《さく》結《ゆ》いたる井戸《いど》ひとつ、銀杏《いちょう》の古《ふ》りたる樹《き》あり、そがうしろに人《ひと》の家《いえ》の土塀《どべい》あり。此方《こなた》は裏木《うらき》戸《ど》のあき地《ち》にて、むかいに小《ちい》さき稲荷《いなり》の堂《どう》あり。石《いし》の鳥居《とりい》あり。木《き》の鳥居《とりい》あり。この木《き》の鳥《とり》居《い》の左《ひだり》の柱《はしら》には割《わ》れめありて太《ふと》き鉄《てつ》の輪《わ》を嵌《は》めたるさえ、心《こころ》たしかに覚《おぼ》えある、ここよりはハヤ家《いえ》に近《ちか》しと思《おも》うに、さきの恐《おそろ》しさは全《まった》く忘《わす》れ果《は》てつ。ただひとえにゆう日照《ひて》りそいたるつつじの花《はな》の、わが丈《たけ》よりも高《たか》き処《ところ》、前後左右《ぜんごさゆう》を咲埋《さきうず》めたるあかき色《いろ》のあかきがなかに、緑《みどり》と、紅《くれない》と、紫《むらさき》と、青白《せいはく》の光《ひかり》を羽色《はいろ》に帯《お》びたる毒虫《どくむし》のキラキラと飛《と》びたるさまの広《ひろ》き景色《けしき》のみぞ、画《え》の如《ごと》く小《ちい》さき胸《むね》にえがかれける。

かくれあそび

さきにわれ泣《な》きいだして救《すくい》を姉《あね》にもとめしを、渠《かれ》に認《みと》められしぞ幸《さいわい》なる。いうことを肯《き》かで一人《ひとり》いで来《き》しを、弱《よわ》りて泣《な》きたりと知《し》られむには、さもこそとて笑《わら》われなむ。優《やさ》しき人《ひと》のなつかしけれど、顔《かお》をあわせて謂《い》いまけむは口惜《くちお》しきに。

嬉《うれ》しく喜《よろこ》ばしき思《おも》い胸《むね》にみちては、また急《きゅう》に家《いえ》に帰《かえ》らむとはおもわず。ひとり境内《けいだい》に佇《たたず》みしに、わっという声《こえ》、笑《わら》う声《こえ》、木《き》の蔭《かげ》、井戸《いど》の裏《うら》、堂《どう》の奥《おく》、廻廊《かいろう》の下《した》よりして、五《いっ》ツより八《や》ツまでなる児《こ》の五六人《にん》前後《あとさき》に走《はし》り出《い》でたり、こはかくれ遊《あそ》びの一人《いちにん》が見《み》いだされたるものぞとよ。二人《ふたり》三人《みたり》走《はし》り来《き》て、わが其処《そこ》に立《た》てるを見《み》つ。皆瞳《みなひとみ》を集《あつ》めしが、「お遊《あそ》びな、一所《いっしょ》にお遊《あそ》びな。」とせまりて勧《すす》めぬ。小家《こいえ》あちこち、このあたりに住《す》むは、かたいというものなりとぞ。風俗少《ふうぞくすこ》しく異《こと》なれり。児《こ》どもが親達《おやたち》の家富《いえと》みたるも好《よ》き衣着《きぬき》たるはあらず、大抵跣足《たいていはだし》なり。三味線弾《さみせんひ》きて折々《おりおり》わが門《かど》に来《きた》るもの、溝川《みぞかわ》に鰌《どじょう》を捕《とら》うるもの、附木《つけぎ》、草履《ぞうり》など鬻《ひさ》ぎに来《く》るものだちは、皆《みな》この児《こ》どもが母《はは》なり、父《ちち》なり、祖母《そぼ》などなり。さるものとはともに遊《あそ》ぶな、とわが友《とも》は常《つね》に戒《いまし》めつ。然《さ》るに町方《まちかた》の者《もの》としいえば、かたいなる児《こ》ども尊《とうと》び敬《うやま》いて、頃刻《しばらく》もともに遊《あそ》ばんことを希《こいねが》うや、親《した》しく、優《やさ》しく勉《つと》めてすなれど、不断《ふだん》は此方《こなた》より遠《とお》ざかりしが、其時《そのとき》は先《さき》にあまり淋《さび》しくて、友欲《ともほ》しき念《ねん》の堪《た》えがたかりし其心《そのこころ》のまだ失《う》せざると、恐《おそろ》しかりしあとの楽《たの》しきとに、われは拒《こば》まずして頷《うなず》きぬ。

児《こ》どもはさざめき喜《よろこ》びたりき。さてまたかくれあそびを繰返《くりかえ》すとて、拳《けん》してさがすものを定《さだ》めしに、われ其任《そのにん》にあたりたり。面《おもて》を蔽《おお》えというままにしつ。ひッそとなりて、堂《どう》の裏崖《うらがけ》をさかさに落《お》つる滝《たき》の音《おと》どうどうと松杉《まつすぎ》の梢《こずえ》ゆう風《かぜ》に鳴《な》り渡《わた》る。かすかに、

「もう可《い》いよ、もう可《い》いよ。」

と呼《よ》ぶ声、谺《こだま》に響《ひび》けり。眼《め》をあくればあたり静《しず》まり返《かえ》りて、たそがれの色《いろ》また一際《ひときわ》襲《おそ》い来《きた》れり。大《おお》なる樹《き》のすくすくとならべるが朦朧《もうろう》としてうすぐらきなかに隠《かく》れむとす。

声《こえ》したる方《かた》をと思《おも》う処《ところ》には誰《たれ》も居《お》らず。ここかしこさがしたれど人《ひと》らしきものあらざりき。

また旧《もと》の境内《けいだい》の中央《ちゅうおう》に立《た》ちて、もの淋《さび》しく瞶《みまわ》しぬ。山《やま》の奥《おく》にも響《ひび》くべく凄《すさま》じき音《おと》して堂《どう》の扉《とびら》を鎖《とざ》す音《おと》しつ、闃《げき》としてものも聞《きこ》えずなりぬ。

親《した》しき友《とも》にはあらず。常《つね》にうとましき児《こ》どもなれば、かかる機会《おり》を得《え》てわれをば苦《くるし》めむとや企《たく》みけむ。身《み》を隠《かく》したるまま密《ひそか》に遁《に》げ去《さ》りたらむには、探《さが》せばとて獲《え》らるべき。益《やく》もなきことをと不図《ふと》思《おも》いうかぶに、うちすてて踵《くびす》をかえしつ。さるにても万一《もし》わがみいだすを待《ま》ちてあらばいつまでも出《い》でくることを得《え》ざるべし、それもまたはかり難《がた》しと、心迷《こころまよ》いて、とつおいつ、徒《いたずら》に立《た》ちて困《こう》ずる折《おり》しも、何処《いずく》より来《きた》りしとも見《み》えず、暗《くら》うなりたる境内《けいだい》の、うつくしく掃《は》いたる土《つち》のひろびろと灰色《はいいろ》なせるに際立《きわだ》ちて、顔《かお》の色白《いろしろ》く、うつくしき人《ひと》、いつかわが傍《かたわら》に居《い》て、うつむきざまにわれをば見《み》き。

極《きわ》めて丈高《たけたか》き女《おんな》なりし、其手《そのて》を懐《ふところ》にして肩《かた》を垂《た》れたり。優《やさ》しきこえにて、

「此方《こちら》へおいで。此方《こちら》。」

といいて前《さき》に立《た》ちて導《みちび》きたり。見知《みし》りたる女《ひと》にあらねど、うつくしき顔《かお》の笑《えみ》をば含《ふく》みたる、よき人《ひと》と思《おも》いたれば、怪《あや》しまで、隠《かく》れたる児《こ》のありかを教《おし》うるとさとりたれば、いそいそと従《したが》いぬ。

おう魔《ま》が時《とき》

わが思《おも》う処《ところ》に違《たが》わず、堂《どう》の前《まえ》を左《ひだり》にめぐりて少《すこ》しゆきたる突《つき》あたりに小《ちい》さき稲荷《いなり》の社《やしろ》あり。青《あお》き旗《はた》、白《しろ》き旗《はた》、二三本其前《ほんそのまえ》に立《た》ちて、うしろはただちに山《やま》の裾《すそ》なる雑樹《ぞうき》斜《なな》めに生《お》いて、社《やしろ》の上《うえ》を蔽《おお》いたる、其下《そのした》のおぐらき処《ところ》、孔《あな》の如《ごと》き空地《くうち》なるをソとめくばせしき。瞳《ひとみ》は水《みず》のしたたるばかり斜《なな》めにわが顔《かお》を見《み》て動《うご》けるほどに、あきらかに其心《そのこころ》ぞ読《よ》まれたる。

さればいささかもためらわで、つかつかと社《やしろ》の裏《うら》をのぞき込《こ》む、鼻《はな》うつばかり冷《つめ》たき風《かぜ》あり。落葉《おちば》、朽葉《くちばうずたか》堆く水《みず》くさき土《つち》のにおいしたるのみ、人《ひと》の気勢《けはい》もせで、頸《えり》もとの冷《ひやや》かなるに、と胸《むね》をつきて見返《みかえ》りたる、またたくまと思《おも》う彼《か》の女《ひと》はハヤ見《み》えざりき。何方《いずかた》にか去《さ》りけむ、暗《くら》くなりたり。

身《み》の毛《け》よだちて、思《おも》わず啊呀《あなや》と叫《さけ》びぬ。

人顔《ひとがお》のさだかならぬ時《とき》、暗《くら》き隅《すみ》に行《ゆ》くべからず、たそがれの片隅《かたすみ》には、怪《あや》しきもの居《い》て人《ひと》を惑《まど》わすと、姉上《あねうえ》の教《おし》えしことあり。

われは茫然《ぼうぜん》として眼《まなこ》を睜《みは》りぬ。足《あし》ふるいたれば動《うご》きもならず、固《かた》くなりて立《た》ちすくみたる、左手《ゆんで》に坂《さか》あり。穴《あな》の如《ごと》く、其底《そのそこ》よりは風《かぜ》の吹《ふ》き出《い》ずると思《おも》う黒闇々《こくあんあん》たる坂下《さかした》より、ものののぼるようなれば、ここにあらば捕《とら》えられむと恐《おそろ》しく、とこうの思慮《しりょ》もなさで社《やしろ》の裏《うら》の狭《せま》きなかににげ入《い》りつ。眼《め》を塞《ふさ》ぎ、呼吸《いき》をころしてひそみたるに、四足《よつあし》のものの歩《あゆ》むけはいして、社《やしろ》の前《まえ》を横《よこ》ぎりたり。

われは人心地《ひとごこち》もあらで見《み》られじとのみひたすら手足《てあし》を縮《ちぢ》めつ。さるにてもさきの女《ひと》のうつくしかりし顔《かお》、優《やさし》かりし眼《め》を忘《わす》れず。ここをわれに教《おし》えしを、今《いま》にして思《おも》えばかくれたる児《こ》どものありかにあらで、何等《なんら》か恐《おそろ》しきもののわれを捕《とら》えむとするを、ここに潜《ひそ》め、助《たす》かるべしとて、導《みちび》きしにはあらずやなど、はかなきことを考《かんが》えぬ。しばらくして小提灯《こぢょうちん》の火影《ほかげ》あかきが坂下《さかした》より急《いそ》ぎのぼりて彼方《かなた》に走《はし》るを見《み》つ。ほどなく引返《ひっかえ》してわがひそみたる社《やしろ》の前《まえ》に近《ちか》づきし時《とき》は、一人《ひとり》ならず二人三人《ふたりみたり》連立《つれだ》ちて来《きた》りし感《かん》あり。

恰《あたか》も其立留《そのたちど》まりし折《おり》から、別《べつ》なる足音《あしおと》、また坂《さか》をのぼりてさきのものと落合《おちあ》いたり。

「おいおい分《わか》らないか。」

「ふしぎだな、なんでも此辺《このへん》で見《み》たというものがあるんだが。」

とあとよりいいたるはわが家《いえ》につかいたる下男《げなん》の声《こえ》に似《に》たるに、あわや出《い》でむとせしが、恐《おそろ》しきものの然《さ》はたばかりて、おびき出《いだ》すにやあらむと恐《おそろ》しさは一《ひと》しお増《ま》しぬ。

「もう一度念《いちどねん》のためだ、田圃《たんぼ》の方《ほう》でも廻《まわ》って見《み》よう、お前《まえ》も頼《たの》む。」

「それでは。」といいて上下《うえした》にばらばらと分《わか》れて行《ゆ》く。

再《ふたた》び寂《せき》としたれば、ソと身《み》うごきして、足《あし》をのべ、板《いた》めに手《て》をかけて眼《め》ばかりと思《おも》う顔少《かおすこ》し差出《さしい》だして、外《と》の方《かた》をうかがうに、何《なに》ごともあらざりければ、やや落着《おちつ》きたり。怪《あや》しきものども、何《なに》とてやはわれをみいだし得《え》む、愚《おろか》なる、と冷《ひや》やかに笑《わら》いしに、思《おも》いがけず、誰《たれ》ならむたまぎる声《こえ》して、あわてふためき遁《に》ぐるがありき。驚《おどろ》きてまたひそみぬ。

「ちさとや、ちさとや。」と坂下《さかした》あたり、かなしげにわれを呼《よ》ぶは、姉上《あねうえ》の声《こえ》なりき。

大《おお》沼《ぬま》

「居《い》ないッて私《わたし》ぁ何《ど》うしよう、爺《じい》や。」

「根《ね》ッから居《い》さっしゃらぬことはござりますまいが、日《ひ》は暮《く》れまする。何《なに》せい、御心配《ごしんぱい》なこんでございます。お前様《まえさま》遊《あそ》びに出《だ》します時《とき》、帯《おび》の結《むすび》めを丁《とん》とたたいてやらっしゃれば好《よ》いに。」

「ああ、いつもはそうして出《だ》してやるのだけれど、きょうはお前私《まえわたし》にかくれてそッと出《で》て行《い》ったろうではないかねえ。」

「それはハヤ不念《ぶねん》なこんだ。帯《おび》の結《むすび》めさえ叩《たた》いときゃ、何《なに》がそれで姉様《あねさま》なり、母様《おふくろさま》なりの魂《たましい》が入《はい》るもんだで魔《エテ》めは何《ど》うすることもしえないでごす。」

「そうねえ。」とものかなしげに語《かた》らいつつ、社《やしろ》の前《まえ》をよこぎりたまえり。

走《はし》りいでしが、あまりおそかりき。

いかなればわれ姉上《あねうえ》をまで怪《あや》しみたる。

悔《く》ゆれど及《およ》ばず、かなたなる境内《けいだい》の鳥居《とりい》のあたりまで追《お》いかけたれど、早《は》や其姿《そのすがた》は見《み》えざりき。

涙《なみだ》ぐみて佇《たたず》む時《とき》、ふと見《み》る銀杏《いちょう》の木《き》のくらき夜《よる》の空《そら》に、大《おおい》なる円《まる》き影《かげ》して茂《しげ》れる下《した》に、女《おんな》の後姿《うしろすがた》ありてわが眼《まなこ》を遮《さえぎ》りたり。

あまりよく似《に》たれば、姉上《あねうえ》と呼《よ》ばむとせしが、よしなきものに声《こえ》かけて、なまじいにわが此処《ここ》にあるを知《し》られむは、拙《つたな》きわざなればと思《おも》いてやみぬ。

とばかりありて、其姿《そのすがた》またかくれ去《さ》りつ。見《み》えずなればなおなつかしく、たとえ恐《おそろ》しきものなればとて、かりにもわが優《やさ》しき姉上《あねうえ》の姿《すがた》に化《け》したる上《うえ》は、われを捕《とら》えてむごからむや。さきなるは然《さ》もなくて、いま幻《まぼろし》に見《み》えたるがまこと其人《そのひと》なりけむもわかざるを、何《なに》とて言《ことば》はかけざりしと、打泣《うちな》きしが、かいもあらず。

あわれさまざまのものの怪《あや》しきは、すべてわが眼《まなこ》のいかにかせし作用《さよう》なるべし、さらずば涙《なみだ》にくもりしや、術《すべ》こそありけれ、かなたなる御手洗《みたらし》にて清《きよ》めてみばやと寄《よ》りぬ。煤《すす》けたる行燈《あんどう》の横長《よこなが》きが一《ひと》つ上《うえ》にかかりて、ほととぎすの画《え》と句《く》など書《か》いたり。灯《ひ》をともしたるに、水《みず》はよく澄《す》みて、青《あお》き苔《こけ》むしたる石鉢《いしばち》の底《そこ》もあきらかなり。手《て》に掬《むす》ばむとしてうつむく時《とき》、思《おも》いかけず見《み》たるわが顔《かお》はそもそもいかなるものぞ。覚《おぼ》えず叫《さけ》びしが心《こころ》を籠《こ》めて、気《き》を鎮《しず》めて、両《りょう》の眼《まなこ》を拭《ぬぐ》い拭《ぬぐ》い、水《みず》に臨《のぞ》む。

われにもあらでまたとは見《み》るに忍《しの》びぬを、いかでわれかかるべき、必《かなら》ず心《こころ》の迷《まよ》えるならむ、今《いま》こそ、今《いま》こそとわななきながら見直《みなお》したる、肩《かた》をとらえて声《こえ》ふるわし、

「お、お、千里《ちさと》。ええも、お前《まえ》は。」と姉上《あねうえ》ののたまうに、縋《すが》りつかまくみかえりたる、わが顔《かお》を見《み》たまいしが、

「あれ！」

といいて一足《ひとあし》すさりて、

「違《ちが》ってたよ、坊《ぼう》や。」とのみいいずてに衝《つ》と馳《は》せ去《さ》りたまえり。怪《あや》しき神《かみ》のさまざまのことしてなぶるわと、あまりのことに腹立《はらだ》たしく、あしずりして泣《な》きに泣《な》きつつ、ひたばしりに追《お》いかけぬ。捕《とら》えて何《なに》をかなさむとせし、そはわれ知《し》らず。ひたすらものの口惜《くちお》しければ、とにかくもならばとてなむ。坂《さか》もおりたり、のぼりたり、大路《おおみち》と覚《おぼ》しき町《まち》にも出《い》でたり、暗《くら》き径《こみち》も辿《たど》りたり、野《の》もよこぎりぬ。畦《あぜ》も越《こ》えぬ。あとをも見《み》ずて駈《か》けたりし。道《みち》いかばかりなりけむ、漫々《まんまん》たる水面《すいめん》やみのなかに銀河《ぎんが》の如《ごと》く横《よこた》わりて、黒《くろ》き、恐《おそろ》しき森《もり》四方《しほう》をかこめる、大沼《おおぬま》とも覚《おぼ》しきが、前途《ゆくて》を塞《ふさ》ぐと覚《おぼ》ゆる蘆《あし》の葉《は》の繁《しげ》きがなかにわが身体《からだ》倒《たお》れたる、あとは知《し》らず。

五位鷺《ごいさぎ》

眼《め》のふち清々《すがすが》しく、涼《すず》しき薫《かおり》つよく薫《かお》ると心着《こころづ》く、身《み》は柔《やわら》かき蒲団《ふとん》の上《うえ》に臥《ふ》したり。やや枕《まくら》をもたげて見《み》る、竹縁《ちくえん》の障子《しょうじ》あけ放《はな》して、庭《にわ》つづきに向《むか》いなる山懐《やまふところ》に、緑《みどり》の草《くさ》の、ぬれ色《いろ》青《あお》く生茂《おいしげ》りつ。其半腹《そのはんぷく》にかかりある巌角《いわかど》の苔《こけ》のなめらかなるに、一挺《いっちょう》はだか蠟《ろう》に灯《ひ》ともしたる灯影《ほかげ》すずしく、筧《かけい》の水《みず》むくむくと湧《わ》きて玉《たま》ちるあたりに盥《たらい》を据《す》えて、うつくしく髪結《かみゆ》うたる女《ひと》の、身《み》に一糸《いっし》もかけで、むこうざまにひたりて居《い》たり。

筧《かけい》の水《みず》は其《その》たらいに落《お》ちて、溢《あふ》れにあふれて、地《ち》の窪《くぼ》みに流《なが》るる音《おと》しつ。

蠟《ろう》の灯《ひ》は吹《ふ》くとなき山《やま》おろしにあかくなり、くろうなりて、ちらちらと眼《め》に映《えい》ずる雪《ゆき》なす膚《はだえ》白《しろ》かりき。

わが寝返《ねがえ》る音《おと》に、ふと此方《こなた》を見返《みかえ》り、それと頷《うなず》く状《さま》にて、片手《かたて》をふちにかけつつ片足《かたあし》を立《た》てて盥《たらい》のそとにいだせる時《とき》、颯《さ》と音《おと》して、烏《からす》よりは小《ち》いさき鳥《とり》の真白《ましろ》きがひらひらと舞《ま》いおりて、うつくしき人《ひと》の脛《はぎ》のあたりをかすめつ。其《その》ままおそれげものう翼《つばさ》を休《やす》めたるに、ざぶりと水《みず》をあびせざま莞爾《にっこ》とあでやかに笑《わろ》うてたちぬ。手早《てばや》く衣《きぬ》もて其胸《そのむね》をば蔽《おお》えり。鳥《とり》はおどろきてはたはたと飛去《とびさ》りぬ。

夜《よる》の色《いろ》は極《きわ》めてくらし、蠟《ろう》を取《と》りたるうつくしき人《ひと》の姿《すがた》さやかに、庭下駄《にわげた》重《おも》く引《ひ》く音《おと》しつ。ゆるやかに縁《えん》の端《はし》に腰《こし》をおろすとともに、手《て》をつきそらして捩向《ねじむ》きざま、わがかおをば見《み》つ。

「気分《きぶん》は癒《なお》ったかい、坊《ぼう》や。」

といいて頭《こうべ》を傾《かたむ》けぬ。ちかまさりせる面《おもて》けだかく、眉《まゆ》あざやかに、瞳《ひとみ》すずしく、鼻《はな》やや高《たか》く、唇《くちびる》の紅《くれない》なる、額《ひたい》つき頰《ほほ》のあたり臈《ろう》たけたり。こは予《かね》てわがよしと思い詰《つめ》たる雛《ひな》のおもかげによく似《に》たれば貴《とうと》き人《ひと》ぞと見《み》き。年《とし》は姉上《あねうえ》よりたけたまえり。知人《しりびと》にはあらざれど、はじめて逢《あ》いし方《かた》とは思《おも》わず、さりや、誰《たれ》にかあるらむとつくづくみまもりぬ。

またほほえみたまいて、

「お前《まえ》あれは斑猫《はんみよう》といって大変《たいへん》な毒虫《どくむし》なの。もう可《い》いね、まるでかわったようにうつくしくなった、あれでは姉様《ねえさん》が見違《みちが》えるのも無理《むり》はないのだもの。」

われも然《さ》あらむと思《おも》わざりしにもあらざりき。いまはたしかにそれよと疑《うたが》わずなりて、のたまうままに頷《うなず》きつ。あたりのめずらしければ起《お》きむとする夜着《よぎ》の肩《かた》、ながく柔《やわら》かにおさえたまえり。

「じっとしておいで、あんばいがわるいのだから、落着《おちつ》いて、ね、気《き》をしずめるのだよ、可《い》いかい。」

われはさからわで、ただ眼《め》をもて答《こた》えぬ。

「どれ。」といいて立《た》ったる折《おり》、のしのしと道芝《みちしば》を踏《ふ》む音《おと》して、つづれをまとうたる老夫《おやじ》の、顔《かお》の色《いろ》いと赤《あか》きが縁近《えんちこ》う入《はい》り来《き》つ。

「はい、これはお児《こ》さまがござらっせえたの、可愛《かわい》いお児《こ》じゃ、お前様《まえさま》も嬉《うれ》しかろ。ははは、どりゃ、またいつものを頂《いただ》きましょか。」

腰《こし》をななめにうつむきて、ひったりとかの筧《かけい》に顔《かお》をあて、口《くち》をおしつけてごっごっごっとたてつづけにのみたるが、ふッといきを吹《ふ》きて空《そら》を仰《あお》ぎぬ。

「やれやれ甘《うま》いことかな。はい、参《まい》ります。」

と踵《くびす》を返《かえ》すを、此方《こなた》より呼《よ》びたまいぬ。

「じいや、御苦労《ごくろう》だが。また来《き》ておくれ、この児《こ》を返《かえ》さねばならぬから。」

「あいあい。」

と答《こた》えて去《さ》る。山風颯《やまかぜさつ》とおろして、彼《か》の白《しろ》き鳥《とり》また翔《た》ちおりつ。黒《くろ》き盥《たらい》のふちに乗《の》りて羽《は》づくろいして静《しず》まりぬ。

「もう、風邪《かぜ》を引《ひ》かないように寝《ね》させてあげよう、どれそんなら私《わたし》も。」とて静《しずか》に雨戸《あまど》をひきたまいき。

九《ここの》ツ谺《こだま》

やがて添臥《そいぶし》したまいし、さきに水《みず》を浴《あ》びたまいし故《ゆえ》にや、わが膚《はだ》おりおり慄然《りつぜん》たりしが何《なん》

の心《こころ》ものうひしと取縋《とりすが》りまいらせぬ。あとをあとをというに、おさな物語《ものがたり》二《ふた》ツ三《み》ツ聞《き》かせ給《たま》いつ。やがて、

「一《ひと》ツ谺《こだま》、坊《ぼう》や、二《ふた》ツ谺《こだま》といえるかい。」

「二《ふた》ツ谺《こだま》。」

「三《み》ツ谺《こだま》、四《よ》ツ谺《こだま》といって御覧《ごらん》。」

「四《よ》ツ谺《こだま》。」

「五《いつ》ツ谺《こだま》。そのあとは。」

「六《む》ツ谺《こだま》。」

「そうそう七《なな》ツ谺《こだま》。」

「八《や》ツ谺《こだま》。」

「九《ここの》ツ谺《こだま》——ここはね、九《ここの》ツ谺《こだま》という処《ところ》なの。さあもうおとなにして寝《ね》るんです。」

背《せ》に手《て》をかけ引寄《ひきよ》せて、玉《たま》の如《ごと》き其乳房《そのちぶさ》をふくませたまいぬ。露《あらわ》に白《しろ》き襟《えり》、肩《かた》のあたり鬢《びん》のおくれ毛《げ》はらはらとぞみだれたる、かかるさまは、わが姉上《あねうえ》とは太《いた》く違《ちが》えり。乳《ちち》をのまむというを姉上《あねうえ》は許《ゆる》したまわず。

ふところをかいさぐれば常《つね》に叱《しか》りたまうなり。母上《ははうえ》みまかりたまいてよりこのかた三年《みとせ》を

経《へ》つ。乳《ち》の味《あじ》は忘《わす》れざりしかど、いまふくめられたるはそれには似《に》ざりき。垂玉《すいぎょく》の乳房《ちぶさ》ただ淡雪《あわゆき》の如《ごと》く含《ふく》むと舌《した》にきえて触《ふ》るるものなく、すずしき唾《つば》のみぞあふれいでたる。軽《かる》く背《せな》をさすられて、われ現《うつつ》になる時《とき》、屋《や》の棟《むね》、天井《てんじょう》の上《うえ》と覚《おぼ》し、凄《すさ》まじき音《おと》してしばらくは鳴《な》りも止《や》まず。ここにつむじ風吹《かぜふ》くと柱動《はしらうご》く恐《おそろ》しさに、わななき取《とり》つくを抱《だ》きしめつつ、

「あれ、お客《きゃく》があるんだから、もう今夜《こんや》は堪忍《かんにん》しておくれよ、いけません。」

とキとのたまえば、やがてぞ静《しず》まりける。

「恐《こわ》くはないよ。鼠《ねずみ》だもの。」

とある、さりげなきも、われはなお其響《そのひびき》のうちにものの叫《さけ》びたる声《こえ》せしが耳《みみ》に残《のこ》りてふるえたり。

うつくしき人《ひと》はなかばのりいでたまいて、とある蒔絵《まきえ》ものの手箱《てばこ》のなかより、一口《ひとふり》の守刀《まもりがたな》を取出《とりだ》しつつ鞘《さや》ながら引《ひき》そばめ、雄々《おお》しき声《こえ》にて、

「何《なに》が来《き》てももう恐《こわ》くはない、安心《あんしん》してお寝《ね》よ。」とのたまう、たのもしき状《さま》よと思《おも》いてひたと其胸《そのむね》にわが顔《かお》をつけたるが、ふと眼《め》をさましぬ。残燈暗《ありあけくら》く床柱《とこばしら》の黒《くろ》うつややかにひかるあたり薄《うす》き紫《むらさき》の色籠《いろこ》めて、香《こう》の薫残《かおりのこ》りたり。枕《まくら》をはずして顔《かお》をあげつ。顔《かお》に顔《かお》をもたせてゆるく閉《とじ》たまいたる眼《め》の睫毛《まつげ》かぞうるばかり、すやすやと寝入《ねい》りて居《い》たまいぬ。ものいわむと

おもう心《こころ》おくれて、しばし瞻《みまも》りしが、淋《さび》しさにたえねばひそかに其唇《そのくちびる》に指《ゆび》さきをふれて見《み》ぬ。指《ゆび》はそれて唇《くちびる》には届《とど》かでなむ、あまりよくねむりたまえり。鼻《はな》をやつままむ眼《め》をやおさむとまたつくづくと打《うち》まもりぬ。ふと其鼻頭《そのはなさき》をねらいて手《て》をふれしに空《くう》を捻《ひね》りて、うつくしき人《ひと》は雛《ひな》の如《ごと》く顔《かお》の筋《すじ》ひとつゆるみもせざりき。またその眼《め》のふちをおしたれど水晶《すいしょう》のなかなるものの形《かたち》を取《と》らむとするよう、わが顔《かお》は其《その》おくれげのはしに頬《ほほ》をなでらるるまで近々《ちかぢか》とありながら、いかにしても指《ゆび》さきは其顔《そのかお》に届《とど》かざるに、はては心《こころ》いれて、乳《ち》の下《した》に面《おもて》をふせて、強《つよ》く額《ひたい》もて圧《お》したるに、顔《かお》にはただあたたかき霞《かすみ》のまとうとばかり、のどかにふわふわとさわりしが、薄葉一重《うすようひとえ》の支《ささ》うるなく着《つ》けたる額《ひたい》はつと下《した》に落《お》ち沈《しず》むを、心着《こころづ》けば、うつくしき人《ひと》の胸《むね》は、もとの如《ごと》く傍《かたわら》にあおむき居《い》て、わが鼻《はな》は、いたずらにおのが膚《はだ》にぬくまりたる、柔《やわらか》き蒲団《ふとん》に埋《うも》れて、おかし。

渡船《わたしぶね》

夢幻《ゆめまぼろし》ともわかぬに、心《こころ》をしずめ、眼《め》をさだめて見《み》たる、片手《かたて》はわれに枕《まくら》させたまいし元《もと》のまま柔《やわら》かに力《ちから》なげに蒲団《ふとん》のうえに垂《た》れたまえり。

片手《かたて》をば胸《むね》にあてて、いと白《しろ》くたおやかなる五指《ごし》をひらきて黄金《おうごん》の目貫《めぬき》キラキラとうつくしき鞘《さや》の塗《ぬり》の輝《かがや》きたる小《ちい》さき守刀《まもりがたな》をしかと持《も》つともなく乳《ち》のあたりに落《おと》して掲《す》えたる、鼻《はな》たかき顔《かお》のあおむきたる、唇《くちびる》のものいう如《ごと》き、閉《と》じたる眼《め》のほほ笑《え》む如《ごと》き、髪《かみ》のさらさらしたる、枕《まくら》にみだれかかりたる、それも違《たが》わぬに、胸《むね》に剣《つるぎ》をさえのせたまいたれば、亡《な》き母上《ははうえ》の爾時《そのとき》のさまに紛《まが》うべくも見《み》えずなむ、コハこの君《きみ》もみまかりしよとおもういまわしさに、はや取除《とりの》けなむと、胸《むね》なる其守刀《そのまもりがたな》に手《て》をかけて、つと引《ひ》く、せっぱゆるみて、青《あお》き光眼《ひかりまなこ》を射《い》たるほどこそあれ、いかなるはずみにか血汐《ちしお》さとほとばしりぬ。眼《め》もくれたり。したしたとながれにじむをあなやと両《りょう》の拳《こぶし》もてしかとおさえたれど、留《とど》まらで、とうとうと音《おと》するばかりぞ淋漓《りんり》としてながれつたえる、血汐《ちしお》のくれない衣《きぬ》をそめつ。うつくしき人《ひと》は寂《せき》として石像《せきぞう》の如《ごと》く静《しず》かなる鳩尾《みずおち》のしたよりしてやがて半身《はんしん》をひたし尽《つく》しぬ。おさえたるわが手《て》には血《ち》の色《いろ》つかぬに、燈《ともしび》にすかす指《ゆび》のなかの紅《くれない》なるは、人《ひと》の血《ち》の染《そ》みたる色《いろ》にはあらず、訝《いぶか》しく撫《な》で試《こころ》むる掌《たなそこ》の其血汐《そのちしお》にはぬれもこそせね、こころづきて見定《みさだ》むれば、かいやりし夜《よる》のものあらわになりて、すずしの絹《きぬ》をすきて見《み》ゆる其膚《そのはだ》にまといたまいし紅《くれない》の色《いろ》なりける。いまはわれにもあらで声高《こわだか》に、母上《ははうえ》、母上《ははうえ》と呼《よ》びたれど、叫《さけ》びたれど、ゆり動《うご》かし、おしうごかししたりしが、効《かい》なくてなむ、ひた泣《な》きに泣《な》く泣《な》くいつのまにか寝《ね》たりと覚《おぼ》し。顔《かお》あたたかに胸《むね》をおさるる心地《ここち》に眼覚《めざ》めぬ。空青《そらあお》く晴《は》れて日影《ひかげ》まばゆく、木《き》も草《くさ》もてらてらと暑《あつ》きほどなり。

われはハヤゆうべ見《み》し顔《かお》のあかき老夫《おじ》の背《せな》に負《お》われて、とある山路《やまじ》を行《ゆ》くなりけり。うしろよりは彼《か》のうつくしき人《ひと》したがい来《き》ましぬ。

さてはあつらえたまいし如《ごと》く家《いえ》に送《おく》りたまうならむと推《おし》はかるのみ、わが胸《むね》の中《うち》はすべて見《み》すかすばかり知《し》りたまうようなれば、わかれの惜《お》しきも、ことのいぶかしきも、取出《とりい》でていわむは益《やく》なし。教《おし》うべきことならむには、彼方《かなた》より先《さき》んじてうちいでこそしたまうべけれ。

家《いえ》に帰《かえ》るべきわが運《うん》ならば、強《し》いて止《とど》まらむと乞《こ》いたりとて何《なに》かせん、さるべきいわれあればこそ、と大人《おとな》しゅう、ものもいわでぞ行《ゆ》く。

断崖《だんがい》の左右《さゆう》に聳《そび》えて、点滴声《てんてきこえ》する処《ところ》ありき。雑草高《ざっそうたか》き径《こみち》ありき。松柏《まつかしわ》のなかを行《ゆ》く処《ところ》もありき。きき知《し》らぬ鳥《とり》うたえり。褐色《かっしょく》なる獣《けもの》ありて、おりおり叢《くさむら》に躍《おど》り入《い》りたり。ふみわくる道《みち》とにもあらざりしかど、去年《こぞ》の落葉道《おちばみち》を埋《うず》みて、人多《ひとおお》く通《かよ》う所《ところ》とも見《み》えざりき。

おじは一挺《いっちょう》の斧《おの》を腰《こし》にしたり。れいによりてのしのしとあゆみながら、茨《いばら》など生《お》いしげりて、衣《きぬ》の袖《そで》をさえぎるにあえば、すかすかと切《き》って払《はら》いて、うつくしき人《ひと》を通《とお》し参《まい》らす。されば山路《やまみち》のなやみなく、高《たか》き塗下駄《ぬりげた》の見《み》えがくれに長《なが》き裾《すそ》さばきながら来《き》たまいつ。

かくて大沼《おおぬま》の岸《きし》に臨《のぞ》みたり。水《みず》は漫々《まんまん》として藍《らん》を湛《たた》え、まばゆき日《ひ》のかげも此処《ここ》の森《もり》にはささで、水面《すいめん》をわたる風寒《かぜさむ》く、颯々《さつさつ》として声《こえ》あり。おじはここに来《き》てソとわれをおろしつ。はしり寄《よ》れば手《て》を取《と》りて立《た》ちながら肩《かた》を抱《いだ》きたまう、衣《きぬ》の袖左右《そでさゆう》より長《なが》くわが肩《かた》にかかりぬ。

蘆間《あしま》の小舟《おぶね》の纜《ともづな》を解《と》きて、老夫《おじ》はわれをかかえて乗《の》せたり。一緒《いっしょ》ならではと、しばしむずかりたれど、めまいのすればとて乗《の》りたまわず、さらばとのたまうはしに棹《さお》を立《た》てぬ。船《ふね》は出《い》でつ。わッと泣《な》きて立上《たちあが》りしがよろめきてしりいに倒《たお》れぬ。舟《ふね》というものにははじめて乗《の》りたり。水《みず》を切《き》るごとに眼《め》くるめくや、背後《うしろ》に居《い》たまえりとおもう人《ひと》の大《おおい》なる環《わ》にまわりて前途《ゆくて》なる汀《みぎわ》に居《い》たまいき。いかにして渡《わた》し越《こ》したまいつらむと思《おも》うときハヤ左手《ゆんで》なる汀《みぎわ》に見《み》えき。見《み》る見《み》る右手《めて》なる汀《みぎわ》にまわりて、やがて旧《もと》のうしろに立《た》ちたまいつ。箕《み》の形《かたち》したる大《おおい》なる沼《ぬま》は、汀《みぎわ》の蘆《あし》と、松《まつ》の木《き》と、建札《たてふだ》と、其傍《そのかたわら》なるうつくしき人《ひと》ともろともに緩《ゆる》き環《わ》を描《えが》いて廻転《かいてん》し、はじめは徐《おもむ》ろにまわりしが、あとあと急《きゅう》になり、疾《はや》くなりつ、くるくるくるくると次第《しだい》にこまかくまわるまわる、わが顔《かお》と一尺《いっしゃく》ばかりへだたりたる、まぢかき処《ところ》に松《まつ》の木《き》にすがりて見《み》えたまえる、とばかりありて眼《め》の前《さき》にうつくしき顔《かお》の﨟《ろう》たけたるが莞爾《にっこ》とあでやかに笑《え》みたまいしが、そののちは見《み》えざりき。蘆《あし》は繁《しげ》く丈《たけ》よりも高《たか》き汀《みぎわ》に、船《ふね》はとんとつきあたりぬ。

ふるさと

おじはわれを扶《たす》けて船《ふね》より出《い》だしつ。また其背《そのせな》を向《む》けたり。

「泣《な》くでねえ泣《な》くでねえ。もうじきに坊《ぼ》ッさまの家《うち》じゃ。」と慰《なぐさ》めぬ。かなしさはそれにはあらねど、いうもかいなくてただ泣《な》きたりしが、しだいに身《み》のつかれを感《かん》じて、手《て》も足《あし》も綿《わた》の如《ごと》くうちかけらるるよう肩《かた》に負《お》われて、顔《かお》を垂《た》れてぞともなわれし。見覚《みおぼ》えある板塀《いたべい》のあたりに来《き》て、日《ひ》のややくれかかる時《とき》、老夫《おじ》はわれを抱《いだ》き下《おろ》して、溝《みぞ》のふちに立《た》たせ、ほくほく打《うち》えみつつ、慇懃《いんぎん》に会釈《えしやく》したり。

「おとなにしさっしゃりませ。はい。」

といいずてに何地《いずち》ゆくらむ。別《わか》れはそれにも惜《お》しかりしが、あと追《お》うべき力《ちから》もなくて見《み》おくり果《は》てつ。指《さ》す方《かた》もあらでありくともなく歩《ほ》をうつすに、頭《かしら》ふらふらと足《あし》の重《おも》たくて行悩《ゆきなや》む、前《まえ》に行《ゆ》くも、後《うし》ろに帰《かえ》るも皆見知越《みなみしりごし》のものなれど、誰《たれ》も取《と》りあわむとはせで往《ゆ》きつ来《きた》りつす。さるにてもなおものありげにわが顔《かお》をみつつ行《ゆ》くが、冷《ひや》やかに嘲《あざけ》るが如《ごと》く憎《にく》さげなるぞ腹立《はらだた》しき。おもしろからぬ町《まち》ぞとばかり、足《あし》はわれ知《し》らず向直《むきなお》りて、とぼとぼとまた山《やま》ある方《かた》にあるき出《いだ》しぬ。

けたたましき跫音《あしおと》して鷲摑《わしづかみ》に襟《えり》を摑《つか》むものあり。あなやと振返《ふりかえ》ればわが家《いえ》の後見《うしろみ》せる奈四《なし》郎《ろう》といえる力逞《ちからたく》ましき叔父《おじ》の、凄《すさ》まじき気色《けしき》して、

「つままれめ、何処《どこ》をほッつく。」と喚《わめ》きざま、引立《ひった》てたり。また庭《にわ》に引出《ひきいだ》して水《みず》をやあびせられむかと、泣叫《なきさけ》びてふりもぎるに、おさえたる手《て》をゆるべず、

「しっかりしろ。やい。」

とめくるめくばかり背《せ》を拍《う》ちて宙《ちゅう》につるしながら、走《はし》りて家《いえ》に帰《かえ》りつ。立騒《たちさわ》ぐ召《めし》つかいどもを叱《しか》りつも細引《ほそびき》を持《も》て来《こ》さして、しかと両手《りょうて》をゆわえあえず奥《おく》まりたる三畳《さんじょう》の暗《くら》き一室《ひとま》に引立《ひった》てゆきて其《その》まま柱《はしら》に縛《いまし》めたり。近《ちか》く寄《よ》れ、喰《くい》さきなむと思《おも》うのみ、歯《は》がみして睨《にら》まえたる、眼《め》の色《いろ》こそ怪《あや》しくなりたれ、逆《さか》つりたる眦《まなじり》は憑《つ》きもののわざよとて、寄《よ》りたかりて口々《くちぐち》にののしるぞ無念《むねん》なりける。

おもての方《かた》さざめきて、何処《いずく》にか行《ゆ》き居《お》れる姉上帰《あねうえかえ》りましつと覚《おぼ》し、襖《ふすま》いくつかぱたぱたと音《おと》してハヤここに来《き》たまいつ。叔父《おじ》は室《しつ》の外《そと》にさえぎり迎《むか》えて、

「ま、やっと取返《とりかえ》したが、縄《なわ》を解《と》いてはならんぞ。もう眼《め》が血走《ちばし》って居《い》て、すきがあると駈《か》け出《だ》すじゃ。魔《エテ》どのがそれしょびくでの。」

と戒《いまし》めたり。いうことよくわが心《こころ》を得《え》たるよ、然《しか》り、隙《ひま》だにあらむにはいかでかここにとどまるべき。

「あ。」とばかりにいらえて姉上《あねうえ》はまろび入《い》りて、ひしと取着《とりつ》きたまいぬ。ものはいわでさめざめとぞ泣《な》きたまえる、おん情手《なさけて》にこもりて抱《いだ》かれたるわが胸絞《むねしぼ》らるるようなりき。

姉上《あねうえ》の膝《ひざ》に臥《ふ》したるあいだに、医師《いし》来《き》たりてわが脈《みゃく》をうかがいなどしつ。叔父《おじ》は医師《いし》とともに彼方《あなた》に去《さ》りぬ。

「ちさや、何《ど》うぞ気《き》をたしかにもっておくれ。もう姉様《ねえさん》は何《ど》うしようね。お前《まえ》、私《わたし》だよ。姉《ねえ》さんだよ。ね、わかるだろう、私《わたし》だよ。」

といきつくづくじっとわが顔《かお》をみまもりたまう、涙痕《るいこん》したたるばかりなり。

其心《そのこころ》の安《やす》んずるよう、強《し》いて顔《かお》つくりてニッコと笑《わら》うて見《み》せぬ。

「おお、薄気味《うすきみ》が悪《わる》いねえ。」

と傍《かたわら》にありたる奈四郎《なしろう》の妻《つま》なる人呟《ひとつぶや》きて身《み》ぶるいしき。

やがてまた人々《ひとびと》われを取巻《とりま》きてありしことども責《せ》むるが如《ごと》くに問《と》いぬ。くわしく語《かた》りて疑《うたがい》を解《と》かむとおもうに、おさなき口《くち》の順序正《じゅんじょただ》しく語《かた》るを得《え》むや、根問《ねど》い、葉問《はど》いするに一々説明《いちいちときあ》かさむに、しかもわれあまりに疲《つか》れたり。うつつ心《ごころ》に何《なに》をかいいたる。

ようやくいましめはゆるされたれど、なお心《こころ》の狂《くる》いたるものとしてわれをあしらいぬ。いうこと信《しん》ぜられず、すること皆人《みなひと》の疑《うたがい》を増《ま》すをいかにせむ。ひしと取籠《とりこ》めて庭《にわ》にも出《いだ》さで日《ひ》を過《すご》しぬ。血色《けっしょく》わるくなりて痩《や》せもしつとて、姉上《あねうえ》のきづかいたまい、後見《うしろみ》の叔父《おじ》夫婦《ふうふ》にはいとせめて秘《かく》しつつ、そとゆうぐれを忍《しの》びて、おもての景色《けしき》見《み》せたまいしに、門辺《かどべ》にありたる多《おお》くの児《こ》ども我《わ》が姿《すがた》を見《み》ると、一斉《いっせい》に、アレさらわれものの、気狂《きちがい》の、狐《きつね》つきを見《み》よやというう、砂利《じゃり》、小砂利《こじゃり》をつかみて投《な》げつくるは不断《ふだん》親《した》しかりし朋達《ともだち》なり。姉上《あねうえ》は袖《そで》もてわれを庇《かば》いながら顔《かお》を赤《あこ》うして遁《に》げ入《い》りたまいつ。人目《ひとめ》なき処《ところ》にわれを引据《ひきす》えつと見《み》るまに取《と》って伏《ふ》せて、打《う》ちたまいぬ。

悲《かな》しくなりて泣出《なきだ》せしに、あわただしく背《せな》をばさすりて、

「堪忍《かんにん》しておくれよ、よ、こんなかわいそうなものを。」

といいかけて、

「私《わたし》ぁもう気《き》でも違《ちが》いたいよ。」としみじみと掻口説《かきくど》きたまいたり。いつのわれにはかわらじを、何《なに》とてさはあやまるや、世《よ》にただ一人《ひとり》なつかしき姉上《あねうえ》までわが顔《かお》を見《み》るごとに、気《き》を確《たしか》に、心《こころ》を鎮《しず》めよ、と涙《なみだ》ながらいわるるにぞ、さてはいかにしてか、心《こころ》の狂《くる》いしにはあらずやとわれとわが身《み》を危《あや》ぶむよう其毎《そのたび》になりまさりて、果《はて》はまことにものくるわしくもなりも

てゆくなる。

たとえば怪《あや》しき糸《いと》の十重《とえ》二十重《はたえ》にわが身《み》をまとう心地《ここち》しつ。しだいしだいに暗《くら》きなかに奥《おく》深《ふか》くおちいりてゆく思《おもい》あり。それをば刈払《かりはら》い、遁出《のがれい》でむとするに其術《そのすべ》なく、すること、なすこと、人見《ひとみ》て必《かなら》ず、眉《まゆ》を顰《ひそ》め、嘲《あざけ》り、笑《わら》い、卑《いやし》め、罵《ののし》り、はた悲《かなし》み憂《うれ》いなどするにぞ、気《き》あがり、心激《こころげき》し、ただじれにじれて、すべてのもの皆《みな》われをはらだたしむ。

口惜《くちお》しく腹立《はらだ》たしきまま身《み》の周囲《まわり》はことごとく敵《かたき》ぞと思《おも》わるる。町《まち》も、家《いえ》も、樹《き》も、鳥籠《とりかご》も、はたそれ何等《なんら》のものぞ、姉《あね》とてまことの姉《あね》なりや、さきには一《ひと》たびわれを見《み》て其弟《そのおとうと》を忘《わす》れしことあり。塵一《ちりひと》つとしてわが眼《め》に入《い》るは、すべてものの化《け》したるにて、恐《おそろ》しきあやしき神《かみ》のわれを悩《なや》まさむとて現《げん》じたるものならむ。さればぞ姉《あね》がわが快復《かいふく》を祈《いの》る言《ことば》もわれに心《こころ》を狂《くる》わすよう、わざと然《さ》はいうならむと、一《ひと》たびおもいては堪《た》うべからず、力《ちから》あらば恣《ほしいまま》にともかくもせばやせよかし、近《ちか》づかば喰《く》いさきくれむ、蹴飛《けと》ばしやらむ、掻《かき》むしらむ、透《すき》あらばとびいでて、九ツ《ここの》谺《こだま》とおしえたる、とうときうつくしきかのひとの許《もと》に遁《に》げ去《さ》らむと、胸《むね》の湧《わ》きたつほどこそあれ、ふたたび暗室《あんしつ》にいましめられぬ。

千呪陀羅尼《せんじゅだらに》

毒《どく》ありと疑《うたが》えばものも食《く》わず、薬《くすり》もいかでか飲《の》まむ、うつくしき顔《かお》したりとて、優《やさ》しきことをいいたりとて、いつわりの姉《あね》にはわれことばもかけじ。眼《め》にふれて見《み》ゆるものとしいえば、たけりくるい、罵《のの》り叫《さけ》びてあれたりしが、ついには声《こえ》も出《い》でず、身《み》も動《うご》かず、われ人《ひと》をわきまえず心地《ここち》死《し》ぬべくなれりしを、うつらうつら舁《か》きあげられて高《たか》き石壇《いしだん》をのぼり、大《おお》なる門《もん》を入《い》りて、赤土《あかつち》の色《いろ》きれいに掃《は》きたる一条《ひとすじ》の道長《みちなが》き、右左《みぎひだり》、石燈籠《いしどうろう》と石榴《ざくろ》の樹《き》の小《ちい》さきと、おなじほどの距離《きょり》にかわるがわる続《つづ》きたるを行《ゆ》きて、香《こう》の薫《かおり》しみつきたる太《ふと》き円柱《まるばしら》の際《きわ》に寺《てら》の本堂《ほんどう》に据《す》えられつ、ト思《おも》う耳《みみ》のはたに竹《たけ》を破《わ》る響《ひびき》きこえて、僧《そう》ども五三人《ごさんにん》一斉《いっせい》に声《こえ》を揃《そろ》え、高《たか》らかに誦《じゅ》する声耳《こえみみ》を聾《ろう》するばかり喧《かし》ましさ堪《た》うべからず、禿顱《とくろ》ならび居《い》る木《き》のはしの法師《ほうし》ばら、何《なに》をかすると、拳《こぶし》をあげて一人《にん》の天窓《あたま》をうたむとせしに、一幅《ひとはば》の青《あお》き光颯《ひかりさつ》と窓《まど》を射《い》て、水晶《すいしょう》の念珠瞳《ねんじゅひとみ》をかすめ、ハッシと胸《むね》をうちたるに、ひるみて踞《うずく》まる時《とき》、若僧円柱《じゃくそうえんちゅう》をいざり出《い》でつつ、つい居《い》て、サラサラと金襴《きんらん》の帳《とばり》を絞《しぼ》る、燦爛《さんらん》たる御厨子《みずし》のなかに尊《とうと》き像《すがた》こそ拝《おが》まれたれ。一段高《いちだんたか》まる経《きょう》の声《こえ》、トタンにはたたがみ天地《てんち》に鳴《な》りぬ。

端厳微妙《たんげんみみよう》のおんかおばせ、雲《くも》の袖《そで》、霞《かすみ》の袴《はかま》ちらちらと瓔珞《ようらく》をかけたまいたる、玉《たま》なす胸《むね》に繊手《せんしゅ》を添《そ》えて、ひたと、おさなごを抱《いだ》きたまえるが、仰《あお》ぐ仰《あお》ぐ瞳《ひとみ》うごきて、ほほえみたまうと、見《み》たる時《とき》、やさしき手《て》のさき肩《かた》にかかりて、姉上《あねうえ》は念《ねん》じたまえり。

滝《たき》や此堂《このどう》にかかるかと、折《おり》しも雨《あめ》の降《ふ》りしきりつ。渦《うずま》いて寄《よ》する風《かぜ》の音《おと》、遠《とお》き方《かた》より呻《うな》り来《き》て、どっと満山《まんざん》に打《うち》あたる。

本堂青光《ほんどうあおびかり》して、はたたがみ堂《どう》の空《そら》をまろびゆくに、たまぎりつつ、今《いま》は姉上《あねうえ》を頼《たの》までやは、あなやと膝《ひざ》にはいあがりて、ひしと其胸《そのむね》を抱《いだ》きたれば、かかるものをふりすてむとはしたまわで、あたたかき腕《かいな》はわが背《せな》にて組合《くみあ》わされたり。さるにや気《き》も心《こころ》もよわよわとなりもてゆく、ものを見《み》る明《あき》らかに、耳《みみ》の鳴《な》るがやみて、恐《おそろ》しき吹降《ふきぶ》りのなかに陀羅尼《だらに》を呪《じゅ》する聖《ひじり》の声々《こえごえ》さわやかに聞《き》きとられつ。あわれに心細《こころぼそ》くもの凄《すご》きに、身《み》の置処《おきどころ》あらずなりぬ。からだひとつ消《き》えよかしと両手《りょうて》を肩《かた》に縋《すが》りながら顔《かお》もて其胸《そのむね》を押《お》しわけたれば、襟《えり》をば掻《か》きひらきたまいつつ、乳《ち》の下《した》にわがつむり押入《おしい》れて、両袖《りょうそで》を打《うち》かさねて深《ふか》くわが背《せな》を蔽《おお》い給《たま》えり。御仏《みほとけ》の其《その》おさなごを抱《いだ》きたまえるも斯《か》くこそと嬉《うれ》しきに、おちいて、心地《ここち》すがすがしく胸《むね》のうち安《やす》く平《たい》らになりぬ。やがてぞ呪《じゅ》もはてたる。雷《らい》の音《おと》も遠《とお》ざかる。わが背《せ》をしかと抱《いだ》きたまえる姉上《あねうえ》の腕《かいな》もゆるみたれば、ソと其懐《そのふところ》より顔《かお》をいだしてこわごわ其顔《そのかお》をば見上《みあ》げつ。うつくしさはそれにもかかわらでなむ、いたくもやつれたまえりけり。雨風《あめかぜ》のなおはげしく外《おもて》をうかがうことだにならざる、静《しず》まるを待《ま》てば夜《よ》もすがら暴通《あれとお》しつ。家《いえ》に帰《かえ》るべくもあらねば姉上《あねうえ》は通夜《つや》したまいぬ。其一夜《そのいちや》の風雨《ふうう》にて、くるま山《やま》の山中《さんちゅう》、俗《ぞく》に九ツ谺《ここのこだま》といいたる谷《たに》、あけがたに杣《そま》のみいだしたるが、忽《たちま》ち淵《ふち》になりぬという。

里《さと》の者《もの》、町《まち》の人皆挙《ひとみなこぞ》りて見《み》にゆく。日《ひ》を経《へ》てわれも姉上《あねうえ》とともに来《きた》り見《み》き。其日《そのひ》一天《いってん》うらかに空《そら》の色《いろ》も水《みず》の色《いろ》も青《あお》く澄《す》みて、軟風《なんぷう》おもむろに小波《ささなみ》わたる淵《ふち》の上《うえ》には、塵一葉《ちりひとは》の浮《うか》べるあらで、白《しろ》き鳥《とり》の翼広《つばさひろ》きがゆたかに藍碧《らんぺき》なる水面《すいめん》を横《よこ》ぎりて舞《ま》えり。

すさまじき暴風雨《あらし》なりしかな。此谷《このたに》もと薬研《やげん》の如《ごと》き形《かたち》したりきとぞ。幾株《いくかぶ》となき松柏《まつかしわ》の根《ね》こそぎになりて谷間《たにま》に吹倒《ふきたお》されしに山腹《さんぷく》の土落《つちお》ちたまりて、底《そこ》をながるる谷川《たにがわ》をせきとめたる、おのずからなる堤防《ていぼう》をなして、凄《すさ》まじき水《みず》をば湛《たた》えつ。一《ひと》たびこのところ決潰《けっかい》せむか、城《じょう》の端《はな》の町《まち》は水底《みなそこ》の都《みやこ》となるべしと、人々《ひとびと》の恐《おそ》れまどいて、怠《おこた》らず土《つち》を装《も》り石《いし》を伏《ふ》せて堅《かた》き堤防《ていぼう》を築《きず》きしが、恰《あたか》も今《いま》の関屋少将《せきやしょうしょう》の夫人姉上《ふじんあねうえ》十七の時《とき》なれば、年《とし》つもりて、嫩《ふたば》なりし常磐木《ときわぎ》もハヤ丈《たけ》のびつ。草生《くさお》い、苔《こけ》むして、いにしえよりかかりけむと思《おも》い紛《まが》うばかりなり。

あわれ礫《つぶて》を投《とう》ずる事《こと》なかれ、うつくしき人《ひと》の夢《ゆめ》や驚《おどろ》かさむと、血気《けっき》なる友《とも》のいたずらを叱《しか》り留《とど》めつ。年若《としわか》く面清《おもてきよ》き海軍《かいぐん》の少尉候補生《しょういこうほせい》は、薄暮暗碧《はくぼあんぺき》を湛《たた》えたる淵《ふち》に臨《のぞ》みて粛然《しゅくぜん》とせり。

飛縁魔《ひのえんま》物語《ものがたり》

第一（なるほど木曾《きそ》は名所《めいしょ》なり）

ふと思立ちて諸国一見《しょこくいっけん》に出《い》でしより吉野《よしの》の花須磨《はなすま》の蚊遣石山寺《かやりいしやまでら》の月《つき》も見《み》ついでさらば命《いのち》をからむ蔓《つた》かずら木曾《きそ》の桟橋見《かけはしみ》ばやとて秋《あき》の末《すえ》つ方彼地《かたかのち》に向《むこ》うてぞ旅立《たびだ》ちける。心《こころ》の駒《こま》の趣《おもむ》くままに、急《いそ》がぬ旅《たび》の道《みち》を貪《むさぼ》り、次《つぎ》の里《さと》までは六里《ろくり》という宿引女《やどひきおんな》の顔《かお》の色白《いろしろ》くほのめく夕暮《ゆうぐれ》に尚草鞋《なおわらじ》を脱替《ぬぎか》えて里《さと》を出《い》づれば日《ひ》は没《い》りたり。

四里半あまり進みしが思の外に草臥《くたび》れてはや一足も行き難く舟津までと心はあせれど足の奴命に従わず止むなく松の根を枕にして少時疲を休むるほどに、いつしか眠気ざして夜露に顔の冷きを覚えしまで前後不覚なり。

ふと眼を覚せば夜は更けたり月高く空に澄み渡りて野原一面真昼の如しこは漫なりきと身を起せる時、遥に蹄の音聞こえぬ。

馬に寝て残夢月白しとある徹夜の旅人かと耳を澄ませば漸次漸次に近くなりてやかで眼の及ぶ処に隈出で来つ只見れば一頭の白き馬なりけり。乗る人も無く牽く人もあらぬさえ不思議なるにやがて間近く来りて旅客の前を横切りけるが、鞍は固より手綱も無く、ふさふさと垂れたる尾と鬣《たてがみ》ならでは一糸を懸けざる裸馬なり。放れしものにはもとよりあるまじさては野馬かと思うにも尚怪しさに堪えざりき。

さて彼の白馬は急ぐとも無く緩くともなく恰も眼に見えぬ人のありて徐かに御するが如く器械的に歩を移して西の方にと趣くめり。

旅客は深夜の歩行に馴れて胆太き漢なれば一間ばかり遣過ごして白馬の後に従いつ、其行く跡を痕けけるに、道のほど八町ばかりとある流の此方なる一軒家の前に立停まりヒヒンと一声嘶けば閉したる戸はおのづから左右に開らけて月の光の及ばざる闇中につと入るよと見

え し些の音なくて戸は鎖されぬ。余りにものの奇怪なるに旅客は呆れて茫然たりしが「なるほど木曾は名所なり」と呟きつつ先ず其家の状を見るに、萱葺の屋根は朽ち腐れ柱傾き軒落ちて馬など住むべき小屋なりけり。

人里も程遠く此処らに馬小屋あるべきかは先刻よりして彼の畜生の挙動の怪かりしは理こそあらめ覗きて見むと進寄るに草蓬蓬と生伸びたり。

斯る折には何人にても我あることを知らしめざるよう身を忍ばすが人情なれば踏しだき掻分けて音を立てむは好ましからずと腕拱きてぞイみたる。時に冷かなる風一陣颯と野面に吹起りて尾花を吹きて靡かすれば細き道筋出て来にけり。すなわち癈屋に近きて東の方なる板戸の透より密に内をぞ窺いける。

月の光の冴かなれば外にては知らざりし内には幽なる燈火あり小さき板を釣りたるに臘燭をたてたるが通常のものにあらず蓋し青き色の臘燭なりさるから火の光も青白くこそ見えにけれこも訝かしと瞳を凝らすに、こはいかに一人の婦人ありて白馬の前に突立てり。

白鬼女物語

第一

「主翁よ予は旧道を行かむと思う武生までの行程は?」と春日野峠の茶店にて予は家の翁に問懸けたり。

今朝敦賀を出でてより上り下りの山坂路凡そ九里ばかりを歩みたれば今黄昏の頃に到りて漸く此春日野峠に達せし時は堪難きまで疲労れたるなり。

六十余なる老翁は渋団扇の破れたるを以て優しくも予に群り寄る蚊をはたはたと煽きくれつつ、「何、旧道より行き給わむとな、路は新道より二里近く武生まで纔に一里半に候えども疾の昔より往来絶えて草深き路の分難きに務めて新道より参られよ三里ばかりに候ものを。」と真心色に見えけるが予は既に疲れたれば少しにても近き路を取らむものをと、「さては一里余の違なり。譬い往来は稀なりとも开《ママ》は遠国の旅客のみ、近在の村人の絶えて通わぬ路にもあるまじ行きて能わぬことやはある。」と肯わむとせさりしに、老人はなお推返して、「仰せらるる通なり、いかにも近辺の杣などは通らぬにても候わず某などもおりおりは行通うことの候えども」と言い懸けて予が顔をつくつくと打瞻り其濃かなる眉根を寄せて、「案じらるるは貴客の容貌、なぶるにては候らわねど最美わしく見え給う今時の若き御方はまた老人が馬鹿を謂うと直ちにけなし給わむが聞給え此の春日野の山中には一個魔法つかいの婦人住みて少き男の色佳きは直ちに渠に魅せられて命を失うこと数々なり。原より魔法づかいのことなれば其通力自在にていかに堅固の男にても一旦其膚に接する時はさんさんに慰まれて早きも半月遅きも一月、半年一年とは身躰続かず甚しきは一夜の間に吸殺さるるもありとのこと、勿論いかなる婦人にて年紀幾つ名何などいうことの戸籍に乗りたるものにあらねば知るよし無しと申せども近来武生の旅籠にて一夜泊の客人の病めりともなく悩みもせで一夜の中に呼吸絶ゆること少ならずと聞き及べり、大方は旅人の色をひさぐ女と思いて一夜の伽をさせつつも誤りて件の魔法づかいめにしてやらるるものならむと、風説高く候なり、居ながら犠牲を得ざるため夜に紛れてさは旅籠の客をさえおびやかし候ものを、此春日野の旧道は彼の悪魔が棲家なりと誰いうとなく言伝えて、森の中か谷間か、いずれに彼は棲めるにやと三人寄れば其ことを口にせざるは無きほどなる旧道を取りて行き給わむはいかに危く候わずや老爺の如き者こそは此方から望めばとて構うてもくれざらめ貴客の如き少年を何とて無事に見免がすべき武生に宿らせ給うさえ老爺は懸念に堪えざるものを、まげて思止み給えかし。」と絶えず動かす団扇の柄に力を籠めたる物語ことの真偽はともかくも、彼老翁一個人としては然《しか》いう事実を固く信じて疑わざるものに似たり。

予は真実とは思わねども無根のこととも聞捨てず、奇怪はすべて少年が血気に投ずるものなれば我を忘れて聞惚れつ。こは一段と愉快しいかなる手並を有てるにせよたかが一個の婦人なり予は痩せたれども力を角して繊弱なる婦人づれに制せらるべくも思われず、特には予て耳にして未だ現実したることなき魔法を試むは僥倖なりと心の中に思いつも老人が心切なる悪かれとては言わぬものを強て拒まむは心なしと故と恐れたる躰を示し、「唯々、左様な恐しき所には眼も足も向くべからず武生の宿に泊りても仏を念じて明かすべきに憂慮なし給いそ。御心切忝なし、お蔭で生命を拾うたり。」と躰よく老爺を満足せしめつ茶店を辞すれば日は没りたり月白く出でたれば夜道をなすに便よしと心勇めば身も軽く朝来の疲労も打忘れて行くこと凡半町ばかり路端なる傍示境に左旧道と記したるを熟と視めて打覗き右の方には行かずして樹立茂りて草深き左の道にぞ懸りける。

第二

左手は山岳重畳として天際近く聳えたり右手は幽谷靄を籠めて深さ幾何とも知れざるに老杉古柏生茂りて老鶯の声淋しく杜鵑さえ鳴交わしつ。なるほど恁る処にこそ魔法使は住むならめと好奇の心は予を駆りて名も無き草を分けしめつ纔かに通ずる一脈の坂を便に下り行く路は次第に暗くなりて果は前途も分かざりけるが良ありて月光木の間を潜ると覚しくて仄かに手足の見ゆるまで少しく便宜を得たりしかば歌など小声に口吟みて十四五町も歩しけむかし路は再び二つに岐れて何を本道とも知り難く恁と知らば其とはなく前刻に翁に聞くべかりしを脱落しかなと思うに詮なし。左せむか右せむかと多時途方に暮れたるが、待て、何も彼も斯うなってはどんな酷き目に合おうとままよ死なぬまでなら怪しうはあらず急くことかはと落着きて、先づ煙管を口にしつつ頻に彼方此方眴しける、此処は樹立を出離れて月を遮る峯も無ければ銀光燦々露白く涼気肌に徹するにぞ既に度胸は据えてあり結句心地よしと大胆にも悠々として煙を吹く時地盤を蹈み来る跫の音遥かに聞こえて近づく様なり。人の来べき処にあらずと傾く耳に聞済ませば馬か、牛か、はた鹿か、何様大なる四足のものの徐かに近寄る気勢になむ、そりゃこそ序幕が開けるは、と心密かに打笑まれて屹と見渡す視線の内に早や其物の来りしが果然一頭の馬なりけり。

近寄るままに熟々視れば夜目にも色は判たねども太く逞ましき馬なるが曳人も見えず乗客も無きに鼻頭地を摩せむばかり頭を垂れて俯向きつつ草を食まむず気振もあらで殆むど一定の足並を以て一直線に蹄を運びて間近くなりける時、予は思わずも道を譲りて奇絶とばかり叫びたり。

見よ、彼の馬には手綱あり、曳く人もあらざるに恰も風に旗の靡くに斉しく馬の前途に風靡して彼の畜生を導く如き其様恰も肉眼にては見得べからざる一種奇怪なる馬士ありて手綱を捌くに髣髴たり。

怪しと見る間に逸疾く馬は早進来りて予が面前を横ぎりつ、過らむとして忽ち其四足をはたと停めたり。時に何物かのあるありてキと予の面を見たるが如く我知らず慄然《ぞっ》として全身汗に沾いぬ。

とばかりありて彼の馬はまた前刻と同一の早さを以て予が迷いたる両岐道の其一方の細道の深く谷間に通ずる方に轡の音の轔々々、見返りもせで歩し去りつ。

予は且つ驚き且つ怪み茫然として彳みしがまたと得難き機会なるを今見免がして何とすべき此馬をさえ跟け行かば吉か凶か何にせよ不思議を発見することあらむと俄かに勇気を奮起して底気味悪き心地はしながら直ちに馬の後を追いて見隠れに従いぬ。

行く行く曲々湾々たる蛇の如き小径をば或は迂回し直行して良小一里も歩める時蜀道の嶮は何時しか尽きて見渡す限り眇漠なる平原にこそ出でにけれ。

唯夏草のみ繁茂して身の丈よりも高しと見ゆるが月の光に海の如く眼に遮るものもなけれど纔かに一軒の破屋ありて野の一方に建てるのみ月に一つの隈なりける。馬は此処に来りても更に猶予う色も無く直ちに叢に分け入るに不思議なるは風も無きに繁茂滋蔓せる雑草の自から颯と右左に靡きて畜生のために道を開くこと是なり。

予もために便宜を得て臆せず後を追進むに、馬はやがて彼の破屋の前に行きつ、ここに於て蒸気機関に石炭の尽きたる如く殆むど器械的に立停まれり。立停まると諸ともに件の破屋の戸外戸の一面颯と開けて吸込む如くに引入れたるまま旧の如くまた鎖されぬ時に月下にあるものとては寂莫たる破屋と、夜風に戦ぐ雑草と眼を瞬れる予とのみなりき。

第三

さるほどに奇怪は一局部に集りたり、高き山、深き谷、はた此広き野に於て一塊の疑団を探らむは恰も雲を攫むに斉くて如何なる点に注目せば可ならむか更にあてどの無かりしに今佸る一宇の癈屋が馬を引入れたることなれば其処こそ不思議の焼点なれ裡の様子を覗わば多少魔術の消息を齎し得るに疑あらじと独心に頷きつつさて身を忍びて伺い寄るに佸る折には何人も己ありということを敵にさとらしむるが極めて不利なるを知るものなればおかしきまで呼吸を殺し跫音を密めつつざわと雑草に袂の触れて露のはらりと落つる毎に吃驚しては四辺を眴し吐胸をつきては後退りつ。

斯の如きもの数々にて辛うじて癈屋の板戸にひたと身を寄せつつ密かに内を覗くとともに思わず一足退りたり。

予は見て実に驚きぬ。一個色白き裸体の婦人薄青き布を以て腰の辺を蔽えるが身動きもせで画像の如く馬に対して彳みたるを、予が板戸の透間よりソとまた内を覗きしは肩より背に乱したる丈に余れる黒髪を手以て掻上ぐる時なりきやがて頸結び留めて徐ら腕を差伸ばし傍に脱置きたる純白なる衣を取りて静かに膚を包みつつまた一条の帯を手繰りて柳の腰に二重絡いて余れる端を胸高に乳の下にてわがねたる、婦人が爾き振舞もはた其風采も容貌も屋内は唯四壁の立てるのみ柱の朽目に苔蒸して蜘蛛恣に網を結び床も天井もあらずして土間には野原の草生いたるも馬の頬に白泡嚙みて一方ならず喘げることも皆一本の蠟燭の尋常のものとは異なりて青き光を放てる裡に認め得たる現象なり。

恁る状をば目撃したる当時予が心中には不思議の奇怪のという優しき処は通り越して夢か現の境に入りぬ。犬がものいうことだにも夢裡には訝しとせざるものを、美なる婦人が裸躰にて馬の前に立てばとて何間違いたることあるべき。足を爪立て眼を差寄せ、一心不乱に見詰むれば、婦人は衣帯を着け終りて肩を擦りつ胸を撫でつ。

良ありて手近なる彼の蠟燭を抜取りて左手にこれをかかげ持ちて獣医の病馬を診する如く真白に長き手の指以て馬の眼を剝き鼻口を覗き其轡頸を按じ見て、「可」と口中に呟きつつ腰嫋かに蹲いて一塊の土を掘取りたるを掌にしっかと握り、眼を瞑り押戴き、「土よ、汝は凡て其静かなる形の内に限無き魂を包むなり、今私が手にしたる些細なる一塊には此処なるこの畜生の魂を保ち居れり。疾くまた彼に皈着すべし。」と声厳かに咒しながら姿勢を正して粛然と馬の正面に立向い命令的の音調以て、「瘦馬よ太く汝を煩わしつ、今こそ魂を返すなれ。」と謂いつつ掌中の土塊を颯と彼の馬に振懸くれば馬は俄かにぶるぶるぶるッと其全身を震わして尾と鬣の動くと見えし寂莫を破る音高くヒヒンとばかり嘶きたり、ことの意外に吃驚して予は思わずも秘密を忘れ「おや!」と一声洩らせしトタン女は此方を見返りて凄冷極無き眼の光のキと予が方に注ぐと斉しく予が踵はハヤ臀を打ちて一散にこそ遁出したれ。

第四

東西南北草茫々何処を其とは知らねども唯彼の奇怪なる癈屋を遠ざからむず目的にて無二無三に駆出したり。其疾きこと我ながら殆むど呆るるばかりになむ身躰は重力を失いてふわりと宙を飛ぶが如きに心の裡には幾度もおやおやと驚けども足は些少も地に着かで矢を射る如く走りしが太さ十抱えもあらむと視ゆる一条の大蛇の色白きが尾と頭は生茂れる草の間に隠れつつ胴中の一部分の眼前にのたりと横わりて前途を塞ぐと思うと斉しく予は自から立停まりつ。天に声無く地に音無きに溶々として耳近く流の音の聞こえたり。

唯見れば巨大なる銀光蛇眼前に在りと誤りしは其幅五間に垂むたる一条の川の流るるにて

銀の如き月色を其水一面に帯びたるなりき。

予は吻とばかり溜息してさても恐るべき眼の玉かな、キと予が面に注ぎし時は闇中不意に二点の蛍の光を放ちし様なりしぞ、そも彼の婦人は何者ならむ当初の勇気に似もやらで此処まで遁げたる口惜さよいましばらく辛抱して其成行を見るべかりしにと思うに詮なきことなれば月を仰ぐに夜は更けたり流に沿いて下流に下らば人里に出つべきなりと心を静めて歩を移し未だ十足とも行かざるにしたしたと草を踏みて予が一足前を行く異様なる足音あり、恰も人ある気勢なれど幻さえも見えずして予が驚きて立停まりし時件の跫音もはたと止みまた試みに踏出せば依然として跫音あり、予よりさまでに遠からず一間ばかり前に立つなり。

予は呆れもし恐れもしまた余りのことに吹出したくも覚えしが、さても根深く巧みしな、魔所に導くつもりなれば敢て辞する処にあらず勝手にせよ、と胆を据えて彼の跫音に従い行くに、暫時は予が指す方の流の下に趣きしが遠廻しに円を画きて彼の跫音は引返し水上指して歩むなり。

予もまた憶《ママ》せず後につきて物好事にも大胆にも彼が足の行く如く流に逆いて行くほどに胸を没する夏草の件の跫然たる足音の響に応じて左右に靡き一条の道を造りては一歩は一歩次第次第に川幅細く進むにぞ予は不図心に浮びしは以前に見たる馬のことなり。眼には見えざる物躰ありて導くといい道なる草の靡くといい前刻の畜生と今の我とは殆むど同一境遇なり、南無三未だ生命は欲しし予もまた馬には化し去らずやと思わず眼を塞ぎしが、恐る恐ると眼を開きて危みながら検するに手さえ足さえ無事なれば少しく心を安むじつ。

向うを見遣る勇気はなく一心におのが爪先を視詰めつつ絶えずかの跫音を耳にして遠近は知らず歩みしに凡そ二十分ばかり経たらむと覚しき頃予を導ける跫音は消えたる如くばったり止めり。

時に予は頭を上げて一落の村を発見しぬ。此処に三軒彼処に二軒茂れる樹立に点綴されて總数十余もあるべからむいずれを見ても燈影なく森々として眠れる状墳墓と大なる差異あらねど里と思えば頼母しきにさては件の跫音も亦害心を頼む悪魔が所為にはあらずして神か、仏か、好意以て予を導かせ給いしならむと活返りたる心地しつ。

択びて宿る境遇ならねば片端より戸を叩きて二三軒音訪れしが初夜過ぎたりと覚しきに応ずるもののなかりしにぞいかがはせむと困じ果てしが五軒目に音ないしは壁白く屋根高く森も一際大きくして村には過ぎたる構なりし、丁々と打叩きて、頻に人を呼びたるに、やがて内より戸を開けて年紀七十にもなんぬらむ、頭髪真白き一個の老媼月夜に顔を差出して予が天窓より爪先までじっと見上げて見下しぬ。

第五

予は其一夜を眠らで明しぬ、家の主人とも思われざる彼の老婆は快く宿泊を諾い呉れつ奥まりたる部屋に案内して辺僻の地なりはた夜深なれば何の饗応もなし難きよし断りて形ばかりの食事を勧めくれしまま身元も問わず名も尋ねず宿屋にてもあらざる家を夜深に敲きて宿を乞いし予が怪むべき挙動をも別に懸念したる状も無く食い果つれば老婆自から垢染まざる床をのべくれつ、ゆるりと休み給えとて其まま勝手に起ち行きたるへだて無き待遇に予は敢て介意する処もなかりしかど宵よりの不思議の段々思い去り思い来れば安眠すべき境遇ならず怪しの跫音に導かれてうかうかここに誘われたる此村はそも何処にや、張氏か李氏かいかなる者の此家は住居ならむ、枕を擡げて覗えば予が臥したる一室の東西の隣室も廊下を隔つる向いの部屋も人の住める気勢なく唯森々たる松の声の枕に通ぶばかりになむ、家の内には幾人の家族ありて住えるか毫も察することを得ず斯ばかり広き構の裡には少なくとも十人以上の男女ありて住むべきに行通う人の跫音なく柱に響く談話の声なしまさかに老婆一人なりとはいかにしても思われざるに余は皆眠に着きたるならむと当推量の気安めも実は怪訝に堪えずして夜一夜眠らで明ししなりき。

　偖て夜の明けたれば何よりも予は無事なりしを喜びつつはや立出でむと心急けど老婆の未だ来らざるにぞ挨拶せでは叶うまじと待侘ぶること良久しく旭日三竿の頃ともなるに一家の寂として音なきこと恰も深夜の如くにて急に起出づぎ《ママ》も気勢もあらず、片山里の住家にして森も山も少なからぬに夜の明方より今に到りて唯の一回も鶏唱わず雀語らず烏も鳴かず、盛夏三伏の頃なれども春昼寂たる風情あり。

　予は殆む《ママ》待飽みて打困ずること一方ならず案内も知れざる家の内を見繞らむもいかがなりさりとて対手は家業にて此方に権利ある客なに《ママ》もあらねば応揚に手を叩きて人を呼ぶと謂う次第にも行かず、黙し此まま出去らむは猶更以て不都合なり煤払のあらむず時まで棄てて置く気か情なし、と佗びて困じて、欠伸して、起ちつ坐りつ予転た閑殺されむとしたりし時廊下を渡る足音聞こえぬ。人こそ来れと居住居直せば昨夜の老婆入来れり。

　予は待兼ねたることなれば、「こは、お早う」と飛着く如く先むじて声を懸けつ。老婆は温乎たる容貌にて、「客人お眼覚めなされしな、日は未だ早く候なり、ゆっくり休まえ給えば可《よし》、」と謂いつつ吻々と打笑えり。予は坐を正してあらたまりつ、「過分の御厚意忝なし、昨夜は太く失礼しつ推つけ業なる宿の御無心御迷惑察するなり朝飯の御用意など煩わすべき心もあらずはや罷立ち候わん。」と謂わせも果てず老婆は手以て遮りながら、「いや、御挨拶痛入る、見給う如き片田舎にてお口汚に過ぎざらむが朝の飯は拵えたりまげて一箸取らせ給え先ずお手水を参らすべし。」と恁言置きて出行きしがやがて清水を汲湛えて金盥を予に与えつ。嗽して顔を洗い手を灌ぎたる其隙に膳部を坐中に排したればもの欲くは思わねども辞みもならず箸を上げて一碗を喫しつも給仕に侍したる老婆に向いて鳥無き里かと思うばかり鶏も鴉も鳴かざるはいかなる故ぞと問いけるに、老婆は微笑を含みつつ「旅のお疲労あるべきに夢を驚かし申さむは本意なしとて、鶏鳥雀にも、夜明を客人に告げざるよう家の主人が昨夜の中に堅く申つけ置きたれば得も鳴かざるに候」と謂いつつ吻々と打笑えり。

第六

人類以上の能力を有するが如き老婆の言を予は唯一場の愛想と聞流して別に心にも留めざりしがこれ大なる誤謬にて実際其爾き通力を渠等の得たるものなることを予が明かに認めたるは数日の後にあらざりしなり。

爾時は戯言とのみ聞流しつ二種三種の会話の裡に軽く食事も済ましたれば厚き饗応の厚意

を謝して其場より直に出発せむことを謂出でけるに老婆は意外なる面色にて「此方に取りて貴下がまた無き珍客なるだけ、客人に取りても珍らしき部落にして再び道寄し給わむこともあるまじき土地なれば少なくとも二三日は見物かたがた断ちて逗留あれ。」と放ち帰さむ気色もなきに予はあまたたび事情を陳じて其到底滞在すべき身にあらざる由を懇に断りしかば老婆も断ちてとは強い兼ねけむ「よし数日を御逗留の有無はともかくも、家の主人の是非とも貴客に拝顔を得たきよし申おり今朝疾く止むを得ざる事情起りてつい近村まで出行きたるがいま一時間か半時にて追着け皈り候べければまげてそれまで休息あれ今お皈し申しては私が後にて叱責されなむ其迷惑を憐み給え。」とかくまでに謂わるるを振切らるべき人情ならねばそは仔細無き旨を答えつ。

老婆の漸く納得して膳部を引きて退出たるのち、予は十畳敷の一室の床の間を背に蒲団に坐して所作なきままに今はじめて室の模様を眴すに、畳青く、襖白く柱も鴨居も清らかに影映るまで拭込みたる、かばかりの家に此掃除の行届けるは二人や三人の召使の手に及ぶべくも思われず何様一簾の豪農か退隠したる紳商の住居とも覚しきに唯訝かしきは一幅の懸物も一面の額もなく一室更に何等の粧飾もあらざれば、眼を慰むるよしも無きに多時経てども老婆の約せし者来らざるに予はハヤ静坐に堪えずして徐々と身を起し襖を開けて次を覗けば二畳ばかり狭けれども同一くものも無き一室なり予は其室に入込みつつまた一枚の襖を明けて其また次を差覗くにこれも同一き部屋なりけり。これはと再び進み入りて更に一重を襖を開けむと引手に片手を懸けたるトタンに襖は彼方よりすらりと開きつ。愕然として飛退く時、「客人お待たせ申したり。」と唐突に声を懸けて例の老婆出来り、「主人は唯今皈宅いたしつ直ちにお目に懸るべき筈なれども訪来る人も無き身とてなりも姿も繕わず太く髪も化粧も取乱し候えば沐浴もし髪も結い衣も更めて後にこそと斯様に申聞け候なりいましばらく待たせ給え。」と老婆は先触に来りしなりけり。

このために予はまた半日を抑留されつうかうかと日暮になりて其夜もまた引留められ翌朝未明に発足むとせしに、老婆のいかで放つべき言を躰よく左右に托して主人が面会の後るることを只管に打侘びつも余儀なく予をして猶予せしめぬ。

偖て正午頃にもなりけるに断ちて会いたしというなる家の主人は未だ影をも見せざるに予は太くじれ込みて心中太く不満を抱きて老婆の来るを待受けにしに時刻になれば例の如く膳部を運び来りしにぞ、予は箸をさえ取らずしてもはや到底一刻も滞在出来ざるよし断乎として謂出でたる決心の色をじっと見る老婆は色に読得けん少しく声を激まして、「否、おたたせ申すこと相成らず、人にはおのおの予め定りたる運命ありて其機会来るにあらざれば、いかに逸り給うとも出行かるること難きなりソは此家にいましばらく逗留をなし給うべき運命を客人のもち給うに因る」と厳かにこそ告げたりけれ。

蝙蝠物語

第一

予は予が友なる時之助と白谷の温泉に遊ばむことを約したれども、出発の朝用事ありて、共に行くことを得ざりしかば、渠は湯宿の準備かたがた、一日先むじて腕車を飛ばしつ、予も一日遅れにて、用事の果つるや否《しからず》やに急ぎ白谷に到りける。宿は予て粂屋と謂えるに定めあれば、着くと直ちに其家に赴きけるに、出迎えたる湯宿の主人も、五四人《いったりよたり》の湯女ども、既に其旨心得居りて、直ちに中庭を隔てたる、離座敷に案内せり。

「これはお待たせ申したり」と予は時之助を見るよりも、遅参の罪を侘びけるに、日頃は快活なる壮佼《わこうど》の、如何にかしけむ打湿りて、其ものいいも冴えざるにぞ予は太く怪みながら、忽ち思着く節ありて、「時に美人はいかがせしや、われわれの顔を見れば病の床より駈出る女の顔を見せぬぞ訝しき」とはや遠慮なく打出したり。

諸君、此条屋には名を雪野と呼ばれたる時之助の恋人ありて絶世の美人なることを予め知り置かれよ。聞く処に因れば彼の美人は、旧《もと》此条屋の養女にて、襁褓の内より此湯宿に引取られたるものなるが、雪野を貰える宿の主人は其一人息子《ひとりむすこ》の何とか謂うにめあわす目算なりしなり。然るに其息子と謂うは、いかなる因果の生れにや、俗に骨なしとか謂伝うる、奇怪なる不具者にして、一室の内に居ずくまりて、置物の如くあるよりほか何のなし得る所作も無く、大小の用も人手を籍らでなし難き程なるに、雪野は養育の恩を思いて身を犠牲に供しつつ、表向き其妻となりて、未だ十八の妙齢なるに、常に丸髷を頂きつつ、彼の難物に能く事えて、慰め人となり、介抱人となり、はたまた夜の伽をもすとなむ、聞くもいたましき貞女なるが、やしない親は気の毒がりて、出入繁き客の中に、心に合《かな》う男あらば誰に遠慮の要《い》るものぞ、と強ゆるばかりに勧むるよし、雪野は唯あいあいと、気軽く返事をするのみにて、原より都会にも希なるべき最も妍《かよわ》き婦人なれば、場所が場所なり、浴客の身分も位地も高きものが、袖褄曳くも多けれども、靡く気色はあらじとかや、然《さ》ばかり操は堅けれども、予がこの友なる時之助を、雪野は太く恋慕い、時之助もまた雪野を思いて、恋うること一方ならず、心と心は純然たる愛情を以て結ばれながら互に会いても膝を崩して、打解けたる状更に無く、唯隔なく話し合うを、此上もなき楽として、渠は繁々通うことを、予に打聞かして能く知れり。

予もまた渠に連れられて、三四度も此宿に遊びしことのありけるにぞ、恋しき人の信友なりとて、雪野は予にも疎ならず、太く親しきなかなれば、其志も行いも予は透とおるばかりに知り得て、またあるまじき女よと、感じもし、憐みもし、なおまた爾き美人を以て、彼の骨無しめに配したる天公の悪戯に対して、常に不満を抱くなり。

然れば予等二人の行くことあれば、雪野は何を差置きても、悦び迎うる例なりしに、如何にかしけむ其日に限りて、皆目《かいもく》姿を見せざるにぞ、さては時之助の浮ぬ色も、其因蓋しここらにあらむと、予は目敏くも見て取りて、雪野の消息を問いけるに、時之助は溜息して、「実は其雪野の身の上のことに着きて、御身の来るを待兼ねたり、と謂うは他のことにもあらず、十日ばかり以前とよ、それ御存じの亭主持の彼の不具者なるそれさえあるに、職業柄のことなれば、客の機嫌も取らねばならず、庖厨《くりや》の差図、料理の塩梅、多くの下婢の取捌きに、安き隙とてなきことなれば、到底身体が続くまじ、と宿の主人の優さしくも、些気晴をなし来よとて、雪野の頻りに辞みしを叱るように出し遣りし、そは蕈狩の催にて、一日家業を休みつつ、湯女ども残らず連立たして、この山続きへ行かせけるが、雪野も一旦は辞みこそしたれ、偶《たま》の外出に気も浮き立ち、いと楽しげに蕈を猟りて、彼方此方に見え隠れしが、遂に其姿見えずなりて、日暮になれども出で来らぬに、連の湯女ども騒ぎ立ちて、呼べど、叫べど、影だも見えず。蒼くなりて皈《かえ》り来り、其よし主人に告げけるにぞ、村中を狩り催うし、七日が間尋ぬれども、活きしか、死せしか今に到りてちっとも音信なきよしなり。真実彼が如きものが今更夫《おっと》が厭になりて、身をのがれしとも思われず、予は気懸に堪えざるに、御身何とか思案はなきや。」と謂いつつ首を垂れにける。

第二

聞く言毎に驚きて予は且つ怪み、且つ危み、何等の考証も差当り、謂うべき言もあらざれば、其は其はというのみにて、腕拱きて傾きける。

折から茶屋の主人なるもの、予に挨拶に来りければ、御機嫌ようを聞きもあえず、「先ず挨拶は後のことと」と早速災難を見舞いけるに、主人も座敷ににじり入りて、「されば客人聞給われ、倅の嫁が不実にて身を隠したるに極まれば、心配も仕らず、却りて喜ばしき事なれども、内の雪野に限りては左様なことを致すようなる不実者には候わず。可惜《あたら》娘を彼が如き阿呆の倅に添わし置くを、老生《それがし》はいじらしく、其は其となし置きて、ちと他《ほか》に楽を何か拵えくれよかしと、謂いもし、念じも仕つれど、貴客方が御存じの世にあるまじき婦人にて、浮きたることは少しもなく、あんなものでも夫と思いて、親切を尽しくれ、老生《それがし》にも孝行にて、家の為を思うなる、あの優しきほど老生も、可愛さ、不便さ、いやまして、あわれ何とぞして此家を逃出だしくるるものならば、楽しき月日も送らるべきにと、思えど追い出す訳にも参らず、一層最後の手段を施し、手酷く嫁を虐待して、いじり出してくれむかと、思うこともなきにあらねど彼の美わしき姿を見、其おとなしき仕打を見ては、心を鬼にすればとて、指一本もあてらるべきや。申すが如き次第ゆえ、今もし嫁が倅に飽きて、身を隠したるものならば願う処に候えども、いかにしても然《さ》ることをなすべきものとは存ぜられず。殊に懸念に候は」と謂いつつ主人は擦寄りて、少しく声を密めつつ「お聞き及びもあらむかなれど、此白谷に流れ出ずる笹川の上流は、世に恐ろしき魔所にして村人は古より足をも、斧をも、入れ申さず。秘密のことには候えども、湯宿に一泊の客人の、病めりともなく悩みもせで、一夜の中に死するがあり、行方知れずなるもありて、これ皆魔神の所為《わざ》なりと、信ぜぬ者も候わねど、もしさることの世に知れては、温泉の衰微の基なれば、人には秘してこれあれど、事実にて候なり。さるから悪事は千里を走りて、秘めたることほど顕れ易く、何時かは人に知れ渡りて、ありよう申せば老生《それがし》方に、目下滞在の客とては、貴客方御両名のみ、他に一人も無きほどなり。皆これ魔神のなす業と、一同申合い候に山にて行衛の知れずなりしが、魔に攫われしに他なるまじと、八分は断念《あきらめ》候なり。さて断めても断められぬは嫁が貴客《あなた》を慕いしことにて、固より心の清ければ、疾より老生に打明かして、時之助様は恋人なりと、包み隠さず申し居たれば、老生より打附けに、不束なる女なれど、露の情を恵ませ給えと、申出でたることもあれど、否夫ある女なり、身を接しては相成らずとて、固く取りて動き給わず、さはとて雪野に説き聞かして、恋人のありながら、心ばかりの恋などが、左様なことでは埒明かず、構わぬ、お寝室《ねま》に浸入せよ、と串戯まじりに申せども、これも斉しく頭を掉るのみ。分らぬ恋もあるものかなと、口では申せど心の裡、不便のものに存ぜしに、今あのまま魔に攫われ帰らぬようにも相成らば、老生何といたすべき」と主人は眼をしばたたき、膝を時之助に差向けて、「さればこそ客人に女に情を懸け給えと、くどくも願い申ししなれ、嫁が嫁なら貴客も貴客、要らざる義理を立てられて、一夜の契も結びあえず、何時も心の闇路に迷い、日の目も見せずに死なしては、此の老の身をいかにせむ、あまり雪野の可愛さに遠慮なく申さむには、貴客にも亦怨恨《うらみ》あり、言過しをな咎め給いぞ、許し給え」とばかりにて老の涙に暮れたりけり。

太く心を動かされて、予は時之助と面を見合わせ、謂うべき言もなかりしが、さてあるべきにもあらざれば、譬い今まで見えずとて、また手懸の出来ぬという極りしこともあるべからず、ともども力を添て申さむに左様に失望することかは、と心を籠めて慰めければ、主人も少しく色を直して、「コハ久々の御入りに、老の愚痴のみ申上げ太く失礼仕りぬ。嫁のことは嫁のこと、貴客は大事の珍客なり。先ず先ず湯になど召さるべし、追着け料理も差上げむと一礼してぞ退出《まかんで》ける。

恁て酒肴も出来り、隙なるからに湯女どもも挙げて座興に来りしが、いずれも雪野の優しかりし婦徳の段々数え挙げては泣かぬものとてあらざるにぞ、座も打湿り酒も沈みて、更に心の浮立たぬに、初夜過ぐるまで傾けたる、盃は皆あだにして、寝ぬる時まで酔わざりけり。

第三

枕を並べたる時之助は、胸苦しげに身を煽《あせ》りて、頻にアチコチ寝返りつ、悪夢に悩む風情なり。予も寝《いね》がてに夜を更して、二更の頃と思しきに、広き湯宿の室数多く、勝手は遠く隔たりたるに、浴客とては予等二人の外一人も無きことなれば、さらでも淋しき秋の夜なり、片山里のことなれば、耳に聞こゆるものとては、蕭条として松吹く風と、幽に唧く虫の音のみ。森々としてもの悲しきに部屋の前なる廊下のはずれの大なる湯殿の裡には、湯気の滴る雫の音柱に響き、壁に伝いて滴々愁眠の枕に落ち転た寂莫の趣ありて、心細きこと謂わむ方なく、昼の談話も思出でて、最もの凄く感じたる折から廊下の方にあたりて、一種空谷の跫音あり、ものの歩行む音には似ず、さらさら或はバサリバサリと翼もて壁を撫ずるが如く何等の鳥か羽打つに似たり。

しばらく耳を済ましけるに、其低く、また高く、遠くなり行き近づき来るに、予は太く怪みつつも好奇の念は何人も多少無きものはあらざるに、予は分けてこの奇を好む血気盛の頃なりしかば、静かに夜着を掻退けて、衝《つ》と身を起し戸口に近づき、襖一枚細目にあけて、眼ばかり廊下に差出しつ。

只見れば長き板敷の艶やかに拭込みたるが、中ほどに釣るしある一個の洋燈の有明に薄ら青くほの見えて、見渡すむかいは火の届かねば、陰々として物凄きに、何かは知らず物ありて宙にさまようが認められたり。

猶よく見ばやと戸を引開け、そと半身を差出して、怪みながら透し見れば、コハそもいかに其大さ羽を広げたる鳶ばかりの一種奇代の大蝙蝠、ふわりふわりと翼を伸して、残燈の影に明滅するなり。

と見るも思うもまたたくまなりき、彼の蝙蝠はふわりと来りて、あわや予が鼻を掠むるにぞ、思わず一足退れる時、衝と予が部屋に飛込みて、此物音にも覚めざりける時之助の臥床の上を、枕頭より夜具の裾まで、ぐるりとばかり一周して不意の出来事に自失して予が何等の考もなかりし間に、室内を横断して、椽に立てたる雨戸の透の、まことわずかに糸ばかりなる間《あわい》より、すっとばかりに潜り抜けて庭の方へと飛去りたり。

同時に寐ねたる時之助のむくと其身を刎起きつつ、今蝙蝠が出行きたる、庭の方をば屹と見て、けたたましき声を揚げ、「呀…呀…雪野。」と呼びもあえず雨戸をばたりと蹴はずして、ひらりと庭に飛出だせり。

此時に到るまで予は唯アッケに取られけるが、今時之助の挙動を見るより、ただごとならじと驚きて、斉しく座に下り立ちしが、渠は早くも垣を越えて笹川の流に添いつつ水上の方に駈行くにぞ、予は其後を追懸けながら、手を挙げ足を宙にして、「おおいおおい、」と声ある限り振絞りては呼留むれど、時之助は見も返らず、怪しきまでの速力以て岩をも石をも、飛越え、刎越え、一直線に疾走する、後姿は見えながら、予はいかにしても追着き得で遥かに一叢の森の形の雲に似たるを望し時、不図其影を見失えり。

第四

却説予は今のぞみたる其森近く駈着けしに、遠距離なれば分からざりしが、一軒の草の屋ありて、森の中に立てるを見たり。
四面は漠たる原野にして、一面の草の生茂れるのみ。眼に遮るものとては、唯この一団の森ばかり、弥望極顧果しなきを、十町五町後るるとも、俄に見失べくも思われねば、時之助を隠したるは、此家に相違なからむと、予は心に打頷き、板戸をほとほと打敲きて、「人やおわす」と音ないたり。

此処笹川の上流は世にも恐ろしき魔所なる由、予て故老に聞けるものを、況して雪野のこともあり、大蝙蝠なり時之助の突然奇異なる挙動なり、案じ来れば一ッとして寒心すべからざることもあらざるに、ものの行懸りとは謂いながら、顧えば我ながら大胆なりき。

はや深更と思しきに、内には寐込みたる様子もなく、戸を打叩く響に応じて、咳の声聞こえつつ、出来る人の気勢あり、やがて内より戸を開けて、一個の婦人顕われける。

身の丈高く瘠ぎすにて、少なけれども頭髪黒く、凄艶極る容顔に、一種陰険の相を帯べるが、屹と予を見たる両眼に、謂うべからざる異彩あり。

内心ギョッとはしたれども、予は自から勇気を起こして、直ちに時之助のありやなしやを問い聞かむとも思いしが、向うに隠す心ありて、否と謂われればそれまでなり、如かずなるべくは此家の内に入込みて其後様子を伺わむにはと、早くも心を定めしかば、「路に迷える者にて候、一夜の御無心申したし。」と打着けに謂出でたる、予が天窓《あたま》より爪先まで、ずらりと一返見下ろしつつ、「そは最お安き御用なり、さりながら珍客よ、実際御身の身のためには宿らざるこそ可《よ》かるべけれ、」と底気味悪き言の端「とはまた何故に候ぞ。」と問えば婦人は頷きて、「我が家には掟あり、一旦内に入れたる者は、十日なり、二十日なり、乃至一年はた終生、わらはが仕事の都合に因りて、外に出づることを相許さず、其さえ承知ならむには、何時にても宿いたさむ。」と最厳《おごそ》かにのべたりける。

予も一度は当惑したれど、対手は一個の婦人なり、見渡す処小やかなる草の屋に過ぎざるに、厳しく檻禁すればとて背負《しょ》って遁げればそれまでなり、何程のことあるべきと、心の中に高を括りて、「仰の趣承知せり。聊か迷惑には存ずれども、夜も更け、足も草臥れたれば、最早一足も参り難く。只管一夜明させ給え」と決意を色に示しける。予が面をば右瞻左瞻《とみこうみ》て、「何《ど》うやらはなせる度胸と思わる。然らば此方に御入あれ。」「こは御難題に候な」と一室の内に導かれつ。

晩餐済みたる旨を告げて、婦人に手数を断りけるに、さはとて床をのべくれつつ、「見らるる如き僻地なり、何の饗応もいたし難く、唯人里に遠ければ、夢を破らむ暁の鐘の声も聞こえねば、東雲告ぐる鶏も謡わず、これせめてもの御馳走ならむか、枕を高く眠られよ。」と微笑みながら出行きぬ。

第五

果せるかな鐘も聞こえず、鶏も謡わで明けけるが、予はいかにして眠らるべき、時之助のこと、雪野のこと、はた今の我が境遇など、思い去り思い来りて、反側するうち翌朝となりぬ。三度の飯は時刻時刻に、昨夜の婦人が振舞いくれしが家の名、其名、土地の名など、幾度も問いしかど「左様なることを答ゆべきわらわに義務はあらぬなり、」と冷かに刎着けて、戸籍検も出来ざりけり。

為すこともなく日を暮しつ、一縷の燈火に黙然として永夜《えいや》を明《あか》す徒《と》然《ぜん》さよ、まだ宵なりと覚しきに、家の内は唯森として、鼠の音も聞こえざるに、転た寂莫の情に堪えず、待て待てこういう時にこそ、些宛屋捜しに懸るべきなれ、もしかの婦人に見咎められむか、「戸まどいいたし候、」にて、天窓を掻けば済むことなり。其よ其よと座を立ちて、先ず我が居たる左手の方の襖を一重押開きて、内をすかせば、我が部屋と同じほどなる一室なり。足を浮かして忍び入り、また其室の襖を開けて次を覗けばまた同一これも一個の部屋なりけり。

恁て其次また其次と凡て七八回おなしことを繰返すに、いずれも違わぬ一間なれば、こは筍を剝ぐ様なり。見懸けに寄らぬ室の数かな、不思議不思議と呟きて、不図心着けば煙草盆を座の片隅に扣えたる、原の予が部屋に他《ほか》ならねば、眼を睜りて呆然と座中に立ちてぞ呆れける。

襖すらりと引開けて、立顕われたる彼の艶婦、嘲ける如き音調もて、「否まだ其位のことにては、御身が友の在所《ありか》は知れじ、左様なむだ骨折らむより、天が其機を授くるを、おとなしくして待つこそよけれ、あせると御身のためにはならじ、」と心の底まで見透かしたる、例の眼にじろりと見られて、予は一窘みに縮まりぬ。

婦人は吻々と打笑い、「さりながら珍客よ、憮御徒然に候わむ、些《ちと》見せ参らすことこそあれ、私に跟《つ》いて此方へ。」と、無造作に言棄てて、其まま踵を返したる、黒髪颯と腰に乱れて、左右の肩に振分けたり。身には純白なる衣を纏いつ、物ありげな扮装なれば、底気味悪くは思えども、辞まむよしなく後につきて、室の数幾個か通り越せば、行留りに真黒き壁あり。恰も凹の字の形をして、両方高く中央の六尺ばかり凹みたる其正面に立停まり、小指のさきもて件の壁を三度ばかり弾きつつ「開けよ、壁。」と呼ばわれば、何処ともなく太き声もて「応」と一言答えしが裂くるが如く颯と開《ひら》けて、婦人は中に衝と入りぬ。

予は今更に逡巡して、一足あとに退りけるに、婦人は此方に振返りて、「いざ客人よ。」と促すにぞ、自から憶病を叱りつつ、壁の口より入ると斉しく、予が手にしたる燈火は、風もあらぬにふっと消えて、真闇々となりけるトタン身は数千仞の谷底に落下り行く心地して、思わず呵呀と叫びしが、眼を睁けば一本の蠟燭ふらりと宙に懸りて、真蒼《まつさお》き光を放てるに、唯見れば黒髪白衣の婦人、依然予が前にありて見返りもせで歩を移つせば、彼の蠟燭は三尺ばかり婦人の前の胸の辺りを持つ手もあらで釣られ行きつ。

第六

奇怪なる蠟燭の真蒼《まさお》き光にすかし見れば、窖蔵ようの一室なり。板敷も無く、畳も無く、唯一面の土間にして、立てる四壁も、天井も、壁か、襖か、分たぬまで、黒くすぶりにくすぶりたり。

中央には一脚の脚高き卓を置きて、荒莚を敷きのべたる、盤の上には八寸ばかりの同じ大きさなる瓶ありて、幾つともなくならべあるのみ、他に一物も見えざりしが、白衣の婦人は静々と机の傍に立ち寄りて「来れ客人はや此方へ」とぶるぶるものなる予を招きて、其傍に立寄らせつ。

軽蔑したる微笑を含みて、「御身は友人の難を救うを托すつけに其実物見高にして、少々恐きものも見たきならずや。いざ見よ、これを」、と尖りたる八寸釘の数百本の赤錆になりたるをば、一束にして備てあるを婦人は指さし示しつつ「こは難破船の古釘と、丑の時参の呪詛の釘と、加うるに大工が家を造る時、屋守《やもり》の腹を突きたる釘や、磔《はりつけ》柱《はしら》の釘などをば取めたるものなるぞよ。また是なるは婦人の脱髪、是なる瓶は何々なり、これなる血汐は何々なり」と今繰返して語るだに身の毛の悚立つばかりなる、恐ろしきもの忌むべきもの、はた厭うべきものの名の、数々数えて聞かしつつ、「やがて其等の品々の如何なる用をなすかを見せむ。いざ先ず一番試みに、」と蒼くなりたる予の面を、婦人は流眄《ながしめ》に懸けながら、「身を退らせよ」、と忙しくいうに、予は覚えずも飛返りて、一間ばかり退りつつ、戦《おのの》きながら突立ちたり。

時に婦人は口中に何か呪文を唱えながら、彼の数多き瓶の中より、一本を択出して、ずぽりとキルクを抜き取りたり。同時に爆然たる響ありて、一団の炎燃立ちしが、時の間に消失せつ。赤き煙の残りたるが、漸次漸次《しだいしだい》に蔓りて、人の身丈《みのたけ》に及ぶと見えて、黒き衣を纏うたる、三十ばかりなる婦人の姿、髣髴として顕われつつ、艶婦の前に立ちたりける。

南無三ゆきのにあらずやと、予は恐ろしさも打忘れ、彼の蠟燭の火影に透かして、二三歩前に進みつつつらつら見れば違うたり。

年紀の頃は三十四五、色白く、肥太りて、雪野の姿のすらりとして華奢なるには似ざりける、顔備えも亦異なれり。際立ち見ゆる美人なれども、眼血走り、眉逆立ち、頰瘠せ、頤細りつつ、真黒に染めたる前歯以て、下唇を噛みしめたる歯の痕破れて口中より血はたらたらと流れつつ、蒼然たる其顔色、憂悶憤怒の相ありて、一眼見るだに凄じかりき。

白衣の婦人は予を指招き、「見よ、こは嘗て嫉妬もて憤死なしたる婦人なり。」と謂いつつ件の幻影に粛然として立向い、「コヤ其胸を開かずや。」

声に応じて幻影は両手を懸けて己が襟を徐《やお》ら左右に寛《くつろ》げつ。

「可《よし》」と頷き、「斯こそ」と謂いながら婦人は幻影に衝と寄りさま、両手以て渠が乳の間なる胸の肉を岸破《がば》とばかりに掻破り、右手を疵口に突込みつ。一本の白き肋骨を、ひしと折りて、颯と迸る血汐とともに、早くも此方に抜き出しつつ、「嫉妬深き婦人よ、汝が胸の苦しさは、凡そ此位のものなりや。」と手足を煩えて苦む如き婦人に向いて呼びけるに、頭を垂れて頷きたるまま朽木の如く僵れたり。

第七

しかなし果てて怪しの艶婦は徐《おもむろ》に予を見返りて、手なみの程を見たりやと、いわぬばかりの面色《おももち》にて、にたにたと笑いたるに、予は驚くより寧ろ呆れて、たじたじしりごみしたるのみ、言句も出でず眼を睜りぬ。

艶婦も少しく身を開きて、魔術の瓶をならべたる中央の盤に面し、屹と斜に立向い、肩に溢るる黒髪を右手もて背に掻退《かいの》けつ。柳腰一捻左の足の踵を右の甲《こう》に重ね、衝と踏揃えて爪立ちあがりに真闇き天井を打仰ぎ、いま幻影の美人《たおやめ》の胸をあばきて抜取りたる彼の一本の肋骨以て、空間を麾き、早口に何やらむ呪を唱うるよと見る見るうち四辺のものの気色ばみて、盤上に束ねたる一束の古縄の、前刻に艶婦の予に向いて、コハむかし罪人を磔柱に縛《いまし》めたる、血着の縄よといえりし一品、人手もからでほろほろと、其結目の解《ほど》けつつ、空に向いて三尺ばかり閃き昇るとともに、「落すぞ、取れ、」としゃがれ声の雨雲の行交うばかり遥かの天より呼懸けしが、颯と音して真白なる足と手とまさかさまに落下りぬ。砕け果てつと魂消るトタン彼の縄は逸疾く、くるくると二巻三巻、胸より腹に絡いつきて、あわよく宙にて受留めたり。踵は空に黒髪は地に敷くまで打乱れてさかしまに懸りたる婦人の顔を、一眼見るより啊呀《あなや》とばかり、駆寄らむとせし予が足は、こはそもいかに膠《にかわ》もて糊りつけたらむかの如く、根を生やしてぞ抜けざりける。

動かぬ足に気をいらてば天窓《あたま》と肩と胴ばかり、前後に動きてあせる状《さま》、凩にゆられゆらるる若木の梢に異ならず、さておかしくも浅間しくも気悚《けう》とくもあり恐《こわ》さも恐《こわ》し、情《なさけ》なし、小腹もたてば馬鹿馬鹿しく、「ウヌ、其ザマは何事ぞ、」とわれとわが身を嘲けりたり。

顚倒狼狽する風情をしりめにかけて、苦笑して、吻々《ほほ》とばかり打笑い、「テモ笑止なるありさまかな。さわれ御身が好きこのみてみずから招きしことなれば自業自得とあきらめて、やすらかにおわせいざ、さらば仕事にかからむか。」と半ばは渠の独言いいつ。つかつかと歩を移して、さわらば消えむはだか身のゆきのの白きやわ膚を、其手にしたる骨をもて、二打三打うちつついう、「コヤまた今夜も例のごとく汝を責むべき刻限なり。前の日汝を生擒りてより、算うれば五日になりぬ。あだし男を思い断ちて身の苦痛を助かれよと、夜毎日毎にさとせども、すかせど、笞になやませども、ちとも肯かざる執念に、わらはとても肝煎れつ。わけて今宵は客人あれば、苦痛を見するに張りあいあり。よべよりも一入につらくあたるを堪え得るや。」とのり示されてわななける雪野の顔はあおかりき。

第八

婦人はなおも嵩《かさ》にかかりて、「いかにひとあてあつべきか。得こそは堪えじ、堪えじとてわらはが言に従わずば、いかでか汝を許すべき。」是よ、とばかり手にしたる件《くだん》の骨を振上げつ。「身に覚ある嫉妬の骨よ、人に思を知らせずや。」と声強く言いかけて、ハタと地上に擲てり。

同時に霜柱の如きものばらばらと舞上り、手ともいわず、肩ともいわず、頸に、頭に、背に、胸に、ゆきのの膚に透間もなく一面にむれささりつ。

あと悲鳴してぶるぶると手足を縮めてもだうれば、猪の怒毛逆立つ如く、数千の針はみな動けり。

「客人しばし眼を眠れよ、情を備うる人間のいかで堪えて視《なが》め得べき。」と婦人は忙しく呼ばわりいう。御注意までもなきことを、つぶれぬまでよと眼を塞ぎ、仏を念じて居たりけり。

爾時婦人の声として、「コヤ苦しさはいかばかりぞ、いかばかりぞ」とたたみかけ、たたみかくるが聞えたり。「淫慾の器となりて良人《おっと》につかうる其切なさに今の苦痛をくらべては、もののかずにも侍らぬを。」と絶入る声はゆきのなり。

肉躰のくるしみと、霊魂のくるしみと、そもいずれぞというなるべく、世にたわけたる骨なしの、なぐさみものと身をなして、心ばかりは時之助を恋うとぞつねにいえりしなる。

魔術つかいは舌うちして、「したたかものよ、ても、さても、水以て、火以て、刃以て、活み、殺しみ、寸々に肉爛るるまで夜をつぎてかくまで背むるに堪《こら》ゆるは、それよ汝は学ばずして、肉躰と、霊魂とを、二つに分けて別個とする、術をば自然に得たるよな。」「否、そは存じ侍らねど、既に此身は良人に捧げてわがものとも思わねば、鞭うたるれば痛きのみ、火に焼かるれば熱きのみ、それより多くの苦みは、聊かも感ぜぬを、呵責に何の甲斐あるべき。殺さるればそれまでなり。浮世の義理に死なれぬ身の、人手に因りて死するを得ば、魂のみ心のままとなりて、恋しき人に添うよ、君。いざ、うて、殺せ、斬りさいなめ。人に与えてわがものならぬ、身は誰がために惜かるべき。」と絶々ながら苦しげながら、幽かにされど潔く、雪野は屹と言放ちぬ。

良ありて、「むむ、可《よし》、別に手段ありいかにしても時之助を思いきらせで置くべきか。」と婦人は毒々しく呟やきぬ。

シャッ骨なしの姉様よな、人間並にはずれたる、粂屋の息子に魔術つかいは姉弟として相応なり。さらずは何とて恁までに婦人の渠に親切なるべき。姉様よなと思いたる、予は雪野が力ある今の語《ことば》に幾分か、此時心の休まりたるなり。

かかりし時忽ちに一陣の冷気あり、骨髄に入りて膚を裂き、手足も切るると寒気立つに、くいしむる歯の根もあわず。恐るべし、何ごとぞ、久しくむば、身は立ちたるまま枯果てむと、思う思う頭より氷るが如き寒さに堪えず、うっとりしたる耳元に「コハ失策《しくじ》ったり。女が恋の燃ゆるが如きを、さまさむと試みたる、非常の冷気は非常なるものにあらでは堪難きを、余りに術に念の入りて、ここにこの凡骨ありしを忘れたり。殺す罪はなき男ぞ、あわれいましばらく棄て置かば、冬木立にこそ化すべかりけれ。危かりしさるにても、世話のやけたる厄介もの。」と呟きたるは艶婦なりき。

蓑谷

見《み》るから膚《はだえ》の粟立《あわだ》ツばかり涼《すず》しげなる瀑《たき》に面《めん》して、背《せ》を此方《こなた》に向《む》けたるは、惟《おも》うに彼《か》の怪《あや》しの姫《ひめ》なるべし。

蓑谷《みのだに》の螢《ほたる》には主《ぬし》ありて、みだりに人《ひと》の狩《か》るをゆるし給《たま》わず。主《ぬし》というは美《うつく》しき女神《めがみ》にておわすよし、母《はは》のつねに語《かた》り給《たま》いぬ。

谷《たに》をのぼれば丘《おか》にして、旧城《もとしろ》のありたるあとなり。下《した》は一面《いちめん》の広野《ひろの》にて、笹川《ささがわ》という小川《おがわ》其《その》あいだを横《よこ》ぎり流《なが》る。

はじめは其広野《そのひろの》にて、ともだちと連《つ》れなりしが、螢一《ほたるひと》ツ追《お》いかけて、うかうかと迷《まよ》い来《き》つ。

野《の》に居《い》たりし時《とき》ハヤ人顔《ひとがお》の懐《なつか》しきまで黄昏《たそが》れたりしを、樹立《こだち》弥《いや》が上《うえ》に生茂《おいしげ》りて、空《そら》の色《いろ》も見《み》えわかざる、谷《たに》の色《いろ》は暗《くら》かりき。

地《つち》も、岩《いわ》も、木《き》も草《くさ》も、冷《つめた》き水《みず》の匂《にお》いして、肩胸《かたむね》のあたり打《うち》しめり、身《み》を動《うご》かす毎《ごと》にかさかさと鳴《な》るは、幾年《いくとせ》か積《つも》れる朽葉《くちば》の、なお土《つち》にもならでであるなり。

瀑《たき》は樹《き》と樹《き》の茂《しげ》り累《かさ》なる梢《こずえ》より落《お》つと見《み》えぬ。半《なか》ばより岩《いわ》にかかりて三段《さんだん》になりて流《なが》る。

左《ひだり》の方《かた》に小《ちい》さき堂《どう》あり。横縦《よこたて》に蔦《つた》かずらのからみたるを、犇《ひし》と封《ふう》じて鎖《じょう》を下《おろ》せり。岩《いわ》にせかるる瀑《たき》の雫《しずく》、颯《さつ》と其堂《そのどう》の屋根《やね》に灌《そそ》ぎ、朽目《くちめ》を洩《も》れて、地《つち》の上《うえ》に滴《したた》りたり。傍《かたわら》に一尺《いっしゃく》より二《に》尺《しゃく》までの大《おお》きさの地蔵尊《じぞうそん》、右《みぎ》の方《かた》を頭《かしら》となし、次《つぎ》は次《つぎ》より次第《しだい》に小《ちい》さきが、一《ひと》ならびに七体《たい》ぞ立《た》たせ給《たま》う。ただ瀑《たき》のみならず、岩《いわ》よりも土《つち》よりも水《みず》ところどころ湧《わ》き出《い》づれば、此処《ここ》彼処《かしこ》に溜《た》まりたる清水《しみず》溢《あふ》れて、小石《こいし》のあわいを枝《えだ》うちつつ、白《しろ》き蛇《くちなわ》のひらめくよう、低《ひく》きに就《つ》きて流《なが》るる音《おと》、ものの囁《ささや》くに異《こと》ならざるを、鬱蒼《うっそう》たる樹立《こだち》の枝《えだ》を組《く》みて、茂深《しげりふか》く包《つつ》みたれば、きく耳《みみ》には恰《あたか》も御仏達《みほとけたち》その腹《はら》の中《なか》にて、ものをいうらむ響《ひびき》す。

かかる処《ところ》に、身《み》に添《そ》える影《かげ》もなくて唯一人立《ただひとりた》ちたる婦人《おんな》の、髪《かみ》も見馴《みな》れざる結方《ゆいかた》なり。黄昏《たそがれ》の色《いろ》と際立《きわだ》ちて、領《えり》の色白《いろしろ》くあざやかに、曙《あけぼの》の蒼《あお》き色《いろ》の、いと薄《うす》き衣着《きぬき》たまえる、ふみそろえたる足《あし》のあたりは、くらき色《いろ》に蔽《おお》われて、淡《あわ》き煙《けぶり》、其帯《そのおび》して膨《ふく》よかなる胸《むね》を籠《こ》め、肩《かた》のあたりのさやかに見《み》えて、すらりと立《た》てる痩《やせ》がたの身丈《たけだち》よく、ならびたる七《なな》つの地蔵《じぞう》の最《もっと》も高《たか》きものの頭《こうべ》さえ、ようやく其胸《そのむね》に達《たっ》するのみ、これを彼《か》の女神《めがみ》ならずと誰《たれ》か見《み》るべき。

予《よ》が追来《おいきた》りたる一《ひと》ツの螢《ほたる》の、さきよりしばし木隠《こがく》れて、夕《ゆうべ》の色《いろ》に紛《まぎ》れしが、青《あお》き光明《ひかりあきら》かに、彼《か》の小《ちい》さき堂《どう》の屋根《やね》に顕《あらわ》れつ。横《よこ》さまに低《ひく》く流《なが》るる如《ごと》く、地蔵《じぞう》の頤《おとがい》のあたりを掠《かす》めて、うるわしき姫《ひめ》の後姿《うしろすがた》の背《せ》の半《なか》ばに留《とど》まりぬ。

「ああ、」姫《ひめ》なる神《かみ》よ、其螢《そのほたる》たまわずやといわむとせし、其言《そのことば》いまだ口《くち》を出《い》でざるに、彼《か》の君《きみ》あわただしう此方《こなた》を見向《みむ》き、小《ちい》さき予《よ》が姿《すがた》を透《すか》し見《み》ざま、驚《おどろ》きたる状《さま》して、一足衝《ひとあしつ》とすさるとて、瀑《たき》を其頭《そのかしら》にあびたり。

左右《さゆう》の肩《かた》に颯《さ》と音《おと》して、玉《たま》の簾《すだれ》ゆらゆらとぞ全身《ぜんしん》を包《つつ》みたる。

「螢《ほたる》、下《くだ》さいな、螢下《ほたるくだ》さいな。」

と予《よ》は恐気《おそれげ》もなく前《まえ》に進《すす》みぬ。

螢《ほたる》は彼《か》の君《きみ》の脇《わき》を潜《くぐ》りて、いま袖裏《そでうら》より這《は》い出《い》でつつ、徐《おもむろ》に其襟《そのえり》を這《は》う時《とき》、青《あお》き光《ひかり》ひたひたと、ぬれまとうたる衣《きぬ》を通《とお》して、真白《ましろ》き乳房《ちぶさ》すきて見《み》えたり。

鼻高《はなたか》う、眉《まゆ》あざやかに、雪《ゆき》の如《ごと》き顔《かんばせ》の、ややおもながなるが、此方《こなた》を瞻《みまも》りたまえば、

「ねえ、螢一《ほたるひと》ツ下《くだ》さいな。母様《おかあさま》は然《そ》ういッたけれど。あの、神様《かみさま》が大事《だいじ》にして居《い》るんだか

ら取《と》ッちゃいけないッて、そういったけれど欲《ほし》いんだもの、一《ひと》ッ位《くらい》いいでしょう。」と甘《あま》ゆる如《ごと》くいいかけつつ、姫《ひめ》の身近《みぢか》に立寄《たちよ》るに、彼《か》の君《きみ》はなおものいわで、予《よ》が顔《かお》を瞻《みつ》めたまう。目《め》の色《いろ》の見《み》ゆるまで、螢《ほたるひかりすご》の光凄く冴《さ》えたり。予《よ》は少《すこ》しく恐気立《おじけだ》ちぬ。其姿《そのすがた》の優《やさ》しければこそ、来《きた》るまじき処《ところ》に来《き》て、神《かみ》の稜威《みいっ》を犯《おか》せしを、罪《つみ》したまわばいかにせむと、いまは其《その》あまり気高《けだか》きが恐《おそろ》しくて、予《よ》は心細《こころぼそ》くも悲《かな》しくなりぬ。

あとへあとへと退《すさ》りながら、

「御免《ごめん》なさい、御免《ごめん》なさい、こんだッから来《こ》ないから。あれ、うちへ帰《かえ》して下《くだ》さいよう。もうもう螢《ほたる》なんか取《と》らないから、御免《ごめん》よ御免《ごめん》よ。」とぞわびたりける。

姫《ひめ》が顔《かお》の色《いろ》やや解《と》けて、眉《まゆ》のび、唇《くちびる》ゆるみぬ。肩寒《かたさむ》げに垂《た》れたる手《て》を、たゆたげに胸《むね》のあたりに上《あ》げて、

「これかえ。」

といいながら、つまみて、掌《たなそこ》に乗《の》せたる、青《あお》きひかり裏《うら》すきて、真白《ましろ》なる手《て》の指《ゆび》のあいだの見《み》えすくまで、太《いた》くも渠《かれ》は痩《や》せたるかな。

「上《あ》げましょうか。」

と呼《よ》びかけて、手《て》をさしのべたる、袖《そで》の下《した》に、わがからだ立寄《たちよ》る時《とき》、彼《か》の君《きみ》のぞくように

俯向《うつむ》きたれば、はらはらと後毛溢《おくれげこぼ》れて二度《にど》ばかり冷《ひや》やかなる雫落《しずくお》ちぬ。胸《むね》に抱緊《いだきし》められたる時《とき》は、冷《つめ》たさ骨髄《こつずい》にとおりつつ、身《み》は氷《こおり》とや化《か》すらむと、わが手足思《てあしおも》わずふるいぬ。

「坊《ぼう》や、いくツだえ。」

「ななツ」と呼吸《いき》の下《した》に答《こた》えし身《み》の、こはそもいかになることぞと、予《よ》は人心地《ひとごこち》もあらざりき。

「名《な》は。」とまた問《と》いつづけぬ。

予《よ》は幽《かすか》に答《こた》え得《え》たり。

「ああ、みねさん、みィちゃんだねえ。」

「ええ、」

かくて予《よ》を抱《いだ》ける右《みぎ》の手《て》に力《ちから》を籠《こ》め、

「もうこんな処《ところ》へ来《く》るんじゃありません、母様《おっかさん》がお案《あん》じだろうに、はやくおかえり。」

というはしに衝《つ》とすりぬけて身《み》をひきぬ。

「入《い》れものはあるかい、」

と姫《ひめ》は此方《こなた》に寄《よ》り添《そ》いつつ、予《よ》が手《て》にさげたる蛍籠《ほたるかご》の小《ちい》さき口《くち》にあてがいて、彼《か》の蛍《ほたる》を入《い》れむとして、軽《かろ》くいきかけて吹《ふ》き込《こ》みしが、空《そら》へそれて、潑《ぱっ》と立《た》ちて、梢《こずえ》を籠《こ》めて蛍《ほたる》は飛《と》びたり。

「あれ、」

と空《そら》を見上《みあ》げたる、ぬれ髪《がみ》は背《せ》にあふりて、両《りょう》の肩《かた》に乱《みだ》れかかりぬ。

「取《と》っても可《い》いかい、取《と》っても可《い》いんなら私《わたい》がとろうや。」

笹《ささ》の葉《は》一束《ひとたば》結附《ゆいつ》けたる竹棹《たけざお》を持《も》ちたれば、直《すぐ》に瀑《たき》におし浸《ひた》して、空《そら》ざまに打掉《うちふ》るにぞ、小《こ》雨《さめ》の如《ごと》くはらはらと葉末《はずえ》を鳴《な》して打散《うちち》りたる、螢《ほたる》は岩陰《いわかげ》にかくれ去《さ》りき。やがて地蔵《じぞう》の肩《かた》に見《み》えぬ。枝《えだ》のあたりをすいと飛《と》びたり。また葉裏《はうら》をぞつたいたる。小石《こいし》の際《きわ》よりぱっと立《た》ちぬ。つと瀑《たき》を横《よこ》ぎり行《ゆ》く。蒼《あお》き光《ひかり》の見《み》えがくれに、姫《ひめ》は予《よ》が前後《まえうしろ》、また右左《みぎひだり》に附添《つきそ》いつ。

予《よ》はただ螢《ほたる》を捕《と》らむとばかり、棹《さお》を打《うち》ふり打《うち》ふりて足《あし》の浮《う》くまであくがれたる、あたり忽《たちま》ち月夜《つきよ》となりぬ。

唯見《とみ》れば旧《もと》の広野《ひろの》なりき。螢狩《ほたるがり》の人幾群《ひといくむれ》か、わがつれも五七人《にん》、先刻《さき》には居《い》たりし川《かわ》も見《み》ゆれど、何時《いつ》の間《ま》にか帰《かえ》りけむ、影一《かげひと》つもあらざりき。あたりはひろびろと果見《はてみ》えず、草茫《くさぼう》茫《ぼう》と生茂《おいしげ》れる、野末《のずえ》には靄《もや》を籠《こ》めて、笠岡山朧《かさおかやまおぼろげ》気なりし。

上《うえ》の丘《おか》と下《した》なる原《はら》とには、年長《としした》けてのち屢々行《しばしばゆ》けど、瀑《たき》の音《おと》のみ聞《き》きて過《す》ぎつ。われのみならず、蓑谷《みのだに》は恐《おそろ》しき魔所《ましょ》なりとて、其一叢《そのひとむら》の森《もり》のなかは差覗《さしのぞ》く者《もの》もあらざるよし。優《やさ》しく、貴《とうと》く美《うつく》しき姫《ひめ》のおもかげ瞳《め》につきて、今《いま》もなつかしき心地《ここち》ぞする。

毬栗

一

人《ひと》の妻《つま》なりし、よき君《きみ》の世《よ》を避《さ》けて隠《かく》れ住《す》みたまうよし。いつも閉《とざ》したるままなれば、隠《かく》れ家《が》の門内《もんない》を見《み》たるもののなかるべし。門《もん》を潜《くぐ》れば古井戸《ふるいど》あり。井《い》げた、雨《あめ》に朽《く》ちて苔蒸《こけむ》したるに、ひしと蓋《ふた》して、其上《そのうえ》を磐石《ばんじゃく》もて圧《おさ》えたり。ここより見附《みつけ》の式台《しきだい》までは半町《はんちょう》ばかり距《へだた》りたらむ。右《みぎ》には竹垣《たけがき》を結《ゆ》いたり。左《ひだり》に小《ちい》さき藁小屋《わらごや》ありて、炉《ろ》のふちに髪白《かみしろ》き老夫《おやじ》一人《ひとり》、ゆたかに胡坐《あぐら》かきて柴折《しばお》りくべつ。小屋《こや》の傍《かたわら》に一本《ぽん》の樫《かし》の大樹《たいじゅ》ありて、炉《ろ》の煙《けむり》薄《うす》くその梢《こずえ》を籠《こ》めたり。

樹蔭《こかげ》の開戸《ひらきど》を潜《くぐ》り入《い》れば、芝《しば》の園《その》見《み》ゆ。梅《うめ》五六本《ぽん》ありて、地《つち》の色《いろ》すべて赤《あか》し。井戸《いど》また一《ひと》つあり。老木《おいき》の楓《かえで》、井《い》の頭《かしら》に臨《のぞ》みて、あたりを蔽《おお》えるなかより、弓形《ゆみなり》の石《いし》の橋《はし》あらわれて、築山《つきやま》の岩《いわ》にかかれるが、水《みず》は涸《か》れて、芝《しば》はここにも生《お》いたり。縁《えん》少《すこ》し見《み》えて、朱塗《しゅぬり》の欄干《らんかん》に二葉《ふたは》三葉《みは》いま散《ち》りかかる。夏《なつ》は白百合《しらゆり》の丈高《たけたか》きが咲《さ》く。枝折《しおり》戸《ど》の際《きわ》に、枇杷《びわ》を植《う》えたり。この枝折戸《しおりど》の外《おもて》は、見渡《みわた》す限《かぎ》り、萩《はぎ》、薄《すすき》の原《はら》とも見《み》ゆ。桔梗《ききょう》、刈萱《かるかや》、女郎花《おみなえし》、いろいろに咲《さ》き乱《みだ》れつ。月《つき》もここよりやのぼるべき。庭《にわ》のはてなる森《もり》のなかには、風《かぜ》の音《おと》常《つね》に絶《た》えず、恰《あたか》も海鳴《うみなり》を聞《き》くが如《ごと》し。

中庭《なかにわ》とこの裏庭《うらにわ》とを隔《へだ》てたる一帯《いったい》の土塀《どべい》につきて、左《ひだり》の方《かた》にめぐり行《ゆ》けば、路《みち》四五間《けん》があいだ竹藪《たけやぶ》なり。通《とお》り越《こ》せば樫《かし》と藁小屋《わらごや》とならびたる、其側《そのかわ》にはあらぬ処《ところ》、一方《いっぽう》の庭《にわ》の入口《いりくち》に至《いた》りつべし。

真闇《まくら》き土臭《つちくさ》き藪《やぶ》をもれて、奥《おく》の方《かた》に、人《ひと》のものいうが幽《かすか》に聞《きこ》ゆ。

「もうそんなに深《ふか》い処《ところ》へ入《い》らっしゃっては恐《こわ》うございますよ。私《わたくし》は、もう、恐《こわ》いんですもの、あれ。」

という聞《きこ》えずなりぬ。

折《おり》から花《はな》やかなる夕日《ゆうひ》影《かげ》の、大樫《おおがし》の梢《こずえ》より、斜《ななめ》に小屋《こや》の屋根《やね》を照《てら》したるに、曇《くも》りもせで、大粒《おおつぶ》の雨《あめ》まばらに、ばらばらと降《ふ》り出《い》でつ。一《ひと》しきりさっと竹藪《たけやぶ》に音《おと》たてしが、時《とき》の間《ま》に晴《は》れて茜《あかね》さしたり。同時《どうじ》に、

「きいッ。」

と魂消《たまぎ》る声《こえ》して、竹《たけ》の葉《は》一斉《いっせい》に烈《はげ》しくゆれつ。真蒼《まさお》になりたる腰元《こしもと》一人《ひとり》、取乱《とりみだ》して、藪《やぶ》の中《なか》より転《まろ》び出《い》でたり。老夫《おやじ》は炉《ろ》にいぶる煙《けむり》の中《なか》より、窪《くぼ》みたる眼《め》を光《ひか》らして透《すか》し見《み》つつ、

「何《ど》うさした。これ、何《なん》とさした。」

と怪《あやし》み問《と》う時《とき》、まだ十歳《とお》ばかりなる美少年《びしょうねん》の続《つづ》きて藪《やぶ》より走出《はしりい》でつ。

「何《ど》う遊《あそ》ばしたの。私《わたし》や、ほんとに、まあ、およし遊《あそ》ばせと申《もう》すのに、ずんずん奥《おく》へ入《い》らっしゃって、はあはあ思《おも》ってる処《ところ》へ、だしぬけに、わっとおっしゃるんだもの。」

と胸《むね》を撫《な》でて、身《み》のふるい止《とど》まらず。

美少年《びしょうねん》も息《いき》をつきぬ。

「あの中《なか》にお前《まえ》、深《ふか》い深《ふか》い谷《たに》があって、水《みず》が少《すこ》し流《なが》れて居《い》るの、其処《そこ》にねお前《まえ》、あれ、」

と井《い》の上《うえ》を蓋《ふた》したる磐石《ばんじゃく》を見遣《みや》りて言《い》いぬ。

「あれよりか少《すこ》し小《ちい》さな、赤《あか》い色《いろ》の蛙《かえる》が居《い》てね、背中《せなか》の筋《すじ》が黄金《きん》の色《いろ》をして光《ひか》って居《い》たもの。」

老父《おやじ》は眉《まゆ》を顰《ひそ》めて頷《うなず》きたり。

「もう一足踏込《ひとあしふみこ》んで見《み》さっしゃれ、危《あぶな》い、それそこだ。」

二

里《さと》の壮佼《わかもの》の一人《いちにん》は、不意《ふい》に頬《ほほ》を刺《さ》されて、苦《あ》と叫《さけ》びて背後《うしろ》に退《の》きたり。門内《もんない》よりうち出《いだ》す栗《くり》の毬霰《いがあられ》の如《ごと》く、五七人群《にんむらが》る中《なか》へばらばらと乱《みだ》れかかるに、驚破《すわ》や天狗《てんぐ》の暴《あ》るるわと、あわてふためき、ひとなだれにどっと遁《に》げぬ。

山中《さんちゅう》の森《もり》に早《は》や日《ひ》の入《い》りつ。秋《あき》の日《ひ》の暮《く》れかかる隠家《かくれが》の門前《もんぜん》の広場《ひろば》には、松《まつ》の葉《は》一葉《ひとは》の塵《ちり》もあらで、うつくしく箒目《ほうきめ》立《た》つ。あたりは寂《せき》として、もの静《しずか》に、鳥《とり》の鳴《な》く声《こえ》も聞《きこ》えず、人《ひと》のけはいもせで、なお栗《くり》の毬《いが》の縦横《じゅうおう》に門内《もんない》より飛《と》び出《い》でて、門前《もんぜん》の此処彼処《ここかしこ》に落《お》ち留《とどま》りては、二《ふた》つ、三《み》つ、二《ふた》つ、三《み》つ、おなじ処《ところ》にかさなり合《あ》うあり、遠《とお》くそれて見《み》えずなるあり、地《ち》の上《うえ》にころげるあり、樹《き》の枝《えだ》に挿《はさ》まるあり。入交《いりちが》い飛交《とびちが》いて、凡《およ》そ五分時《ごふんじ》ばかりの間《あいだ》、絶《た》ゆる隙《ひま》あらざりき。

ややありて其《そ》の止《や》みたる時《とき》、黄昏《たそが》るる門《もん》の黒《くろ》き色《いろ》の、それかとも見《み》えわかぬに、美《うつく》しき少《しょう》年《ねん》の顔《かお》、ほのかに白《しろ》くあらわれて、外《と》の方《かた》を透《すか》し見《み》つ。

そのうつくしき顔《かお》を一目《ひとめ》見《み》るより、壮佼《わかもの》の一人《いちにん》の、わななきわななき、門柱《もんばしら》にひたと身《み》を忍《しの》びて、密《ひそか》に様子《ようす》をうかがいたるが、わっと絶叫《ぜっきょう》して遁《に》げ出《いだ》せり。

不意《ふい》の物音《ものおと》に、彼《か》の児《ちご》、驚《おどろ》きたる面色《おももち》なりしが、こけつまろびつ行《ゆ》く後姿《うしろすがた》を見《み》送《おく》りて、にっこと笑《え》みぬ。

時《とき》に遥《はるか》なる森《もり》の中《なか》より、途絶《とだ》え途絶《とだ》え洩《も》れ聞《きこ》ゆる鰭《ひ》爪《づめ》の音《おと》せり。

少年《しょうねん》は隠《かく》れ去《さ》りつ。

しばしありて、盛装《せいそう》せる武《ぶ》官《かん》の、従者《ずさ》一人《ひとり》も従《したが》えで、徐《おもむ》ろに手綱《たづな》を操《あやつ》り、暮《く》れ行《ゆ》く森《もり》を背《せ》にして、この門近《もんちか》く進《すす》み寄《よ》りぬ。

さやかに輝《かがや》くは勲章《くんしょう》なるべし。駒《こま》の進《すす》む毎《ごと》に、きらきらと揺《ゆ》れて胸《むね》に鳴《な》れり。

やがて、近《ちか》くに寄《よ》りて、大杉《おおすぎ》の下《もと》に駒《こま》の頭《かしら》を乗《の》り入《い》れたる、梢《こずえ》に颯《さつ》と風立《かぜた》ちて、雨《あめ》のなごり雹《ひょう》の如《ごと》くばらばらと乱《みだ》れかかりつ。

前足《まえあし》を空《そら》に嘶《いなな》ける、一声高《ひとこえたか》く、じりりと後《あと》にすさりたるを、

「叱《しっ》！」とばかりに乗《の》りしずめて、又《また》しずしずと打《う》って進《すす》め、門近《もんちか》くに来《きた》りて、ふとその手綱《たづな》を控《ひか》うるトタンに、毬栗《いがくり》の一《ひと》つ空《くう》を飛《と》びて、頬《ほほ》のあたりを掠《かす》めたるを、よけざまに右手《めて》に摑《つか》みて、屹《きっ》と見《み》て微笑《ほほえ》みぬ。

駒《こま》はまた嘶《いなな》けり。

将軍《しょうぐん》はひらりと身《み》を軽《かろ》くおりたちつ。たて髪《がみ》を撫《な》でて乗《の》り捨《す》てて、佩剣《はいけん》の柄《つか》を握《にぎ》るとともに、靴音高《くつおとたか》く近寄《ちかよ》りて、ひたと門《もん》の扉《とびら》に耳《みみ》をあてて、顔《かお》をば少《すこ》し傾《かたむ》けぬ。

裡《うち》は寂《しん》として音《おと》なかりき。

一足退《ひとあしの》きて、もと来《き》し方《かた》なる山《やま》の端《は》を仰《あお》ぎしが、再《ふたた》び耳《みみ》をおしあてぬ。

静《しず》かさは、響《さき》にも増《ま》したり。

将軍《しょうぐん》はまた傍《かたわら》に寄《よ》りて身《み》をすさらしつつ、仰《あお》ぎて門《もん》の屋根《やね》を視《なが》めたるが、更《さら》に耳《みみ》をつけて聞《き》きぬ。

同時《どうじ》にけたたましき跫音《あしおと》の、一人《ひとり》ならず二人三人《ふたりみたり》、鳥《とり》の立《た》つらむ気勢《けはい》して、母屋《おもや》の方《かた》に遠《とお》ざかりたる。其《その》のちは葉《は》の落《お》つる音《おと》だもあらず。

暗《くら》くなる時《とき》、火《ひ》の影《かげ》ぱっと立《た》ちて、将軍《しょうぐん》のうつくしき鬚《ひげ》、其光《そのひかり》にうつりしが、既《すで》に馬上《ばじょう》にありて、葉巻《はまき》の薫《かおり》ぞ四辺《あたり》を籠《こ》めし。

鰭爪《ひづめ》の音木精《おとこだま》に響《ひび》きて、悠々《ゆうゆう》と引還《ひきかえ》し、森《もり》を潜《くぐ》りて見《み》えずなりぬ。
月《つき》の光梢《ひかりこずえ》をすべりて、落散《おちち》りたる栗《くり》の毬《いが》、ひとつひとつに影《かげ》さしたり。

妙の宮

夜《よ》に入《い》れば人《ひと》の来《く》まじき処《ところ》ぞ。妙《たえ》の宮《みや》は、大川《おおかわ》に添《そ》いて、名《な》ある橋四《はしよ》つさかのぼり、麻畠《あさばたけ》を横《よこ》ぎりて、艮《うしとら》に六町行《ちょうゆ》きたる、山中《さんちゅう》の社《やしろ》なり。ここを妙《たえ》の宮《みや》と思《おも》う時《とき》、うつくしき少年《しょうねん》士官《しかん》は、帽《ぼう》を脱《だっ》して、心静《こころしずか》に坂《さか》を上《のぼ》りぬ。

一昨日《おととい》は誰《たれ》、昨夜《ゆうべ》は彼《かれ》、数《かぞ》えて五人《にん》まで、此《こ》の士官《しかん》の友《とも》の、心猛《こころたけ》きが、皆来《みなき》て、事《こと》なく帰《かえ》りたるはあらざりし。

今夜《こんや》ぞ、其六日目《そのむいかめ》の月《つき》の夜《よ》なりける。

はじめ一町《ちょう》ばかりの間《あいだ》は、梢両側《こずえりょうがわ》より蔽《おお》い重《かさな》り、頭近《かしらちか》く枝《えだ》を組《く》みて、黒白《あやめ》も分《わ》かず、掻探《かいさぐ》る手《て》の数次蜘蛛《しばしばくも》の囲《い》を破《やぶ》り行《ゆ》きし。路《みち》やや広《ひろ》くなりて、樹立左右《こだちさゆう》に遠《とお》ざかり、幹並《みきなら》び両《ふたつ》に分《わか》れて、谷《たに》に山《やま》に、果《はて》なく底見《そこみ》えぬ茂《しげり》となれる。目《め》の下《した》に一軒《けん》の藁屋《わらや》ありて、灯《ひ》の影洩《かげも》れず眠《ねむ》りたるに、ばちゃばちゃと流《ながれ》の音《おと》して、小《ちい》さき水車《みずぐるま》、月夜《つきよ》におのずから廻《まわ》りたり。心《こころ》から、露《つゆ》けき服《ふく》の肩冷《かたひやや》かなれば、行々粛然《ゆくゆくしゅくぜん》と襟《えり》を正《ただ》しつ。

恪《か》くて石階《せきかい》にのぞみたり。このあたり一面《いちめん》に、小《ちい》さく白《しろ》き草《くさ》の花《はな》の、小流《こながれ》を蔽《おお》いて咲《さ》いたるが、昼見《ひるみ》れば紫《むらさき》なりとぞ。

月《つき》、山《やま》の端《は》に高《たか》く懸《かか》りたれば、渠《かれ》の影《かげ》は長《なが》く後《うしろ》にさしたり。二百十六段《だん》の上《のぼり》というに、宮《みや》は尚《な》お其《それ》よりも奥深《おくふか》き処《ところ》にあれば、みあぐる眉《まゆ》の上幾重《うえいくえ》にも、石階《せきかい》の重《かさ》なりつつ、鳥居《とりい》の尖《さき》のみ少《すこ》しく見《み》えて、仄《ほのか》に白々《しろじろ》とある道《みち》を士官《しかん》は半《なか》ば昇《のぼ》りつ。

ふと月《つき》を仰《あお》ぎしが、心着《こころづ》きて胸《むね》を見《み》て、

「あ！」と我知《われし》らず呟《つぶや》きぬ。

鎖《くさり》ばかり帯《おび》にさがりて——掏《す》られしならむ——時計《とけい》はあらざりき。

両脇《りょうわき》、懐《ふところ》、忙《せわ》しく探《さぐ》り見《み》たるが、

「馬鹿《ばか》な。」

と言《い》いて腕《うで》を組《く》みたり。

折《おり》から白《しろ》き花《はな》の咲《さ》きたる草《くさ》の、葉《は》と、葉《は》と流《ながれ》に揺《ゆ》らるるなるべし、さ、さ、という響《ひびき》せしが、時《とき》の間《ま》に騒《さわ》がしく、あたりのもの気《け》色《しき》ばみて、月《つき》の隈《くま》、動《うご》くと見《み》えし、幼児《おさなご》の拳《こぶし》ばかり、其《そ》の大《おお》きさのもの、六個《むっつ》七個《ななつ》、一《ひと》つらに横《よこ》に並《なら》びて、斜《ななめ》に石段《いしだん》を切《き》って過《す》ぎ、蜘蛛《くも》の子《こ》の散《ち》る如《ごと》く、さらさらとぞ走《はし》りたる。士官《しかん》は冷《ひや》やかに笑《え》みたりき。

ほどなく石階《せきかい》をのぼり尽《つく》して、鳥居《とりい》を潜《くぐ》れば、御手洗《みたらし》あり。山清水《やましみず》の湧《わ》いたるが、頭《かしら》を擡《もた》げて、径一尺《けいいっしゃく》の玉《たま》、浮《う》いつ沈《しず》みつするが如《ごと》し。

所《ところ》せく月《つき》の光《ひかり》さして、柿《かき》の葉《は》、杉《すぎ》の枝《えだ》、恰《あたか》も墨絵《すみえ》のにじめる如《ごと》く、濡《ぬ》れたる土《つち》に影《かげ》をこぼしつ。士官《しかん》はざぶりと水《みず》を汲《く》みて、手《て》を洗《あら》いながら眼《まなこ》を注《そそ》げば、御手洗《みたらし》の石《いし》のふちに、先刻《さき》に見《み》たると、同《おなじ》一蟹《かに》の、甲《こう》の赤《あか》きが二《ふた》つまで、鋏《はさみ》をあげて身《み》がまえ居《い》つ。

其時《そのとき》するすると這《は》い下《お》りて、下《した》の叢《くさむら》をぞ潜《くぐ》りたる。唯《ト》見《み》れば一条《いちじょう》の蛇《くちなわ》あり。つと社前《しゃぜん》を横《よこ》ぎりて、追《お》われて遁《に》ぐる状《さま》にて、杉《すぎ》の幹《みき》にのぼり行《ゆ》きし。その後《あと》は、社《やしろ》に到《いた》れる士官《しかん》の身《み》のみ、他《た》に此《こ》の山中《さんちゅう》にあらゆるもの、葉《は》ひとつ動《うご》くとも見《み》えざりき。

全体《ぜんたい》の大破《たいは》に帰《き》して、古《ふる》び且《か》つ寂《さ》びたるに似《に》ず、新《あたら》しき筵《むしろ》しきたる、狐格子《きつねごうし》の前《まえ》に黙拝《もくはい》し果《は》てて、士官《しかん》はおもむろに起《た》ちて空《そら》を仰《あお》げり。月《つき》は大杉《おおすぎ》の梢《こずえ》を離《はな》れて、宮《みや》の真下《ました》に、廻廊《かいろう》の朽目《くちめ》の見《み》ゆるまで、あからさまに照《てら》したり。士官《しかん》はまた帯《おび》のあたりを探《さぐ》りしが、心着《こころづ》きて、さて、笑《わら》うて止《や》みつ。

廻廊《かいろう》を左《ひだり》にめぐりて、横《よこ》に折《お》れて出《い》でむとして、驚《おどろ》きて一歩《ひとあし》退《の》きたる、清《すず》しき瞳《ひとみ》のキト注《そそ》ぐ。廂《ひさし》の下《した》の薄暗《うすくら》きに、坊主天窓《ぼうずあたま》の児《こ》の、未《いま》だ三歳《さい》にならずと見《み》ゆるが、何《なに》もなくて唯一人《ただひとり》はらばいつ。

両手《りようて》に、光《ひか》るもの一《ひと》つ握《にぎ》りて、余念《よねん》なげに見《み》つむる状《さま》なり。

士官《しかん》は心剛《こころごう》なりき。

渠《かれ》はつかつかと寄添《よりそ》いぬ。

おさなごは人見《ひとみ》しりもせで、渠《かれ》を見《み》るより、なつかしげに身《み》を起《おこ》して這寄《はいよ》りつつ、

「ば、ば、」

とばかり何《なに》をか言《い》うらむ。

夜深《よふか》く静《しずか》なれば、虫《むし》の這《は》う気勢《けはい》もす。士官《しかん》が脈搏《みやくはく》の激《はげ》しくなる時《とき》、セコンドの刻《きざ》む音《おと》、いと高《たか》く聞《きこ》えたり。

さきに失《うしな》いし金時計《きんどけい》は、此《こ》のおさなごの手《て》にありたりき。

ひとたびは身《み》の毛《け》よだちぬ。やや心《こころ》の静《しず》まりたれば、

「どれ。」

と時計《とけい》に手《て》をかけ、屹《きっ》と其顔《そのかお》をみつむるに、児《こ》はおそれけむ、わっと泣《な》きぬ。士官《しかん》は驚《おどろ》きて耳《みみ》を掩《おお》えり。

「何《なに》もしやせん。堪忍《かんにん》しろ堪忍《かんにん》しろ。」

と其《その》うなじを掻撫《かいな》づれば、水晶《すいしょう》の如《ごと》き目《め》の冴々《さえざえ》して、愛《あい》らしき顔《かお》して莞爾《にっこ》と笑《わら》い、

「あ、あ、」

と掌《たなそこ》なる時計《とけい》を示《しめ》しつ。よき手弄《てあそび》をほこるなるべし。

少年士官《しょうねんしかん》は頷《うなず》きぬ。

「むむ、いいものを。取《と》っておけ取っておけ。」

再《ふたた》び其頭《そのかしら》をなでしが、可愛《かわい》くなりて、おのが膝《ひざ》に抱《いだ》かむとするに、誰《た》が手《て》ぞ、幼児《おさなご》の独這《ひとりは》いて危《あやう》き所《ところ》に動《うご》かざるよう、堅《かた》く勾欄《こうらん》に結《ゆわ》え置《お》きたる、燃立《もえた》つ如《ごと》き緋縮緬《ひぢりめん》の扱帯《しごき》の見《み》えき。

清心庵

一

米《こめ》と塩《しお》とは尼君《あまぎみ》が市《まち》に出《い》で行《ゆ》きたまうとて、庵《いおり》に残《のこ》したまいたれば、摩耶《まや》も予《よ》も餓《う》うることなかるべし。固《もと》より山中《さんちゅう》の孤家《ひとつや》なり。甘《あま》きものも酢《す》きものも摩耶《まや》は欲《ほ》しからずという、予《よ》もまた同《おな》じきなり。

柄《え》長《なが》く椎《しい》の葉《は》ばかりなる、小《ちいさ》き鎌《かま》を腰《こし》にしつ。籠《かご》をば糸《いと》つけて肩《かた》に懸《か》け、袷《あわせ》短《みじか》に草履《ぞうり》穿《は》きたり。かくてわれ庵《いおり》を出《い》でしは、午《ご》の時過《ときす》ぐる比《ころ》なりき。

麓《ふもと》に遠《とお》き市人《いちびと》は東雲《しののめ》よりするもあり。まだ夜明《よあ》けざるに来《きた》るあり。芝茸《しばたけ》、松茸《まつだけ》、しめじ、松露《しょうろ》など、小笹《おざさ》の蔭《かげ》、芝《しば》の中《なか》、雑木《ぞうき》の奥《おく》、谷間《たにあい》に、いと多《おお》き山《やま》なれど、狩《か》る人《ひと》の数《かず》もまた多《おお》し。

昨日一昨日《きのうおとつい》雨降《あめふ》りて、山《やま》の地湿《つちしめ》りたれば、茸《きのこ》の獲物《えもの》然《さ》こそとて、朝霧《あさぎり》の晴《は》れもあえぬに、人影山《ひとかげやま》に入乱《いりみだ》れつ。いまはハヤ朽葉《くちば》の下《した》をもあさりたらむ。五七人《にん》、三五人《にん》、出盛《でさか》りたるが断続《だんぞく》して、群《む》れては坂《さか》を帰《かえ》りゆくに、いかにわれ山《やま》の庵《いおり》に馴《な》れて、あたりの地味《ちみ》にくわしとて、何《なに》ほどのものか獲《え》らるべき。

米《こめ》と塩《しお》とは貯《たくわ》えたり。筧《かけい》の水《みず》はいと清《きよ》ければ、たとい木《き》の実《み》一個《ひとつ》獲《え》ずもあれ、摩耶《まや》も予《よ》も餓《う》うることなかるべく、甘《あま》きものも酢《す》きものも渠《かれ》はたえて欲《ほ》しからずという。

されば予《よ》が茸狩《たけか》らむとて来《きた》りしも、毒《どく》なき味《あじわい》の甘《あま》きを獲《え》て、煮《に》て食《くら》わむとするにはあらず。姿《すがた》のおもしろき、色《いろ》のうつくしきを取《と》りて帰《かえ》りて、見《み》せて楽《たのし》ませむと思《おも》いしのみ。

「爺《じい》や、この茸《たけ》は毒《どく》なんか。」

「え、お前様《まえさま》、其奴《そいつ》ぁ、うっかりしようもんなら殺《や》られますぜ。紅茸《べにたけ》といってね、見《み》ると綺麗《きれい》でさ。それ、表《おもて》は紅《べに》を流《なが》したようで、裏《うら》はハア真白《まっしろ》で、茸《きのこ》の中《なか》じゃあ一番《いちばん》うつくしいんだけんど、食《た》べられましねえ。あぶれた手合《てあい》が欲《ほ》しそうに見《み》ちゃあ指《ゆび》をくわえる奴《やつ》でね、そいつぱッかりゃ塩《しお》を浴《あ》びせたって埒明《らちあ》きませぬじゃ、おッぽり出《だ》してしまわっせえよ。はい、」

といいかけて、行《ゆ》かむとしたる、山番《やまばん》の爺《じじ》はわれらが庵《いおり》を五六町《ちょう》隔《へだ》てたる山寺《やまでら》の下《した》に、小屋《こや》かけて唯一人《ただひとり》住《す》みたるなり。

風吹《かぜふ》けば倒《たお》れ、雨露《うろ》に朽《く》ちて、卒堵婆《そとば》は絶《た》えてあらざれど、傾《かたむ》きたるまま苔蒸《こけむ》すままに、共有地《きょうゆうち》の墓《はか》いまなお残《のこ》りて、松《まつ》の蔭《かげ》の処々《ところどころ》に数多《かずおお》く、春夏冬《はるなつふゆ》は人《ひと》もこそ訪《と》わね、盂蘭盆《うらぼん》にはさすがに詣《もう》で来《く》る縁者《えんじゃ》もあるを、いやが上《うえ》に荒《あ》れ果《は》てさして、霊地《れいち》の跡《あと》を空《むな》しうせじとて、心《こころ》ある市《まち》の者《もの》より、田畑《たはた》少《すこ》し附属《ふぞく》して養《やしな》い置《お》く、山番《やまばん》の爺《じじ》は顔丸《かおまる》く、色煤《いろすす》びて、眼《まなこ》は窪《くぼ》み、鼻円《はなまろ》く、眉《まゆ》は白《しろ》くなりて針金《はりがね》の如《ごと》きが五六本短《ぼんみじか》く生《お》いたり。継《つぎ》はぎの股引膝《ももひきひざ》までして、毛脛《けずね》細《ほそ》く瘠《や》せたれども、健《すこや》かに。谷《たに》を攀《よ》じ、峰《みね》にのぼり、森《もり》の中《なか》をくぐりなどして、杖《つえ》をもつかで見《み》めぐるにぞ、盗人《ぬすびと》の来《き》て林《はやし》に潜《ひそ》むことなく、わが庵《いおり》も安《やす》らかに、摩耶《まや》も頼母《たのも》しく思《おも》うにこそ、われも懐《なつか》ししと思《おも》いたり。

「食《た》べやしないんだよ。爺《じい》や、唯玩弄《ただおもちゃ》にするんだから。」

「それならば可《よ》うごすが。」

爺《じじ》は手桶《ておけ》を提《ひっさ》げ居《い》たり。

「何《なん》でもこう其水《そのみず》ン中《なか》へうつして見《み》るとの、はっきりと影《かげ》の映《うつ》る奴《やっ》は食《た》べられますで、茸《きのこ》の影《かげ》がぼんやりするのは毒《どく》がありますじゃ。覚《おぼ》えて置《お》かっしゃい。」

まめだちていう。頷《うなず》きながら、

「一杯呑《いっぱいの》ましておくれな。咽喉《のど》が渇《かわ》いて、しようがないんだから。」

「さあさあ、いまお寺《てら》から汲《く》んで来《き》たお初穂《はつほ》だ、あがんなさい。」

掬《むす》ばむとして猶予《ため》らいぬ。

「柄杓《ひしゃく》がないな、爺《じい》や、お前《まえ》ン処《とこ》まで一所《いっしょ》に行《ゆ》こう。」

「何《なに》が、仏様《ほとけさま》へお茶《ちゃ》を煮《に》てあげるんだけんど、お前様《まえさま》のきれいなお手《て》だ、ようごす、つッこんで呑《の》まっしゃいさ。」

俯向《うつむ》きざま掌《たなそこ》に掬《すく》いてのみぬ。清涼掬《せいりようきく》すべし、此水《このみず》の味《あじ》はわれ心得《こころえ》たり。遊山《ゆさん》の折々《おりおりか》彼の山寺《やまでら》の井戸《いど》の水試《みずこころ》みたるに、わが家《いえ》のそれと異《ことな》らずよく似《に》たり。実《げ》によき水《みず》ぞ、市中《まちなか》にはまた類《たぐい》あらじと亡《な》き母《はは》のたまいき。いまこれをはじめならず、われもまたしばしばくらべ見《み》つ。摩耶《まや》と二人《ふたり》いま住《す》まえる尼君《あまぎみ》の庵《いおり》なる筧《かけい》の水《みず》も其味《そのあじわい》これと異《ことな》るなし。悪熱《あくねつ》のあらむ時《とき》三《み》ツの水《みず》のいずれをか掬《むす》ばんに、わが心地《ここち》いかならむ。忘《わす》るるばかりのみはてたり。

「うんや遠慮《えんりよ》さっしゃるな、水《みず》だ。ほい、強《し》いるにも当《あた》らぬかの。おお、それからいまのさき、私《わし》が田圃《たんぼ》から帰《かえ》りがけに、うつくしい女衆《おんなしゆう》が、二人《ふたり》づれ、丁稚《でつち》が一人《ひとり》、若《わか》い衆《しゆう》が三人《さんにん》で、駕籠《かご》を舁《か》いてぞろぞろとやって来《き》おった。や、其《それ》が空駕籠《からかご》じゃったわ。もしもし、清心《せいしん》様《さま》とおっしゃる尼様《あまさま》のお寺《てら》はどちらへ、と問《と》いくさる。はあ、それならと手《て》を取《と》るように教《おし》えてやっけが、お前様用《まえさまよう》でもないかの。いい加減《かげん》に遊《あそ》ばっしゃったら、迷児《まいご》にならずに帰《けえ》っしゃいよ、奥様《おくさま》が待《ま》ってござろうに。」

と語《かた》りもあえず歩《あゆ》み去《さ》りぬ。摩耶《まや》が身《み》に事《こと》なきか。

二

まい茸《だけ》は其形《そのかたち》細《ほそ》き珊瑚《さんご》の枝《えだ》に似《に》たり。軸白《じくしろ》くして薄紅《うすべに》の色《いろ》さしたると、樺色《かばいろ》なると、また黄《き》なると、三《み》ツ五《いつ》ツはあらむ、芝茸《しばたけ》はわれ取《と》って捨《す》てぬ。最《もつと》も数多《かずおお》く獲《え》たるは紅茸《べにたけ》なり。こは山蔭《やまかげ》の土《つち》の色鼠《いろねずみ》に、朽葉《くちば》黒《くろ》かりし小暗《おぐら》きなかに、まわり一抱《ひとかかえ》もありたらむ榎《えのき》の株《かぶ》を取《とり》巻《ま》きて濡色《ぬれいろ》の紅《くれない》したたるばかり塵《ちり》も留《と》めず地《つち》に敷《し》きて生《お》いたるなりき。一《ひと》ツずつ其《その》なかばを取《と》りしに思《おも》いがけず真黒《まくろ》なる蛇《へび》の小《ちい》さきが紫《むらさき》の蜘蛛《くも》追《お》い駈《か》けて、縦横《たてよこ》に走《はし》りたれば、見《み》るからに毒々《どくどく》しく、あまれるは残《のこ》して留《や》みぬ。

松《まつ》の根《ね》に踞《つくば》いて、籠《かご》のなかさしのぞく。この茸《きのこ》の数《かず》も、誰《た》がためにか獲《え》たる、あわれ摩耶《まや》は市《いち》に帰《かえ》るべし。

山番《やまばん》の爺《じじ》がいいたる如《ごと》く駕籠《かご》は来《き》て、われよりさきに庵《いおり》の枝折戸《しおりど》にひたと立《た》てられたり。壮佼《わかもの》居《い》て一人《ひとり》は棒《ぼう》に頤《おとがい》つき、他《た》は下《した》に居《い》て煙草《たばこ》のみつ。内《うち》にはうらわかきと、冴《さ》えたると、しめやかなる女《おんな》の声《こえ》して、摩耶《まや》のものいうは聞《きこ》えざりしが、いかでわれ入《はい》らるべき。人《ひと》に顔《かお》見《み》するがもの憂《う》ければこそ、摩耶《まや》も予《よ》もこの庵《いおり》には籠《こも》りたれ。面合《おもてあわ》すに憚《はばか》りたれば、ソと物《もの》の蔭《かげ》になりつ。故《ことさ》らに隔《へだた》りたれば窃《ぬす》み聴《き》かむよしもあらざれど、渠等《かれら》空駕籠《からかご》は持《も》て来《き》たり、大方《おおかた》は家《いえ》よりして迎《むかい》に来《きた》りしものならむを、手《て》を空《むな》しうして帰《かえ》るべしや。

一同《いちどう》が庵《いおり》を去《さ》らむ時《とき》、摩耶《まや》もまた去《さ》らでやある、もの食《く》わでもわれは餓《う》えまじきを、かかるもの何《なに》かせむ。

打《うち》こぼし投《な》げ払《はら》いし籠《かご》の底《そこ》に残《のこ》りたる、唯一《ただひと》つありし初茸《はったけ》の、手《て》の触《ふ》れしあとの錆《さび》つきて斑《まだ》らに緑晶《ろくしょう》の色染《いろし》みしさえあじきなく、手《て》に取《と》りて見《み》つつわれ俯向《うつむ》きぬ。

顔《かお》の色《いろ》も沈《しず》みけむ、日《ひ》もハヤたそがれたり。濃《こ》かりし蒼空《あおぞら》も淡《あわ》くなりぬ。山《やま》の端《は》に白《しろ》き雲《くも》起《おこ》りて、練衣《ねりぎぬ》の如《ごと》き艶《つや》かなる月《つき》の影《かげ》さし初《そ》めしが、刷《は》いたるよう広《ひろ》がりて、墨《すみ》の色《いろ》せる巓《いただき》と連《つらな》りたり。山《やま》はいまだ暮《くれ》ならず。夕日《ゆうひ》の余波《なごり》あるあたり、薄紫《うすむらさき》の雲《くも》も見《み》ゆ。そよとばかり風《かぜ》立《た》つままに、むら薄《すすき》の穂《ほ》打靡《うちなび》きて、肩《かた》のあたりに秋《あき》ぞ染《し》むなる。さきには汗《あせ》出《い》でて咽喉《のんど》渇《かわ》くに、爺《じじ》にもとめて山《やま》の井《い》の水《みず》飲《の》みたりし、其冷《そのひや》やかさおもい出《い》でつ。さる時《とき》の我《われ》といまの我《われ》と、月《つき》を隔《へだ》つる思《おも》いあり。青《あお》き袷《あわせ》に黒《くろ》き帯《おび》して瘠《や》せたるわが姿《すがた》つくづくと眴《みまわ》しながら寂《さみ》しき山《やま》に腰掛《こしか》けたる、何人《なにびと》もかかる状《さま》は、やがて皆孤児《みなみなしご》になるべき兆《きざし》なり。

小笹《おざさ》ざわざわと音《おと》したれば、ふと頭《かしら》を擡《もた》げて見《み》ぬ。

やや光《ひかり》の増《ま》し来《きた》れる半輪《はんりん》の月《つき》を背《せ》に、黒《くろ》き姿《すがた》して薪《たきぎ》をば小脇《こわき》にかかえ、崖《がけ》よりぬッくと出《い》でて、薄原《すすきはら》に顕《あらわ》れしは、またもめぐりあいたるよ、彼《か》の山番《やまばん》の爺《じじ》なりき。

「まだ帰《かえ》らっしゃらねえの。おお、薄《うす》ら寒《さむ》くなりおった。」

と呟《つぶや》くが如《ごと》くにいいて、かかる時《とき》、かかる出会《であい》の度々《たびたび》なれば、故《わざ》とには近寄《ちかよ》らで離《はな》れたるままに横《よこ》ぎりて爺《じじ》は去《さ》りたり。

「千《せん》ちゃん。」

「え。」

予《よ》は驚《おどろ》きて顧《みかえ》りぬ。振返《ふりかえ》れば女居《おんない》たり。

「こんな処《ところ》に一人《ひとり》で居《い》るの。」

といいかけてまず微笑《ほほえ》みぬ。年紀《とし》は三十《みそじ》に近《ちか》かるべし、色白《いろしろ》く妍《かおよ》き女《おんな》の、目《め》の働《はたら》き活々《いきいき》して風采《とりなり》の俠《きゃん》なるが、扱帯《しごき》きりりと裳《もすそ》を深《ふか》く、凜々《りり》しげなる扮装《いでたち》しつ。中《なか》ざしキラキラとさし込《こ》みつつ、円髷《まるまげ》の艶《つやや》かなる、旧《もと》わが居《い》たる町《まち》に住《す》みて、亡《な》き母上《ははうえ》とも往来《ゆきき》しき。年紀少《としわか》くて孀《やもめ》になりしが、摩耶《まや》の家《いえ》に奉公《ほうこう》するよし、予《よ》も予《かね》て見知《みし》りたり。目《め》を見合《みあわ》せてさしむかいつ。予《よ》は何事《なにごと》もなく頷《うなず》きぬ。女《おんな》はじっと予《よ》を瞻《みまも》りしが、急《きゅう》にまた打笑《うちわら》えり。

「何《ど》うもこれじゃあ密通《まおとこ》をしようという顔《かお》じゃあないね。」

「何《なに》をいうんだ。」

「何《なに》をもないもんですよ。千《せん》ちゃん！お前様《まえさん》は。」

いいかけて渠《かれ》はやや真顔《まがお》になりぬ。

「一体《いったい》お前様《まえさん》まあ、何《ど》うしたというんですね、驚《おどろ》いたじゃアありませんか。」

「何《なに》をいうんだ。」

「あれ、また何《なに》をじゃアありませんよ。盗人《ぬすびと》を捕《とら》えて見《み》ればわが児《こ》なりか、内《うち》の御新造様《ごしんぞさま》のいい人《ひと》は、お目《め》に懸《かか》るとお前様《まえさん》だもの。驚《おどろ》くじゃアありませんか。え、千《せん》ちゃん、まあ何《なん》でも可《い》いから、お前様《まえさん》ひとつ何《なん》とかいって、内《うち》の御新造様《ごしんぞさま》を返《かえ》して下《くだ》さい。裏店《うらだな》の嬶々《かか》が飛《とび》出《だ》したって、お附合《つきあい》五六軒《けん》は、おや、とばかりで騒《さわ》ぐわねえ。千《せん》ちゃん、何《なん》だってお前様《まえさん》、殿様《とのさま》のお城《しろ》か、内《うち》のお邸《やしき》かという家《いえ》の若御新造《わかごしんぞ》が、此間《このあいだ》の御遊山《ごゆさん》から、直《す》ぐに何処《どこ》へ行《い》らっしゃったかお帰《かえ》りがない、お行方《ゆくえ》が知《し》れないというのじゃアありませんか。

ぱッとしたら国中《くにじゅう》の騒動《そうどう》になりますわ。お出入《でいり》が八方《はっぽう》へ飛出《とびだ》すばかりでも、二千や三千の提灯《ちょうちん》は駈《か》けまわろうというもんです。まあ察《さっ》しても御覧《ごらん》なさい。

これが下々《したじた》のものならばさ、片膚脱《かたはだぬぎ》の出刃《でば》庖丁《ぼうちょう》の向《むこ》う顱巻《はちまき》か何《なん》かで、阿魔《あま》！とばかりで飛《とび》出《だ》す訳《わけ》じゃアあるんだけれど、何《なん》しろねえ、御身分《ごみぶん》が御身分《ごみぶん》だから、実《じつ》は大《おお》きな声《こえ》を出《だ》すことも出来《でき》ないで、旦那様《だんなさま》は、蒼《あお》くなって在《い》らっしゃるんだわ。

今朝《けさ》のこッたね、不断一八《ふだんいっぱち》に茶《ちゃ》の湯《ゆ》のお合手《あいて》に入《い》らっしゃった、山《やま》のお前様《まえさん》、尼様《あまさま》の、清《せい》心様《しんさま》がね、あの方《かた》はね、平時《いつも》はお前様《まえさん》、八十にもなって居《い》てさ、山《やま》から下駄《げた》穿《ばき》でしゃんしゃんと下《お》りて入《い》らっしゃるのに、不思議《ふしぎ》と草鞋《わらじ》穿《ばき》で、饅頭笠《まんじゅうがさ》か何《なに》かで遣《や》って見《み》えてさ、まあ、斯《こ》うだわ。

（御宅《おたく》の御新造様《ごしんぞさん》は、私《わし》ン処《とこ》に居《い》ますで案《あん》じさっしゃるな、したがな、また旧《もと》なりにお前《まえ》の処《ところ》へは来《こ》ないからそう思《おも》わっしゃいよ。）

と好《すき》なことをいって、草鞋《わらじ》も脱《ぬ》がないで、さっさっ去《い》ってしまいなすったじゃないか。

さあ騒《さわ》ぐまいか。彼方此方《あっちこっち》聞《き》きあわせると、あの尼様《あまさま》はこの四五日前《しごんちまえ》から方々《ほうぼう》の帰依者《きえしゃ》ン家《とこ》をずっと廻《まわ》って、一々《いちいち》、

（私《わし》は些少《ちっと》思《おも》い立《た》つことがあって行脚《あんぎゃ》に出《で》ます。しばらく逢《あ》わぬでお暇乞《いとまごい》じゃ。そして言《い》って置《お》くが、皆《みな》の衆決《しゅうけつ》して私《わし》が留守《るす》へ行《い》って、戸《と》をあけることはなりませぬぞ。）

と、そういっておあるきなすったそうさね、そして肝心《かんじん》のお邸《やしき》を、一番《いちばん》あとまわしだろうじゃあないかえ、これも酷《ひど》いわね。」

三

「うっちゃっちゃあ置《お》かれない、いえ、置《お》かれない処《どころ》じゃあない。直《す》ぐお迎《むか》いをというので、お前様《まえさん》、旦那《だんな》に伺《うかが》うとまあ何《ど》うだろう。

御遊山《ごゆさん》を遊《あそ》ばした時《とき》のお伴《とも》のなかに、内々清心庵《ないないあまでら》に在《い》らっしゃることを突留《つきと》めて、知《し》ったものがあって、先《せん》にもう旦那様《だんなさま》に申《もう》しあげて、あら立《だ》ててはお家《いえ》の瑕瑾《かきん》というので、そっとこれまでにお使《つかい》が何遍《なんべん》も立《た》ったというじゃアありませんか。

御新造様《ごしんぞさま》は何《なん》といっても平気《へいき》でお帰《かえ》り遊《あそ》ばさないというんだもの。ええ！飛《と》んでもない。

何《なん》とおっしゃったって引張《ひっぱ》ってお連《つ》れ申《もう》しましょうとさ、私《わたし》とお仲《なか》さんというのが二人《ふたり》で、男衆《おとこしゅう》を連《つ》れてお駕籠《かご》を持《も》ってさ、えッちらおッちらお山《やま》へ来《き》たというもんです。尋《たず》ねあてて、尼様《あまさん》の家《とこ》へ行《い》って、お頼《たの》み申《もう》します、とやると、お前様《まえさん》。

（誰方《どなた》、）

とおっしゃって、あの薄暗《うすぐら》いなかにさ、胸《むね》の処《ところ》から少《すこ》し上《うえ》をお出《だ》し遊《あそ》ばして、真白《まっしろ》な細《ほそ》いお手《て》の指《ゆび》が五本衝立《ほんついたて》の縁《ふち》へかかったのが、はっきり見《み》えたわ、御新造様《ごしんぞさま》だあね。お髪《ぐし》がちいっと乱《みだ》れてさ、藤色《ふじいろ》の袷《あわせ》で、ありゃしかも千《せん》ちゃん、此間《このあいだ》お出《で》かけになる時《とき》に私《わたし》が後《うしろ》からお懸《か》け申《もう》したお召《めし》だろうじゃアありませんか。凄《すご》かったわ。おやといって皆後《みんなあと》ずさりをしましたよ。

驚《おどろ》きましたね、そりゃ旧《もと》のことをいえば、何《なん》だけれど、第一《だいいち》お前様《まえさん》、うちの御新造様《ごしんぞさま》とおっしゃる方《かた》がさ、頼《たの》みます、誰方《どなた》ということを、此《この》五六年《ねん》じゃあ、もう忘《わす》れておしまい遊《あそ》ばしただろうと思《おも》ったもの。

誰《だれ》だじゃあございません。さて、あなたは、と開《ひら》き直《なお》っていうことになると、

（また、迎《むかい》かい。）

といって、笑《わら》って在《い》らっしゃるというもんです。いえまたも何《なに》も、滅相《めっそう》な。

（皆御苦労《みんなごくろう》ね。だけれど私《わたし》あまだ帰《かえ》らないから、かまわないでおくれ。些少《ちっと》やすんだらお帰《かえ》りだといい。お湯《ぶう》でもあげるんだけれど、それよりか庭《にわ》のね、筧《かけい》の水《みず》が大層々々《たいそうたいそう》おいしいよ。）

なんて澄《すま》して在《い》らっしゃるんだもの。何《なん》だか私《わたし》たちぁ余《あん》まりな御様子《ごようす》に呆《あき》れッちまって、茫乎《ぼんやり》したの、こりゃまあ魅《つま》まれてでも居《い》ないか不知《しら》と思《おも》った位《くらい》だわ。

いきなり後《うしろ》からお背《せな》を推《お》して、お手《て》を引張《ひっぱ》ってというわけにもゆかないのでね、まあ、御《ご》挨拶半分《あいさつはんぶん》に、お邸《やしき》はアノ通《とお》り、御身分《ごみぶん》は申《もう》すまでもございません。お実家《さと》には親御様《おやごさま》お両方《ふたかた》ともお達者《たっしゃ》なり、姑御《しゅうとご》と申《もう》すはなし、小姑一人《こじゅうといちにん》ございますか。旦那様《だんなさま》は御存《ごぞん》じでもございましょう。そうかといって御気分《ごきぶん》がお悪《わる》いでもなく、何《なに》が御不足《ごふそく》で、尼《あま》になんぞなろうと思《おぼ》し召《め》すのでございますと、お仲《なか》さんと二人両方《ふたりりょうほう》から申《もう》しますとね。御新造様《ごしんぞさま》が、

（いいえ、私《わたし》は尼《あま》になんぞなりはしないから。）

（へえ、それではまた何《ど》う遊《あそ》ばしてこんな処《ところ》に、）

（ちっと用《よう》があって、）

とおっしゃるから、何《ど》ういう御用《ごよう》でッて、まあ聞《き》きました。

（そんなことといわれるのがうるさいから此処《ここ》に居《い》るんだもの。可《い》いから、お帰《かえ》り。）

とことんな御様子《ごようす》なの。だって、それじゃあ困《こま》るわね。帰《かえ》るも帰《かえ》らないもありゃあしないわ。じゃあまあ其《それ》は断《た》ってお聞《き》き申《もう》しませんまでも、一体此家《いったいここ》にはお一人《ひとり》でございますかって聞《き》くと、

(二人《ふたり》。)と慥《こ》うおっしゃった。

さあ、黙《だま》っちゃあ居《い》られやしない。

こうこういうわけですから、尼様《あまさま》と御一所《ごいっしょ》ではなかろうし、誰方《どなた》とお二人《ふたり》でというとね、

(可愛《かわい》い児《こ》とさ、)とお笑《わら》いなすった。

うむ、こりゃ仔細《しさい》のないこった。華族様《かぞくさま》の御台様《みだいさま》を世話《せわ》でお暮《くら》し遊《あそ》ばすという御身分《ごみぶん》で、考《かんが》えて見《み》りゃお名《な》もまや様《さま》で、夫人《ふじん》というのが奥様《おくさま》のことだといって見《み》れば、何《なん》のことはない、大倭文庫《やまとぶんこ》の、御台様《みだいさま》さね。つまり苦労《くろう》のない摩耶夫人様《まやぶにんさま》だから、大方洒落《おおかたしゃれ》に、ちょいと雪山《せっせん》のという処《ところ》をやって、御覧遊《ごらんあそ》ばすのであろう。凝《こ》ったお道楽《どうらく》だ。

とまあ思《おも》っちゃあ見《み》たものの、千《せん》ちゃん、常々《つねづね》の御気象《ごきしょう》が、そんなんじゃあおあんなさらない……でしょう。

可愛《かわい》い児《こ》とおっしゃるから、何《なん》ぞ尼寺《あまでら》でお気《き》に入《い》った、かなりやでもお見付《みつ》け遊《あそ》ばしたのか不知《しら》なんと思《おも》ってさ、うかがって驚《おどろ》いたのは、千《せん》ちゃんお前様《まえさん》のことじゃあないかね。

(いつでもうわさをして居《い》たからお前《まえ》たちも知《し》っておいでだろう。蘭《らん》や、お前《まえ》が御存《ごぞん》じの。)

とおっしゃったのが、何《なん》と十八になる男《おとこ》だもの、お仲《なか》さんが吃驚《びっくり》しようじゃあないか。千《せん》ちゃん、私《わたし》も久《ひさ》しく逢《あ》わないで、きのうきょうのお前様《まえさん》は知《し》らないから――千《せん》ちゃん、――むむ、お妙《たえ》さんの児《こ》の千《せん》ちゃん、なるほど可愛《かわい》い児《こ》だと実《じつ》をいえば、はじめは私《わたし》もそれならばと思《おも》ったがね、考《かんが》えて見《み》ると、お前様《まえさん》、いつまで、九《ここの》ツや十《とお》で居《い》るものか。もう十八だとそう思《おも》って驚《おどろ》いたよ。

何《なん》の事《こと》はない、密通《まおとこ》だね。

いくら思案《しあん》をしたって御新造様《ごしんぞさま》は人《ひと》の女房《にょうぼう》さ。そりゃいくら邸《やしき》の御新造様《ごしんぞさま》だって、何《なん》だって矢張女房《やっぱりにょうぼう》だもの。女房《にょうぼう》がさ、千《せん》ちゃん、たとい千《せん》ちゃんだって何《なん》だって、男《おとこ》と二人《ふたり》で隠《かく》れて居《い》りゃ、何《なん》のことはない、怒《おこ》っちゃあいけませんよ、矢張何《やっぱりなに》さ。

途方《とほう》もない、乱暴《らんぼう》な小僧《こぞ》ッ児《こ》の癖《くせ》に、失礼《しつれい》な、末恐《すえおそ》ろしい、見下《みさ》げ果《は》てた、何《なん》の生意気《なまいき》なことをいったって私《わたし》が家《とこ》に今《いま》でもある、アノ籐《とう》で編《あ》んだ茶台《ちゃだい》は何《ど》うだい、嬰児《ねんねえ》が這《は》ってあるいて玩弄《おもちゃ》にして、チュッチュッ噛《か》んで吸《す》った歯形《はがた》がついて残《のこ》ッてら。叱《しか》り倒《たお》してと、まあ、怒《おこ》っちゃあ嫌《いや》よ。」

四

「それが何《なに》も、御新造様《ごしんぞさま》さえ素直《すなお》に帰《かえ》るといって下《くだ》さりゃ、何《なん》でもないことだけれど、何《ど》うしても帰《かえ》らないとおっしゃるんだもの。

お帰《かえ》り遊《あそ》ばさないたって、其《それ》で済《す》むわけのものじゃあございません。一体何《いったいど》う遊《あそ》ばす思召《おぼしめし》でございます。

(あの児《こ》と一所《いっしょ》に暮《くら》そうと思《おも》って、)

とばかりじゃあ、困《こま》ります。どんなになさいました処《ところ》で、千《せん》ちゃんと御一所《ごいっしょ》においで遊《あそ》ばすわけにはまいりません。

(だから、此家《ここ》に居《い》るんじゃあないか。)

其此家《そのここ》は山《やま》ん中《なか》の尼寺《あまでら》じゃアありませんか。こんな処《ところ》にあの児《こ》と二人《ふたり》おいで遊《あそ》ばしては、世間《せけん》で何《なん》と申《もう》しましょう。

(何《なん》といわれたって可《い》いんだから、)

それでは、あなた、旦那様《だんなさま》に済《す》みますまい。第一親御様《だいいちおやごさま》なり、また、

（いいえ、それだからもう一生人《いっしょうひと》づきあいをしないつもりで居《い》る。私《わたし》が分《わか》ってるから、可《い》いから、お前《まえ》たちは帰《かえ》っておしまい、可《い》いから、分《わか》って居《い》るのだから、）

とそんな分《わか》らないことがありますか。ね、千《せん》ちゃん、いくら私《わたし》たちが家来《けらい》だからって、ものの理《り》は理《り》さ、あんまりな御無理《ごむり》だから種々《いろいろ》言うと、しまいにゃあ只《ただ》、

（だって不可《いけな》いから、不可《いけな》いから、）

とばかりおっしゃって果《はて》しがないの。もう恁《こ》うなりゃ何《ど》うしたってかまやしない。何《ど》んなことをしてなりと、お詫《わび》はあとですることと、無理《むり》やりにも力《ちから》ずくで、此方《こっち》は五人《にん》、何《なん》の！あんな御新造様《ごしんぞさま》、腕《うで》ずくなら此蘭一人《このらんひとり》で沢山《たくさん》だわ。さあというと、屹《きっ》と遊《あそ》ばして、

（何《なに》をおしだ、お前達《まえたち》、私《わたし》を何《なん》だと思《おも》うのだい、）

とおっしゃるから、はあ、そりゃお邸《やしき》の御新造様《ごしんぞさま》だと、そう申《もう》し上《あ》げると、

（女中《じょちゅう》たちが、そんな乱暴《らんぼう》なことをして済《す》みますか。良人《やど》なら知《し》らぬこと、両親《ふたおや》にだって、指一本《ゆびいっぽん》さしはしない。）

あれで威勢《いせい》がおあんなさるから、何《ど》うして、屹《きっ》と、おからだがすわると、すくんじまわあね。でもさ、そんな分《わか》らないことをおっしゃれば、もう御新造様《ごしんぞさま》でも何《なん》でもない。

（他人《たにん》ならばうっちゃって置《お》いておくれ。）

と斯《こ》うでしょう。何《なん》てったって、とてもいうことをお肯《き》き遊《あそ》ばさないお気《き》なんだから仕《し》ようがない。がそれで世《よ》の中《なか》が済《す》むのじゃあないんだもの。じゃあ、旦那様《だんなさま》がお迎《むかい》にお出《い》で遊《あそ》ばしたら、

(それでも帰《かえ》らないよ。)

無理《むり》にも連《つ》れようと遊《あそ》ばしたら、

(そうすりゃ御身分《ごみぶん》にかかわるばかりだもの。)

もう何《ど》う遊《あそ》ばしたというのだろう。それじゃあ、旦那様《だんなさま》と千《せん》ちゃんと、どちらが大事《だいじ》でございますって、此上《このうえ》のいいようがないから聞《き》いたの。そうするとお前様《まえさん》、

(ええ、旦那様《だんなさま》は私《わたし》が居《い》なくっても可《い》いけれど、千《せん》ちゃんは一所《いっしょ》に居《い》てあげないと死《し》んでおしまいだから可哀相《かわいそう》だもの。)

とこれじゃあもう何《なん》にもいうことはありませんわ。ここなの、ここなんだがね、千《せん》ちゃん、一体《いったい》こりゃ、ま、お前《まえ》さん何《ど》うしたというのだね。」

女《おんな》はいいかけてまた予《よ》が顔《かお》を瞻《みまも》りぬ。予《よ》はほと一呼吸《ひといき》ついたり。

「摩耶《まや》さんが知《し》っておいでだよ、私《わたし》は何《なん》にも分《わか》らないんだ。」

「え、分《わか》らない。お前《まえ》さん、まあ、だって御自分《ごじぶん》のことが御自分《ごじぶん》に。」

予《よ》は何《なん》とかいうべき。

「お前《まえ》、それが分《わか》る位《くらい》なら、何《なに》もこんなにやなりやしない。」

「ああれ、また此処《ここ》でもこうだもの。」

五

女《おんな》は又《また》あらためて、

「一体詮《いったいせん》じ詰《つ》めた処《ところ》が千《せん》ちゃん、御新造様《ごしんぞさま》と一所《いっしょ》に居《い》て何《ど》うしようというのだね。」

さることはわれも知《し》らず。

「別《べつ》に何《ど》うってことはないんだ。」

「まあ。」

「別《べつ》に、」

「まあさ、御飯《ごはん》をたいて。」

「詰《つま》らないことを。」

「まあさ、御飯《ごはん》をたいて、食《た》べて、それから、」

「話《はなし》をしてるよ。」

「話《はなし》をして、それから。」

「知《し》らない。」

「まあ、それから。」

「寝《ね》っちまうさ。」

「串戯《じょうだん》じゃあないよ。そしてお前様《まえさん》、いつまでそうして居《い》るつもりなの。」

「死《し》ぬまで。」

「え、死《し》ぬまで。もう大抵《たいてい》じゃあないのね。まあ、そんならそうとして、話《はなし》は早《はや》い方《ほう》が可《い》いが、千《せん》ちゃん、お聞《き》き。私《わたし》だって何《なに》も彼家《あそこ》へは御譜代《ごふだい》というわけじゃあなしさ、早《はや》い話《はなし》が、お前《まえ》さんの母様《おっかさん》とも私《わたし》あ知合《しりあい》だったし、そりゃ内《うち》の旦那《だんな》より、お前《まえ》さんの方《ほう》が私《わたし》ゃまったくの所《ところ》、可愛《かわい》いよ。可《い》いかね。

処《ところ》でいくらお前《まえ》さんが可愛《かわい》い顔《かお》をしてるたって、情婦《いろ》を拵《こしら》えたって、何《なに》も此年紀《このとし》をしてものの道理《どうり》がさ、私《わたし》がやっかむにも当《あた》らずか、打明《うちあ》けた所《ところ》、お前《まえ》さん、御新造様《ごしんぞさま》と出来《でき》たのかね。え、千《せん》ちゃん、出来《でき》たのなら其《その》つもりさ。お楽《たのし》み！てなことで引退《ひきさが》ろうじゃあないか。不思議《ふしぎ》で堪《たま》らないから聞《き》くんだが、何《ど》うだねえ、出来《でき》たわけかね。」

「何《なに》がさ。」

「何《なに》がじゃあないよ、お前《まえ》さん出来《でき》たのなら出来《でき》たで可《い》いじゃあないか、いっておしまいよ。」

「だって、出来《でき》たって分《わか》らないもの。」

「むむ、何《ど》うもこれじゃあ拵《こしら》えようという柄《がら》じゃあないのね。いえね、何《なに》も忠義《ちゅうぎ》だてをするんじゃないが、御新造様《ごしんぞさま》があんまりだからつい私《わたし》だってむっとしたわね。行《ゆき》がかりだもの、お前《まえ》さん、この様子《ようす》じゃあ皆《みんな》こりゃアノ児《こ》のせいだ。小児《こども》の癖《くせ》にいきすぎな、何時《いつ》のまにませたろう、取《と》っつかまえてあやまらせてやろう。私《わたし》ならぐうの音《ね》も出《だ》させやしないと、まあ、そう思《おも》ったもんだから、些少《ちっと》も言分《いいぶん》は立《た》たないし、跋《ばつ》も悪《わる》しで、あっちゃアお仲《なか》さんにまかして置《お》いて、お前《まえ》さんを探《さが》して来《き》たんだがね。

逢《あ》って見《み》ると、何《ど》うして、矢張千《やっぱりせん》ちゃんだ、だってこの様子《ようす》で密通《まおとこ》も何《なに》もあったもんじゃあないやね。何《なん》だか些少《ちっと》も分《わか》らないが、さて、内《うち》の御新造様《ごしんぞさま》と、お前様《まえさん》とは何《ど》うしたというのだね。」

知《し》らず、これをもまた何《なに》とかいわむ。

「摩耶《まや》さんは、何《なん》とおいいだったえ。」

「御新造《ごしんぞ》さんは、なかよしの朋達《ともだち》だって。」

かくてこそ。

「まったく然《そ》うなんだ。」

渠《かれ》は肯《がえん》ずる色《いろ》あらざりき。

「だってさ、何《なん》だってまた、たかがなかの可《い》いお朋達位《ともだちぐらい》で、お前様《まえさん》、五年《ねん》ぶりで逢《あ》ったって、六年《ねん》ぶりで逢《あ》ったって、顔《かお》を見《み》ると気《き》が遠《とお》くなって、気絶《きぜつ》するなんて、人《ひと》がありますか。千《せん》ちゃん、何《なん》だって然《そ》ういうじゃアありませんか。御新造様《ごしんぞさま》のお話《はな》しでは、このあいだ尼寺《あまでら》でお前《まえ》さんとお逢《あ》いなすった時《とき》、お前《まえ》さんは気絶《ひきつけ》ッちまったというじゃアありませんか。それでさ、御新造様《ごしんぞさま》は、あの児《こ》がそんなに思《おも》ってくれるんだもの、何《ど》うして置《お》いて行《ゆ》かれるものか、なんて好《すき》なことをおっしゃったがね、何《ど》うしたというのだね。」

「だって、何《なに》も自分《じぶん》じゃあ気《き》がつかなかったんだから、何《ど》ういうわけだか知《し》りゃしないよ。」

「知《し》らないたって、何《ど》うもおかしいじゃアありませんか。」

「摩耶《まや》さんに聞《き》くさ。」

げに然《さ》ることもありしよし、あとにてわれ摩耶《まや》に聞《き》きて知《し》りぬ。

「御新造様《ごしんぞさま》に聞《き》きゃ、矢張千《やっぱりせん》ちゃんにお聞《き》き、と然《そ》うおっしゃるんだもの。何《なに》が何《なん》だか私《わたし》たちにゃあ些少《ちっと》も訳《わけ》がわかりゃしない。」

然《しか》り、さることのくわしくは、世《よ》に尼君《あまぎみ》ならで知《し》りたまわじ。

「お前《まえ》、私達《わたしたち》だって、口《くち》じゃあ分《わか》るようにいえないよ。皆尼様《みんなあまさん》が御存《ごぞん》じだから、聞《き》きたきゃあの方《かた》に聞《き》くが可《い》いんだ。」

「そらそら、其尼様《そのあまさん》だね、その尼様《あまさん》が全体分《ぜんたいわか》らないんだよ。

名僧《めいそう》の、智識《ちしき》の、僧正《そうじょう》の、何《なん》のッても、今時《いまどき》の御出家《ごしゅっけ》に、女《おんな》でこそあれ、山《やま》の清心《せいしん》さんくらいの方《かた》はありゃしない。

もう八十にもなっておいでだのに、法華経《ほけきょう》二十八巻《かん》を立読《たてよみ》に遊《あそ》ばして、お茶一《ちゃひと》ッあがらない御修行《ごしゅぎょう》だと、他宗《たしゅう》の人《ひと》でも、何《なん》でも、あの尼様《あまさん》といやア拝《おが》むのさ。

それに何《ど》うだろう。お互《たがい》の情《こころ》を通《つう》じあって、恋《こい》の橋渡《はしわたし》をおしじゃあないか。何《なん》の事《こと》はない、こりゃ万事人《ばんじひと》の悪《わる》い髪結《かみゆい》の役《やく》だあね。おまけにお前様《まえさん》、あの薄暗《うすくら》い尼寺《あまでら》を若《わか》いもの同士《どうし》にあけ渡《わた》して、御機嫌《ごきげん》よう、か何《なん》かで、ふいと何処《どこ》かへ遁《に》げた日《ひ》になって見《み》りゃ、破戒無慙《はかいむざん》というのだね。乱暴《らんぼう》じゃあないか。千《せん》ちゃん、尼《あま》さんだって七十八十まで行《おこな》い澄《すま》して居《い》ながら、お前《まえ》さんのために、ありゃまあ何《どう》したというのだろう。何《なに》か、千《せん》ちゃん処《とこ》は尼《あま》さんのお主筋《しゅうすじ》でもあるのかい。そうでなきゃ分《わか》らないわ。何《ど》んな因縁《いんねん》だね。」

と心籠《こころこ》めて問《と》う状《さま》なり。尼君《あまぎみ》のためなれば、われ少《すこ》しく語《かた》るべし。

「お前《まえ》も知《し》っておいでだね、母上《おっかさん》は身《み》を投《な》げてお亡《な》くなんなすったのを。」

「ああ。」

「ありゃね、尼様《あまさん》が殺《ころ》したんだ。」

「何《なん》ですと。」

女《おんな》は驚《おどろ》きて目《め》を睜《みは》りぬ。

六

「いいえ、手《て》を懸《か》けたというんじゃあない。私《わたし》は未《ま》だ九歳《ここのつ》時分《じぶん》のことだから、何《ど》んなだか、くわしい訳《わけ》は知《し》らないけれど、母様《おっかさん》は、お前《まえ》、何《なに》か心配《しんぱい》なことがあって、それで世《よ》の中《なか》が嫌《いや》におなりで、くよくよして在《い》らっしゃったんだが、名高《なだか》い尼様《あまさん》だから、話《はなし》をしたら、慰《なぐさ》めて下《くだ》さるだろうって、私《わたし》の手《て》を引《ひ》いて、しかも、冬《ふゆ》の事《こと》だね。ちらちら雪《ゆき》の降《ふ》るなかを山《やま》へのぼって、尼寺《あまでら》をおたずねなすッて、炉《ろ》の中《なか》へ何《なん》だか書《か》いたり、消《け》したりなぞして、しんみり話《はなし》をしておいでだったが、やがてね、二時間《じかん》ばかり経《た》ってお帰《かえ》りだった。ちょうど晩方《ばんがた》で、ぴゅうぴゅう風《かぜ》が吹《ふ》いてたんだ。

尼様《あまさん》が上框《あがりかまち》まで送《おく》って来《き》て、分《わか》れて出《で》ると、戸《と》を閉《し》めたの。少《すこ》し行懸《ゆきかか》ると、内《うち》で、

（おお、寒《さむ》、寒《さむ》。）と不作法《ぶさほう》な大《おお》きな声《こえ》で、あの尼様《あまさん》がいったのが聞《きこ》えると、母様《おっかさん》が立停《たちどま》って、何故《なぜ》だか顔《かお》の色《いろ》をおかえなすったのを、私《わたし》は小児心《こどもごころ》にも覚《おぼ》えて居《い》る。それから、しおしおとして山《やま》をお下《お》りなすった時《とき》は、もうとっぷり暮《く》れて、雪《ゆき》が……霙《みぞれ》になったろう。

麓《ふもと》の川《かわ》の橋《はし》へかかると、鼠色《ねずみいろ》の水《みず》が一杯《いっぱい》で、ひだをうって大蜿《おおうね》りに蜒《うね》っちゃあ、どうどうッて聞《きこ》えてさ。真黒《まっくろ》な線《すじ》のようになって、横《よこ》ぶりにびしゃびしゃと頬辺《ほっぺた》を打《う》っちゃあ霙《みぞれ》が消《き》えるんだ。一山々々《ひとやまひとやま》になってる柳《やなぎ》の枯《か》れたのが、渦《うず》を巻《ま》いて、それで森《しん》として、あかり一《ひと》ツ見《み》えなかったんだ。母様《おっかさん》が、

（尼《あま》になっても、矢張寒《やっぱりさむ》いんだもの。）

と独言《ひとりごと》のようにおっしゃったが、其《そ》れっきり何処《どこ》かへ行《い》らっしゃったの。私《わたし》は目《め》が眩《くら》んじまって、些少《ちっと》も知《し》らなかった。

ええ！それで、もうそれっきりお顔《かお》が見《み》られずじまい。年《とし》も月《つき》もうろ覚《おぼ》え。其癖《そのくせ》、嫁入《よめいり》をお為《し》の時《とき》はちゃんと知《し》ってるけれど、はじめて逢《あ》い出《だ》した時《とき》は覚《おぼ》えちゃあ居《い》ないが、何《なん》でも

摩耶《まや》さんとは其年《そのとし》から知合《しりあ》ったんだと然《そ》う思《おも》う。

私《わたし》はね、母様《おっかさん》がお亡《な》くなんなすったって、夫《それ》を承知《しょうち》は出来《でき》ないんだ。

そりゃものも分《わか》ったし、お亡《なく》なんなすったことは知《し》ってるが、何《ど》うしてもあきらめられない。

何《なん》の詰《つま》らない、学校《がっこう》へ行《い》ったって、人《ひと》とつきあったって、母様《おっかさん》が活《い》きてお帰《かえ》りじゃあなし、何《なん》にするものか。

トそう思《おも》うほど、お顔《かお》が見《み》たくッて、堪《たま》らないから、何《ど》うしましょう何《ど》うしましょう、何《ど》うかしておくれな。何《ど》うでもして下《くだ》さいなッて、摩耶《まや》さんが嫁入《よめいり》をして、逢《あ》えなくなってからは、なおの事《こと》、行《い》っちゃあ尼様《あまさん》を強請《ねだ》ったんだ。私《わたし》あ、だだを捏《こ》ねたんだ。

見《み》ても、何《なん》でも分《わか》ったような、すべて承知《しょうち》をして居《い》るような、何《なん》でも出来《でき》るような、神通《じんづう》でもあるような、尼様《あまさん》だもの。何《ど》うにかしてくれないことはなかろうと思《おも》って、其《その》かわり、自分《じぶん》の思《おも》ってることは皆打《みんなうち》あけて、いって、そうしちゃあ目《め》を瞑《ねむ》って尼様《あまさん》に暴《あば》れたんだね。

「そういうわけさ。」

他《ほか》に理窟《りくつ》もなんにもない。此間《このあいだ》も、尼《あま》さまン処《とこ》へ行《い》って、例《れい》のをやってる時《とき》に、すっと入《はい》っておいでなのが、摩耶《まや》さんだった。

私《わたし》は何《なん》とも知《し》らなかったけれど、気《き》が着《つ》いたら、尼様《あまさん》が、頭《あたま》を撫《な》でて、

（千坊《せんぼう》や、これで可《い》いのじゃ。米《こめ》も塩《しお》も納屋《なや》にあるから、出《だ》してたべさして貰《もら》わっしゃいよ。私《わし》は一寸町《ちょつとまち》まで托鉢《たくはつ》に出懸《でか》けます。大人《おとな》しくして留守《るす》をするのじゃぞ。）

とそうおっしゃった切《きり》、お前《まえ》、草鞋《わらじ》を穿《は》いてお出懸《でかけ》で、戻《もど》っておいでのようすもないもの。摩耶《まや》さんは一所《いっしょ》に居《い》ておくれだし、私《わたし》はまた摩耶《まや》さんと一所《いっしょ》に居《い》りゃ、母様《おっかさん》のこと、何《ど》うにか堪忍《かんにん》が出来《でき》るのだから、もう何《なに》も彼《か》もうっちゃっちまったんさ。お前《まえ》、私《わたし》にだって、理窟《りくつ》は分《わか》りゃしない。摩耶《まや》さんも一所《いっしょ》に居《い》りゃ、何《なん》にも食《た》べたくも何《なん》ともない、とそうおいいだもの。気《き》が合《あ》ったんだから、なかがいいお朋達《ともだち》だろうよ。」

かくいいいし間《ま》にいろいろのことこそ思《おも》いたれ。胸痛《むねいた》くなりたれば俯向《うつむ》きぬ。女《おんな》が傍《かたわら》に在《あ》るも予《よ》はうるさくなりたり。

「だから、もう他《ほか》に何《なん》ともいいようは無《な》いのだから、あれがああだから済《す》まないの、義理《ぎり》だの、済《す》まないじゃあないかなんて、もう聞《き》いちゃあいけない。人《ひと》とさ、ものをいってるのがうるさいから、それだから、こうしてるんだから、何《ど》うでも可《い》いから、もう帰《かえ》っておくれな。摩耶《まや》さんが帰《かえ》るとおいいなら連《つ》れてお帰《かえ》り。大方《おおかた》、お前《まえ》たちがいうことはお肯《き》きじゃあるまいよ。」

予《よ》はわが襟《えり》を掻《か》き合《あわ》せぬ。さきより踞《つくば》いたる頭次第《かしらしだい》に垂《た》れて、芝生《しばふ》に片手《かたて》つかんずまで、打沈《うちしず》みたりし女《おんな》の、此時《このとき》ようよう顔《かお》をばあげ、いま更《さら》にまた瞳《ひとみ》を定《さだ》めて、他《た》のこと思《おも》い居《い》る、わが顔《かお》、瞻《みまも》るよと覚《おぼ》えしが、しめやかなるものいいしたり。

「可《よ》うござんす。千《せん》ちゃん、私《わたし》たちの心《こころ》とは何《なに》かまるで変《かわ》ってるようで、お言葉《ことば》は腑《ふ》に落《お》ちないけれど、さっきもあんなにゃア言《い》ったものの、いま此処《ここ》へ、尼様《あまさん》がおいで遊《あそ》ばせば、矢張《やっぱり》つむりが下《さが》るんです。尼様《あまさん》は尊《とうと》く思《おも》いますから、何《なん》でも分《わか》った仔細《しさい》があって、あの方《かた》の遊《あそ》ばす事《こと》だ。まあ、あとで何《ど》うなろうと、世間《せけん》の人《ひと》が何《ど》うであろうと、こんな処《ところ》はとても私《わたし》たちの出《で》る幕《まく》じゃあない。尼様《あまさん》のお計《はか》らいだ、何《ど》うにか形《かた》のつくことでござんしょうと、然《そ》うまあね、千《せん》ちゃん、そう思《おも》って帰《かえ》ります。

何《なん》だか私《わたし》も茫乎《ぼんやり》したようで、気《き》が変《へん》になったようで、分《わか》らないけれど、何《ど》うも怙《こ》うした御《ご》様子《ようす》じゃあ、千《せん》ちゃん、お前様《まえさん》と、御新造《ごしんぞ》様《さん》と一《ひと》ッお床《とこ》でおよったからって、別《べっ》に仔細《しさい》はないように、ま私《わたし》は思《おも》います。見《み》りゃお前様《まえさん》もお浮《う》きでなし、あっちの事《こと》が気《き》にかかりますから、それじゃあお分《わか》れといたしましょう。あのね、用《よう》があったら、そッと私《わたし》ンとこまでおっしゃいよ。」

とばかりに渠《かれ》は立《た》ちあがりぬ。予《よ》が見送《みおく》ると目《め》を見合《みあわ》せ、

「小憎《こにく》らしいねえ。」

と小戻《こもど》りして、顔《かお》を斜《ななめ》にすかしけるが、

「どれ、あの位《くらい》な御新造様《ごしんぞさま》を迷《まよ》わしたは、どんな顔《かお》だ、よく見よう。」

といいかけて莞爾《にっこ》としつ。つと行《ゆ》く、むかいに跫音《あしおと》して、一行四人《いっこうよにん》の人影《ひとかげ》見《み》ゆ。すかせば空駕籠《からかご》釣らせたり。渠等《かれら》は空《むな》しく帰《かえ》るにこそ。摩耶《まや》われを見棄《みす》てざりしと、いそいそと立《た》ったりし、肩《かた》に手《て》をかけ、下《した》に居《お》らせて、女《おんな》は前《まえ》に立塞《たちふさ》がりぬ。やがて近《ちか》づく渠等《かれら》の眼《め》より、うたてきわれをば庇《かば》いしなりけり。

熊笹《くまざさ》のびて、薄《すすき》の穂《ほ》、影《かげ》さすばかり生《お》いたれば、ここに人《ひと》ありと知《し》らざる状《さま》にて、道《みち》を折《お》れ、坂《さか》にかかり、松《まつ》の葉《は》のこぼるるあたり、目《め》の下近《したちか》く過《よぎ》りゆく。女《おんな》は其後《そのあと》を追《お》いたりしを、忍《しの》びやかにぞ見《み》たりける。駕籠《かご》のなかにものこそありけれ。設《もうけ》の蒲団《ふとん》敷重《しきかさ》ねしに、摩耶《まや》はあらで、其藤色《そのふじいろ》の小袖《こそで》のみ薫床《かおりゆか》しく乗《の》せられたり。記念《かたみ》にとて送《おく》りけむ。家土産《いえづと》にしたるなるべし。其小袖《そのこそで》の上《うえ》に菊《きく》の枝置《えだお》き添《そ》えつ。黒《くろ》き人影《ひとかげ》あとさきに、駕籠《かご》ゆらゆらと釣持《つりも》ちたる、可惜其露《あたらそのつゆ》をこぼさずや、大輪《おおりん》の菊《きく》の雪《ゆき》なすに、月《つき》の光照《ひかりて》り添《そ》いて、山路《やまじ》に白《しろ》くちらちらと、見《み》る目遥《めはるか》に下《お》り行《ゆ》きぬ。

見送《みおく》り果《は》てず引返《ひきかえ》して、駈《か》け戻《もど》りて枝折戸《しおりど》入《い》りたる、庵《いおり》のなかは暗《くら》かりき。

「唯今《ただいま》！」

と勢《いきおい》よく框《かまち》に踏懸《ふみか》け呼《よ》びたるに、答《いらえ》はなく、衣《きぬ》の気勢《けはい》して、白《しろ》き手《て》をつき、肩《かた》のあたり、衣紋《えもん》のあたり、乳《ち》のあたり、衝立《ついたて》の蔭《かげ》に、つと立《た》ちて、烏羽玉《うばたま》の髪《かみ》のひまに、微笑《ほほえ》みむかえし摩耶《まや》が顔《かお》。筧《かけい》の音《おと》して、叢《くさむら》に、虫鳴《むしな》く一《ひと》ツ聞《きこ》えしが、われは思《おも》わず身《み》の毛《け》よだちぬ。

この虫《むし》の声《こえ》、筧《かけい》の音《おと》、框《かまち》に片足《かたあし》かけたる、爾時《そのとき》、衝立《ついたて》の蔭《かげ》に人見《ひとみ》えたる、われは嘗《かつ》て恁《かか》る時《とき》、かかることに出会《いであ》いぬ。母上《ははうえ》か、摩耶《まや》なりしか、われ覚《おぼ》えて居《お》らず。夢《ゆめ》なりしか、知《し》らず、前《さき》の世《よ》のことなりけむ。

Ⅱ 女怪幻妖譜

酸漿

一

赤十字病院《せきじゅうじびょういん》へ、仲《なか》よしの朋輩《ほうばい》の見舞《みまい》に行《い》って、新道《しんみち》の我《わ》が家《や》へ帰《かえ》った時《とき》の、小銀《こぎん》の顔色《かおいろ》と云《い》うのはなかった。

主思《しゅうおも》いの内箱《うちばこ》のお辻《つじ》が、

「おお、お帰《かえ》んなさいまし、何《ど》うなさいました姉《ねえ》さん。」と身体《からだ》の肥《ふと》った大柄《おおがら》なのが、慌《あわただ》しいまであたふたする、がさつな出迎《でむかえ》も帰宅《かえり》を待《ま》った真実《まこと》である。

「あい、唯今《ただいま》。」

と揃《そろ》えて脱《ぬ》いだ駒下駄《こまげた》ながら、土間《どま》に一寸目《ちょっとめ》を配《くば》って、小褄《こづま》を浅《あさ》く、すっと入《はい》る、と入替《いれかわ》りに、お辻《つじ》が上框《あがりがまち》の障子《しょうじ》をぴったり。其《そ》の手《て》で背後《うしろ》からコートを脱《ぬ》がす……白羽二重《しろはぶたえ》に薄彩色《うすざいしき》した浅妻船《あさづまぶね》の水《みず》の裏《うら》が、弱《よわ》く衣摺《きぬず》れの音《おと》を立《た》ててすらりと脱《ぬ》げると、唯一重《ただひとえ》にさえ、げっそりと痩《や》せた姿《すがた》。山茶花《さざんか》の花片《はなびら》へ、フト雪《ゆき》が来《き》たような襟足《えりあし》の、撫肩《なでがた》を尚《な》お術《じゅつ》なそうに、友染《ゆうぜん》の蒲団《ふとん》の上《うえ》。綿《わた》は厚《あつ》いが薄《うす》い膝《ひざ》で、長火鉢《ながひばち》の縁《ふち》へ縋《すが》るようにしたが、

「着換《きか》えましょうかね。」

「まあ一服《いっぷく》なすってからになさいまし。」

と何《ど》んなに寒《さむ》かったろうと思《おも》う、其《そ》の褪《あ》せた唇《くちびる》の色《いろ》に、紅《べに》を潮《さ》せと、お辻《つじ》は赫《かっ》と火《ひ》を開《あ》けた上《うえ》へ、炭《すみ》を継《つ》ぎ継《つ》ぎ、

「お不断着《ふだんぎ》は奥《おく》に暖《あたた》めてございますけれど、姉様《あなた》、其《それ》よりかお炬燵《こたた》へ行《い》らしったら如何《いかが》でございますえ。」

「些《ちっ》と後《のち》にしましょうよ、何《なん》だか私《わたし》、」

と差俯向《さしうつむ》く。聊《いささ》か薄《うす》いが癖《くせ》のない、柳《やなぎ》を洗《あら》った芸子髷《げいこまげ》。櫛《くし》は通《とお》るが気《き》の縺《もつ》れで、後毛《おくれげ》の乱《みだ》

れたのが、馴《な》れない遠出《とおで》の凩《こがらし》の所為《せい》ばかりとは見受《みう》けられぬ。

お辻《つじ》は吃驚《びっくり》したように、火《ひ》の上《うえ》へ火箸《ひばし》を其《そ》のまま、持忘《もちわす》れた風采《とりなり》で、

「まあ、何《ど》うなさいました、姉《ねえ》さん。」

「矢張《やっぱ》り不可《いけな》いの、また何《なん》だか容子《ようす》がよくないようだわねえ。」

聞《き》かれたのは其《そ》の事《こと》、と小銀《こぎん》は見舞《みまい》に行《い》った朋輩《ほうばい》の谷江《たにえ》と云《い》うのが容体《ようだい》を云《い》って、

「最《も》う自分《じぶん》でも、病気《びょうき》を知《し》って居《い》るんだから気休《きやす》めの言《い》いようがなくてさ。染々心細《しみじみこころぼそ》い事《こと》を言《い》われると、気《き》の毒《どく》で、可愍《かわい》そうで、一層此方《いっそこっち》で引受《ひきう》けて、身代《みがわ》りに成《な》って遣《や》りたいわねえ。」

と声《こえ》もしめやかに、下《お》ろした鉄瓶《てつびん》の湯気《ゆげ》が消《き》える。其《それ》も道理《どうり》で、此《こ》の婦《おんな》が、一度《ど》引《ひ》いて世帯《しょたい》を持《も》った情人《いいひと》は、同《おな》じ肺病《はいびょう》で亡《な》くなったのである。

今度《こんど》は吃驚《びっくり》が、呆《あき》れ顔《がお》。

「飛《と》んでもない姉様《あなた》、お友達《ともだち》の身代《みがわ》りなんて、病人《びょうにん》のお見舞毎《みまいたんび》に一々《いちいち》そんな気《き》をお出《だ》しなすっちゃ、髪《かみ》が脱《ぬ》けますよ。」

と禁厭《まじない》のように躾《たしな》めると、思出《おもいだ》して、櫛《くし》をぐい、と圧《おさ》えたが、其《それ》さえ力《ちから》なさそうな様子《ようす》が見《み》えた。

「寒気《さむけ》がなさりはしませんか。そんなこんなで、お心持《こころもち》が悪《わる》いんでしょう。お顔《かお》の色《いろ》ったらありませんよ。熱《あつ》いお出花《でばな》をあがりませんか。」

「私《わたし》は沢山《たくさん》、」

と清《きよ》らかな、霜《しも》の小菊《こぎく》の半襟《はんえり》に、白魚《しらお》の指《ゆび》を当《あ》てた。

「でも丁《ちょう》ど可《い》いから、お父《とっ》さんに上《あ》げておくれ。困《こま》ったね、堀《ほり》の内様《うちさま》や何《なに》か、お寺参《てらまい》りだと、お土産《みやげ》があるんだけれど、赤十字《せきじゅうじ》じゃねえ。其《それ》に些《ちっ》と帰宅《かえり》を急《いそ》いだもんだから、お愛想《あいそ》がない事《こと》よ。

……お炬燵《こた》で御本《ごほん》かい。」

と頭重《つむりおも》げに二階《にかい》を見《み》た。お父《とっ》さんと云《い》うのは、娘《むすめ》で食《く》う親仁《おやじ》でない。亡《な》き情人《いいひと》の、世《よ》に便《たよ》りない老人《ろうじん》を、小銀《こぎん》が達過《たてす》ごして居《い》るのである。

二

お辻《つじ》は一層実体《いっそうじってい》に、

「最《も》う些《ちっ》と前《さっき》でしたよ。姉様《あなた》がお案《あん》じなさいます、谷江《たにえ》さんの御祈念《ごきねん》にって、お寒《さむ》いのに、お留《と》め申《もう》しましたけれど、運動《うんどう》もしたいからって、深川《ふかがわ》へ御参詣《おまいり》にお出掛《でか》けでございますよ。」

「深川《ふかがわ》へ、まあ、お友達《ともだち》の事《こと》にまで……済《す》まないわねえ、一寸《ちょいと》、」

「否《いいえ》、御心配《ごしんぱい》をなさらないように、谷江《たにえ》さんの分《ぶん》になすっていらっしゃいますが、真個《ほんとう》は矢張《やっぱ》り何《なん》ですよ。姉様《あなた》が此《こ》の間中《あいだじゅう》、何《なん》だかお勝《すぐ》れなさらないもんですから、其《それ》ででございますよ。ですもの、串戯《じょうだん》にも姉様《あなた》、そりゃ谷江《たにえ》さんだって、お最惜《いとし》いには違《ちが》いありませんけれども、ですけれども、」

とぼっちゃりした頬《ほほ》に、ちょんぼり可愛《かわい》いのを早口《はやくち》に畳掛《たたみか》けて、

「嘘《うそ》にも身代《みがわ》りに成《な》ろうなんて、直《じき》に然《そ》う真《しん》にお成《な》んなさるのも、矢張《やっぱ》りお身体《からだ》が弱《よわ》いからです。今日《きょう》なんぞも、お塩梅《あんばい》の悪《わる》いのを推《お》してお見舞《みまい》になんぞ行《い》らっしゃらなけりゃ可《よ》うございますのにさ、お顔《かお》の色《いろ》ったらないじゃありませんか。あれ！何《ど》うかなすったんでございますか。」

と云《い》う時《とき》、また蒼白《あおじろ》く成《な》って見《み》えた。

「そんな事《こと》じゃないの、病気《びょうき》じゃないんだけれど、私《わたし》、心持《こころもち》が悪《わる》くって、悪《わる》くって、何《なん》とも仕様《しよう》のない事《こと》があるの、何《ど》うしようかと思《おも》うんだよ。」

「え、蛇《ながむし》でも御覧《ごらん》なさいましたか、時《とき》ならない。」

「ああ、蛇《それ》を飲《の》んだほどな思《おも》いなんだわ。」

と言《い》いも終《おわ》らず、お辻《つじ》が慌《あわただ》しく背中《せなか》を擦《さす》るまで、あっと云《い》った。

「何《ど》うなさいましたんですねえ、姉《ねえ》さん。」

「擦《さす》らなくっても可《い》いの、胸《むね》が疼《いた》むんじゃない事《こと》よ、咽喉《のど》へね、」

と力《ちから》のない咳《せき》をして、

「咽喉《のど》へ酸漿《ほおずき》が引《ひ》っ掛《かか》って、苦《くる》しくって苦《くる》しくって……」

「酸漿《ほおずき》が、……酸漿《ほおずき》でございますか。」

「ああ、其《そ》の酸漿《ほおずき》がねえ、一通《ひととお》りなんじゃないの。——お湯《ゆ》を一杯《ぱい》おくれ……一寸《ちよいと》、ああ、否《いえ》、止《よ》そうよ。」挿込《さしこみ》を晃《きらり》として、

「此《こ》の上《うえ》、胸《むね》へ流込《ながしこ》んだら、何《ど》うしよう、私《わたし》は死《し》んで了《しま》うよ。お辻《つじ》、何時《いつ》か御参詣《おまいり》をして、鳩《はと》の豆《まめ》を買《こ》うとって、指《ゆび》のくずれた男《おとこ》に手《て》を握《にぎ》られた事《こと》なんぞ、今日《きよう》のから見《み》りゃ何《なん》でもない。」

「まあ、癩坊《かつたいぼう》が何《ど》うかしたのでございますか。」

「癩《かつたい》だか何《なん》だか、其《それ》はお前《まえ》、何《なん》とも言《い》いようのない、胸《むね》の悪《わる》い不気味《ぶきみ》な女房《かみさん》がね、病院《びよういん》

下《した》で、電車《でんしゃ》で、私《わたし》の隣《となり》へ坐《すわ》ったのさ。……こんな稼業《かぎょう》をして居《い》ながら、人様《ひとさま》の服装《みなり》の事《こと》なんぞ言《い》えた義理《ぎり》じゃないけれど、縞柄《しまがら》も分《わか》らなく無《な》った、洗《あら》い晒《ざら》した半纏《はんてん》も可《い》いがね、捩《よ》れ捩《よ》れに成《な》った半襟《はんえり》の下《した》に、汚《きたな》い白《しろ》い肌襦袢《はだじゅばん》の襟《えり》を出《だ》してね、前掛《まえかけ》を〆《し》めないの。綿《めん》ネルの古《ふる》いのなんか露出《むきだし》でさ。継《つぎ》だらけの足袋《たび》の、其《それ》も破《やぶ》れた、指《ゆび》の爪《つめ》が真黒《まっくろ》さ。

そんな事《こと》より、べろんと剝《は》げた額《ひたい》が、やがて髷《まげ》の処《ところ》まで脱上《ぬけあが》った生際《はえぎわ》へ、生毛《うぶげ》が、ももや逆《さかさ》に立《た》って、すきや燈籠《どうろう》をいぼ尻巻《じりまき》にしたっけか、こけ下《さが》った頬辺《はっぺた》の処《ところ》へ、すくすく、毛《け》の先《さき》が切《き》れて太《ふと》いのよ。……そして白髪交《しらがまじ》りなの。赤《あか》く爛《ただ》れた眦《めじり》の下《さが》ったのが、守宮《やもり》の腹《はら》を切《き》ったようで、それから額《ひたい》へ環《わ》を掛《か》けて青筋《あおすじ》が斜違《はすつか》いに畝《うね》ってね、可厭《いや》じゃないか。お前《まえ》、十筋《とすじ》ばかり眉毛《まみえ》が縦《たて》に押立《おった》ってさ、何《なん》だか笑破《えみわ》れた口《くち》が白歯《しらは》だろう、白歯《しらは》も凄《すさ》まじい、黄色《きいろ》黒《ぐろ》い、其《それ》がね、大跨《おおまた》に電車《でんしゃ》へ入《はい》る時《とき》から最《も》う爪楊枝《つまようじ》を噛《か》んでいるのさ。其《そ》の楊枝《ようじ》でね、歯茎《はぐき》の間《あいだ》をぐいぐいとせせっちゃ、汚《きたな》いものの附《つ》いたのを鼻《はな》の尖《さき》で透《す》かして見《み》ては、こぼこぼした手《て》の甲《こう》で、不腮《したあご》を、堪《たま》らないと云《い》ったように、やけに、きっきっと引擦《ひっこす》るの。だもの、内職《ないしょく》の唐紅《とうべに》でも塗《ぬ》ったように、腮《あご》はお前《まえ》、真赤《まっか》に成《な》って、べとべとと濡《ぬ》れて居《い》る歯茎《はぐき》から涎《よだれ》が伝《つた》って……」

三

小銀《こぎん》は話《はな》す内《うち》も、幾度《いくたび》か胸《むね》を圧《おさ》え、圧《おさ》えして、

「そればかりなら可《い》いけれど、然《そ》うやって、腮《あご》をごりごり引擦《ひっこす》る毎《たんび》に、頬《ほほ》の肉《にく》がぶりりと動《うご》くと、奥歯《おくば》がぐらつくらしいわね、拍子《ひょうし》でカチカチカチカチと鳴《な》るのさ、鳴《な》るのと一所《いっしょ》に、キュッキュッと鬼灯《ほおずき》を吹《ふ》くんだわ。——襤褸《ぼろ》のような袖口《そでくち》へ、片手《かたて》を指《ゆび》まで引込《ひっこ》めて、其《そ》の手《て》をひきつりのようにぶるぶると震《ふる》わせ、震《ふる》わせ、お前《まえ》、片手《かたて》で其《そ》の楊枝《ようじ》せせりで、汚《きたな》いものを熟《じっ》と見《み》ちゃ、赤爛《あかただ》れのした、……ありゃ肝《かん》の虫《むし》と云《い》うんだね——腮《あご》を引擦《ひっこす》って奥歯《おくば》をカチカチカチ、で、鬼灯《ほおずき》だろうじゃないか。其《それ》をね、幾度《いくど》も同《おんな》じ事《こと》を引切《ひっきり》なし……

お待《ま》ち！まだ口惜《くやし》いのは、前触《さきぶれ》をするの、右《みぎ》のね、はじめようと云《い》う機会《きっかけ》に、カッと、それは、咽喉《のど》を絞《しぼ》るような咳《せき》をして、其《そ》の時大《ときおお》きな口《くち》を開《あ》けるの、吐出《はきだ》すんだわ、鬼灯《ほおずき》を。脂《あぶら》で黒《くろ》く成《な》った舌《した》の尖《さき》へ出《だ》して、ぐしゃりと舐《な》めて、どろどろと歯《は》へ挟《はさ》むの。真赤《まっか》に染《そ》めたゴム酸漿《ほおずき》よ。モ私《わたし》ゃ一生《いっしょう》ゴム酸漿《ほおずき》は持《も》つまいと思《おも》う。

其《そ》のね、カッと云《い》って開《あ》ける時《とき》は、口《くち》が耳《みみ》まで裂《さ》けるようよ、眉毛《まみえ》が白《しろ》く、すくすくと

日向《ひなた》に透《す》いてね。また明前《あかりさき》に、あの車掌台《しゃしょうだい》の硝子《がらす》窓《まど》に其《そ》の爪楊枝《つまようじ》を持《も》った肱《ひじ》つきで、赤《あか》い腮《あご》を高慢《こうまん》に、筋張《すじば》った額《ひたい》を仰向《あおむ》けて、其《それ》はツンとして居《い》るじゃないか。手のひきつる工合《ぐあい》から、立続《たてつづ》けに同《おんな》じ事《こと》をする、色艶《いろつや》と云《い》い、少《すこ》し、気《き》も何《ど》うかおかしいらしい。――様子《ようす》がね、宿場女郎《しゅくばじょろう》の果《はて》かとも思《おも》う。」

と言《ことば》が途絶《とだ》えた。また一倍調子《いちばいちょうし》が弱《よわ》って、

「然《そ》う云《い》っては悪《わる》いけれど、見《み》てさえ、むかむかと最《も》う胸《むね》が悪《わる》くって居《い》る処《ところ》へ、お辻《つじ》。カッと其《そ》の女房《かみさん》が口《くち》を開《あ》ける毎《たん》び、ぱちゃぱちゃと重《おも》い唾《つばき》が私《わたし》の顔《かお》に掛《かか》るんだわ。」

「まあ。」

と一《ひと》つ、重量《おもみ》のある膝《ひざ》をずんと支《つ》いて、お辻《つじ》は身悶《みもだ》え。

「彼処《あすこ》は景色《けしき》の佳《い》い処《ところ》ね、紺青《こんじょう》のような川《かわ》が流《なが》れて、透通《すきとお》って、……枯《か》れた林《はやし》が薄青《うすあお》う紫《むらさき》がかって、昼《ひる》も月夜《つきよ》のような中《なか》へ、私《わたし》の顔《かお》なざ構《かま》わないが、其《そ》のお前《まえ》、景色《けしき》の上《うえ》へ、唾《つばき》が黒《くろ》い毒虫《どくむし》のように飛《と》ぶんだもの。口惜《くやし》く成《な》って私《わたし》、身《み》を投《な》げようかと思《おも》った。

余《あんま》り堪《たま》らないから、病院下《びょういんした》から、四《よ》つ目《め》あたりの橋《はし》の処《ところ》で電車《でんしゃ》を下《お》りたの。橋《はし》が掛《かか》って、枯木《かれき》が続《つづ》いて、広《ひろ》い処《ところ》よ。……世界《せかい》が違《ちが》ったようで、ほっと息《いき》をしたけれど、頭《あたま》もふらふらしてね、身体中《からだじゅう》、芬《ぷん》とする、然《そ》う言《い》えば、其《そ》の女房《かみさん》は硫黄《いおう》のような臭《におい》がしたっけ。

何《なん》しろ、何《ど》うかしなくっちゃ、辛抱出来《しんぼうでき》ないもの。直《じ》き近《ちか》い処《ところ》の小《ちい》さな蕎麦屋《そばや》へ入《はい》ったの、其処《そこ》で聞《き》いたら三《さん》の橋《はし》と云《い》う処《ところ》だとさ。麻布《あざぶ》かねえ。でね、金盥《かなだらい》を借《か》りて、水《みず》を取《と》って、埃《ほこり》が酷《ひど》くって、と言《い》ったけれど、塩《しお》を貰《もら》ったから言訳《いいわけ》に成《な》らないよねえ。

お代《だい》は上《あ》げますから、金盥《かなだらい》は打棄《うっちゃ》って下《くだ》さいよッて、其《それ》から天麩羅《てんぷら》を誂《あつら》えたの。其《それ》をさ、よせば可《よ》かったんだよ、ねえ、お辻《つじ》。」と情《なさけ》ない目《め》で熟《じっ》と見《み》る。

見《み》られて、お辻《つじ》は、

「へい、」と云《い》う。

「唯《ただ》モ極《きまり》が悪《わる》いから、然《そ》う云《い》ってさ。其《そ》の中《うち》、五六遍《ぺん》も取替《とりか》えて、きゅっきゅっ顔《かお》を洗《あら》ったんで、何《ど》うやら胸《むね》も些《ちっ》とすっきりする……出来《でき》たばかりなのを、手《て》も着《つ》けないじゃ容体《ようだい》らしくって私《わたし》、恥《はず》かしいもんだから、お汁《つゆ》の一口《ひとくち》もと思《おも》って、ついした覚《おぼ》えもない、階子段《はしごだん》の下《した》へ坐《すわ》って、——でも二階《にかい》があるんだわね——而《そ》してさ、蓋《ふた》を取《と》って口《くち》をつけたの、お辻《つじ》、唯口《ただくち》をつけたばかりなの。

然《そ》うするとお前《まえ》、お蕎麦《そば》が動《うご》くとね、赤《あか》いものが、むっくり浮《う》いたんだわ。」

ああ、と歎息《ためいき》、婀娜《あだ》に顰《ひそ》む。

四

「だって、だって姉《ねえ》さん、姉様《あなた》何《なに》も、其《それ》をお呑《の》みなすったんじゃありますまい。」

とお辻《つじ》はむきに成《な》るようにして言消《いいけ》した。

重《おも》たげに又頭《またかぶり》を掉《ふ》って、

「否《いいえ》、確《たしか》に口《くち》へ入《はい》ったに違《ちが》いないの。だって、真赤《まつか》な其《それ》が、ゴム酸漿《ほおずき》と一目見《ひとめみ》るなり、はっと思《おも》った時《とき》、お汁《つゆ》が舌《した》へ触《さわ》ってさ、……其《それ》ッ切《きり》、酸漿《ほおずき》の形《かたち》がまるっきり見《み》えないじゃないか。

慄然《ぞつ》としてね、気《き》に成《な》るから、最《も》う一生懸命《いっしょうけんめい》、恥《はじ》も外聞《がいぶん》もありません、お蕎麦《そば》を一筋《ひとすじ》ずつと思うほど、箸《はし》を入《い》れて探《さが》したけれど酸漿《ほおずき》の影《かげ》もないのよ。

ガッチリ何《なに》か咽喉《のど》の処《ところ》に支《つか》えて居《い》るわ。ああ、お辻《つじ》、」

と、今《いま》は仔細《しさい》を知《し》って怪《あやし》むまいと、気《き》を許《ゆる》したように、双《そう》の肩《かた》を震《ふる》わした。

「頭《あたま》はグラグラする、寒気《さむけ》はする、足《あし》もとぼとぼして、迚《とて》も電車《でんしゃ》じゃ帰《かえ》られない。乗合《のりあい》の中《なか》で、又飛《またとん》だ疎匆《そそう》でもしては成《な》らないから、と然《そ》う思《おも》って、三《さん》の橋《はし》から車《くるま》でさ。——漸《やっ》と堪《こら》えちゃ来《き》たけれど、途中《とちゅう》だってお前《まえ》、咽喉《のど》が天上《てんじょう》へ塞《ふさ》がって、夕方《ゆうがた》の美《うつく》しいお日様《ひさま》の姿《すがた》も見《み》えなかった。

真暗《まっくら》だわ、其処等《そこいら》暗夜《やみ》のような。而《そ》しちゃ可厭《いや》らしい婆《ばあ》さんの顔《かお》が幾《いく》つも見《み》えるの、ちらちらしてね、爪楊枝《つまようじ》の汚《きたな》いものを瞻《みつ》めるのやら、カッと口《くち》を開《あ》けたのやら、腮《あご》の赤《あか》いのやら、種々《いろいろ》見《み》えるの。お辻《つじ》何《ど》うしよう、鬼灯《ほおずき》が此処《ここ》にあるの。」

と指差《ゆびさ》す指《ゆび》が、咽喉《のど》へ懐剣《かいけん》を当《あ》てたように、俤《おもかげ》を物凄《ものすご》いまでに見《み》せたのである。

「塩湯《しおゆ》を、」

と言《い》うに及《およ》ばず、此際余《このさいあま》り尋常事《ただごと》らしいので、中途《ちゅうと》で言留《いいや》んで、

「宝丹《ほうたん》。」

と其《それ》も止《よ》した。……お辻《つじ》の遣瀬《やるせ》のない顔《かお》も、早《も》う黄昏《たそがれ》の小窓《こまど》の下《した》に、少時消失《しばらくきえう》せるように見《み》えたが、俄然《がぜん》むっくりとして膝《ひざ》が動《うご》いたと見《み》ると、然《さ》も嬉《うれ》しげな声《こえ》に、笑《わらい》を交《まじ》えて、

「可《よ》いものがございます、姉《ねえ》さん。あの、象牙《ぞうげ》のお箸《はし》。そら、あの方《かた》のお記念《かたみ》だって、何時《いつ》も御飯《ごはん》を上《あが》りましょう。——お父《とっ》さんは、御自分《ごじぶん》のお子様《こさま》だもんですから、肺病《はいびょう》で亡《な》く成《な》ったんだから悪《わる》い、と御遠慮《ごえんりょ》で、姉様《あなた》に御叱言《おこごと》を仰有《おっしゃ》るから、此頃《このごろ》は詮事《しょうこと》なしに御無沙汰《ごぶさた》をなさいますね。何時《いつ》か甘鯛《あまだい》の小骨《こぼね》を、お二人《ふたり》で一所《いっしょ》にたてて、両方《りょうほう》で撫《な》でて二人《ふたり》ともとれ

た、と随分《ずいぶん》お聞《き》かせなすったじゃありませんか。お父《とっ》さんはお留守《るす》だし、大《おお》びらにお出《だ》しなさいましな。而《そ》して逆《さかさ》に撫《な》でますと屹《きっ》と取《と》れて出了《でちま》いますよ。如何《いかが》、姉《ねえ》さん。」

と次第《しだい》に暗《くら》い中《うち》に、白《しろ》いほど陽気《ようき》に云《い》う。

「ああ、然《そ》うね、」

とはじめて小銀《こぎん》らしい声《こえ》に成《な》って――其処《そこ》の茶棚《ちゃだな》の抽斗《ひきだし》から、別《べっ》の箸箱《はしばこ》に、綺麗《きれい》な、鬱金《うこん》の切《きれ》に包《つつ》んだのを、撥《ばち》の捌《さば》きにはらりと解《と》くと、まだ真白《まっしろ》な、其《そ》の象牙《ぞうげ》の色《いろ》に、ほろりとしながら、寂《さみ》しく笑《わら》って、

「堪忍《かに》しておくれ。」

「さあさあ御遠慮《ごえんりょ》なく、」とどっしり膝《ひざ》に手《て》を置《お》く。

「可厭《いや》だよ、お辻《つじ》。」

で、恍惚《うっとり》と咽喉《のど》に当《あ》てると、雪《ゆき》なす下《した》を、血《ち》が透通《すきとお》るように見《み》えたが、あっと言《い》う、さそくに、心得《こころえ》て当《あて》がった、磨《みが》いた真鍮《しんちゅう》の嗽茶碗《うがいぢゃわん》に、むむ、と含《ふく》んで、衝《つ》と何《なに》もなしに鮮血《からくれない》。

電燈《でんとう》が点《つ》いた。

「嬉《うれ》しい、半分溶《はんぶんと》けて、ぶよぶよしてね。」

と目《め》を細《ほっそ》り。後《うしろ》が床《とこ》の傍《そば》の、男《おとこ》の記念《かたみ》の小机《こづくえ》を衝《つ》と寄《よ》せると、羽織《はおり》を脱《ぬ》ごうとして、美《うつく》し

い裏《うら》を飜《かえ》したまま、冷《つめた》い縮緬《おめし》の肩《かた》を細《ほそ》く、両手《りょうて》を重《かさ》ねて、がっくりと俯向《うつむ》いた。

絵《え》のような其《そ》の姿《すがた》を視《み》ながら、お辻《つじ》がわなわなと震《ふる》えて蒼《あお》く成《な》る間《ま》に、小銀《こぎん》はすやすやと白梅《しらうめ》の宵《よい》の呼吸《いき》。

嗽茶碗《うがいぢやわん》を持《も》ったまま、膝《ひざ》で後退《あとずさ》りに成《な》って、ひょろり台所《だいどころ》へ立《た》つと、女中《じょちゅう》と囁《ささや》くや否《いな》や、女中《じょちゅう》は其《そ》の嗽茶碗《うがいぢやわん》を隠《かく》して持《も》って、かかりつけの医者《いしゃ》へ駆出《かけだ》した。

其《それ》から小銀《こぎん》は果敢《はかな》くなるまで、血《ち》を吐《は》く度《たび》に、嬉《うれ》しそうに、

「ああ嬉《うれ》しい、酸漿《ほおずき》が出《で》るんだねえ。」

ほたる

まあ聞給え六月のたしか三日だっけ去年のこった。夕方から用事があって牛込の中里町まで出懸けてね、用を足して帰ると、丁度ね、其晩は雨模様で、むこうを出しなにぱらぱらと来たから、傘を借りたが、もうほんの通雨で、でもまた何時降出かも知れないからとひろげたまんま、矢来を通ると、「ちょいともしもし」。と優しい声で呼留めた者がある、それ、それだから僕が嫌だというんだ、すぐそれだ、何も優しい声で呼んだからたって直ちにこれを怪しいということあない、そりゃ勿論何だ、君よりも僕の方が其時は怪しいと思ったからね、可か、そこで、「は、私かね」。と謂って振返って、と見ると妙齢のお嬢様。何うだい怪しかろう、中形のあらい奴でこう少しく意気造さ、謂うまでもなく島田だよ、然も一面の識も無しと来て居る、僕ここに於てか其少しなにさ、え、いやに気をまわすことあない、矢張怪しかったばかりだあな。一体後背からおういおういと時代で来るのは、松並木か、山路と極って居るがこれは「ちょいと貴下」で世話に出来てて、娘は杉垣の中に居た。露次と見えるね、椽側にゃずらりと其簾を下して十畳ばかり一面の油団の濡れたようなのが奥床しい。前へまわると冠木門があろうという書割さ。曇ってるから薄暗いのに、件の座敷から燈明のさすのが翠の滴るような、植込を潜って来て娘の白いのを、ぼかしたように見せる。ね、十二時過だとこいつ薩張気がないがまだ宵の口だから、僕ぐっと腹を据た、君だって左様だろう扇をあげて招かれる、三反ばかり乗出したのが駒の頭を立直してざんぶざんぶと引返すのが、日本人だというからね、僕の引返したのも不思議じゃあるまい。さて、「何ぞ用かい」。と尋ねると、少し口籠ってね、「どうもあの、お足を留めまして、誠に済みませんが、あのゥ此児があなた」。と言懸けて、下を向いて、「ほんとに仕ようがないねえ」。といったのは其処にもう一人六つばかり小児が居たので。

兄弟と見えたよ、それからまた僕に、「何しても肯きません、仕様がないんですわ、あの螢が欲しいって」。「え、螢が」。「それ、お傘に」。なるほど、一疋、傘の裏にとまって居る。

今の雨で驚いて、窮虫傘に入ったる奴、これをいきにいうと傘に塒かりたよとか何とかいうのだ、そこは、君のお眼がねでどちらでもして置くさ。

僕もいわれて気がついたんだから、「おやほんにな、坊ちゃんあげましょう」。と取って遣ると、本人より姉様が大喜で、「可愛いのね、貴下、新ちゃん、お礼をおいいよ、何も難有う存じました」。「何」。といったきりずうぃと帰る。トただこれだけのお話しさ、生憎僕がいそがしかったもんだからちっとも小説にゃあならなかったので、それっきり。

今年の四月、日は忘れたが、夕方から朋友を誘ってね、今の家から散歩に出懸けて伝通院をぶらついて、切支丹坂を下りて竹早町から江戸川へ出て、石切橋を渡って神楽坂へ行こうと思ったが何うまちがえたかついそれた。気が着く《ママ》妙な処さ、両側が杉垣で路巾が甚だ狭いならんじゃあ歩行れない位、それで以て暗いと来て居る、この位弱ったことあイヤ恐らくあるまい、町の名が薩張知れなくって何処だか解らず、段々木立が深うなってますます暗くなる。行っても行っても見当が着かないので、まあまあともかくも日本のうちにゃあ違いないがと、くだらないことも真面目に謂う、時間も大分経ったろう、固より人ッ子一人にも逢わないしさ、頗る心細くなった処へ、うおうーと牛の声が聞こえたので僕ぁもう飛上ったね、何だってくらやみに牛とそれ譬にもいうじゃあないか。譬え違った処で犬だ。犬だって不景気さね、何の君鳴かずともの事じゃああるまいか、ほんとにさ吃驚して驚いて、ばたばたと駈出したね。ようよう立留まって、ほっという呼吸をつくと、ああ！天祐だ。あかりが見える。

「もしもし此処は一体こりゃ何処でございましょう」。と聞いたから可じゃあないか。「台町ですよ、何処へいらっしゃいます」。と婦人の声、ソレまたか。婦人の声というと直ぐ耳を立て、悪るい癖だ。

「ええ、小石川へ行くんですが」。「はい、小石川の何処へ行らっしゃるの」。「植物園の方へ」。「じゃあね、これを左へ真直においでなすって」。と腰障子をあけて顔を出して、あたりを見て「おお真闇だこと、これじゃあ知れ憎うございましょう。ちょいとお待遊ばせ、あのう、何を、失礼ですが提灯を差上げましょう」。「いいえ、何、其にゃあ及びません」。「御遠慮遊ばすな。何のしどいんですが」。と影法師がすうとすわって、しばらくして出て来てね、「じゃあ、これを」。とくれた。僕が感謝して受取る時、おい、顔を見ると見違えるほどだったよ。

露　肆

一

寒《さむ》く成《な》ると、山《やま》の手《て》大通《おおどお》りの露店《よみせ》に古着屋《ふるぎや》の数《かず》が殖《ふ》える。半纏《はんてん》、股引《ももひき》、腹掛《はらがけ》、溝《どぶ》から引揚《ひきあ》げたようなのを、ぐにゃぐにゃと捩《よじ》ッつ、巻《ま》いつ、洋燈《ランプ》も薄《やっ》と三分心《さんぶしん》が黒燻《くろくすぶ》りの影《かげ》に、よぼよぼした媼《ばあ》さんが、頭《あたま》からやがて膝《ひざ》の上《うえ》まで、荒布《あらめ》とも見《み》える襤褸頭巾《ぼろずきん》に包《くる》まって、死《し》んだとも言《い》わず、生《い》きたとも言《い》わず、黙《だま》って溝《みぞ》のふちに凍《こお》り着《つ》く見窄《みすぼ》らしげな可哀《あわれ》なのもあれば、常店《じょうみせ》らしく張出《はりだ》しを三方《さんぽう》へ、絹二子《きぬふたこ》の赤大名《あかだいみょう》、鼠《ねずみ》の子持縞《こもちじま》と云《い》う男物《おとこもの》の袷羽織《あわせばおり》。ここ等《ら》は甲《か》斐絹裏《いきうら》を正札附《しょうふだつき》、ずらりと並《なら》べて、正面左右《しょうめんさゆう》の棚《たな》には袖裏《そでうら》の細《ほっそ》り赤《あか》く見《み》えるのから、浅葱《あさぎ》の附紐《つけひも》の着《つ》いたのまで、ぎっしりと積上《つみあ》げて、小《ちい》さな円髷《まげ》に結《ゆ》った、顔《かお》の四角《しかく》な、肩《かた》の肥《ふと》った、きかぬ気《き》らしい上《かみ》さんの、黒天鵝絨《くろびろうど》の襟巻《えりまき》したのが、同《おな》じ色《いろ》の腕《うで》までの手袋《てぶくろ》を嵌《は》めた手《て》に、細《ほそ》い銀煙管《ぎんぎせる》を持《も》ちながら、店《たな》が違《ちが》いやす、と澄《す》まして講談本《こうだんぼん》を、卜円心《まるじん》に翳《かざ》して居《い》て、行交《ゆきか》う人《ひと》の風采《ふうつき》を、時々《ときどき》、水牛縁《すいぎゅうぶち》の眼鏡《めがね》の上《うえ》からじろりと視《なが》めるのが、意味《いみ》ありそうで、此《こ》の連《れん》中《じゅう》には小母御《おばご》に見《み》えて――

湯帰《ゆあが》りに蕎麦《そば》で極《き》めたが、此節当《このせつあて》もなし、と自分《じぶん》の身体《からだ》を突掛《つっか》けものにして、そそって通《とお》る、横町《よこちょう》の酒屋《さかや》の御用聞《ごようきき》らしいのなぞは、相撲《すもう》の取的《とりてき》が仕切《しき》ったと云《い》う逃尻《にげじり》の、及腰《およびごし》で、件《くだん》の赤大名《あかだいみょう》の襟《えり》を恐《おそ》る恐《おそ》る引張《ひっぱ》りながら、

「阿母《おふくろ》。」

などと敬意《けいい》を表《ひょう》する。

商売冥利《しょうばいみょうり》、渡世《くちすぎ》は出来《でき》るもの、商《あきない》はするもので、五布《いつの》ばかりの鬱金《うこん》の風呂敷《ふろしき》一枚《まい》の店《みせ》に、襦袢《じゅばん》の数々《かずかず》。赤坂《あかさか》だったら奴《やっこ》の肌脱《はだぬぎ》、四谷《よつや》じゃ六方《ろっぽう》を蹈《ふ》みそうな、けばけばしい胴《どう》、派手《はで》な袖《そで》。男《おとこ》もので手《て》さえ通《とお》せば其処《そこ》から着《き》て行《ゆ》かれるまでにして、正札《しょうふだ》が品《しな》により、二分《ぶ》から三

両内外《りょううちそと》まで、膝《ひざ》の周囲《まわり》にばらりと捌《さば》いて、主人《あるじ》はと見《み》れば、上下縞《うえしたしま》に折目《おりめ》あり。独鈷入《とっこいり》の博多《はかた》の帯《おび》に銀鎖《ぎんぐさり》を捲《ま》いて、きちんと構《かま》えた前垂掛《まえだれがけ》。膝《ひざ》で豆算盤《まめそろばん》五寸《すん》ぐらいなのを、ぱちぱちと鳴《な》らしながら、結立《ゆいた》ての大円髷《おおまるまげ》、水《みず》の垂《た》りそうな、赤《あか》い手絡《てがら》の、容色《きりょう》も満更《まんざら》でない女房《にょうぼう》を引附《ひきつ》けて居《い》るのがある。

時節《じせつ》もので、めりやすの襯衣《しゃっ》、めちゃめちゃの大安売《おおやすうり》、ふらんねる切地《きれじ》の見切物《みきりもの》、浜《はま》から輸出品《ゆしゅつひん》の羽二重《はぶたえ》の手巾《ハンケチ》、棄直段《すてねだん》と云《い》うのもあり。外套《がいとう》、まんと、古洋服《ふるようふく》、どれも一式《いっしき》の店《みせ》さえ八九ヶ所《しょ》。続《つづ》いて多《おお》い、古道具屋《ふるどうぐや》は、あり来《きた》りで。近頃古靴《ちかごろふるぐつ》を売《う》る事《こと》は……長靴《ながぐつ》は煙突《えんとつ》の如《ごと》く、すぽんと突立《つった》ち、半靴《はんぐつ》は叱《しか》られた体《てい》に畏《かしこま》って、ごちゃごちゃと浮世《うきよ》の波《なみ》に魚《うお》の漾《ただよ》う風情《ふぜい》がある。

両側《りょうがわ》は扨《さ》て軒《のき》を並《なら》べた居附《いつき》の商人《あきんど》……大通《おおどお》りの事《こと》で、云《い》うまでも無《な》く真中《まんなか》を電車《でんしゃ》が通《とお》る……

夜店《よみせ》は一列片側《いちれつかたかわ》に並《なら》んで出《で》る。……夏《なつ》の内《うち》は、西《にし》と東《ひがし》を各晩《かくばん》であるが、秋《あき》の中《なか》ばからは一月置《ひとつきお》きに成《な》って、大空《おおぞら》の星《ほし》の沈《しず》んだ光《ひかり》と、どす赤《あか》い灯《ひ》の影《かげ》を競《きそ》いつつ、末《すえ》は次第《しだい》に流《ながれ》の淀《よど》むように薄《うす》く疎《まばら》には成《な》るが、軈《やが》て町尽《まちはず》れまで断《た》えずに続《つづ》く……

宵《よい》を些《ち》と出遅《でおく》れて、店《みせ》と店《みせ》との間《あいだ》へ、脚《あし》が極《き》め込《こ》みに成《な》る卓子《テエブル》や、箱車《はこぐるま》を其《そ》のまま、場所《ばしょ》

が取《と》れないのに、両方《りょうほう》へ、叩頭《おじぎ》をして、

「如何《いかが》なものでございましょうか、飛《と》んだお邪魔《じゃま》に成《な》りましょうが。」

「何《なに》、お前《まえ》さん、お互様《たがいさま》です。」

「では一《ひと》ツ御不省《ごふしょう》なすって、」

「ええ可《よ》うございますともね。だが何《なん》ですよ。成《なり》たけ両方《りょうほう》をゆっくり取《と》るようにして置《お》かないと、当節《とうせつ》は喧《やかま》しいんだからね。距離《きより》を其《そ》の八尺宛《しゃくずつ》と云《い》うお達《たっ》しでさ、御承知《ごしょうち》でもございましょうがね。」

「ですから尚《な》お恐入《おそれい》りますんで、」

「其処《そこ》にまたお目《め》こぼしがあろうッてもんですよ、まあ、口明《くちあけ》をなさいまし。」

「難有《ありがと》う存《ぞん》じます。」

などは毎々《まいまい》の事《こと》。

二

此《こ》の次第《しだい》で、露店《ろてん》の間《あわい》は、何《ど》うして八尺《しゃく》が五尺《しゃく》も無《な》い。蒟蒻《こんにゃく》、蒲鉾《かまぼこ》、八《や》ツ頭《がしら》、おでん屋《や》の鍋《なべ》の中《なか》、混雑《ごたごた》と込合《こみあ》って、食物店《たべものみせ》は、お馴染《なじみ》のぶつ切飴《きりあめ》、今川焼《いまがわやき》、江戸前《えどまえ》取り立《た》ての魚焼《うおやき》、と名告《なのり》を上《あ》げると、目《め》の下《した》八寸《すん》の鯛焼《たいやき》と銘《めい》を打《う》つ。真似《まね》はせずとも可《い》い事《こと》を、鱗焼《うろこやき》は気味《きみ》が悪《わる》い。

引続《ひきつづ》いては兵隊饅頭《へいたいまんじゅう》、鶏卵入《たまごいり》の滋養麺麭《じようパン》。……かるめら焼《やき》のお婆《ばあ》さんは、小《ちい》さな店《みせ》に鍋一《なべひと》つ、七《なな》つ五《いつ》つ、孫《まご》の数《かず》ほど、ちょんぼりと並《なら》べて寂《さみ》しい。

茶《ちゃ》めし餡掛《あんかけ》、一品料理《いっぴんりょうり》、一番高《いちばんたか》い中空《なかぞら》の赤行燈《あかあんどう》は、牛鍋《ぎゅうなべ》の看板《かんばん》で、一山《ひとやま》三銭《せん》二銭《せん》に鬻《ひさ》ぐ。

蜜柑《みかん》、林檎《りんご》の水菓子屋《みずがしや》が負《ま》けじと立《た》てた高張《たかはり》も、人《ひと》の目《め》に着《つ》く手術《てだて》であろう。

古靴屋《ふるぐつや》の手《て》に靴《くつ》は穿《は》かぬが、外套《がいとう》を売《う》る女《おんな》の、釦《ぼたん》きらきらと羅紗《らしゃ》の筒袖《つつそで》。小間物店《こまものみせ》の若い娘《むすめ》が、毛糸《けいと》の手袋嵌《てぶくろは》めたのも、寒《さむ》さを凌《しの》ぐとは見《み》えないで、広告《こうこく》めくのが可憐《いじ》らしい。

気取《きど》ったのは、一軒《けん》、古道具《ふるどうぐ》の主人《しゅじん》、山高帽《やまたかぼう》。売《う》っても可《い》いそうな肱掛椅子《ひじかけいす》に反身《そりみ》の頬杖《ほほづえ》。がらくた壇上《だんじょう》に張交《はりま》ぜの二枚屏風《にまいびょうぶ》、ずんどの銅《あか》の花瓶《かびん》に、からびたコスモスを投込《なげこ》んで、新《しん》式《しき》な家庭《かてい》を見《み》せると、隣《となり》の同《おな》じ道具屋《どうぐや》の亭主《ていしゅ》は、炬燵櫓《こたつやぐら》に、ちょんと乗《の》って、胡坐《あぐら》を小《ちい》さく、風除《かぜよ》けに、葛籠《つづら》を押立《おった》てて、天窓《あたま》から、其《そ》の尻《しり》まですっぽりと安置《あんち》に及《およ》んで、秘仏《ひぶつ》は何《ど》うだ、と達磨《だるま》を極《き》めて、寂寞《じゃくまく》として定《じょう》に入《い》る。

「や、此奴《こいつ》ア洒落《しゃれ》てら。」

と往来《おうらい》が讃《ほ》めて行《ゆ》く。

黒《くろ》い毛氈《もうせん》の上《うえ》に、明石《あかし》、珊瑚《さんご》、トンボの青玉《あおだま》が、こつこつと寂《さ》びた色《いろ》で、古《ふる》い物語《ものがたり》を偲《しの》ばすもあれば、青毛布《あおげっと》の上《うえ》に、指環《ゆびわ》、鎖《くさり》、襟飾《えりかざり》、燦爛《さんらん》と光《ひかり》を放《はな》つ合成金《ごうせいきん》の、新時代《しんじだい》を語《かた》るもあり。……又合成銀《またごうせいぎん》と称《とな》えるのを、大阪《おおさか》で発明《はつめい》して銀煙管《ぎんぎせる》を並べて売《う》る。

「諸君《しょくん》、二円《えん》五十銭《せん》じゃ言《い》うたんじゃ、可《え》えか、諸君《しょくん》、熊手屋《くまでや》が。露店《ろてん》の売品《ばいひん》の値価《ねだん》にしては、聊《いささ》か高値《こうじき》じゃ思《おも》わるるじゃろうが、西洋《せいよう》の話《はなし》じゃ、で、分《わか》るじゃろう。二円《えん》五十銭《せん》、可《え》えか、諸君《しょくん》。」

と重《かさ》なり合《あ》った人群集《ひとだかり》の中《なか》に、足許《あしもと》の溝《みぞ》の縁《ふち》に、馬乗提灯《うまのりぢょうちん》を動《うご》き出《だ》しそうに据《す》えたばかり。店《みせ》も何《なに》も無《な》いのが、額《ひたい》を仰向《あおむ》けにして、大口《おおぐち》を開《あ》いて喋《しゃべ》る……此《こ》の学生風《がくせいふう》な五ツ紋《いつもん》は商人《あきんど》ではなかった。

此処等《ここら》へ顔出《かおだ》しをせねば成《な》らぬ、救世軍《きゅうせいぐん》とか云《い》える人物《じんぶつ》。

「其処《そこ》でじゃ諸君《しょくん》、可《え》えか、其《そ》の熊手《くまで》の値《ね》を聞《き》いた海軍《かいぐん》の水兵君《すいへいくん》が言《い》わるるには、可《よし》、熊手屋《でや》、二円《えん》五十銭《せん》は分《わか》った、しかしながらじゃな、此処《ここ》に持合《もちあ》わせの銭《ぜに》が五十銭《せん》ほか無《な》い。則《すなわ》ち此《こ》の五十銭《せん》を置《お》いて行《ゆ》く。直《す》ぐに後金《あときん》の二円《えん》を持《も》って来《く》るから受取《うけと》って置《お》いてくれい。熊手《くまで》は預《あず》けて行《ゆ》くぞ、誰《だれ》も他《ほか》のものに売《う》らんようになあ、と云《い》われましたが、諸君《しょくん》。

手附《てつけ》を受取《うけと》って物品《ぶっぴん》を預《あず》かって置《お》くんじゃからあ、」

と俯向《うつむ》いて、唾《つば》を吐《は》いて、

「じゃから諸君《しょくん》、誰《だれ》にしても異存《いぞん》はあるまい。宜《よろ》しうございます、行《い》って入《い》らっしゃいと云《い》うて、其《そ》の金子《かね》を請取《うけと》ったんじゃ、可《え》えか、諸君《しょくん》。処《ところ》でじゃ、約束通《やくそくどお》りに、あとの二円《えん》を持《も》って、直《す》ぐに其《そ》の熊手《くまで》を取《と》りに来《く》れば何事《なにごと》もありませんぞ。

そうら、其《それ》が遣《や》って来《こ》ん、来《こ》んのじゃ諸君《しょくん》、一時間経《じかんた》ち、二時間経《じかんた》ち、十二時《じ》が過《す》ぎ、半《はん》が過《す》ぎ、何《ど》うじゃ諸君《しょくん》、軈《やが》て一時頃《じごろ》まで遣《や》って来《こ》んぞ。

他《ほか》の露店《ろてん》は皆仕舞《みなしも》うたんじゃ。其《それ》で無《の》うてから既《すで》に露店《ろてん》の許《ゆる》された時間《じかん》は経過《けいか》して、僅《わずか》に巡行《じゅんこう》の警官《けいかん》が見《み》て見《み》ぬ振《ふり》と云《い》う特別《とくべつ》の慈悲《じひ》を便《たよ》りに、茫乎《ぼんやり》と寂《さび》しい街路《がいろ》の霧《きり》に成《な》って行《ゆ》くのを視《なが》めて、鼻《はな》の尖《さき》を冷《つめ》たくして待《ま》って居《お》ったぞ。

処《ところ》へ、てくりてくり、」

と両腕《りょううで》を奮《はず》んで振《ふ》って、ずぼん下《した》の脚《あし》を上《あ》げたり、下《さ》げたり。

「向《むこ》うから遣《や》って来《き》たものがある、誰《だれ》じゃろうか諸君《しょくん》、熊手屋《くまでや》の待《ま》って居《お》る水兵《すいへい》じゃろうか。其《そ》の水兵《すいへい》ならばじゃ、何事《なにごと》も別《べつ》に話《はなし》は起《おこ》らんのじゃ、諸君《しょくん》。然《しか》るに世間《せけん》と云《い》うものは爰《ここ》が話《はなし》じゃ、今来《いまき》たのは一名《めい》の立派《りっぱ》な紳士《しんし》じゃ、夜会《やかい》の帰《かえ》りかとも思《おも》われる、何分《なにぶん》か酔《よ》うてのう。」

三

「皆《みな》さん、申《もう》すまでもありませんが、お家《いえ》で大切《たいせつ》なのは火《ひ》の用心《ようじん》でありまして、其《そ》の火《ひ》の用心《ようじん》と申《もう》す中《うち》にも、一番危険《いちばんきけん》なのが洋燈《ランプ》であります。何故危《なぜあぶな》い。お話《はな》しをするまでもありません、過失《あやま》って取落《とりおと》しまする際《さい》に、火《ひ》の消《き》えませんのが、壺《つぼ》の、此《こ》の、」

と目通《めどお》りで、真鍮《しんちゅう》の壺《つぼ》をコッコッと叩《たた》く指《ゆび》が、掌《てのひら》掛《か》けて、油煙《ゆえん》で真黒《まっくろ》。

頭髪《かみ》を長《なが》くして、きちんと分《わ》けて、額《ひたい》にふらふらと捌《さば》いた、女難《じょなん》なきにしもあらずなのが、渡世《とせい》となれば是非《ぜひ》も無《な》い。

「石油《せきゆ》が待《ま》てしばしもなく、燬《ぱっ》と燃《も》え移《うつ》るから起《おこ》るのであります。御覧《ごらん》なさいまし、大阪《おおさか》の大火《たいか》、青森《あおもり》の大火《たいか》、御承知《ごしょうち》でありましょう、失火《しっか》の原因《げんいん》は、皆此《みなこ》の洋燈《ランプ》の墜落《ついらく》から転動《てんどう》（と妙《みょう》な対句《ついく》で）を起《おこ》しまする。其《そ》の危険《きけん》な事《こと》は、硝子《がらす》壺《つぼ》も真鍮壺《しんちゅうつぼ》も決《けっ》して差別《さべつ》はありません。と申《もう》すが、唯今《ただいま》もお話《はなし》しました通《とお》り、火《ひ》が消《き》えないからであります。其処《そこ》で、手前商《てまえあきな》いますのは、ラヂーンと申《もう》して、金山鉱山《きんざんこうざん》に於《お》きまして金《きん》を溶《と》かしまする処《ところ》の、炉壺《ろつぼ》にいたしまするのを使《つか》って製造《せいぞう》いたしました、口金《くちがね》の保助器《ほじよき》は内務省《ないむしよう》お届済《とどけず》みの専売特許品《せんばいとつきよひん》、御使《ごし》用《よう》の方法《ほうほう》は唯今《ただいま》お目《め》に懸《か》けまするが、安全口金《あんぜんくちがね》、一名火事《いちめいかじ》知《し》らずと申《もう》しまして、」

「何《なん》だ、何《なん》だ。」

と立合《たちあ》いの肩《かた》へ遠慮《えんりよ》なく、唇《くちびる》の厚《あつ》い、真赤《まつか》な顔《かお》を、ぬい、と出《だ》して、皤《はた》と睨《にら》んで、酔眼《すいがん》をとろりと据《す》える。

「うむ、火事《かじ》知《し》らずか、何《なに》を、」と喧嘩腰《けんかごし》に力《ちから》を入《い》れて、もう一息押出《ひといきおしだ》しながら、

「焼《や》けたら水《みず》を打懸《ぶつか》けろい、げい。」

と噯《おくび》をするかと思《おも》うと、印半纏《しるしばんてん》の肩《かた》を聳《そび》やかして、のッと行《ゆ》く。新姐子《しんぞつこ》がばらばらと避《よ》けて通《とお》す。

と嶮《けん》な目《め》を一寸見据《ちよつとみす》えて、

「ああ云《い》う親方《おやかた》が火元《ひもと》に成《な》ります。」と苦笑《にがわらい》。

昔《むかし》から大道店《だいどうみせ》に、酔払《よつぱら》いは附《つ》いたもので、お職人親方手合《しよくにんおやかたてあい》の、然《そ》うしたのは有触《ありふ》れたが、長外套《なががいとう》に茶《ちや》の中折《なかおれ》、髭《ひげ》の生《は》えた立派《りつぱ》なのが居《い》る。

辻《つじ》に黒山《くろやま》を築《きず》いた、が北風《ならい》の通《とお》す、寒《さむ》い背後《うしろ》から藪《やぶ》を押分《おしわ》けるように、杖《ステツキ》で背伸《せの》びをして、

「踊《おど》っとるは誰《だれ》じゃ、何《なに》しとるかい。」

「へい、面白《おもしろ》ずくに踊《おど》ってるじゃござりやせん。唯今《ただいま》、鼻紙《はながみ》で切《き》りました骸骨《がいこつ》を踊《おど》らせて居《お》りますんで、へい、」

「何《なん》じゃ、骸骨《がいこつ》が、踊《おどり》を踊《おど》る。」

どたどたと立合《たちあい》の背《うしろ》に凭懸《よりかか》って、

「手品《てじな》か、うむ、手品《てじな》を売《う》りよるじゃな。」

「へい、八通《やとお》りばかり認《したた》めてござりやす、へい。」

「うむ、八通《やとお》り、此《こ》の通《とおり》か、はッはッ、」変哲《へんてつ》もなく洒落《しゃれ》のめして、

「何《ど》うじゃ五厘《りん》も投《な》げて遣《や》るか。」

「ええ、投銭《なげせん》、お手《て》の内《うち》は頂《いただ》きやせん、材《たね》あかしの本《ほん》を売《う》るのでげす、お求《もと》め下《くだ》さいやし。」

「ふむ……投銭《なげせん》は謝絶《しゃぜつ》する、見識《けんしき》じゃな、本《ほん》は幾干《いくら》だ。」

「五銭《せん》、」

「何《なに》、」

「へい、お立合《たちあい》にも申《もう》して居《お》りやす。へい、ええ、特《こと》の外音声《ほかおんせい》を痛《いた》めて居《お》りやすんで、お聞苦《ききぐる》しう、……へい、お極《きま》りは五銅《ごどう》の処《ところ》、御愛嬌《ごあいきょう》に割引《わりびき》をいたしやす、三銭《せん》でございやす。」

「高《たか》い！」

と喝《しか》って、

「手品屋《てじなや》、負《ま》けろ。」

「毛頭《もうとう》、お掛直《かけね》はございやせん、宜《よろ》しくばお求《もと》め下《くだ》さいやし、三銭《せん》でごぜいやす。」

「一銭《せん》にせい、一銭《せん》じゃ。」

「あッあ、推量々々《すいりようすいりよう》。」と対手《あいて》に成《な》らず、人《ひと》の環《わ》の底《そこ》に掠《かす》れた声《こえ》、地《つち》の下《した》にて踊《おど》るよう。

「お次《つぎ》は相場《そうば》の当《あた》る法《ほう》、弁《べん》ずるまでもありませんよ。……我人《われひと》ともに年中螻《ねんじゅうおけら》では不可《いけ》ません、一攫千金《いっかくせんきん》、お茶《ちゃ》の子《こ》の朝飯前《あさめしまえ》と云《い》う……次《つぎ》は、」

と細字《さいじ》に認《したた》めた行燈《あんどん》をくるりと廻《まわ》す。綱《つな》が禁札《きんさつ》、ト捧《ささ》げた体《てい》で、芳原被《よしはらかぶ》りの若《わか》いもの。別《べつ》に絣《かすり》の羽織《はおり》を着《き》たのが、板本《はんぽん》を抱《かか》えて佇《たたず》む。

「諸人《しょにん》に好《す》かれる法《ほう》、嫌《きら》われぬ法《ほう》も一所《いっしょ》ですな、愛嬌《あいきょう》のお守《まもり》と云《い》う条目《じょうもく》。無《む》銭《せん》で米《こめ》の買《か》える法《ほう》、火《ひ》なくして暖《あたた》まる法《ほう》、飲《の》まずに酔《よ》う法《ほう》、歩行《ある》かずに道中《どうちゅう》する法《ほう》、天《てん》に昇《のぼ》る法《ほう》、色《いろ》を白《しろ》くする法《ほう》、婦《おんな》の惚《ほ》れる法《ほう》。」

四

「お痛《いて》え、痛《いて》え、」

尾《お》を撮《つま》んで、にょろりと引立《ひった》てると、青黒《あおぐろ》い背筋《せすじ》が畝《うね》って、びくりと鎌首《かまくび》を擡《もた》げる発奮《はずみ》に、手術服《しゅじゅつふく》と云《い》う白《しろ》いのを被《はお》ったのが、手《て》を振《ふ》って、飛上《とびあが》る。

「ええ驚《おどろ》いた、蛇《へび》が啖《くら》い着《つ》くです——だが、諸君《しょくん》、こんなことでは無《な》い。……此《こ》の木製《もくせい》の蛇《へび》が、僕《ぼく》の手練《しゅれん》に依《よ》って、不可思議《ふかしぎ》なる種々《しゅじゅ》の運動《うんどう》を起《おこ》すです。急《いそ》がない人《ひと》は立《た》って見《み》て行《ゆ》き給《たま》えよ、奇々《きき》妙々《みょうみょう》感心《かんしん》と云《い》うのだから。

だが、諸君《しょくん》、だがね、僕《ぼく》は手品師《てじなし》では無《な》いのだよ。蛇使《へびつか》いではないのですが、こんな処《ところ》じゃ、誰《だれ》も衛生《えいせい》と云《い》う事《こと》を心得《こころえ》ん。生命《いのち》が大切《たいせつ》と云《い》う事《こと》を弁別《わきま》えて居《お》らん人《ひと》ばかりだから、其《そ》処《こ》で木製《もくせい》の蛇《へび》の運動《うんどう》を起《おこ》すのを見《み》て行《ゆ》き給《たま》えと云《い》うんだ。歯《は》の事《こと》なんか言《い》って聞《き》かしても、何《ど》の道分《みちわか》りはせんのだから、無駄《むだ》だからね、無駄《むだ》な話《はなし》だから決《けっ》して売《う》ろうとは云《い》わんんです。売《う》らんのだから買《か》わんでも宜《よろ》しい。見《み》て行《ゆ》き給《たま》え。見物《けんぶつ》をしてお出《い》でなさい。今《いま》、運動《うんどう》を起《おこ》す、一分間《いっぷんかん》にして暴《あば》れ出《だ》す。

　だが諸君《しょくん》、だがね諸君《しょくん》、歯磨《はみがき》にも種々《いろいろ》ある、花王歯磨《かおうはみがき》、ライオン象印《ぞうじるし》、クラブ梅香散《ばいこうさん》……雑《ざつ》と算《かぞ》えた処《ところ》で五十種以上《しゅいじょう》に及《およ》ぶです。だが、諸君《しょくん》、言《い》ったって無駄《むだ》だ、何《ど》うせ買《か》いはしまい、僕《ぼく》も売《う》る気《き》は無《な》い、こんな処《ところ》じゃ分《わか》るものは無《な》いのだから、売《う》りやせん、売《う》りやせんから木製《もくせい》の蛇《へび》の活動《かつどう》を見《み》て行《ゆ》き給《たま》え。」

と青《あお》い帽子《ぼうし》をずぼらに被《かぶ》って、目《め》をぎろぎろと光《ひか》らせながら、憎体《にくてい》な口振《くちぶり》で、歯磨《はみがき》を売《う》る。

　二三軒隣《げんとなり》では、人品骨柄《じんぴんこつがら》、天晴《あっぱれ》、黒縮緬《くろちりめん》の羽織《はおり》でも着《き》せたいのが、悲愴《ひそう》なる声《こえ》を揚《あ》げて、殆《ほとん》ど歎願《たんがん》に及《およ》ぶ。

「何《ど》うぞ、お試《ため》し下《くだ》さい、ねえ、是非《ぜひ》一回御試験《かいごしけん》が仰《あお》ぎたい。口中《こうちゅう》に熱《ねつ》あり、歯《は》の浮《う》く御《ご》仁《じん》、歯齦《はぐき》の弛《ゆる》んだお人《ひと》、お立合《たちあい》の中《なか》に、もしや万一《まんいち》です。口《くち》の臭《くさ》い、舌《した》の粘々《ねばねば》するお方《かた》がありましたら、此処《ここ》に出《だ》して置《お》きます、此《こ》の芳口剤《ほうこうざい》で一度《ど》漱《うがい》をして下《くだ》さい。」

と一口《ひとくち》がぶりと遣《や》って、悵然《ちょうぜん》として仰反《のけぞ》るばかりに星《ほし》を仰《あお》ぎ、頭髪《かみ》を、ふらりと掉《ふ》って、ぶらぶらと地《つち》へ吐《は》き、立直《たちなお》ると胸《むね》を張《は》って、これも白衣《びゃくえ》の上衣兜《うわかくし》から、綺麗《きれい》な手巾《ハンケチ》を出《だ》して、口《くち》のまわりを拭《ふ》いて、ト恍惚《うっとり》とする。

「爽《さわや》かに清《すずし》き事《こと》、」

と黄色《きいろ》い更紗《さらさ》の卓子掛《テエブルかけ》を、しなやかな指《ゆび》で弾《はじ》いて、

「何《なん》とも譬《たと》えようがありません。唯一分間《ただいっぷんかん》、一口含《ひとくちふく》みまして、二三度《ど》、口中《こうちゅう》を漱《そそ》ぎますと、歯磨楊枝《はみがきようじ》を持《も》ちまして、ものの三十分使《ぶんつか》いまするより、遥《はる》かに快《こころよ》く成《な》るのであります。口中《こうちゅう》には限《かぎ》りません。精神《せいしん》の清《きよ》く爽《さわや》かに成《な》りますに従《したご》うて、頭痛《ずつう》なども立処《たちどころ》に治《なお》ります。何《ど》うぞ、お試《ため》し下《くだ》さい、口《くち》は禍《わざわい》の門《かど》、諸病《しょびょう》は口《くち》からと申《もう》すではありませんか、歯《は》は大事《だいじ》にして下《くだ》さい、口《くち》は綺麗《きれい》にして下《くだ》さいまし、ねえ、私《わたし》が願《ねが》います、何《ど》うぞ諸君《みなさん》。」

「此《こ》の砥石《といし》が一挺《ちょう》ありましたらあ、今《いま》までのよに、盥《たらい》じゃあ、湯水《ゆみず》じゃあとウ、騒《さわ》ぐにはア及《およ》びませせぬウ。お座敷《ざしき》のウ真中《まんなか》でもウ、お机《つくえ》、卓子台《ちゃぶだい》の上《うえ》エでなりとウ、唯《ただ》、こいに遣《や》って、すういすういと擦《こす》りますウばかりイイイ。菜切庖丁《なつきりぼうちょう》、刺身庖丁《さしみぼうちょう》ウ、向《むこ》ウへ向《むこ》ウへとウ、十一二度《ど》、十二三度《ど》、裏《うら》を返《かえ》しまして、黒《くろ》い色《いろ》のウ細《ほそ》い砥《と》ウ持《もち》イましてエ、柔《やわら》かう、すいと一二度《ど》ウ、二三度《ど》ウ、撫《なで》るウ撫《なで》るウばかりイ、此《こ》のウ菜切庖丁《なつきりぼうちょう》が、面白《おもしろ》いようにイ切《きれ》まあすウる、切《き》れまあすウる。こいに、こいに、さッくりサックり横紙《よこがみ》が切《き》れますようなら、当分《とうぶん》のウ内《うち》イ、誰方様《どなたさま》のウお邸《やしき》でもウ、切《きれ》ものに御不自由《ごふじゆう》はございませぬウ。此《こ》のウ細《こまか》い方《ほう》一挺《ちょう》がア、定価《ていか》は五銭《せん》のウ処《ところ》ウ、特別《とくべつ》のウ割引《わりびき》イでエ、粗《あら》のと二《ふた》ツ一所《いっしょ》に、名倉《なぐら》の欠《かけ》を添《そ》えまして、三銭《せん》、三銭《せん》でエ差上《さしあ》げますウ、剪刀《はさみ》、剃刀磨《かみそりとぎ》にイ、一度《ど》ウ磨《と》がせましても、二銭《せん》とウ三銭《せん》とは右《みぎ》から左《ひだり》イ……」

と賽《さい》の目《め》に切《き》った紙片《かみきれ》を、膝《ひざ》にも敷物《しきもの》にもぱらぱらと夜風《よかぜ》に散《ち》らして、縞《しま》の筒袖《つつそで》凜々《りり》しいのを衝《つ》と張《は》って、菜切庖丁《なつきりぼうちょう》に金剛砂《こんごうしゃ》の花骨牌《はながるた》ほどな砥《と》を当《あ》てながら、余《あま》り仰向《あおむ》いては人《ひと》を見《み》ぬ、包《つつ》ましやかな毛糸《けいと》の襟巻《えりまき》、頬《ほほ》の細《ほそ》いも人柄《ひとがら》で、大道店《だいどうみせ》の息子《むすこ》株《かぶ》。

押並《おしなら》んで、めくら縞《じま》の襟《えり》の剝《は》げた、袖《そで》に横撫《よこなで》のあとの光《ひか》る、同《おな》じ紺《こん》のだふだふとした前垂《まえだれ》を首《くび》から下《さ》げて、千草色《ちぐさいろ》の半股引《はんももひき》、膝《ひざ》のよじれたのを捻《ねじ》って穿《は》いて、ずんぐりむっくりと肥《ふと》ったのが、日和下駄《ひよりげた》で突立《つった》った、いけずな悴《せがれ》が、三徳用大根皮剝《さんとくようだいこんかわはぎ》、と云《い》うのを喚《わめ》く。

五

其《そ》の鯉口《こいぐち》の両肱《りょうひじ》を突張《つっぱ》り、手尖《てさき》を八《や》ツ口《くち》へ突込《つっこ》んで、頸《うなじ》を襟《えり》へ、もぞもぞと擦附《すりつ》けながら、

「小母《おば》さん、買《か》ってくんねえ、小父的《おじき》買《か》いねえな。千六本《せんろつぽん》に、おなますに、皮剝《かわはぎ》と一所《いっしょ》に出来《でき》らあ。内《うち》が製造元《せいぞうもと》だから安《やす》いんだぜ。大小《でいしょう》あらあ。大《でい》が五銭《せん》で小《しょう》が三銭《せん》だ。皮剝一《かわはぎひと》ツ買《か》ったってお前《めえ》、三銭《せん》はするぜ、買《か》っとくんねえ、あ、あ、あ、」

と引捻《ひんねじ》れた四角《しかく》な口《くち》を、額《ひたい》まで潤《くわっ》と開《あ》けて、猪首《いくび》を附元《つけもと》まで窘《すく》める、と見《み》ると、仰状《のけざま》に大《おお》欠伸《あくび》。余《あま》り度外《どはず》れなのに、自分《じぶん》から吃驚《びっくり》して、

「はっ、」と、突掛《つっかか》る八《や》ツ口《くち》の手《て》を引張出《ひっぱりだ》して、握拳《にぎりこぶし》で口《くち》の端《はた》をポン、と蓋《ふた》をする、トほっと真白《まっしろ》な息《いき》を大《おお》きく吹出《ふきだ》す……

いや、順《じゅん》に並《なら》んだ、立《た》ったり居《い》たり、凸凹《でこぼこ》とした何《ど》の店《みせ》も、同《おな》じように息《いき》が白《しろ》い。むらむらと沈《しず》んだ、燻《くすぶ》った、其《そ》の癖《くせ》、師走空《しわすぞら》に澄透《すみとお》って、蒼白《あおじろ》い陰気《いんき》な灯《あかり》の前《まえ》を、ちらりちらりと冷《つめ》たい魂《たましい》が徜徉《さまよ》う姿《すがた》で、耄碌頭巾《もうろくずきん》の皺《しわ》から、押立《おった》てた古服《ふるふく》の襟許《えりもと》から、汚《よご》れた襟巻《えりまき》の襞積《ひだ》の中《なか》から、朦朧《もうろう》と顕《あらわ》れて、揺《ゆ》れる火影《ほかげ》に入乱《いりみだ》れる処《ところ》を、ブンブンと唸《うな》って来《き》て、大路《おおじ》の電車《でんしゃ》が風《かぜ》を立《た》てつつ、颯《さつ》と引攫《ひっさら》って、チリチリと紫《むらさき》に光《ひか》って消《き》える。

と何《ど》の顔《かお》も白茶《しらちゃ》けた、影《かげ》の薄《うす》い、衣服前垂《きものまえだれ》の汚目《よごれめ》ばかり火影《ほかげ》に目立《めだ》って、煤《すす》びた羅漢《らかん》の、トボンとした、寂《さび》しい、濁《にご》った形《かたち》が溝端《みぞばた》にばらばらと残《のこ》る。

こんな時《とき》は、時々《ときどき》ばったりと往来《おうらい》が途絶《とだ》えて、其《そ》の時々《ときどき》、対向《むかいあ》った居附《いつき》の店《みせ》の電燈瓦斯《でんとうがす》の晃々《こうこう》とした中《なか》に、小僧《こぞう》の形《かげ》や、帳場《ちょうば》の主人《しゅじん》、火鉢《ひばち》の前《まえ》の女房《かみさん》などが、絵草子《えぞうし》の裏《うら》、硝子《がらす》の中《なか》、中《なか》でも鮮麗《あざやか》なのは、軒《のき》に飾《かざ》った紅入友染《べにいりゆうぜん》の影《かげ》に、くっきりと顕《あらわ》れる。

露店《ろてん》は茫《ぼう》として霧《きり》に沈《しず》む。

忽《たちま》ち、ふらふらと黒《くろ》い影《かげ》が往来《おうらい》へ湧《わ》いて出《で》る。其《そ》の姿《すがた》が、毛氈《もうせん》の赤《あか》い色《いろ》、毛布《けっと》の青《あお》い色《いろ》、風呂敷《ふろしき》の黄色《きいろ》いの、寂《さみ》しい媼《ばあ》さんの鼠色《ねずみいろ》まで、フト判然《はっきり》と凄《すご》い星《ほし》の下《した》に、漆《うるし》のような夜《よる》の中《なか》に、淡《あわ》い彩《いろどり》して顕《あらわ》れると、商人連《あきうどれん》はワヤワヤと動《うご》き出《だ》して、牛鍋《ぎゅうなべ》の唐紅《とうべに》も、飜然《ひらり》と揺《ゆら》ぎ、おでん屋《や》の屋台《やたい》もくわっと気競《きおい》が出《で》て、白気《はくき》濃《こま》やかに狼煙《のろし》を揚《あ》げる。翼《つばさ》の鈍《のろ》い、大《おお》きな蝙蝠《こうもり》のように地摺《じずり》に飛《と》んで所《ところ》を定《さだ》めぬ、煎豆屋《いりまめや》の荷《に》に、糸《いと》のような火花《ひばな》が走《はし》って、

「豆《まめ》や、煎豆《いりまめ》、煎立豆《いりたてまめ》や、柔《やわらか》い豆《まめ》や。」

と高《たか》らかに冴《さ》えて、思《おも》いもつかぬ遠《とお》くの辻《つじ》のあたりに聞《きこ》える。

又一時《またひとしきり》、がやがやと口上《こうじょう》が彼方此方《あちこち》にはじまるのである。

が、次第《しだい》に引潮《ひきしお》が早《はや》く成《な》って、——漸《や》っと柵《しがらみ》にかかった海草《かいそう》のように、土方《どかた》の手《て》に引摺《ひきず》られた古股引《ふるももひき》を、はずすまじとて、媼《ばあ》さんが曲《まが》った腰《こし》をむずむずと動《うご》かして、溝《みぞ》の上《うえ》へ膝《ひざ》を摺《ずり》出《だ》す、其《そ》の効《かい》なく……博多《はかた》の帯《おび》を引摑《ひッつか》みながら、素見《ひやかし》を追懸《おっか》けた亭主《ていしゅ》が、値《ね》が出来《でき》ないで舌《した》打《うち》をして引返《ひきかえ》す……煙草入《たばこいれ》に引懸《ひっかか》ったただぼ鯊《はぜ》を、鳥《とり》の毛《け》の采配《さいはい》で釣《つ》ろうと構《かま》えて、ストンと外《はず》した玉屋《たまや》の爺様《じいさま》が、餌箱《えさばこ》を検《しら》べる体《てい》に、財布《さいふ》を覗《のぞ》いて鬱《ふさ》ぎ込《こ》む、歯磨屋《はみがきや》の卓子《テエブル》の上《うえ》に、お試用《ためし》に掬出《すくいだ》した粉《こな》が白《しろ》く散《ち》って、売《う》るものの鰌髯《どじょうひげ》にも薄《うっす》り霜《しも》を置《お》く——初夜《しょや》過《す》ぎに成《な》ると、其《そ》の一時々々《ひとときひととき》、大道店《だいどうみせ》の灯筋《あかりすじ》を、霧《きり》で押伏《おっぷ》せらるる間《あいだ》が次第《しだい》に間近《まぢか》に成《な》って、盛返《もりかえ》す景気《けいき》が其《そ》の毎《たび》に、遅《おそ》く重《おも》っくるしく成《な》って来《く》る。

ずらりと見渡《みわた》した皆《みな》が悄乎《しょんぼり》する。

勿論《もちろん》、電燈《でんとう》の前《まえ》、瓦斯《がす》の背後《うしろ》のも、寝《ね》る前《まえ》の起居《たちい》が忙《せわ》しい。分《わ》けても、真白《まつしろ》な油紙《あぶらつかみ》の上《うえ》へ、見《み》た目《め》も寒《さむ》い、千六本《せんろつぽん》を心太《ところてん》のように引散《ひつち》らして、ずぶ濡《ぬれ》の露《つゆ》が、途切《とぎ》れ途切《とぎ》れにぽたぽたと足《あし》を打《う》って、溝縁《みぞぶち》に凍《こお》りついた大根剝《だいこんむき》の悴《せがれ》が、今度《こんど》は堪《たま》らなそうに、凍《かじか》んだ両手《りようて》をぶるぶると唇《くちびる》へ押当《おしあ》てて、貧乏揺《びんぼうゆる》ぎを忙《せわ》しくしながら、

「あ、ああ」

と又大欠伸《またおおあくび》をして、むらむらと白《しろ》い息《いき》が吹出《ふきだ》すと、筒抜《つつぬ》けた大声《おおごえ》で、

「大福《だいふく》が食《く》いてえなッ。」

六

「大福餅《だいふくもち》が食《た》べたいとさ、は、は、は、」

と直《じ》き其《そ》の傍《そば》に店《みせ》を出《だ》した、二分心《にぶしん》の下《した》で手許暗《てもとくら》く、小楊枝《こようじ》を削《けず》って居《い》た、人柄《ひとがら》なだけ、可憐《いとし》らしい女隠居《おんないんきょ》が、黒《くろ》い頭巾《ずきん》の中《なか》から、隣《となり》を振向《ふりむ》いて、掠《かす》れ掠《かす》れ笑《わら》って言《い》う。

其《そ》の隣《となり》の露店《ろてん》は、京染正紺請合《きようぞめしようこんうけあい》とある足袋《たび》の裏《うら》を白《しろ》く飜《かえ》して、ほしほしと並《なら》べた三十ぐらいの女房《にようぼう》で、中《なか》が一寸隔《ちよいとへだた》ったただけ、三徳用《さんとくよう》の言《い》った事《こと》が大道《だいどう》でぼやけて分《わか》らず……但《ただ》し吃《びつ》

驚《くり》するほどの大音《だいおん》であったので、耳《みみ》を立《た》てて聞合《ききあ》わせたものであった。会得《えとく》が行《ゆ》くと然《さ》も無《な》い事《こと》だけ、おかしく成《な》ったものらしい。

「大福《だいふく》を……ほほほ、」と笑う。

と其《そ》の隣《となり》が古本屋《ふるほんや》で、行火《あんか》の上《うえ》へ、髯《ひげ》の伸《の》びた痩《や》せた頤《おとがい》を乗《の》せて、平《ひら》たく蹲《うずくま》った病人《びょうにん》らしい陰気《いんき》な男《おとこ》が、釣込《つりこ》まれたやら、

「ふふふ、」

と寂《さみ》しく笑《わら》う。

続《つづ》いたのが、例《れい》の高張《たかはり》を揚《あ》げた威勢《いせい》の可《い》い、水菓子屋《みずがしや》、向顱巻《むこうはちまき》の結《むす》び目《め》を、山《やま》から飛《と》んで来《き》た、と押立《おった》てたのが、仰向《あおむ》けに反《そり》を打《う》って、呵々《からから》と笑出《わらいだ》す。次《つぎ》へ、それから、引続《ひきつづ》いて——一品料理《いっぴんりょうり》の天幕張《テントばり》の中《なか》などは、居合《いあ》わせた、客交《きゃくま》じりに、わはわはと笑《わらい》を揺《ゆす》る。年内《ねんない》の御重宝九星売《ごちょうほうきゅうせいうり》が、恵方《えほう》の方《ほう》へ突伏《つっぷ》して、けたけたと堪《たま》らなそうに噴飯《ふきだ》したれば、苦虫《にがむし》と呼《よ》ばれた歯磨屋《はみがきや》が、ウンふンと鼻《はな》で笑《わら》う。声《こえ》が一所《いっしょ》で、同音《どうおん》に、もぐらもちが昇天《しょうてん》しようと、水《すい》道《どう》の鉄管《てっかん》を踊《おど》り抜《ぬ》けそうな響《ひび》きで、片側一条《かたかわひとすじ》、夜《よる》が鳴《な》って、哄《どっ》と云《い》う。時《とき》ならぬに、木《こ》の葉《は》が散《ち》って、霧《きり》の海《うみ》に不知火《しらぬい》と見《み》える灯《ともしび》の間《あいだ》を白《しろ》く飛《と》ぶ。

なごりに煎豆屋《いりまめや》が、くわッと笑《わら》う、と遠《とお》くで凄《すさ》まじく犬《いぬ》が吠《ほ》えた。

軒《のき》の辺《あたり》を通魔《とおりま》がしたのであろう。

北《きた》へも響《ひび》いて、町尽《まちはずれ》の方《ほう》へワッと抜《ぬ》けた。

時《とき》に片頬笑《かたほえ》みさえ、口許《くちもと》に莞爾《にっこり》ともしない艶《えん》なのが、露店《ろてん》を守《まも》って一人居《ひとりい》た。

縦通《たてどおり》から横通《よこどお》りへ、電車《でんしゃ》の交叉点《こうさてん》を、其《そ》の町尽《まちはず》れの方《ほう》へ下《さが》ると、人《ひと》も店《みせ》も、灯《ひ》の影《かげ》も薄《うす》く歯《は》の抜《ぬ》けたような、間々《あいだあいだ》を冷《つめ》たい風《かぜ》が渡《わた》る癖《くせ》に、店《みせ》を一《ひと》ッ一《びと》ッ一重《ひとえ》ながら、茫《ぼう》と渦《うず》を巻《ま》いたような霧《きり》で包《つつ》む。同《おな》じ燻《くす》ぶった洋燈《ランプ》も、人《ひと》の目鼻《めはな》立《だ》ち、眉《まゆ》も、青《あお》、赤《あか》、鼠色《ねずみいろ》の地《じ》の敷物《しきもの》ながら、宛然鶏卵《さながらたまご》の裡《うち》のように、渾沌《こんとん》として、ふうわり街燈《がいとう》の薄《うす》い影《かげ》に映《うつ》る。が、枯《か》れた柳《やなぎ》の細《ほそ》い枝《えだ》は、幹《みき》に行燈《あんどう》を点《つ》けられたより、却《かえ》って此《こ》の中《なか》に、処々《ところどころ》すっきりと、星《ほし》に蒼《あお》く、風《かぜ》に白《しろ》い。

其《そ》の根《ね》に、茣蓙《ござ》を一枚《まい》の店《みせ》に坐《すわ》ったのが、件《くだん》の婦《おんな》で。

年紀《とし》は六七《ろくしち》……三十《さんじゅう》に先《ま》ず近《ちか》い。姿《すがた》も顔《かお》も窶《やつ》れたから、些《ち》と老《ふ》けて見《み》えるのであろうも知《し》れぬ。綿《めん》らしいが、銘仙縞《めいせんじま》の羽織《はおり》を、なよなよとある肩《かた》に細《ほそ》く着《き》て、同《おな》じ縞物《しまもの》の膝《ひざ》を薄《うす》く、無地《むじ》ほどに細《ほそ》い縞《しま》の、これだけはお召《めし》らしいが、透切《すきぎ》れのした前垂《まえだれ》を〆《し》めて、昼夜帯《ちゅうやおび》の胸《むね》ばかり、浅葱《あさぎ》の鹿子《かのこ》の下〆《したじめ》なりに、乳《ちち》の下《した》あたり膨《ふっ》くりとしたのは、鼻紙《はながみ》も財布《さいふ》も一所《いっしょ》に突込《つっこ》んだものらしい。

雑《ざつ》と一昔《ひとむかし》は風情《ふぜい》だった、肩掛《かたかけ》と云《い》うのを四《よッ》つばかりに畳《たた》んで敷《し》いた。其《それ》を、褄《つま》は深《ふか》いほど玉《たま》は冷《つめ》たそうな、膝《ひざ》の上《うえ》へ掛《か》けたら、と思《おも》うが、察《さっ》するに上《うえ》へは出《だ》せぬ寸断《ずたずた》の継填《つぎはぎ》らしい。火鉢《ひばち》も無《な》ければ、行火《あんか》もなしに、霜《しも》の素膚《すはだ》は堪《た》えられまい。

黒繻子《くろじゆす》の襟《えり》も白《しろ》く透《す》く。

油気《あぶらげ》も無《な》く擦切《すりき》るばかりの夜嵐《よあらし》にばさついたが、艶《つや》のある薄手《うすで》な丸髷《まるまげ》がッくりと、焦茶色《こげちゃいろ》の絹《きぬ》のふらしてんの襟巻《えりまき》。房《ふさ》の切《き》れた、男物《おとこもの》らしいのを細《ほそ》く巻《ま》いたが、左《ひだり》の袖口《そでぐち》を、ト乳《ちち》の上《うえ》へ悄乎《しょんぼり》と捲《ま》き込《こ》んだ袂《たもと》の下《した》に、利休形《りきゅうがた》の煙草入《たばこいれ》の、裏《うら》の緋《ひ》塩瀬《しおぜ》ばかりが色《いろ》めく、が其《それ》も褪《あ》せた。

生際《はえぎわ》の曇《くも》った影《かげ》が、瞼《まぶた》へ映《さ》して、面長《おもなが》なが、然《さ》して瘠《や》せても見《み》えぬ。鼻筋《はなすじ》のすっと通《とお》ったを、横《よこ》に掠《かす》めて後毛《おくれげ》をさらりと掛《か》けつつ、ものう気《げ》に払《はら》いもせず……切《きれ》の長《なが》い、睫《まつげ》の濃《こ》いのを伏目《ふしめ》に成《な》って、上気《じょうき》して乾《かわ》くらしい唇《くちびる》に、吹矢《ふきや》の筒《つつ》を、一寸含《ちょいとふく》んで、片手《かたて》で持添《もちそ》えた雪《ゆき》のような肱《ひじ》を搦《から》む、唐縮緬《とうちりめん》の筒袖《つつそで》のへりを取《と》った、継合《つぎあ》わせものの其《そ》の、緋鹿子《ひがのこ》の媚《なまめ》かしさ。

七

三枚《まい》ばかり附木《つけぎ》の表《おもて》へ、（一《ひと》くみ）も仮名《かな》で書《か》き（二《に》せん）も仮名《かな》で記《しる》して、前《まえ》に並《なら》べて、きざ柿《がき》の熟《じゅく》したのが、こつこつと揃《そろ》ったような、昔《むかし》は螺《たにし》が尼《あま》になる、これは紅茸《べにたけ》の悟《さとり》を開《ひら》いて、ころりと参《まい》った張子《はりこ》の達磨《だるま》。

目《め》ばかり黒《くろ》い、けばけばしく真赤《まっか》な禅入《ぜんにゅう》を、木兎《ずく》引《ひき》の木兎《ずく》、で三寸《すん》ばかりの天目台《てんもくだい》、すくすくとある上《うえ》へ、大《だい》は小児《こども》の握拳《にぎりこぶし》、小《ちい》さいのは団栗《どんぐり》ぐらいな処《ところ》まで、ずらりと乗《の》せたのを、其《そ》の俯目《ふしめ》に、ト狙《ねら》いながら、件《くだん》の吹矢筒《ふきやづつ》で、フッ。

カタリと云《い》って、発奮《はずみ》もなく引《ひっ》くりかえって、軽《かる》く転《ころ》がる。其《そ》の次《つぎ》のをフッ、カタリと飜《かえ》る。続《つづ》いてフッ、カタリと下《した》へ。フッフッ、カタカタカタと毛《け》を吹《ふ》くばかりの呼吸《いき》づかいに連《つ》れて、五《いつ》つ七《なな》つ立処《たちどころ》に、パッパッと石鹼玉《シャボンだま》が消《き》えるように、上手《じょうず》にでんぐり、くるりと落《お》ちる。

落《お》ちると、片端《かたはし》から一《ひと》ツ一《ひと》ツ、順々《じゅんじゅん》に又並《またなら》べて、初手《しょて》からフッと吹《ふ》いて、カタリと言《い》わせる。……同《おな》じ事《こと》を、絶《た》えず休《やす》まずに繰返《くりかえ》して、此《こ》の玩弄物《おもちゃ》を売《う》るのであるが、玉章《ふみ》もなし口《こう》上《じょう》もなしで、ツンとしたように黙《だま》って居《い》るので。霧《きり》の中《なか》に笑《わらい》の虹《にじ》が、潑《ぱっ》と渡《わた》った時《とき》も、独《ひと》り莞爾《にっこり》ともせず、傍目《わきめ》も触《ふ》らず、同《おな》じようにフッと吹《ふ》く。

カタリと転《ころ》がる。

「大福《だいふく》、大福《だいふく》、大福《だいふく》かい。」

と呰《ち》と粘《ねば》って訛《なまり》のある、ギリギリと勘走《かんばし》った高《たか》い声《こえ》で、亀裂《ひび》を入《い》らせるように霧《きり》の中《なか》をちよこちょこ走《はし》りで、玩弄物屋《おもちゃや》の婦《おんな》の背後《うしろ》へ、ぬっと、鼠《ねずみ》の中折《なかおれ》を目深《まぶか》に、領首《えりくび》を覗《のぞ》いて、橙色《だいだいいろ》の背広《せびろ》を着《き》、小造《こづく》りなのが立《た》ったと思《おも》うと、

「大福餅《だいふくもち》、暖《あったか》い!」

又疳走《またかんばし》った声《こえ》の下《した》、一寸蹲《ちょいとしゃが》む、と疾《はや》い事《こと》、筒服《ずぼん》の膝《ひざ》をとんと揃《そろ》えて、横《よこ》から当《あた》って、婦《おんな》の前垂《まえだれ》に附着《くッつ》くや否《いな》や、両方《りょうほう》の衣兜《かくし》へ両手《りょうて》を突込《つっこ》んで、四角《しかく》い肩《かた》して、一《ひと》ふり、ぐいと首《くび》を振《ふ》ると、ぴんと反《そ》らした鼻《はな》の下《した》の髯《ひげ》とともに、砂除《すなよ》けの素通《すどお》し、ちょんぼりした可愛《かわい》い目《め》をくるりと遣《や》ったが、ひょんな顔《かお》。

……と云《い》うものは、其《そ》の、

「……暖《あったか》い!……」を機会《きっかけ》に、行火《あんか》の箱火鉢《はこひばち》の蒲団《ふとん》の下《した》へ、潜込《もぐりこ》ましたと早合点《はやがってん》の膝小僧《ひざこぞう》

が、すぽりと気《き》が抜《ぬ》けて、二《ふた》ツ、ちょこなんと揃《そろ》って、灯《ともしび》に照《て》れたからである。

橙《だいだい》背広《せびろ》の此《こ》の紳士《しんし》は、通《とお》り掛《が》かりの一杯機嫌《いっぱいきげん》の素見客《ぞめき》でも何《なん》でもない。冷《ひや》かし数《かず》の子《こ》の数《かず》には漏《も》れず、格子《こうし》から降《ふ》ると云《い》う長《なが》い煙管《きせる》に縁《えん》のある、煙草《たばこ》の脂留《やにどめ》、新発明螺旋仕懸《しんはつめいらせんじかけ》ニッケル製《せい》の、巻莨《まきたばこ》の吸口《すいくち》を売《う》る、気軽《きがる》な人物《じんぶつ》。

自《みず》から称《しょう》して技師《ぎし》と云《い》う。で、衆《しゅう》を立《た》たせて、使用法《しようほう》を弁《べん》ずる時《とき》は、こんな軽々《かるがる》しい態度《たいど》のものではない。下目《しため》づかいに、晃々《きらきら》と眼鏡《めがね》を光《ひか》らせ、額《ひたい》で睨《にら》んで、帽子《ぼうし》を目深《まぶか》に、然《さ》も歴々《れきれき》が忍《しの》びの体《てい》。冷々然《れいれいぜん》として落着《おちつ》き澄《す》まして、咳《しわぶき》さえ高《たか》うはせず、其《そ》のニコチンの害《がい》を説《と》いて、一吸《ひとすい》の巻莨《まきたばこ》から生《しょう》ずる多量《たりょう》の沈殿物《ちんでんぶつ》を以《もっ》て混濁《こんだく》した、恐《おそ》るべき液体《えきたい》をアセチリンの蒼光《あおびかり》に翳《かざ》して、屹《き》と試験管《しけんかん》を示《しめ》す時《とき》の如《ごと》きは、何某《なにがし》の教授《きょうじゅ》が理化学《りかがく》の講座《こうざ》へ立揚《たちあが》った如《ごと》く、風采四辺《ふうさいあたり》を払《はら》う。

其処《そこ》で、公衆《こうしゅう》は、唯僅《ただわずか》に硝子《がらす》の管《かん》へ煙草《たばこ》を吹込《ふきこ》んで、びくびくと遣《や》ると水《みず》が濁《にご》るばかりだけれども、技師《ぎし》の態度《たいど》と、其《そ》の口上《こうじょう》のぱきぱきとするのに、ニコチンの毒《どく》の恐《おそ》るべきを知《し》って、戦慄《せんりつ》に及《およ》んで、五割引《わりびき》が盛《さかん》に売《う》れる。

なかなか何《ど》うして、歯科散《しかさん》が試験薬《しけんやく》を用《もち》いて、立合《たちあい》の口中黄色《こうちゅうきいろ》い歯《は》から拭取《ふきと》った口塩《くちしお》から、立処《たちどころ》に、黴菌《ばいきん》を躍《おど》らして見《み》せる処《どころ》の比《ひ》ではない。

よく売《う》れるから、益々得意《ますますとくい》で、澄《す》まし返《かえ》って説明《せつめい》する。

が、夜《よる》が稍深《ややふか》く、人影《ひとかげ》の薄《うす》く成《な》った慥《こ》うした時《とき》が、技師大得意《ぎしだいとくい》の節《せつ》で。今《いま》まで嚔《くしゃみ》を堪《こら》えたように、むずむずと身震《みぶる》いを一《ひと》つすると、固《かた》く成《な》って居《い》た卓子《テエブル》の前《まえ》から、早《はや》くもがらりと体《たい》を砕《くだ》いて、飛上《とびあが》るように衝《つ》と腰《こし》を軽《かる》く、突然《いきなり》ひょいと隣《となり》のおでん屋《や》へ入《はい》って、煮込《にこみ》を一串《ひとくし》引攫《ひっさら》う。

此奴《こいつ》を、フッフッと吹《ふ》きながら、すぺりと古道具屋《ふるどうぐや》の天窓《あたま》を撫《な》でるかと思《おも》うと、次《つぎ》へ飛《と》んで、あの涅槃《ねはん》に入《はい》ったような、風除葛籠《かざよけつづら》をぐらぐら揺《ゆす》ぶる。

八

爾時《そのとき》きゃっきゃっと高笑《たかわらい》、靴《くつ》をぱかぱかと傍《わき》へ外《そ》れて、何《ど》の店《みせ》と見当《けんとう》を着《つ》けるでも無《な》く、脊《せ》を屈《かが》めて蹲《うずくま》った婆《ばあ》さんの背後《うしろ》へ一寸踞《ちょいとしゃが》んで、

「寒《さむ》いですね。」

と声《こえ》を掛《か》けて、トントンと肩《かた》を叩《たた》いて遣《や》ったもので。

「きゃっきゃっ、」と又笑《またわろ》うて、横歩行《よこある》きにすらすらすら、で、居合《いあ》わす、古女房《ふるにょうぼう》の背《せな》をド

ンと咲《くら》わす。突然《いきなり》、年増《としま》の行火《あんか》の中《なか》へ、諸膝《もろひざ》を突込《つっこ》んで、けろりとして、娑婆《しゃば》を見物《けんぶつ》、と云《い》う澄《す》ました顔付《かおつき》で、当《あた》って居《い》る。

露店中《ろてんちゅう》の愛嬌《あいきょう》もので、総籬《そうまがき》の柳縹《りゅうひょう》さん。

即《すなわ》ち又《また》、其《そ》の伝《でん》で、大福暖《だいふくあつたか》いと、向《むこ》う見《み》ずに遣《や》った処《ところ》、手遊屋《おもちゃや》の婦《おんな》は、腰《こし》のまわりに火《ひ》の気《け》が無《な》いので、膝《ひざ》が露出《むきだ》しに大道《だいどう》へ、茣蓙《ござ》の薄霜《うすじも》に間拍子《まびょうし》も無《な》く並《なら》んだのである。

橙色《だいだいいろ》の柳縹子《りゅうひょうし》、気《き》の抜《ぬ》けた肩《かた》を窄《すぼ》めて、ト一《ひと》つ、大《おお》きな達磨《だるま》を眼鏡《めがね》でぎらり。

婦《おんな》は澄《す》ましてフッと吹《ふ》く……カタリ……

はッと頤《おとがい》を引《ひ》く間《ま》も無《な》く、カタカタカタと残《のこ》らず落《お》ちると、直《す》ぐに、其《そ》のへりの赤《あか》い筒袖《つつそで》の細《ほそ》い雪《ゆき》で、一《ひと》ツ一《ひと》ツ拾《ひろ》って並《なら》べる。

「堪《たま》らんですね、寒《さむ》いですな、」

と髯《ひげ》を捻《ひね》った。が、大《おお》きに照《て》れた風《ふう》が見《み》える。

斜違《はすツかい》に之《これ》を視《なが》めて、前歯《まえば》の金《きん》をニヤニヤと笑《わら》ったのは、総髪《そうがみ》の大《おお》きな頭《あたま》に、黒《くろ》の中山高《ちゅうやまたか》を堅《かた》く嵌《は》めた、色《いろ》の赤《あか》い、額《ひたい》に畝々《うねうね》と筋《すじ》のある、頬骨《ほほぼね》の高《たか》い、大顔《おおがお》の役人風《やくにんふう》。迫《せま》った太《ふと》い眉《まゆ》に、大《でっか》い眼鏡《めがね》で、胡麻塩髯《ごましおひげ》を貯《たくわ》えた、頤《おとがい》の尖《とが》った、背《せ》のずんぐりと高《たか》いのが、絣《かすり》の綿入羽織《わたいればおり》を長《なが》く着《き》て、霜降《しもふり》のめりやすを太《ふと》く着込《きこ》んだ巌丈《がんじょう》な腕《うで》を、客商売《きゃくしょうばい》とて袖口《そでぐち》へ引込《ひっこ》めた、其《そ》の手《て》に一条《いちじょう》の竹《たけ》の鞭《むち》を取《と》って、バタバタと叩《たた》いて、三州《さんしゅう》は岡崎《おかざき》、備後《びんご》は尾《お》ノ道《みち》、肥後《ひご》は熊本《くまもと》の刻《きざみ》煙草《たばこ》を指示《さししめ》す……

「内務省《ないむしょう》は煙草専売局《たばこせんばいきょく》、印紙御貼用済《いんしごちょうようずみ》。味《あじ》は至極可《しごくく》えで、喫《の》んで見《み》た上《うえ》で買《か》いなさい。大《おお》阪《さか》は安井銀行《やすいぎんこう》、第三蔵庫《だいさんぞうこ》の担保品《たんぽひん》。今度《このたび》、同銀行蔵掃除《どうぎんこうくらそうじ》に就《つ》いて払下《はらいさ》げに相成《あいな》ったを、当商《とうしょう》会《かい》に於《おい》て一手販売《いってはんばい》をする、抵当流《ていとうなが》れの安価《あんか》な煙草《たばこ》じゃ。喫《の》んで芳《かんばし》う、香味《こうみ》、口中《こうちゅう》に遍《あまね》うして而《しか》して其《そ》の聊《いささか》も脂《やに》が無《な》い。私《わし》は痰持《たんもち》じゃが、」

と空咳《からせき》を三《みっ》ツばかり、小《ちい》さくして、竹《たけ》の鞭《むち》を袖《そで》へ引込《ひっこ》め、

「此《こ》の煙草《たばこ》を用《もち》いてから、頓《とん》と悩《なや》みを忘《わす》れた。がじゃ、荒《あら》くとも脂《やに》がありとも、唯強《ただつよ》いのを望《のぞ》むと云《い》う人《ひと》には決《けっ》して此《こ》の煙草《たばこ》は向《む》かぬぞ。香味《こうみ》あって脂《やに》が無《な》い、抵当流《ていとうなが》れの刻《きざみ》は何《ど》うじゃ。」

と太《ふと》い声《こえ》して、些《ち》と充血《じゅうけつ》した大《おお》きな瞳《ひとみ》をぎょろりと遣《や》る。其《そ》の風采《ふうさい》、高利《こうり》を借《か》りた覚《おぼ》えがあると、天窓《あたま》から水《みず》を浴《あ》びそうなが、思《おも》いの外《ほか》、温厚《おんこう》な柔和《にゅうわ》な君子《くんし》で。

店《みせ》の透《す》いた時《とき》は、其処《そこ》等《ら》の小児《こども》をつかまえて、

「あ、然《す》じゃでの、」などと役人口調《やくにんくちょう》で、眼鏡《めがね》の下《した》に、一杯《いっぱい》の皺《しわ》を寄《よ》せて、髯《ひげ》の上《うえ》を撫《な》で下《さ》げ撫《な》で下《さ》げ滑稽《おど》けた話《はなし》をして喜《よろこ》ばせる。其《そ》の小父《おじ》さんが、

「いや、若《わか》いもの。」

と云《い》う顔色《がんしょく》で、竹《たけ》の鞭《むち》を、ト笏《しゃくと》に取って、尖《さき》を握《にぎ》って捻《ねじ》向《む》きながら、帽子《ぼうし》の下《した》に暗《くら》い額《ひたい》で、髯《ひげ》の白《しろ》いに、金《きん》が顕《あらわ》な北叟笑《ほくそえみ》。

附穂《つぎほ》なさに振返《ふりかえ》った技師《ぎし》は、これを知《し》って尚《な》お照《て》れた。

「今《いま》に御覧《ごろう》じろ。」

と遠灯《とおび》の目《め》ばたきをしながら、揃《そろ》えた膝《ひざ》をむくむくと揺《ゆす》って、

「何《なん》て、寒《さむ》いでしょう、おお寒《さむ》い。」

と金切声《かなきりごえ》を出《だ》して、ぐたりと左《ひだり》の肩《かた》へ寄凭《よりかか》る、……体《からだ》の重量《おもみ》が、他愛《たあい》ない、暖簾《のれん》の相撲《すもう》で、ふわりと外《はず》れて、ぐたりと膝《ひざ》の崩《くず》れる時《とき》、ぶるぶると震《ふる》えて、堅《かた》く成《な》ったも道理《どうり》こそ、半纏《はんてん》の上《うえ》から触《さわ》っても知《し》れた。

げっそり懐手《ふところで》をして一寸《ちょいと》も出《だ》さない、すらりと下《さが》った左《ひだり》の、其《そ》の袖《そで》は、何《なに》も支《ささ》えぬ、婦《おんな》は片手《かたて》が無《な》いのであった。

九

最《も》う此《こ》の時分《じぶん》には、其方此方《そちこち》で、徐々店《そろそろみせ》を片附《かたづ》けはじめる。まだ九時《じ》些《ちっ》と廻《まわ》ったばかりだけれども、師走《しわす》の宵《よい》は、夏《なつ》の頃《ころ》の十二時過《じす》ぎより帰途《かえり》を急《いそ》ぐ。で、処々《ところどころ》、張出《はりだ》しが除《と》れる、傘《からかさ》が窄《すぼ》まる、其《そ》の上《うえ》に冷《つめた》い星《ほし》が光《ひかり》を放《はな》って、ふっふっと洋燈《ランプ》が消《き》える。突張《つっぱ》りの白木《しらき》の柱《はしら》が、すくすくと夜風《よかぜ》に細《ほそ》って、積《つ》んだ棚《たな》が、がたがた崩《くず》れる。其《そ》の中《なか》へ、炬燵《こたつ》が化《ば》けて歩行《ある》き出《だ》した体《てい》に、むっくりと、大《おお》きな風呂敷包《ふろしきづつみ》を背負《しょ》った形《かたち》が耀《せり》上《あが》る。消《き》え残《のこ》った灯《あかり》の前《まえ》に、霜《しも》に焼《や》けた脚《あし》が赤《あか》く見《み》える。

中《なか》には荷車《にぐるま》が迎《むかい》に来《く》る、自転車《じてんしゃ》を引出《ひきだ》すのもある。年寄《としより》には孫《まご》、女房《にょうぼう》には其《そ》の亭主《ていしゅ》が、何《ど》の店《みせ》にも一人二人《ひとりふたり》、人数《にんず》が殖《ふ》えるのは、よりよりに家《うち》から片附《かたづ》けに来《く》る手伝《てつだい》、……と其《そ》ればかりでは無《な》い。思《おも》い思《おも》いに気《き》の合《あ》ったのが、帰際《かえりぎわ》の世間話《せけんばなし》、景気《けいき》の沙汰《さた》が主《おも》なるもので、

「相変《あいかわ》らず不可《いけ》ますまい、然《そ》う云《い》っちゃ失礼《しつれい》ですが。」

「否《いえ》、思《おも》ったより、昨夜《ゆうべ》よりは些《ちっ》と増《まし》ですよ。」

「又私《またわたくし》どもと来《き》た日《ひ》にゃ、お話《はなし》に成《な》りません。」

「御多分《ごたぶん》には漏《も》れませんな。」

「最《も》う休《やす》もうかと思《おも》いますがね、其《それ》でも出《で》つけますとね、一晩《ひとばん》でも何《なん》だか皆《みな》さんの顔《かお》を見《み》ないじゃ気寂《きさみ》しくって寝《ね》られません。……無駄《むだ》と知《し》りながら出《で》て来《き》ます、へい、油費《あぶらづい》えでさ。」

と一処《ひとところ》に団《かた》まるから、何《ど》の店《みせ》も敷物《しきもの》の色《いろ》ばかりで、枯野《かれの》に乾《ほ》した襁褓《むつき》の光景《ありさま》、七星《しちせい》の天暗《てんくら》くして、幹枝盤上《かんしはんじょう》に霜深《しもふか》し。

まだ突立《つった》ったままで、誰《たれ》も人《ひと》の立《た》たぬ店《みせ》の寂《さみ》しい灯先《ひさき》に、長煙管《ながぎせる》を、と横《よこ》に取《と》って細《ほそ》いぼろ切《ぎ》れを引掛《ひっか》けて、のろのろと取《と》ったり引《ひ》いたり、脂通《やにどお》しの針線《はりがね》に黒《くろ》く畝《うね》って搦《から》むのが、 恁《かか》る折《おり》から、歯磨屋《はみがきや》の木蛇《もくじゃ》の運動《うんどう》より凄《すご》いのであった。

時《とき》に、手遊屋《おもちゃや》の冷《ひや》やかに艶《えん》なのは、

「寒《さむ》い。」と技師《ぎし》が寄凭《よりかか》って、片手《かたて》の無《な》いのに慄然《ぞつ》としたらしい其《そ》の途端《とたん》に、吹矢筒《ふきやづつ》を密《そっ》と置《お》いて、唯其《ただそれ》だけ使《つか》う、右《みぎ》の手《て》を、すっと内懐《うちぶところ》へ入《い》れると、繻子《しゅす》の帯《おび》がきりりと動《うご》いた。其《そ》のまま、茄子《なす》の挫《ひしゃ》げたような、褪《あ》せたが、紫色《むらさきいろ》の小《ちい》さな懐炉《かいろ》を取《と》って、黙《だま》って衝《つ》と技師《ぎし》の胸《むね》に差出《さしだ》したのである。

寒《さむ》くば貸《か》そう、と云《い》うのであろう。……

挙動《しぐさ》の唐突《だしぬけ》な其《そ》の上《うえ》に、又《また》ちらりと見《み》た、緋鹿子《ひがのこ》の筒袖《つツぽ》の細《ほそ》いへりが、無《な》い方《ほう》の腕《うで》の切口《きりくち》に、べとりと血《ち》が染《にじ》んだ時《とき》の状《さま》を目前《めのまえ》に浮《うか》べて、ぎょっとした。

何《ど》うやら、片手無《かたてな》い、其《そ》の切口《きりくち》が、茶袋《ちゃぶくろ》の口《くち》を糸《いと》でしめたように想《おも》われるのである。

「其《それ》には及《およ》ばんですよ、ええ、何《なん》の、御新姐《ごしんぞ》。」と面喰《めんくら》って我知《われし》らず口走《くちばし》って、ニコチンの毒《どく》を説《と》く時《とき》のような真面目《まじめ》な態度《たいど》に成《な》って、衣兜《かくし》に手《て》を突込《つっこ》んで、肩《かた》をもそもそと揺《ゆす》って、筒服《ずぼん》の膝《ひざ》を不状《ぶざま》に膨《ふく》らましたなりで、のそりと立上《たちあが》ったが、忽《たちま》ちキリキリとした声《こえ》を出《だ》した。

「嫁娶々々《よめどりよめどり》！」

長提灯《ながぢょうちん》の新《あたら》しい影《かげ》で、すっすと、真新《まあたら》しい足袋《たび》を照《て》らして、紺地《こんじ》へ朱《しゅ》で、日《ひ》の出《で》を染《そ》めた、印半纏《しるしばんてん》の揃衣《そろい》を着《き》たのが二十四五人《にん》、前途《ゆくて》に松原《まつばら》があるように、背《せな》の其《そ》の日《ひ》の出《で》を揃《そろ》えて、線路際《せんろぎわ》を静《しずか》に練《ね》る……

結構《けっこう》そうなお爺《じい》さんの黒紋着《くろもんつき》、意地《いじ》の悪《わる》そうな婆《ばあ》さんの黄色《きいろ》い襟《えり》も交《まじ》ったが、男女合《なんにょあ》わせて十四五人《にん》、いずれも俥《くるま》で、星《ほし》も晴々《はればれ》と母衣《ほろ》を刎《は》ねた、中《なか》に一台《だい》、母衣《ほろ》を懸《か》けたのが当《とう》の夜《よ》の縁女《えんじょ》であろう。

黒小袖《くろこそで》の肩《かた》を円《まる》く、但《ただ》し引緊《ひきし》めるばかり両袖《りょうそで》で胸《むね》を抱《だ》いた、真白《まっしろ》な襟《えり》を長《なが》く、のめるように俯向《うつむ》いて、今時《いまどき》は珍《めず》らしい、朱鷺色《ときいろ》の角隠《つのかくし》に花笄《はなこうがい》、櫛《くし》ばかりでも頭《つむり》は重《おも》そう。ちらりと紅《くれない》の透《とお》る、白襟《しろえり》を襲《かさ》ねた端《はし》に、一筋《ひとすじ》キラキラと時計《とけい》の黄金鎖《きんぐさり》が輝《かがや》いた。

　上《うえ》が身《み》を堅《かた》く花嫁《はなよめ》の重《おも》いほど、乗《の》せた車夫《しゃふ》は始末《しまつ》の成《な》らぬ容体《ようだい》なり。妙《みょう》な処《ところ》へ楫《かじ》を極《き》めて、曳据《ひきす》えるのが、がくりと成《な》って、ぐるぐると磨骨《みがきぼね》の波《なみ》を打《う》つ。

十

　露店《ろてん》の目《め》は、言合《いいあ》わせたように、きょときょとと夢《ゆめ》に辿《たど》る、此《こ》の桃《もも》の下路《したみち》を行《ゆ》くような行《ぎょう》列《れつ》に集《あつ》まった。

　婦《おんな》も一寸振向《ちょいとふりむ》いて、（大道商人《だいどうあきんど》は、いずれも、電車《でんしゃ》を背後《うしろ》にして居《い》る）蓬莱《ほうらい》を額《ひたい》に飾《かざ》った、其《そ》の石《いし》のような姿《すがた》を見《み》たが、衝《つ》と向《むき》をかえて、其処《そこ》へ出《だ》した懐炉《かいろ》に手《て》を触《さわ》って、上手《じょうず》に、片《かた》手《て》でカチンと開《あ》けて、熟《じっ》と俯向《うつむ》いて、灰《はい》を吹《ふ》きつつ、

「無駄《むだ》だねえ。」

と清《すず》しい声《こえ》、冷《ひやや》かなものであった。

「弘法大師《こうぼうだいし》御《ご》夢想《むそう》のお灸《きゅう》であすソ、利《き》きますソ。」

と寝惚《ねぼ》けたように云《い》うと斉《ひと》しく、此《これ》も嫁入《よめいり》を恍惚視《うっとりなが》めて、恰《あたか》も其《そ》の前《まえ》に立合《たちあ》わせた、つい

居廻《いまわ》りで湯帰《ゆがえ》りらしい、島田《しまだ》の乱《みだ》れた、濡手拭《ぬれてぬぐい》を下げた娘の裾《すそ》へ、矢庭《やにわ》に一束《ひとたば》の線香《せんこう》を押着《おツつ》けたのは、あるが中《なか》にも、幻《まぼろし》のような坊様《ぼうさま》で。

つくねんとして、一人《ひとり》、影法師《かげぼうし》のように、びょろりとした黒紬《くろつむぎ》の間伸《まの》びた被布《ひふ》を着《き》て、白髪《しらが》の毛入道《けにゆうどう》に、ぐたりとした真綿《まわた》の帽子《ぼうし》。扁平《ひらつた》く、薄《うす》く、然《しか》も大《おお》ぶりな耳へ垂《た》らして、環珠《わじゆ》数《ず》を掛《か》けた、鼻《はな》の長《なが》い、頤《おとがい》のこけた、小鼻《こばな》と目《め》が窪《くぼ》んで、飛出《とびだ》した形《かたち》の八《はち》の字眉《じまゆ》。大《おお》きな口《くち》の下唇《したくちびる》を反《そ》らして、かッくりと抜衣紋《ぬきえもん》。長々《ながなが》と力《ちから》なげに手《て》を伸《の》ばして、かじかんだ膝《ひざ》を抱《かか》えて居《い》たのが、フト思出《おもいだ》した途端《とたん》に、居合《いあ》わせた娘《むすめ》の姿《すがた》を、男《おとこ》とも女《おんな》とも弁別《わきま》える隙《ひま》なく、馴《な》れてぐんなりと手の伸《の》びるままに、細々《ほそぼそ》と煙《けむり》の立《た》つ、其《そ》の線香《せんこう》を押着《おツつ》けたものであろう。

此《こ》の坊様《ぼんさま》は、人《ひと》さえ見《み》ると、向脛《むこうずね》なり踵《かかと》なり、肩《かた》なり背《せ》なり、燻《くす》ぼった鼻紙《はながみ》を当《あ》てて、其《そ》の上《うえ》から線香《せんこう》を押当《おしあ》てながら、

「おだだ、おだだ、だだだぶだぶ、」と、歯《は》の無《な》い口《くち》でむぐむぐと唱《とな》えて、

「それ、利《き》くであしよ、此処《ここ》で点《す》えるは施行《せぎよう》じゃいの。艾入《もぐさい》らずであす。熱《あつ》うもあすまいがの。それ利《き》くであしよ。利《き》いたりや、利《き》いたら、しょなしょなと消《け》して置《お》いて、又使《またつか》うであすソ。それ利《き》くであしよ。」と嘗《な》め廻《まわ》す体《てい》に、足許《あしもと》なんぞじろじろと見《み》て商《あきな》う。高野山秘《こうやさんひ》法《ほう》の名灸《めいきゆう》。

矢庭《やにわ》に長《なが》い手《て》を伸《の》ばされて、はっと後《あと》しざりをする、娘《むすめ》の駒下駄《こまげた》、靴《くつ》やら冷飯《ひやめし》やら、ついと目《め》が疎《うと》いかして見分《みわ》けも無《な》い、退《の》く端《はし》の褄《つま》を、ぐいと引《ひ》いて、

「御夢想《ごむそう》のお灸《きゅう》であすソ、施行《せぎょう》じゃいの。」

と鯰《なまず》が這《は》うように黒被布《くろひふ》の背《せ》を乗出《のりだ》して、じりじりと灸《きゅう》を押着《おツつ》けたもの、堪《たま》ろうか。

「あれえ、」

と叫《さけ》んで、ついと退《の》く、ト脛《はぎ》が白《しろ》く、横町《よこちょう》の暗《やみ》に消《き》えた。

坊様《ぼんさま》、眉《まゆ》も綿頭巾《わたずきん》も、一緒《いっしょ》くたに天《てん》を仰《あお》いで、長《なが》い顔《かお》で、きょとんとした。

「や、聊《いささ》かお灸《きゅう》でしたね、きゃッ、きゃッ、」

と笑《わら》うて、技師《ぎし》は此《これ》を機会《きっかけ》に、殷鑑遠《いんかんとお》からず、と少《すこ》しく窘《すく》んで、浮足《うきあし》の靴《くつ》ポカポカ、ばらばらと乱《みだ》れた露店《ろてん》の暗《くら》い方《ほう》を。……

さて此処《ここ》に、膃肭臍《おっとせい》を鬻《ひさ》ぐ一漢子《いっかんし》！

板《いた》の如《ごと》くに硬《こわ》い、黒《くろ》の筒袖《つつそで》の長外套《なががいとう》を、痩《や》せた身体《からだ》に、爪尖《つまさき》まで引掛《ひっか》けて、耳《みみ》のあたりに襟《えり》を立《た》てた。帽子《ぼうし》は被《かぶ》らず、頭髪《かみ》を蓬々《ぼうぼう》と抓《つか》み棄《す》てたが、目鼻立《めはなだち》の凜々《りり》しい、頬《ほほ》は窶《やつ》れたが、屈強《くっきょう》な壮佼《わかもの》。

渋色《しぶいろ》の逞《たくま》しき手《て》に、赤錆《あかさび》ついた大出刃《おおでば》を不器用《ぶきよう》に引握《ひんにぎ》って、裸体《はだか》の婦《おんな》の胴中《どうなか》を切放《きりはな》して燻《いぶ》

したような、赤肉《あかにく》と黒《くろ》の皮《かわ》と、寸々《ずたずた》に、血筋《ちすじ》を縢《かが》った中《なか》に、骨《ほね》の薄《うす》く見《み》える、やがて一抱《ひとかかえ》もあろう……頭《あたま》と尾《お》ごと、丸漬《まるづけ》にした膃肭臍《おっとせい》を三頭《とう》。縦《たて》に、横《よこ》に、仰向《あおむ》けに、桐油紙《とうゆがみ》の上《うえ》に乗《の》せた。

正面《まむき》の肋《あばら》のあたりを、庖丁《ほうちょう》の背《せ》でびたびたと叩《たた》いて、

「世間《せけん》ではですわ、めっとせいはあるが、膃肭臍《おっとせい》は無《な》い、と云《い》うたりするものがあるですが、めっとせいにも膃肭臍《おっとせい》にも、真個《ほんと》のもんは少《すく》いですが。」

無骨《ぶこつ》な口《くち》で、

「船《ふね》に乗《の》っとるもんでもが……現在《げんざい》、膃肭臍《おっとせい》を漁《と》った処《ところ》で、其《それ》が膃肭臍《おっとせい》、めっとせいと云《い》う区別《くべつ》は着《つ》かんもんで。

世間《せけん》で云《い》うめっとせいと云《い》うから雌《めす》でしょう、勿論《もちろん》、雌《めす》もあれば、雄《おす》もあるですが。

孰《どれ》が雌《めす》だか、雄《おす》だか、黒人《くろうと》にも分《わか》らんで、唯此《ただこ》の前歯《まえば》を、」

と云《い》って推重《おしかさ》なった中《なか》から、ぐいと、犬《いぬ》の顔《かお》のようで真黒《まつくろ》なのを擡《もた》げると、陰干《かげぼし》の臭《におい》が芬《ぷん》として、内《うち》へ反《そ》った、しゃくんだような、霜柱《しもばしら》の如《ごと》き長《なが》い歯《は》を、あぐりと剝《む》く。

「此《こ》の前歯《まえば》の処《ところ》ウを、上下嚙合《うえしたかみあ》わせて、一寸《いっすん》の隙《すき》も無《な》いのウを、雄《おす》や、（と云《い》うのが北国辺《ほくこくへん》のものらしい）と云《い》うですが、一分《ぶ》一寸《すん》ですから、開《あ》いて居《い》ても、塞《ふさ》いで居《い》ても分《わか》らんのう

です。

私《わたし》は弁舌《べんぜつ》は拙《まず》いですけれども、膃肭臍《おっとせい》は確《たしか》です。膃肭臍《おっとせい》と云《い》うものは、矢鱈《やたら》むたらにあるものではない。東京府下《とうきょうふか》にも何十人《なんじゅうにん》売るものがあるかは知《し》らんですがね、矢鱈《やたら》むたらあるもんか。」

と、何《なに》か然《さ》も不平《ふへい》に堪《た》えず、向腹《むかつぱら》を立《た》てたように言《い》いながら、大出刃《おおでば》の尖《さき》で、繊維《せんい》を掬《すく》って、一角《ウニコール》の如《ごと》く、薄《うす》くねっとりと肉《にく》を剥《は》がすのが、……遠洋漁業会社《えんようぎょぎょうがいしゃ》と記《しる》した、まだ油《あぶら》の新《あたら》しい、黄色《きいろ》い長提灯《ながぢょうちん》の影《かげ》にひくひくと動《うご》く。

其《そ》の紫《むらさき》がかった黒《くろ》いのを、若々《わかわか》しい口《くち》を尖《とが》らし、むしゃむしゃと噛《か》んで、

「二頭《とう》がのは売《う》って了《しも》うたですが、まだ一頭《とう》、脳味噌《のうみそ》もあるですが。脳味噌《のうみそ》は脳病《のうびょう》に利《き》くンのですが、膃肭臍《おっとせい》の効能《こうのう》は、誰《だれ》でも知《し》って居《い》る事《こと》で言《い》うがものはない。疑《うたが》わずにお買《か》い下《くだ》さい。まだ確《たしか》な証拠《しょうこ》と云《い》うたら、後脚《うしろあし》の爪《つめ》ですが、」
ト大様《おおよう》に視《なが》めて、出刃《でば》を逆手《さかて》に、面倒臭《めんどうくさ》い、一度《いちど》に間《ま》に合《あ》わしょう、と狙《ねら》って、ずるりと後脚《うしろあし》を擡《もた》げる、藻掻《もが》いた形《かたち》の、水掻《みずかき》の中《なか》に、空《くう》を掴《つか》んだ爪《つめ》がある。

霜風《しもかぜ》は蠟燭《ろうそく》をはたはたと揺《ゆす》る、遠洋《えんよう》と書《か》いた其《そ》の目標《めじるし》から、濛々《もうもう》と洋《わだつみ》の気《き》が虚空《こくう》に被《かぶ》さる。

里心《さとごころ》が着《つ》くかして、寂《さみ》しく二人《ふたり》ばかり立《た》った客《きゃく》が、あとしざりに成《な》って……やがて、はら

はらと急《いそ》いで散《ち》った。

出刃《でば》を落《おと》した時《とき》、赫《カッ》と顔《かお》の色《いろ》に赤味《あかみ》を帯《お》びて、真鍮《しんちゅう》の鉈豆煙管《なたまめぎせる》の、真中《まんなか》を無手《むず》と握《にぎ》って、糸切歯《いときりば》で噛《か》む如《ごと》く、引啣《ひっくわ》えて、

「うむ、」

と、何故《なぜ》か呻《うな》る。

処《ところ》へ、ふわふわと橙色《だいだいいろ》が露《あら》われた。脂留《やにどめ》の例《れい》の技師《ぎし》で。

「何《ど》うですか、膃肭臍屋《おっとせいや》さん。」

「いや、」

と唯言《ただい》ったばかり、不愛想《ぶあいそう》。

技師《ぎし》は親《した》しげに擦寄《すりよ》って、

「昨夜《さくや》は、飛《と》んだ事《こと》でしたな……」

「お話《はなし》に成《な》りません。」

「一体何《いったいなん》の事《こと》ですか、」

「何《なに》や云《い》うて、彼《か》や云《い》うて、まるでお話《はな》しに成《な》らんのですが。誰《だれ》が何《なに》を見違《みちが》えたやら、突然《いきなり》しらべに来《き》て、膃肭臍《おっとせい》の中《なか》を捜《さが》すんですぞ、真白《まっしろ》な女《おんな》の片腕《かたうで》があると言《い》うて。」……

きん稲

「おもてに案内《あんない》がある、案内《あんない》とは誰《た》そ。――」酒落《しゃれ》て抜《ぬ》からない男《おとこ》だと、「いや、それがしでござる。」とでも言《い》いそうな処《ところ》だが、何《ど》うした用事《ようじ》か知《し》らないが、真昼間《まっぴるま》、檜物町《ひものちょう》の芸妓家《こ》を訪《たず》ねたのが――聞《き》かない振《ふり》をなさい――実《じつ》は私《わたし》……だから苦笑《にがわら》いをして突立《つった》った。

取次《とりつ》ぎに出《で》たのは渾名《あだな》を河童《かっぱ》と云《い》う、雛妓《おしゃく》から一本《いっぽん》に成《な》りたてのお俠《きゃん》で、自分《じぶん》の好《す》きだか、誰《だれ》かの註文《ちゅうもん》だか、藤間《ふじま》へ通《かよ》う隙《ひま》に、大蔵流《おおくらりゅう》を嚙《かじ》って、清水《しみず》、伯母《おば》ケ酒《さけ》どころ二三番覚《ばんおぼ》えたのが、（ざんざと鳴《な》るはの、よしの葉《は》のよい女郎《じょろう》、）……と、姉《ねえ》さんの名《な》が芳乃《よしの》だから、一寸吐《ちょっとこ》言《ごと》が出《で》そうだが、出《で》ると、（その、女郎《じょろう》ではござんせんよう。）と唇《くちびる》を飜《ひるがえ》しそうな狂言謡《きょうげんうたい》で、小舞《こまい》の稽古《けいこ》をやって居《い》た処《ところ》へ、「今日《こんにち》は、」が打撞《ぶっか》った次第《しだい》である。「これは槇《まき》どの、あなたなれば、案内《あんない》におよびましょうか、つっとお通《とお》りはなされいで。」と円《まる》い目《め》をして額《おでこ》で笑《わら》って、素《す》の真顔《まがお》で、「何《ど》う……ぞ。」と言《い》う。「何《ど》うぞはいいが、内《うち》なのかい。」「然《さ》ようでござる、頼《たの》うだものは、今日山一《こんにちやまひと》つあなたへ寺詣《てらもうで》をいたしてござる。」「留守《るす》か。」「いいえ、知《し》っててよ。すぐ帰《かえ》るわ。……然《そ》う言《い》って出掛《でか》けたのよ、じきですわ。」取《と》ってくれた火鉢《ひばち》ほどの陽気《ようき》ではなかったが、引寄《ひきよ》せて煙草《たばこ》を吹《ふ》かして、「河童子《かっぱし》、あいかわらず化《ば》けるなあ。」「知《し》らなくってよ。」「皆《みんな》は?」「ええ、お稽古《けいこ》だの、お湯《ゆ》だの。」「これは。」と私《わたし》は小指《こゆび》を出《だ》した。

芸妓家《げいしゃや》で、内証《ないしょう》で聞《き》くのに小指《こゆび》はおかしい。が、此《これ》はもう妙齢《としごろ》に成《な》った――芳乃《よしの》の実《じつ》の娘《むすめ》がある……姉《ねえ》さんがきちょうめんな処《ところ》へ、また内気《うちき》で、一人《ひとり》では西河岸《にしがし》の地蔵様《じぞうさま》の縁日《えんにち》にも出《で》ないほどだと、予《かね》て聞《き》く。……まだ見《み》た事《こと》のないのであるが、然《そ》うした堅気《かたぎ》だけに此《こ》のおとずれは、何《なん》となく、其《そ》の娘《こ》に顔《かお》を見《み》られるようで、きまりの悪《わる》い思《おもい》がした。――昨夜《ゆうべ》だっけ――四五人《にん》で一座《いちざ》の時《とき》、何《なに》が緒《いとぐち》だったか、深川《ふかがわ》の「きん稲《いね》」の話《はなし》が出《で》て、一度是非《どぜひ》と姉《ねえ》さんが言《い》うのに、友《とも》だちは皆品行方正《みなひんこうほうせい》だし、いそがしいから、私《わたし》が其《そ》の選《せん》に当《あた》って、で、今日《きょう》の約束《やくそく》をしたのであったが、――河童《かっぱ》は、真仰向《あおむけ》に二階《にかい》を見上《みあ》げて、「おごう、は此《これ》でござる。」

と忽《たちま》ち俯向《うつむ》いて手《て》で針《はり》の運《はこ》びの真似《まね》をする。「感心《かんしん》だなあ、ちと見習《みなら》えよ。」「そうは化《ば》け切《き》れなくってよ。」「此奴《こいつ》。」「おほほ。」とついと立《た》つ。――いささか通力《つうりき》があるくらい敏捷《すばや》いから、奥《おく》が可《か》なり深い所《ところ》へ、静《しずか》にあいた格子《こうし》の音《おと》。私《わたし》には一寸分《ちょっとわか》らなかったのを――すぐ聞《き》きつけて出迎《でむか》えた。姉《ねえ》さんが帰《かえ》ったのである。「入《いら》っしゃい――向《むこ》うの角《かど》を曲《まが》りますと、あなたが横町《よこちょう》へお入《はい》んなさるのを遠《とお》くから見《み》ましたんですよ。」急《いそ》いだかして、軽《かる》い上気《じょうき》。火《ひ》鉢《ばち》の横《よこ》へ膝《ひざ》をついたのが、次《つぎ》の室《ま》に茶《ちゃ》を淹《い》れて入《はい》る河童《かっぱ》の方《ほう》へ……澄《すま》した目遣《めづか》いながら、何《なん》だか気《き》がさしたように瞳《ひとみ》を返《かえ》して、伏目《ふしめ》に指《ゆび》を反《そら》して、たけなが指《ゆび》の白《しろ》く撓《しな》うのを一寸見《ちょっとみ》て、片手《かたて》で縞大島《しまおおしま》の羽織《はおり》の襟《えり》を扱《しご》いて、「すぐお供《とも》をしますから。」と障子《しょうじ》のしまった縁《えん》の傍《わき》の、鏡台《きょうだい》の方《ほう》へ、斜《ななめ》に肩《かた》を反《そら》して横向《よこむき》に成《な》った様子《ようす》は、こう何《なん》だか悠揚《ゆうよう》として、如何《いか》なる時《とき》でも、しっとり落着《おちつき》のある座敷《ざしき》のとりなりとは急《きゅう》に違《ちが》って、三十を越《こ》した姉《ねえ》さんにも、娘《むすめ》の頃《ころ》が偲《しの》ばれた。こんな男《おとこ》の入込《はいりこ》む家風《かふう》でないのが察《さっ》しられる。……馴《な》れないから河童《かっぱ》に対《たい》して、やや含羞《はにか》んだものらしい。と、座《ざ》にもよく着《つ》かないで、「一寸《ちょっと》。」と次《つぎ》の室《ま》へ、それなりすぐ立《た》って、茶《ちゃ》を出《だ》して引退《ひきさが》る河童《かっぱ》の背中《せなか》へ、倚《よ》りかかるようにした姿《すがた》。脊《せ》がすらりとして居《い》るから、奴《やっ》が化《ば》けて出《で》た顱《さら》の上《うえ》へ、袖《そで》の柳《やなぎ》が靡《なび》いたようで、「万年堂《まんねんどう》へ行《い》って、ね、ああ……急《いそ》ぐんだよ。」「構《かま》っちゃあ困《こま》ります、それに、とに角一杯《かくいっぱい》と言《い》う処《ところ》だから、甘《あま》いものは……」

「いつかおいしいとお言《い》いなすった、鯨羊羹《くじらようかん》があれば可《よ》うございますが——少《すこ》し時節《じせつ》が過《す》ぎましたから。いいえ、お相伴《しょうばん》に……今日《きょう》は、仏様《ほとけさま》にも。」と、箪笥《たんす》の前《まえ》へスッと行《ゆ》く。

承塵《なげし》の壁《かべ》に、引伸《ひきのば》しの写真《しゃしん》が金《きん》の額縁《がくぶち》で掛《かか》って居《い》る。……年配《ねんぱい》は……だが、父《おとっ》さんにしては当世過《とうせいす》ぎる。勿論《もちろん》、亡《な》く成《な》ったと聞《き》く旦那《だんな》である。工面《くめん》はわるくても、ここは作者《さくしゃ》だ。書《か》く方《ほう》の融通《ゆうずう》はつく。でっぷり肥《ふと》って、膏切《あぶらぎ》ったとやりたいが、然《そ》うは行《ゆ》かないから黙《だま》って置《お》く。第一《だいいち》、私《わたし》より年紀《とし》が少《わか》い。——「……だね。」と片膝《かたひざ》を立《た》てて、見《み》るように見《み》ないように、其方《そっち》の頬辺《ほっぺた》へ平手《ひらて》を当《あ》てると、姉《ねえ》さんは、はめ込《こみ》の対《つい》の箪笥《たんす》に並《なら》んだ衣桁《いこう》に手《て》を掛《か》け、肩《かた》で脱《ぬ》ぎがまえの羽織《はおり》の紐《ひも》をいじりさまに、ほんのりと瞼《まぶた》を染《そ》めて、「姉《あね》の日《ひ》ですよ。」横《よこ》を向《む》いて、「ありがたい。」とうっかり言《い》って、ぎょっとして茶《ちゃ》を飲《の》んで。「お寺《てら》は?」「深川《ふかがわ》なんですよ。」「それだと二《に》ざいに成《な》るね。」「いいえ、結構《けっこう》です。……ひどい埃《ほこり》ですこと。」と脱《ぬ》いだのを衣桁《いこう》に掛《か》けて、「一寸《ちょっと》、失礼《しつれい》を、撫《なで》つけますから。」で、向《むこ》うむきに鏡台《きょうだい》の蔽《おおい》を払《はら》った。早《はや》い処《ところ》、膝《ひざ》だけついて少《すこ》しうかした、帯腰《おびごし》がきりりとする。八口《やつくち》がしまって、内《うち》では何処《どこ》か所帯《しょたい》じみて見《み》える処《ところ》が、芸妓《げいしゃ》と言《い》うより、年増《としま》のお師匠《ししょう》さんの風采《ふう》がある。「六すが」と書《か》いた札《ふだ》の、横櫺子《よこれんじ》の柱《はしら》に掛《かか》ったのは、何《なん》とか店《だな》とか、町《ちょう》とかの名《な》とりだろうが、長唄《ながうた》より、其《そ》の、踊《おどり》のお師匠《ししょう》さんの風采《ふう》がある。

かたかたと土間《どま》が鳴《な》って、「急《いそ》いでござる……たのうだ人《ひと》。」と言《い》いかけて、わるく黙《だま》って、急《きゅう》に寂然《ひっそり》して、茶棚《ちゃだな》の鉢《はち》を取出《とりだ》す音《おと》。「あったかい。」「あの……」「いま行《ゆ》くから。」で羽織《はおり》を小浜《こはま》の黒《くろ》の紋《もん》に着換《きか》えて、其茶《そのちゃ》の間《ま》へ出《で》て、「然《そ》う……生憎《あいにく》だったね……あなた、お目《め》に掛《か》けますばかり。」これは頂《いただ》かないと、わけ知《し》りの友《とも》だちに叱《しか》られる。私《わたし》は烏羽玉《うばたま》を半分食《はんぶんた》べた。——ああ甘《あま》い。

姉《ねえ》さんは木皿《きざら》に取《と》って、仏壇《ぶつだん》に備《そな》えた。遠慮《えんりょ》ではあるまい、額《がく》の中《なか》のは酒《さけ》だろう。一寸拝《ちょっとおが》んで、その綺麗《きれい》な指《ゆび》に、鏡台《きょうだい》の抽斗《ひきだし》から、つき膝《ひざ》で、紅玉《ルビイ》の指環《ゆびわ》を取《と》って通《とお》した。「お待遠《まちどお》様《さま》でございました。」「行《い》っていらっしゃい。」「たのむよ、留守《るす》を。」「其《そ》の段《だん》な、ちっともおきづかいなされますな。」ドブンというように奥《おく》へ飛込《とびこ》む。まだ戸《と》を出《で》ない前《まえ》である。

戸外《おもて》の日《ひ》は眩《まぶ》しかった。——姉《ねえ》さんは町内《ちょうない》を抜《ぬ》けるまでは涼傘《ひがさ》をささないで、すこし退《さが》ってあとについた。それだのに、眩《まぶ》しいのに、私《わたし》は何故《なぜ》か柳《やなぎ》の影《かげ》を行《ゆ》くような気《き》がした。そして、其《そ》の影《かげ》に、半襟《はんえり》と背負上《しょいあ》げの色《いろ》が淡《うす》く映《うつ》って、しっとりと肩《かた》にかかる思《おもい》がして、胸《むね》に何《なん》となく小唄《こうた》がきこえた。

ただし此《こ》の辺両側《へんりょうがわ》は、日中取澄《ひなかとりすま》して、静《しず》まりかえって、稽古三味線《けいこじゃみせん》の音《ね》も漏《も》らさない。

電車《でんしゃ》は洲崎行《すさきゆき》を呉服橋《ごふくばし》で待《ま》った。が、見《み》る見《み》るうちに人間《にんげん》の埃《ほこり》と成《な》って、……砂煙《すなけぶり》に動揺《どよ》むばかりで、乗《の》れそうな様子《ようす》はない。

その人垣《ひとがき》に、悩《なや》んだ卯《う》の花《はな》のようなのが少《すこ》し寄《よ》って、「自動車《じどうしや》にしましょうか。」「成程《なるほど》。」私《わたし》はぎくりと胸《むね》に応《こた》えた。芸妓《げいしや》を誘《さそ》うのに自動車《じどうしや》を心得《こころえ》ないのは不覚《ふかく》であった。「何処《どこ》か此処等《こら》に。」「知《し》って居《い》ます。」すぐ右側《みぎがわ》の横町《よこちよう》を入《はい》った処《ところ》に組立《くみた》てたような構《かまえ》の店《みせ》がある。姉《ねえ》さんが其処《そこ》へ立《た》つと、艶《つやや》かな黒塗《くろぬり》のが、ぐうっと土間《どま》を動《うご》いて、勾配《こうばい》を下《お》りるように、傾《かたむ》いてずんと据《すわ》る。

「永代《えいたい》を真直《まつすぐ》に——」何《ど》うかすると、何処《どこ》かの内室《ないしつ》には見《み》えても、芸妓《げいしや》らしくはないのだから、其《そ》の段《だん》は仔細《しさい》ない。が、あの、雑沓《ざつとう》の中《なか》である。馴《な》れない私《わたし》は、唯《ただ》はらはらして殆《ほとん》ど口《くち》も利《き》けなかった。驚《おどろ》いた事《こと》には、激《はげ》しい人《ひと》ごみは八幡様《はちまんさま》の前《まえ》まで続《つづ》く。——覚《おぼ》えて近《ちか》い頃《ころ》までは、もう永代《えいたい》を越《こ》すと、汐時《しおどき》でなければ、いかに込《こ》んでも入江《いりえ》に水鳥《みずとり》の群《む》れたような景《け》色《しき》だったものである。「その辺《へん》、その辺《へん》だよ。」姉《ねえ》さんがちゃんと用意《ようい》した祝儀《しゆうぎ》を渡《わた》した。「いくらだい。」「いいえ。」とおさえて、「檜《ひ》もの町《ちよう》の……分《わか》りましたか。」附添《つきそい》が「存《ぞん》じて居《お》ります。」自動車《じどうしや》の揺据《ゆれすわ》ったのが、またけたたましく湧上《わきあが》るような音《おと》を立《た》てて居《い》る傍《わき》へ姉《ねえ》さんは静《しずか》に立《た》った。その爾《しか》く静《しずか》なるにつけて、私《わたし》は少々《しようしよう》心《こころ》が焦《あせ》った。汐見橋《しおみばし》——を前《まえ》にして、細々《ほそぼそ》とした露地《ろじ》を二《ふた》つ三《み》つ覗《のぞ》かないと、裏通《うらどお》りに、殆《ほとん》ど水《みず》と水《みず》に囲《かこ》まれた……また其《それ》が風情《ふぜい》の、きん稲《いね》の場所《ばしょ》が、澄《すま》して、ついでは知《し》れにくかったからである。「一寸《ちょっと》、お待《まち》なさいよ。」前《まえ》へ、しるべの露地《ろじ》を見《み》ようとして出《で》かかった時《とき》である。自動車《じどうしゃ》はまだけたたましく鳴《な》って居《い》る。ト私《わたし》たちが立《た》った空《そら》を、片側《かたがわ》なんぞは二階家《にかいや》までもない、屋根上《やねうえ》の低《ひく》い処《ところ》を、赤《あか》い底《そこ》をスッと飜《かえ》して、一機《き》の飛行機《ひこうき》が、その腹《はら》に、凡《およ》そ自動車《じどうしゃ》ぐるみ前後《ぜんご》の往来《おうらい》、八九十人《にんひと》一息《いき》に呑《の》んで泳《およ》ぐ様《よう》に通《とお》った。不思議《ふしぎ》に音《おと》がしない。同時《どうじ》に水《みず》の町《まち》も、青《あお》い空《そら》も、颯《さつ》と雲《くも》と煙《けむ》とで灰色《はいいろ》に暗《くら》くなった。私《わたし》はトボンとした。不意《ふい》に目《め》の上《うえ》を泳《およ》いだ赤《あか》い船《ふね》である、中《なか》から落《おと》された様《よう》でもあり、あわや吸上《すいあ》げられそうでもある。——驚《おどろ》いたと言《い》うよりも押魂消《おったまげ》たと言《い》う方《ほう》が顔色《つらつき》にも似合《にあ》って可《い》い。と思《おも》う思《おも》う、海手《うみて》南《みなみ》の天《てん》へ斜《ななめ》に遠《とお》く霞《かす》んで行《ゆ》く。振返《ふりかえ》ると涼傘《ひがさ》をついて一人《ひとり》路傍《みちばた》に佇《たたず》んだ芳乃《よしの》の姿《すがた》が、武蔵野《むさしの》の果《はて》のあしの一本《ひともと》に似《に》て寂《さび》しく見《み》えた。——何故《なぜ》だろう。……「八幡様《はちまんさま》から先方《さき》は初《はじ》めてです。」そのくらいな話《はなし》は車《くるま》の上《うえ》でした。少《すくな》くとも、此《こ》の時《とき》は、ただ導《みちび》かれなければ成《な》らない私《わたし》に一寸離《ちょっとはな》れた間《あいだ》の心細《こころぼそ》さであろうも知《し》れない。が、私《わたし》は又《また》、うっかりすると、その、空《そら》の船《ふね》が、水際《みずぎわ》の立《た》った、あの棲《つま》から、根《ね》こぎに宙《ちゅう》へ引攫《ひきさら》って行《ゆ》きそうな気《き》がしたのである。否《いや》、唯姉《ただねえ》さんばかりではない。此《こ》の不意《ふい》に顕《あらわ》れた空《そら》を漕《こ》ぐ赤《あか》い船《ふね》は、江戸《えど》のむかしの面影《おもかげ》を半《なか》ば其《そ》のままの、もとの深川《ふかがわ》を、包《つつ》んで飛《と》んだような気《き》がした。

雛妓《おしやく》の太郎冠者《たろうかじや》などは実《じつ》はどうでも可《い》い。私《わたし》は此《こ》の心《こころ》を言《い》いたいのである。……また不思議《ふしぎ》に、何《ど》う云《い》う気《き》、何《なん》の考《かんがえ》もなしに、其《そ》の日《ひ》も、それから後《のち》も、此《こ》の飛行機《ひこうき》の事《こと》については、一言《ひとこと》も話《はなし》の触《ふ》れなかったのも、思《おも》えば希有《けう》である。姉《ねえ》さんも言《い》わなければ、私《わたし》も言《い》わない、言《い》おうと思《おも》っても逢《あ》うとともに忘《わす》れた。

何《なに》しろ、妙《みょう》に、これがために心持《こころもち》が顛動《てんどう》した。きん稲《いね》は材木堀《ざいもくぼり》に浮《う》いて、座敷《ざしき》が中二階《ちゅうにかい》のように水《みず》に臨《のぞ》む。水《みず》から水《みず》、水《みず》から水《みず》へ入込《いりこ》んだ内堀《うちぼり》だから、浸《ひた》した材木《ざいもく》は、時《とき》に微《かすか》に動《うご》いても、筏《いかだ》も漕《こ》がなければ船《ふね》は来《こ》ない。前後《ぜんご》にも、此《こ》の時《とき》とも、五六たびは行《い》ったであろうが、中《なか》で唯一度《ただいちど》、いなせな半纏着《はんてんぎ》が、角材《かくざい》をぐるぐると、さざなみに乗《の》ったのを見《み》たばかりである。其《そ》の棹《さお》は水《みず》とともに真青《まつさお》であった。――と言《い》う家《うち》なのであるから、窓《まど》を隔《へだ》て、小縁《こえん》を越《こ》し、欄干《らんかん》に水《みず》を挟《はさ》んで、ここに見《み》る美人《びじん》の風情《ふぜい》は類《るい》がない。――よそで見《み》る美人《びじん》は、たとえば錦絵《にしきえ》のようであるとする……ここで見《み》るのは、錦絵《にしきえ》が活《い》きるのである。

めずらしく、国貞《くにさだ》の絵《え》そのままな、姉《ねえ》さんと、ここに二時《ふたとき》を相対《あいたい》したかったのが、心持《こころもち》であった。――第一《だいいち》、遠出《とおで》の謝儀《しやぎ》なしに、誘《おび》き出《だ》して、深切《しんせつ》ではあるが、高価《たか》くはない御馳走《ごちそう》で、いま時錦絵《どきにしきえ》に魂《たましい》など云《い》う……然《そ》うした不了簡《ふりようけん》だから打壊《ぶっこわ》れたのに無理《むり》はない。

空《そら》の船《ふね》は、絵《え》の魂《たましい》を人間《にんげん》に返《かえ》した。従《したが》って浮世《うきよ》離《はな》れた水《みず》の寮《りよう》に於《お》ける其《そ》の日《ひ》の話《はなし》も、偏《ひとえ》に物価高値《ぶつかこうじき》の共鳴《きょうめい》であったに過《す》ぎない。――水馬《みずすまし》を視《なが》めて、蛙《かえる》を聞《き》いた。

見得《みえ》のない姉《ねえ》さんは、折《おり》を提《さ》げた。

「あら、お珍《めずら》しい。」汐見橋《しおみばし》へ出《で》る、電車《でんしゃ》の処《ところ》で、いま其処《そこ》へ下《お》りた円髷《まるまげ》の若《わか》いのが声《こえ》を掛《か》けた。私《わたし》は微酔《ほろよい》の勢《いきおい》で、つかつかと寄《よ》った。「まあ、どちらへ。」「儲口《もうけぐち》を捜《さが》して居《い》るんだよ。」「あんなことを言って――お寄《よ》んなさいな。」「いや、いずれ。」――「意気《いき》なおかみさんですね、どちら?……」暮迫《くれせま》る人《ひと》ごみの寄《よ》せつ返《かえ》しつ乱《みだ》るる中《なか》で、姉《ねえ》さんが聞《き》いた。「引手茶屋《ひきてぢゃや》の――あれは娘《むすめ》だよ。」「場所《ばしょ》ですわね。」と感心《かんしん》したように言《い》った切《きり》。で、「御遠慮《ごえんりょ》なく。」とか何《なん》とか一寸《ちょっと》こだわりがあると寸法《すんぽう》はいいのだが、姉《ねえ》さんのは、唯当日《ただとうじつ》の夕刊記事《ゆうかんきじ》を一寸《ちょっと》覗《のぞ》いたと言《い》う様子《ようす》である。――安心《あんしん》をなさい、きん稲《いね》の場面《ばめん》に色気《いろけ》のない事《こと》は此《これ》で知《し》れよう。

その年《とし》十月《がつ》の下旬《げじゅん》である。薄《うす》ら寒《さむ》いから羽織《はおり》を引掛《ひっか》けて、まだあかるかったが、暮方《くれがた》の所《しょ》在《ざい》なさに、戸外《そと》へ出《で》た――今日《きょう》は、おとなりの番《ばん》かな。じき辻《つじ》の角《かど》の夜警小屋《やけいごや》の張出《はりだ》しを覗《のぞ》いて、ぼんやりと立《た》つと、ふと人通《ひとどおり》の途絶《とだ》えた町《まち》を、麹町《こうじまち》の大通《おおどおり》の方《ほう》から――もう其処《そこ》に近《ちか》く来《き》た、黒犬《くろいぬ》が一疋《ぴき》ちょろちょろとうしろに、夕霧《ゆうぎり》の薄《うす》い中《なか》に、ほの白《しろ》い瓜核顔《うりざねがお》と、霧《きり》に包《つつ》まれたような姿《すがた》を見《み》た。私《わたし》はあっと言《い》った、「おすがさん。」思《おも》わず実《じつ》の名《な》を呼《よ》んで衝《つ》と寄《よ》った。——大地震《おおじしん》、大火《たいか》ののちに、はじめて逢《あ》った其《そ》の人《ひと》であった。ダイヤも紅玉《ルビイ》もなしに、めんねるの単衣《ひとえ》に、琉球《りゅうきゅう》がすりの中古《ちゅうぶる》なのを、胸《むね》を細《ほっそ》りと、痩《や》せて居《い》た。顔《かお》を今見合《いまみあわ》せたトタンである。飛行機《ひこうき》が一台《いちだい》、小《ちい》さく一《ひと》つ星《ぼし》の空《そら》を飛《と》んだ。辻《つじ》の小屋《こや》に木《こ》の葉《は》が落《お》ちた。

私《わたし》はゾッとした。……焼野《やけの》原《はら》でなしに、遠《とお》い水《みず》から雲《くも》を伝《つた》って、空《そら》から下《お》りて来《き》たもののように見《み》えたからである。

其《そ》の晩《ばん》、うちの茶《ちゃ》の間《ま》で話《はなし》が出《で》たが、汐見橋《しおみばし》の飛行機《ひこうき》を、芳乃《よしの》は何《なに》も知《し》らなかった。

日《ひ》ならず……九九九会《かい》のお友《とも》だちと、一同《いちどう》が座敷《ざしき》で逢《あ》った時《とき》、ほかのは、いろいろの色《いろ》に、衣《き》ものに、苦心《くしん》をしたのに、此《こ》の人《ひと》は、おなじ姿《すがた》で、黒繻子《くろじゅす》の帯《おび》で、目《め》まじろぎもせず、端《きち》ん正《》として居《い》た。

御贔屓《ごひいき》に——

妖術

一

むらむらと四辺《あたり》を包《つつ》んだ、鼠色《ねずみいろ》の雲《くも》の中《なか》へ、すっきり浮出《うきだ》したように、薄化粧《うすげしよう》の艶《えん》な姿《すがた》で、電車《でんしや》の中《なか》から、颯《さつ》と硝子戸《がらすど》を抜《ぬ》けて、運転手台《うんてんしゆだい》に顕《あら》われた、若《わか》い女《おんな》の扮装《みなり》と持物《もちもの》で、大略《あらまし》其《そ》の日《ひ》の天気模様《てんきもよう》が察《さつ》しられる。

日中《ひなか》は梅《うめ》の香《か》も女《おんな》の袖《そで》も、ほんのりと暖《あたた》かく、襟巻《えりまき》では些《ち》と逆上《のぼ》せるくらいだけれど、晩《ばん》に成《な》ると、柳《やなぎ》の風《かぜ》に、黒髪《くろかみ》がひやひやと身《み》に染《し》む頃《ころ》。最《も》う些《ち》と経《た》つと、花曇《はなぐも》りと云《い》う空合《そらあい》ながら、まだ何《ど》うやら冬《ふゆ》の余波《なごり》がありそうで、唯恁《ただこ》う薄暗《うすぐら》い中《うち》は然《さ》もないが、処《ところ》を定《さだ》めず、時々《ときどき》墨流《すみなが》しのように乱《みだ》れかかって、雲《くも》に雲《くも》が累《かさ》なると、ちらちら白《しろ》いものでも交《まじ》りそうな気勢《けはい》がする。……両三日《りょうさんち》。

今朝《けさ》は麗《うら》かに晴《は》れて、此《こ》の分《ぶん》なら上野《うえの》の彼岸《ひがん》桜も、うっかり咲《さ》きそうなと云《い》う、午頃《ひるごろ》から、急《きゅう》に吹出《ふきだ》して、随分《ずいぶん》風立《かぜだ》ったのが未《いま》だに止《や》まぬ。午後《ごご》の四時頃《よじごろ》。

今《いま》しがた一時《ひとしきり》、大路《おおじ》が霞《かすみ》に包《つつ》まれたように成《な》って、洋傘《こうもり》はびしょびしょする……番傘《ばんがさ》には雫《しずく》もしないで、俥《くるま》の母衣《ほろ》は照々《てらてら》と艶《つや》を持《も》つほど、颯《さっ》と一雨《ひとあめ》掛《かか》った後《あと》で。

大空《おおぞら》の何処《どこ》か、吻《ほっ》と呼吸《いき》を吐《つ》く状《さま》に吹散《ふきち》らして、雲切《くもぎ》れがした様子《ようす》は、其《そ》のまま晴上《あが》りそうに見《み》えるが、淡《あわ》く濡《ぬ》れた日脚《ひあし》の根《ね》が定《さだ》まらず、ふわふわ気紛《きまぐ》れに暗《くら》く成《な》るから……又直《またじ》きに降《ふ》って来《き》そうにも思《おも》われる。

すっかり雨支度《あまじたく》で居《い》るのもあるし、雪駄《せった》でばたばたと通《とお》るのもある。傘《からかさ》を拡《ひろ》げて大《おお》きく肩《かた》にかけたのが、伊達《だて》に行届《ゆきとど》いた姿見《すがたみ》よがしに、大薩摩《おおざつま》で押《お》して行《ゆ》くと、すぼめて、軽《かる》く手《て》に提《さ》げたのは、しょんぼり濡《ぬ》れたも好《い》いものを、と小唄《こうた》で澄《す》まして来《く》る。皆足《みなあし》どりの、忙《せわ》しそうに見《み》えないのが、水《みず》を打《う》った花道《はなみち》で、何《なん》となく春《はる》らしい。

電車《でんしゃ》の一寸停《ちょっとと》まったのは、日本橋通三丁目《にほんばしとおりさんちょうめ》の赤《あか》い柱《はしら》で。

今言《いまい》った其《そ》の運転手台《うんてんしゅだい》へ、鮮麗《あざやか》に出《で》た女《おんな》は、南部《なんぶ》の表《おもて》つき、薄形《うすがた》の駒下駄《こまげた》に、ちらりとかかった雪《ゆき》の足袋《たび》、紅羽二重《こうはぶたえ》の褄捌《つまさば》き、柳《やなぎ》の腰《こし》が風《かぜ》に靡《なび》く、と一段軽《いちだんかる》く踏《ふ》んで下《お》りようとした。

コオトは着《き》ないで、手《て》に、紺蛇目傘《こんじゃのめ》の細々《ほそぼそ》と艶《つや》のあるを軽《かる》く持《も》つ。

丁《ちょう》ど、其処《そこ》に立《た》って、電車《でんしゃ》を待合《まちあ》わせて居《い》たのが、舟崎《ふなざき》と云《い》う私《わたし》の知己《ちかづき》——其《それ》から聞《き》いたのをここに記《しる》す。

舟崎《ふなざき》は名《な》を一帆《かずほ》と云《い》って、其《そ》の辺《へん》の一保険会社《あるほけんがいしゃ》の一寸《ちょっと》いい顔《かお》で勤《つと》めて居《い》るのが、表向《おもてむき》は社用《しゃよう》につき一軒廻《けんまわ》って帰《かえ》る分《ぶん》。其《そ》の実《じつ》は昨夜《ゆうべ》の酒《さけ》を持越《もちこ》しのため、四時《よじ》びけの処《ところ》を待兼《まちか》ねて、些《ち》と早《はや》めに出《で》た処《ところ》、聊《いささ》か懐中《かいちゅう》に心得《こころえ》あり。

一旦家《いったんうち》へ帰《かえ》ってから出直《でなお》してもよし、直《す》ぐに出掛《でか》けても怪《あや》しゅうはあらず、又《また》と……誰《たれ》か誘《さそ》おうかなどと、不了簡《ふりょうけん》を廻《めぐ》らしながら、何時《いつ》も乗《の》って帰《かえ》る処《ところ》は忘《わす》れないで、件《くだん》の三丁目《さんちょうめ》に彳《たたず》みつつ、時々《ときどき》、一粒《ひとつぶ》ぐらいぼつりと落《お》ちるのを、洋傘《こうもり》の用意《ようい》もないに、気《き》にもしないで、来《きた》るものは拒《こば》まず……去《さ》るものは追《お》わずの気構《きがま》え。上野行《うえのゆき》、浅草行《あさくさゆき》、五六台《だい》も遣過《やりす》ごして、硝子戸越《がらすどご》しに西洋小間《せいようこま》ものを覗《のぞ》く人《ひと》を透《す》かしたり、横町《よこちょう》へ曲《まが》るものを見送《みおく》ったり、頻《しき》りに謀叛気《むほんぎ》を起《おこ》して居《い》た。

処《ところ》へ……

一目《ひとめ》其《そ》の艶《えん》なのを見《み》ると、何故《なぜ》か、気疾《きばや》に、ずかずかと飛着《とびつ》いて、下《お》りる女《おんな》とは反対《はんたい》の、車掌台《しゃしょうだい》の方《ほう》から、……早《は》や動出《うごきだ》す、鉄《てつ》の棒《ぼう》をぐいと握《にぎ》って、ひらりと乗《の》ると、澄《す》まして入《はい》った。が、何《なん》のために然《そ》うしたか、自分《じぶん》でもよくは分《わか》らぬ。

其処《そこ》に茫乎《ぼんやり》と立《た》った状《さま》を、女《おんな》に見《み》られまいと思《おも》った見栄《みえ》か、其《それ》とも、其《そ》の女《おんな》を待合《まちあ》わしてでも居《い》たように四辺《あたり》の人《ひと》に見《み》らるるのを憚《はばか》ったか。……しかし、実《じつ》はどちらでもなかった、と渠《かれ》は云《い》う。

乗合《のりあ》いは随分立籠《ずいぶんたてこ》んだが、何処《どこ》かに、空席《くうせき》は、と思《おも》う目《め》が、先《ま》ず何《なに》より前《さき》に映《うつ》ったのは、まだ前側《まえがわ》から下《お》りないで、横顔《よこがお》も襟《えり》も、すっきりと硝子戸越《がらすどごし》に透通《すきとお》る、運転手台《うんてんしゅだい》の婀娜姿《あだすがた》。

二

誰《たれ》も知《し》った通《とお》り、此《こ》の三丁目《さんちょうめ》、中橋《なかばし》などは、通《とおり》の中《なか》でも相《あい》の宿《しゅく》で、電車《でんしゃ》の出入《ではい》りが余《あま》り混《こん》雑《ざつ》せぬ。

停《と》まった時《とき》、二人三人《ふたりさんにん》は他《ほか》にも降《お》りたのがあったろう。けれども、女《おんな》に気《き》を取《と》られて其《それ》には些《ちつ》とも気《き》がつかぬ。

乗《の》ったのは、何《ど》の口《くち》からも一帆《かずほ》一人《ひとり》。

入《はい》ると最《も》う、直《す》ぐにぐいと出《で》る。

ト前《まえ》の硝子戸《がらすど》を外《そと》から開《あ》けて、其《そ》の女《おんな》が、何《なん》と！

姿見《すがたみ》から影《かげ》を抜出《ぬけだ》したような風情《ふぜい》で、引返《ひきかえ》して、車内《しやない》へ入《はい》って来《き》たろうではないか。

而《そ》して、ぱっちりした、霑《うるみ》のある、涼《すず》しい目《め》を、心持俯目《こころもちふしめ》ながら、大《おお》きく睜《みひら》いて、此方《こっち》に立《た》った一帆《かずほ》の顔《かお》を、向《むこ》うから熟《じつ》と見《み》た。

見《み》た、と思《おも》うと、今《いま》立《た》った旧《もと》の席《せき》が、其《そ》れなり空《あ》いて居《い》たらしい。其処《そこ》へ入《はい》って、ごたごたした乗客《じようきやく》の中《なか》へ島田《しまだ》が隠《かく》れた。

其《そ》の女《おんな》は、丈長掛《たけながか》けて、銀《ぎん》の平打《ひらうち》の後《うしろ》ざし、それ者《しや》も生粋《きつすい》と見《み》える服装《みなり》には似《に》ない、お邸《やしき》好《この》みの、鬢水《びんみず》もたらたらと漆《うるし》のように艶《つや》やかな高島田《たかしまだ》で、強《ひど》く其《それ》が目《め》に着《つ》いたので、くすんだお召縮緬《めしちりめん》も、何故《なぜ》か紫《むらさき》の俤《おもかげ》立《だ》つ。

空《す》いた処《ところ》が一《ひと》ッあったが、女《おんな》の坐《すわ》ったのと同一側《おんなじがわ》で、一帆《かずほ》は些《ち》と慌《あわただ》しいまで、急《いそ》いで腰《こし》を落《おと》したが。

胸《むね》、肩《かた》を揃《そろ》えて、犇《ひし》と詰込《つめこ》んだ一列《いちれつ》の乗客《のりて》に隠《かく》れて、内証《ないしよう》で前《まえ》へ乗出《のりだ》しても、最《も》う女《おんな》の爪《つま》先《さき》も見《み》えなかったが、一目《ひとめ》見《み》られた瞳《ひとみ》の力《ちから》は、刻《きざ》み込《こ》まれたか、と鮮麗《あざやか》に胸《むね》に描《えが》かれて、白木屋《しろきや》の店頭《みせさき》に、つつじが急流《きゆうりゆう》に燃《も》ゆるような友染《ゆうぜん》の長襦袢《ながじゆばん》のかかったのも、其《そ》の女《おんな》が向《むこ》うへ飛《と》んで、逆《さかさ》に又硝子《またがらす》越《ご》しに、扱帯《しごき》を解《と》いた乱姿《みだれすがた》で、此方《こちら》を差覗《さしのぞ》いて居《い》るかと疑《うたが》う。

やがて、心着《こころづ》くと標示《しるし》は萌黄《もえぎ》で此《こ》の電車《でんしや》は浅草行《あさくさゆき》。

一帆《かずほ》が其《そ》の住居《すまい》へ志《こころざ》すには、上野《うえの》へ乗《の》って、須田町《すだちよう》あたりで乗換《のりか》えなければならなかったに、つい本町《ほんちよう》の角《かど》をあれなり曲《まが》って、浅草橋《あさくさばし》へ出《で》ても、まだうかうか。

尤《もつと》も、故《わざ》ととはなしに、一帳場毎《ひとちようばごと》に気《き》を注《つ》けたが、女《おんな》の下《お》りた様子《ようす》はない。で、其処《そこ》まで行《ゆ》くと、途中《とちゆう》は厩橋《うまやばし》、蔵前《くらまえ》でも、駒形《こまがた》でも下《お》りないで、屹《きつ》と雷門《かみなりもん》まで、一緒《いつしよ》に行《ゆ》くように信《しん》じられた。

何《なん》だろう、髪《かみ》のかかりが芸者《げいしや》でない、が、爪《つま》はずれが堅気《かたぎ》と見《み》えぬ。——何《なん》だろう。とそんな事《こと》。……中《なか》に人《ひと》の数《かず》を夾《はさ》んだばかり、つい同《おな》じ車《くるま》に居《い》るものを、一年《ひととせ》、半年《はんとし》、立続《たてつづ》けに、こんがらかった苦労《くろう》でもした中《なか》のように種々《いろいろ》な事《こと》を思《おも》う。又雲《またくも》が濃《こ》く、大空《おおぞら》に乱《みだ》れ流《なが》れて、硝子窓《がらすまど》の薄暗《うすぐら》く成《な》って来《き》たのさえ、確《しか》とは心着《こころづ》かぬ。

が、蔵前《くらまえ》を通《とお》る、あの名代《なだい》の大煙突《だいえんとつ》から、黒《くろ》い山《やま》のように吹出《ふきだ》す煙《けむり》が、渦巻《うずま》きかかって電車《でんしや》に崩《くず》るるか、と思《おも》うまで凄《すさま》じく暗《くら》く成《な》った。

頸許《えりもと》が偶《ふ》と気《き》に成《な》ると、尾《お》を曳《ひ》いて、ばらばらと玉《たま》が走《はし》る。窓《まど》の硝子《がらす》を透《すか》して、雫《しずく》の其《そ》の、ひやりと冷《つめ》たく身《み》に染《し》むのを知《し》っても、雨《あめ》とは思《おも》わぬほど、実際上《じっさいうわ》の空《そら》で居《い》たのであった。

さあ、浅草《あさくさ》へ行《ゆ》くと、雷門《かみなりもん》が、鳴出《なりだ》したほどな其《そ》の騒動《さわぎ》。

どさどさ打《ぶち》まけるように雪崩《なだ》れて総立《そうだ》ちに電車《でんしゃ》を出《で》る、乗合《のりあい》のあわただしさより、仲見世《なかみせ》は、どっと音《おと》のするばかり、一面《いちめん》の薄墨《うすずみ》へ、色《いろ》を飛《と》ばした男女《なんにょ》の姿《すがた》。

風立《かぜだ》つ中《なか》を群《むらが》って、颯《さつ》と大幅《おおはば》に境内《けいだい》から、広小路《ひろこうじ》へ散《ち》り懸《かか》る。

きちがい日和《びより》の俄雨《にわかあめ》に、風《かぜ》より群集《ぐんしゅう》が狂《くる》うのである。

其《そ》の紛《まぎ》れに、女《おんな》の姿《すがた》は見《み》えなく成《な》った。

電車《でんしゃ》の内《うち》はからりとして、水《みず》に沈《しず》んだ硝子函《がらすばこ》、車掌《しゃしょう》と運転手《うんてんしゅ》は雨《あめ》に恰《あたか》も潜水夫《せんすいふ》の風情《ふぜい》に見《み》えて、束《つか》の間《ま》は塵《ちり》も留《と》めず、――外《そと》の人《ひと》の混雑《こんざつ》は、鯱《しゃち》に追《お》われたような中《なか》に。――一帆《かずほ》は誰《たれ》よりも後《おく》れて下《お》りた。最《も》う一人《ひとり》も残《のこ》らないから、女《おんな》も出《で》たには違《ちが》いない。

三

が、拍子抜《ひょうしぬ》けのした事《こと》は夥多《おびただ》しい。

ストンと溝《みぞ》へ落《お》ちたような心持《こころも》ちで、電車《でんしゃ》を下《お》りると、大粒《おおつぶ》ではないが、引包《ひッつつ》むように細《こま》かく降懸《ふりかか》る雨《あめ》を、中折《なかおれ》で弾《はじ》く精《せい》もない。

鼠《ねずみ》の鍔《つば》をぐったりとしながら、我慢《がまん》に、吾妻橋《あづまばし》の方《ほう》も、本願寺《ほんがんじ》の方《ほう》も見返《みかえ》らないで、此処《ここ》を的《あて》に来《き》たように、素直《まっすぐ》に広小路《ひろこうじ》を切《き》って、仁王門《におうもん》を真正面《まっしょうめん》。濡《ぬ》れても判明《はっきり》と白《しろ》い、処々《ところどころ》むらむらと斑《ふ》が立《た》って、雨《あめ》の色《いろ》が、花簪《はなかんざし》、箱狭子《はこせこ》、輪珠数《わじゅず》などが落《お》ちた形《かたち》に成《な》って、人出《ひとで》の混雑《こんざつ》を思《おも》わせる、仲見世《なかみせ》の敷石《しきいし》にかかって、傍目《わきめ》も触《ふ》らないで、御堂《みどう》の方《ほう》へ。

其処等《そこら》の豆屋《まめや》で、豆《まめ》をばちばちと焼《や》く匂《におい》が、雨《あめ》を蒸《む》して、暖《あたた》かく顔《かお》を包《つつ》む。

爾時《そのとき》、広小路《ひろこうじ》で、電車《でんしゃ》の口《くち》から颯《さっ》と打《う》った網《あみ》の末《すそ》が、一度《ど》、混雑《こんざつ》の波《なみ》に消《き》えて、やがて、向《むき》のかわった仲見世《なかみせ》へ、手元《てもと》を細《ほそ》くすらすらと手繰寄《たぐりよ》せられた体《てい》に、前刻《さっき》の女《おんな》が、肩《かた》を落《おと》して、雪《ゆき》かと思《おも》う襟脚細《えりあしほそ》く、紺蛇目傘《こんじゃのめ》を、姿《すがた》の柳《やなぎ》に引掛《ひっか》けて、艶《つや》やかにさしながら、駒下駄《こまげた》を軽《かる》く、褄《つま》をはらはらと些《ち》と急《いそ》いで来《き》た。

唯見《とみ》ると、左側《ひだりがわ》から猶予《ため》らわないで、真中《まんなか》へ衝《つ》と寄《よ》って、一帆《かずほ》に肩《かた》を並《なら》べたのである。なよやかな白《しろ》い手《て》を、半《なか》ば露顕《あらわ》に、翩然《ひらり》と友染《ゆうぜん》の袖《そで》を搦《から》めて、紺蛇目傘《こんじゃのめ》をさしかけながら、

「貴下《あなた》、濡《ぬ》れますわ。」

と言《い》う、瞳《ひとみ》が、動《うご》いて莞爾《にっこり》。留南奇《とめき》の薫《かおり》が陽炎《かげろう》のような糠雨《ぬかあめ》にしっとり籠《こも》って、傘《からかさ》が透通《すきとお》るか、と近増《ちかまさ》りの美《うつく》しさ。

一帆《かずほ》の濡《ぬ》れた額《ひたい》は快《こころ》よい汗《あせ》に成《な》って、

「否《いいえ》、構《かま》わない、私《わたし》は。」

と言《い》った、が此《これ》は心《こころ》から素気《そっけ》のない意味《いみ》ではなかった。

「だって、召物《めしもの》が。」

「何《なに》、外套《がいとう》を着《き》て居《い》ます。」

と別《べつ》に何《なん》の知己《ちかづき》でもない女《おんな》に、言葉《ことば》を交《か》わすのを、不思議《ふしぎ》とも思《おも》わないで、恁《こ》うして二言《ふたこと》三言《みこと》、云《い》う中《うち》にも、つい、さしかけられたままで五歩六歩《いつあしむあし》。花《はな》の枝《えだ》を手《て》に提《さ》げて、片袖重《かたそでおも》いような心持《こころもち》で、同《おな》じ傘《からかさ》の中《なか》を歩行《ある》いた。

「人《ひと》が見《み》ます。」

何《ど》うして見《み》る処《どころ》か、人脚《ひとあし》の流《なが》るる中《なか》を、美《うつく》しいしぶきを立《た》てるばかり、仲店前《なかみせまえ》を逆《さか》らって御堂《みどう》の路《みち》へ上《のぼ》るのである。

又《また》、誰《たれ》が見《み》ないまでも、本堂《ほんどう》からは、門《もん》をうろ抜《ぬ》けの見透一筋《みとおしひとすじ》、お宮様《みやさま》でないのがまだしも、鏡《かがみ》があると、歴然《ありあり》と最《も》う映《うつ》ろう。

「御迷惑《ごめいわく》？」

と察《さつ》したように低声《こごえ》で言《い》ったのが、尚《な》お色《いろ》めいたが、些《ちっ》と蛇目傘《じゃのめ》を傾《かたむ》けた。

目《め》隠《かく》しなんど除《と》れたかと、はっきりした心持《こころもち》で、

「迷惑処《めいわくどころ》じゃ……然《しか》し穏《おだやか》でありません。一人《ひとり》ものが随分通《ずいぶんとお》ります。」

と漸《やっ》と苦笑《くしょう》した。

「では、別《べっ》ッこに……」と云《い》うなり、拗《す》ねた風《ふう》にするりと離《はな》れた。

と思《おも》うと、袖《そで》を斜《なな》めに、一寸隠《ちょっとかく》れた状《さま》に、一帆《かずほ》の方《ほう》へ蛇目傘《じゃのめ》ながら細《ほっそ》りした背《せな》を見《み》せて、

其処《そこ》の絵草紙《えぞうしや》屋の店《みせ》を視《なが》めた。けばけばしく彩《いろど》った種々《いろいろ》の千代紙《ちよがみ》が、染《にじ》むが如《ごと》く雨《あめ》に縺《もつ》れて、

中《なか》でも紅《べに》が来《き》て、女《おんな》の瞼《まぶた》をほんのりとさせたのである。

今度《こんど》は、一帆《かずほ》の方《ほう》が其《そ》の傍《そば》へ寄《よ》るようにして、

「何方《どっち》へ行《い》らっしゃる。」

「私《わたし》？……」

と傘《からかさ》の柄《え》に、左手《ゆんで》を添《そ》えた。其《それ》が重《おも》いもののように、姿《すがた》が撓《しな》った。

「何処《どこ》へでも。」

此《これ》を聞棄《ききず》てに、今《いま》は、ゆっくりと歩行《ある》き出《だ》したが、雨《あめ》がふわふわと思《おも》いのまま軽《かる》い風《かぜ》に浮《うき》

立《た》つ中《なか》に、何《ど》うやら足許《あしもと》もふらふらと成《な》る。

四

門《もん》の下《した》で、後《うしろ》を振返《ふりかえ》って見《み》た時《とき》は、何店《どこ》へか寄《よ》ったか、傍《わき》へ外《そ》れたか。仲見世《なかみせ》の人通《ひとどお》りは雨《あめ》の朧《おぼろ》に、ちらほらとより無《な》かったのに、女《おんな》の姿《すがた》は見《み》えなかった。

其切《それき》り逢《あ》わぬ、とは心《こころ》の裡《うち》に思《おも》わないながら、一帆《かずほ》は急《きゅう》に寂《さび》しく成《な》った。

妙《みょう》に心《こころ》も更《あらた》まって、少時何事《しばらくなにごと》も忘《わす》れて、御堂《みどう》の階段《かいだん》を……あの大提灯《おおぢょうちん》の下《した》を小《ち》さく上《のぼ》って、厳《おごそ》かな廂《ひさし》を……欄干《らんかん》に添《そ》って、廻廊《かいろう》を左《ひだり》へ、角《かど》の擬宝珠《ぎぼしゅ》で留《と》まって、何《なに》やら吻《ほっ》と一息《ひといき》ついて、雫《しずく》するまでもないが、しっとりとする帽子《ぼうし》を脱《ぬ》いで、額《ひたい》を手巾《ハンケチ》で、ぐい、と拭《ぬぐ》った。

「素面《しらふ》だからな。」

と歎息《たんそく》するように独言《ひとりごと》して、扱《しご》いて片頬《かたほ》を撫《な》でた手《て》を其《そ》のまま、欄干《らんかん》に肱《ひじ》をついて、遍《あまね》く境内《けいだい》をずらりと視《なが》めた。

早《はや》いもので、最《も》う番傘《ばんがさ》の懐手《ふところで》、高足駄《たかあしだ》で悠々《ゆうゆう》と歩行《ある》くのがある。……然《そ》うかと思《おも》うと、今《いま》に成《な》って一目散《いちもくさん》に駆出《かけだ》すのがある。心《こころ》は種々《いろいろ》な処《ところ》へ、此《これ》から奥《おく》は、御堂《みどう》の背後《うしろ》、世間《せけん》の裏《うら》へ入《はい》る場所《ばしょ》なれば、何《なん》の卑怯《ひきょう》な、相合傘《あいあいがさ》に後《おく》れは取《と》らぬ、と肩《かた》の聳《そび》ゆるまで一人《ひとり》で気競《きお》うと、雨《あめ》も霞《かす》んで、ヒヤヒヤと頬《ほほ》に触《さわ》る。一雫《ひとしずく》も酔覚《よいざめ》の水《みず》らしく、ぞくぞくと快《こころよ》く胸《むね》が時《とき》めく……が、身透《みとお》しの何処《どこ》へも、女《おんな》の姿《すがた》は近《ちか》づかぬ。

「馬鹿《ばか》な、其切《それっきり》か。いや、然《そ》うだろう。」

と打棄《うっちゃ》り放《はな》す。

大提灯《おおぢょうちん》にはたはたと翼《つばさ》の音《おと》して、雲《くも》は暗《くら》いが、紫《むらさき》の棟《むね》の蔭《かげ》、天女《てんにょ》も籠《こも》る廂《ひさし》から、鳩《はと》が二三《にさん》羽《ば》、衝《つ》と出《で》て飜々《ひらひら》と、早《は》や晴《は》れかかる銀杏《いちょう》の梢《こずえ》を矢大臣門《やだいじんもん》の屋根《やね》へ飛《と》んだ。

胸《むね》を反《そ》らして空模様《そらもよう》を仰《あお》ぐ、豆売《まめう》りのお婆《ばあ》の前《まえ》を、内端《うちば》な足取《あしど》り、裳《もすそ》を細《ほそ》く、蛇目傘《じゃのめ》を稍《やや》前下《まえさが》りに、すらすらと撫肩《なでがた》の細《ほそ》いは……確《たしか》に。

スーと傘《からかさ》をすぼめて、手洗鉢《みたらし》へ寄《よ》った時《とき》は、衣服《きもの》の色《いろ》が、美《うつく》しく湛《たた》えた水《みず》に映《うつ》るか、と此《こ》の欄干《らんかん》から遥《はる》かな心《こころ》に見《み》て取《と》られた。……折《おり》から其《そ》の道筋《みちすじ》には、件《くだん》の女唯一人《おんなただひとり》で。

水色《みずいろ》の手巾《ハンケチ》を、はらりと媚《なまめ》かしく口《くち》に啣《くわ》えた時《とき》、肩越《かたごし》に、振仰《ふりあお》いで、一寸廻廊《ちょいとかいろう》の方《かた》を見上《みあ》げた。

のめのめと其処《そこ》に待《ま》って居《い》たのが、了簡《りょうけん》の余《あま》り透《す》く気《き》がして、見《み》られた拍子《ひょうし》に、ふらりと動《うご》いて、背後向《うしろむ》きに横《よこ》へ廻《まわ》る。

パッパッと田舎《いなか》の親仁《おやじ》が、掌《てのひら》へ吸殻《すいがら》を転《ころ》がして、煙管《きせる》にズーズーと脂《やに》の音《おと》。くく、と何処《どこ》かで鳩《はと》の声《こえ》。茜《あかね》の姉《あねえ》も三四人《さんよにん》、鬱金《うこん》の婆様《ばさま》に、菜畠《なばたけ》の阿媽《かかあ》も交《まじ》って、どれも口《くち》を開《あ》けて居《い》た。が、あ、と押魂消《おったまげ》て、ばらりと退《の》くと、其処《そこ》の横手《よこて》の開戸口《ひらきどぐち》から、艶麗《あでやか》なのが、すうと出《で》た。

本堂《ほんどう》へ詣《まい》ったのが一廻《ひとまわ》りして、一帆《かずほ》の前《まえ》に顕《あら》われたのである。すぼめた蛇目傘《じゃのめ》に手《て》を隠《かく》して、

「お待《ま》ちなすって？」

又《また》、ほんのりと花《はな》の薫《かおり》。

「何《なに》、些《ちっ》とも。……ゆっくりお参詣《まいり》をなされば可《い》い。」

「貴下《あなた》こそ、前《さき》へ行《い》らしってお待《ま》ち下《くだ》されば可《よ》うござんすのに、出張《でっぱ》りに居《い》らしって、沫《しぶき》が冷《つめた》いではありませんか。」

匆々《さっさ》と先《さき》へ行《ゆ》けではない。待《ま》ってくれれば、と云《い》う、其《そ》の待《ま》つのは何処《どこ》か、約束《やくそく》も何《なに》もしないが、最《も》う恁《こ》う成《な》っては、度胸《どきょう》が据《すわ》って、

「だって雨《あめ》を潜《くぐ》って、一人《ひとり》でびしょびしょ歩行《ある》けますか。」

「でも、其《そ》の方《ほう》がお好《すき》な癖《くせ》に……」

と云《い》って、肩《かた》で故《わざ》とらしくない嬌態《しな》をしながら、片手《かたて》で一寸帯《ちょいとおび》を圧《おさ》えた。ぱちん留《どめ》が少《すこ》し摺《ず》って、……薄《うす》いが膨《ふっく》りとある胸《むね》を、緋鹿子《ひがのこ》の下〆《したじめ》が、八《や》ツ口《くち》から溢《こぼ》れたように打合《うちあ》わせの繻子《しゅす》を覗《のぞ》く。

其《そ》の間《あいだ》に、きりりと挟《はさ》んだ、煙管筒《きせるづつ》?ではない。象牙骨《ぞうげぼね》の女扇《おんなおうぎ》を挿《さ》して居《い》る。

今圧《いまおさ》えた手《て》は、帯《おび》が弛《ゆる》んだのではなく、其《そ》の扇子《おうぎ》を、一息深《ひといきふか》く挿込《さしこ》んだらしかった。

五

紫《むらさき》の矢絣《やがすり》に箱迫《はこせこ》の銀《ぎん》のぴらぴらと云《い》うなら知《し》らず、闇桜《やみざくら》とか聞《き》く、暗《くら》いなかにフト忘《わす》れたように薄紅《うすくれない》のちらちらする凄《すご》い好《この》みに、其《そ》の高島田《たかしまだ》も似《に》なければ、薄《うす》い駒下駄《こまげた》に紺蛇目傘《こんじゃのめ》も消《そぐ》わない。が、それは天気模様《てんきもよう》で、まあ分《わか》る。けれども、今時分《いまじぶん》、扇子《おうぎ》は余《あま》りお儀式過《ぎしきす》ぎる。……踊《おどり》の稽古《けいこ》の帰途《かえり》なら、相応《そうおう》したのがあろうものを、初手《しょて》から素性《すじょう》のおかしいのが、此《これ》で愈々不思議《いよいよふしぎ》に成《な》った。

が、其《それ》も其《そ》の筈《はず》、あとで身上《みじょう》を聞《き》くと、芸人《げいにん》だと言《い》う。芸人《げいにん》も芸人《げいにん》、娘手品《むすめてじな》、と云《い》うのであった。

思《おも》い懸《が》けず、余《あんま》り変《かわ》っては居《い》たけれども、当人《とうにん》の女《おんな》の名告《なの》るものを、怪《あや》しいの、疑《うたが》わしいの、嘘言《うそ》だ、と云《い》った処《ところ》で仕方《しかた》がない。まさか、とは考《かんが》えるが、さて人《ひと》の稼業《かぎよう》である。此方《こなた》から推着《おしつ》けに、あれそれとも極《き》められないから、兎《と》に角《かく》、不承々々《ふしようぶしよう》に、然《そ》うか、と一帆《かずほ》の領《うなず》いたのは、しかし観世音《かんぜおん》の廻廊《かいろう》の欄干《らんかん》に、立並《たちなら》んだ時《とき》ではない。御堂《みどう》の裏《うら》、田圃《たんぼ》の大金《だいきん》の、唯《と》ある数寄屋造《すきやづく》りの四畳半《よじようはん》に、膳《ぜん》を並《なら》べて差向《さしむか》った折《おり》からで。……

尤《もつと》も事《こと》の其処《そこ》へ運《はこ》んだまでに、聊《いささ》か気《き》に成《な》る道行《みちゆき》の途中《とちゆう》がある。

一帆《かずほ》は既《すで》に、御堂《みどう》の上《うえ》で、其《そ》の女《おんな》に、大形《おおがた》の紙幣《さつ》を一枚《まい》、紙入《かみいれ》から抜取《ぬきと》られて居《い》たのであった。

矢張《やつぱり》練磨《れんま》の手術《てわざ》であろう。

其時《そのとき》、扇子《せんす》を手《て》で圧《おさ》えて、……貴下《あなた》は一人《ひとり》で歩行《ある》く方《ほう》が、

「……お好《すき》な癖《くせ》に……」

と然《そ》う云《い》うから、一帆《かずほ》は肩《かた》を揺《ゆす》って、

「恁《こ》う成《な》っちゃ最《も》う構《かま》やしません。是非《ぜひ》相合傘《あいあいがさ》にして頂《いただ》く。」と威《おど》すように云《い》って笑《わら》った。

「まあ、駄々《だだ》ッ児《こ》のようだわね。」

と莞爾《につこり》して、

「貴方《あなた》、」と少《すこ》し改《あらた》まる。

「え。」

「あの、少々《しょうしょう》お持合《もちあ》わせがござんすか。」

と澄《す》まして言《い》う。一帆《かずほ》は聊《いささ》か覚悟《かくご》はして居《い》た。

「ああ。」

と故《わざ》と鷹揚《おうよう》に、

「幾干《いくら》ばかり。」

「十枚《まい》。」

と胸《むね》を素直《まっすぐ》にした、が、又其《またそ》の姿《すがた》も佳《よ》かった。

「一寸《ちょいと》、買物《かいもの》がしたいんですから。」

「お持《も》ちなさい。」

此《こ》の時《とき》、一帆《かずほ》は背後《うしろ》に立《た》った田舎《いなか》ものの方《ほう》を振向《ふりむ》いた。皆《みんな》、きょろりきょろりと視《なが》めた。

女《おんな》は、帯《おび》にも突込《つっこ》まず、一枚《まい》掌《たなそこ》に入《い》れたまま、黙《だま》って、一帆《かずほ》に擦違《すれちが》って、角《かど》の擬宝珠《ぎぼしゅ》を廻《まわ》って、本堂正面《ほんどうしょうめん》の階段《かいだん》の方《ほう》へ見《み》えなく成《な》る。

大方《おおかた》、仲見世《なかみせ》へ引込《ひきかえ》したのであろう、買物《かいもの》をすると云《い》えば。

さて何《なに》をするか、手間《てま》の取《と》れる事一通《ことひととお》りでない。

煙草《たばこ》も最《も》う吸《す》い飽《あ》きて、拱《こまぬ》いてもだらしなく、ぐったりと解《と》ける腕組《うでぐ》みを仕直《しなお》し仕直《しなお》し、がっくりと仰向《あおむ》いて、唇《くちびる》をぺろぺろと舌《した》で嘗《な》める親仁《おやじ》も、蹲《しゃが》んだり立《た》ったりして、色気《いろけ》のない大欠伸《おおあくび》を、ああとする茜《あかね》の新姐《しんぞ》も、満更雨宿《まんざらあまやど》りばかりとは見《み》えなかった。が、綺麗《きれい》な姉様《あねさま》を待飽倦《まちあぐ》んだそうで、どやどやと横手《よこて》の壇《だん》を下《お》り懸《か》けて、

「お待遠《まちどお》だんべいや。」

と、親仁《おやじ》が最《もっと》もらしい顔色《かおつき》して、ニヤリともしないで吐《ほざ》くと、女《おんな》どもは哄《どっ》と笑《わら》って、線香《せんこう》の煙《けむり》の黒《くろ》い、吹上《ふきあ》げの沫《しぶき》の白《しろ》い、誰彼《たそが》れのような中《なか》へ、びしょびしょと入《はい》って行《ゆ》く。

吃驚《びっくり》して、這奴等《しゃつら》、田舎《いなか》ものの風《ふう》をする掏賊《すり》か、ポン引《ひき》か、と思《おも》った。軽《かる》くなった懐中《ふところ》につけても、当節《とうせつ》は油断《ゆだん》がならぬ。

其《そ》の時分《じぶん》まで、同《おな》じ処《ところ》に茫乎《ぼんやり》と立《た》って待《ま》ったのである。

六

早《はや》く下《お》りよ、と段《だん》は其処《そこ》に階《きざはし》を明《あ》けて斜《なな》めに待《ま》つ。自分《じぶん》に恥《は》じて、最《も》う其《そ》の上《うえ》は待《ま》って居《い》

られないまでに成《な》った。

端《はし》へ出《で》るのさえ、後《あと》を慕《した》って、紙幣《さつ》に引摺《ひきず》られるような負惜《まけおし》みの外聞《がいぶん》があるので、角《かど》の処《ところ》へも出《で》ないで居《い》た。何故《なぜ》か、がっかりして、気《き》が抜《ぬ》けて、其《そ》の横手《よこて》から下《お》りて、路《みち》を廻《まわ》るのも億劫《おっくう》でならぬので、はじめて、ふらふらと前《まえ》へ出《で》て、元《もと》の本堂前《ほんどうまえ》の廻廊《かいろう》を廻《まわ》って、欄干《らんかん》について、前刻来懸《さっききが》けとは勢《いきおい》が、からりとかわって、中折《なかおれ》の鍔《つば》も深《ふか》く、面《おもて》を伏《ふ》せて、其処《そこ》を伝《つた》う風《ふう》も、我《われ》ながら辿々《たどたど》しかった。

トあの大提灯《おおぢょうちん》を、釣鐘《つりがね》が目前《めのまえ》へぶら下《さが》ったように、ぎょっとして、はっと正面《しょうめん》へ魅《つま》まれた顔《かお》を上《あ》げると、右《みぎ》の横手《よこて》の、広前《ひろまえ》の、片隅《かたすみ》に綺麗《きれい》に取《と》って、時《とき》ならぬ錦木《にしきぎ》が一本《ひともと》、其処《そこ》へ植《う》わった風情《ふぜい》に、四辺《あたり》に人《ひと》もなく一人立《ひとりた》って、傘《からかさ》を半開《はんびら》き、真白《まっしろ》な横顔《よこがお》を見《み》せて、生際《はえぎわ》を濃《こ》く、美《うつく》しく目迎《めむか》えて莞爾《にっこり》した。

「沢山《たんと》、待《ま》たせてさ。」と馴々《なれなれ》しく云《い》うのが、遅《おそ》く成《な》った意味《いみ》には取《と》れず、逆《さかさま》に怨《うら》んで聞《きこ》える。

言葉戦《ことばたたか》い合《かな》うまじ、と大手《おおて》を拡《ひろ》げて無手《むず》と寄《よ》って、

「何処《どこ》にしましょう。」

「どちらへでも、貴下《あなた》のお宜《よろ》しい処《ところ》が可《よ》うござんす。」

「じゃ、行《い》く処《ところ》へ行《い》らっしゃい。」

「何《ど》うぞ。」

と最《も》う、相合傘《あいあいがさ》の支度《したく》らしい、片袖《かたそで》を胸《むね》に当《あ》てる、柄《え》よりも姿《すがた》が細《ほっそ》りする。

丈《たけ》がすらりと高島田《たかしまだ》で、並《なら》ぶと蛇目《じゃのめ》傘の下に対《つい》。

で、大金《だいきん》へ入《はい》った時《とき》は、舟崎《ふなざき》は大胆《だいたん》に、自分《じぶん》が傘《からかさ》を持《も》って居《い》た。

けれども、後《あと》で気《き》が着《つ》くと、真打《しんうち》の女太夫《おんなたゆう》に、恭《うやうや》しくもさしかけた長柄《ながえ》の形《かたち》で、舟崎《ふなざき》の図《ず》は宜《よろ》しくない。

通《とお》されたのが小座敷《こざしき》で、前刻《さっき》言《い》った其《そ》の四畳半《よじょうはん》。廊下《ろうか》を横《よこ》へ通口《かよいぐち》が一寸《ちょっと》隠《かく》れて、気《き》の着《つ》かぬ処《ところ》に一室《ひとま》ある……

数寄《すき》に出来《でき》て、天井《てんじょう》は低《ひく》かった。畳《たたみ》の青《あお》さ。床柱《とこばしら》にも名《な》があろう……壁《かべ》に掛《か》けた籠《かご》に豌豆《えんどう》のふっくりと咲《さ》いた真白《まっしろ》な花《はな》、蔓《つる》を短《みじ》かく投込《なげこ》みに活《い》けたのが、窓明《まどあか》りに明《あかる》く灯《ひ》を点《とも》したように見《み》えて、桃《もも》の花《はな》より一層《いっそう》ほんのりと部屋《へや》も暖《あたたか》い。

用《よう》を聞《き》いて、円髷《まげ》に結《い》った女中《じょちゅう》が、しとやかに扉《ひらき》を閉《し》めて去《い》ったあとで、舟崎《ふなざき》は途中《とちゅう》も汗《あせ》ばんで来《き》たのが、又恁《またこ》う籠《こも》ったので、火鉢《ひばち》を前《まえ》に控《ひか》えながら、羽織《はおり》を脱《ぬ》いだ。

其《それ》を取《と》って、すらりと扱《しご》いて、綺麗《きれい》に畳《たた》む。

「此《これ》は憚《はばか》り、否《いいえ》、其《それ》には。」

「まあ、好《す》きにおさせなさいまし。」

と壁《かべ》の隅《すみ》へ、自分《じぶん》の傍《わき》へ、小膝《こひざ》を浮《う》かして、さらりと遣《や》って、片手《かたて》で手巾《ハンケチ》を捌《さば》きながら、

「真個《ほんとう》に些《ち》と暖《あたた》か過《す》ぎますわね。」

「私《わたし》は、逆上《のぼせ》るから尚《な》お堪《たま》りません。」

「陽気《ようき》の所為《せい》ですね。」

「否《いや》、お前《まえ》さんの為《ため》さ。」

「そんな事《こと》をおっしゃると、最《も》っと傍《そば》へ。」

と火鉢《ひばち》をぐい、と圧《お》して来《き》て、

「其《そ》のかわり働《はたら》いて、些《ちっ》と開《あ》けて差上《さしあ》げましょう。」

と弱々《よわよわ》と斜《ななめ》にひねった、着流《きなが》しの帯《おび》のお太鼓《たいこ》の結目《むすびめ》より低《ひく》い処《ところ》に、丁《ちょう》ど、背後《うしろ》の壁《かべ》を仕切《しき》って、細《ほそ》い潜《くぐ》り窓《まど》の障子《しょうじ》がある。

カタリ、と引《ひ》くと、直《す》ぐに囲《かこ》いの庭《にわ》で、敷松葉《しきまつば》を払《はら》ったあとらしい、蕗《ふき》の葉《は》が芽《めぐ》んだように、飛石《とびいし》が五六枚《ごろくまい》。

柳《やなぎ》の枝折戸《しおりど》、四《よ》ツ目垣《めがき》。

ト其《そ》の垣根《かきね》へ乗越《のりこ》して、今《いま》フト差覗《さしのぞ》いた女《おんな》の鼻筋《はなすじ》の通《とお》った横顔《よこがお》を斜違《はすつか》いに、月影《つきかげ》に映《うつ》す梅《うめ》の楚《すわえ》の如《ごと》く、大《おおい》なる船《ふね》の舳《へさき》がぬっと見《み》える。

「まあ、可《い》いこと！」

と嬉《うれ》しそうに、何故《なぜ》か仇気《あどけ》ない笑顔《えがお》に成《な》った。

七

「池《いけ》があるんだわね。」

と手《て》を支《つ》いて、壁《かべ》に着《つ》いたなりで細《ほっそ》りした頤《おとがい》を横《よこ》にするまで下《した》から覗《のぞ》いた、が、其処《そこ》からは窮屈《きゅうくつ》で水《みず》は見《み》えず、忽然《こつぜん》として舳《へさき》ばかり顕《あら》われたのが、寧《いっ》そ風情《ふぜい》であった。

カラカラと庭下駄《にわげた》が響《ひび》く、と此処《ここ》よりは一段高《いちだんたか》い、上《うえ》の石畳《いしだた》みの土間《どま》を、約束《やくそく》の出《で》であろう、裾模様《すそもよう》の後姿《うしろすがた》で、すらりとした芸者《げいしゃ》が通《とお》った。

向《むこ》うの座敷《ざしき》に、わやわやと人声《ひとごえ》あり。

枝折戸《しおりど》の外《そと》を、柳《やなぎ》の下《した》を、がさがさと箒《ほうき》を当《あ》てる、印半纏《しるしばんてん》の円《まる》い背《せなか》が、蹲《うずく》まって、はじめから見《み》えて居《い》た。

其《それ》には差構《さしかま》いなく覗《のぞ》いた女《おんな》が、芸者《げいしゃ》の姿《すがた》に、密《そっ》と、直《す》ぐに障子《しょうじ》を閉《し》めた。

向直《むきなお》った顔《かお》が、斜《なな》めに白《しろ》い、其《そ》の豌豆《えんどう》の花《はな》に面《めん》した時《とき》、眉《まゆ》を開《ひら》いて、熟《じっ》と視《み》た。が、瞳《ひとみ》を返《かえ》して、右手《めて》に高《たか》い肱掛窓《ひじかけまど》の、障子《しょうじ》の閉《しま》ったまままなのを屹《きっ》と見遣《みや》った。

咄嗟《とっさ》の間《あいだ》の艶麗《あでやか》な顔《かお》の働《はたら》きは、たとえば口紅《くちべに》を衝《つ》と白粉《おしろい》に流《なが》して稲妻《いなづま》を描《えが》いた如《ごと》く、媚《なまめ》かしく且《か》つ鋭《するど》いもので、敵《てき》あり迫《せま》らば翡翠《ひすい》に化《か》して、窓《まど》から飛《と》んで抜《ぬ》けそうに見《み》えたのである。

一帆《かずほ》は思《おも》わず坐《すわ》り直《なお》した。

処《ところ》へ、女中《じょちゅう》が膳《ぜん》を運《はこ》んだ。

「お一《ひと》ツ。」

「天気《てんき》は？」

「可塩梅《いいあんばい》に霽《あが》りました。……些《ち》と、お熱過《あつす》ぎはいたしませんか。」

「否《いいえ》、結構《けっこう》。」

「もし、貴女《あなた》。」

女《おんな》が、もの馴《な》れた状《さま》で猪口《ちょく》を受《う》けたのは驚《おどろ》かなかったが、一《ひと》ツ受《う》けると、

「何《ど》うぞ、置《お》いて去《い》らしって可《よ》うござんす。」と女中《じょちゅう》を起《た》たせたのは意外《いがい》である。

一帆《かずほ》は頃刻《しばらく》して陶然《とうぜん》とした。

「更《あらた》めて、一杯《ひとつ》、お知己《ちかづき》に差上《さしあ》げましょう。」

「極《きまり》が悪《わる》うござんすね。」

「何《なん》の。然《そ》うしたお前《まえ》さんか。」

と膝《ひざ》をぐったり、と頭《こうべ》を振《ふ》って、

「失礼《しつれい》ですが、お住所《ところ》は?」

「は、提灯《ちょうちん》よ。」

と目許《めもと》の微笑《ほほえみ》。丁《ちょう》と、手《て》にした猪口《ちょく》を落《おと》すように置《お》くと、手巾《ハンケチ》ではっと口《くち》を押《おさ》えて、自分《じぶん》でも可笑《おかし》かったか、くすくす笑《わら》う。

「町名《ちょうめい》、町名《ちょうめい》、結構《けっこう》。」

一帆《かずほ》は町名《ちょうめい》と聞違《ききちが》えた。

「否《いいえ》、提灯《ちょうちん》なの。」

「へい、提灯町《ちょうちんまち》。」

と、けろりと馬鹿《ばか》気《げ》た目《め》とろで居《い》る。

又笑《またわら》って、

「然《そ》うじゃありません。私《わたし》の家《うち》は提灯《ちょうちん》なんです。」

「何処《どこ》の？提灯《ちょうちん》？」

「観音様《かんのんさま》の階段《かいだん》の上《うえ》の、あの、大《おお》な提灯《ちょうちん》の中《なか》が私《わたし》の家《うち》です。」

「ええ。」と云《い》ったが、大概察《たいがいさっ》した、此《こ》の上尋《うえたず》ねるのは無益《むえき》である。

「お名《な》は。」

「私《わたし》？名《な》ですか。娘《むすめ》……」

「娘子《むすめこ》さん。――成程違《なるほどちが》いない、で、お年紀《とし》は？」

「年《とし》は、婆《ばあ》さん。」

「年《とし》は婆《ばあ》さん、お名《な》は娘《むすめ》、住居《ところ》は提灯《ちょうちん》の中《なか》でおいでなさる。……はてな、いや、分《わか》りました……が、お商売《しょうばい》は。」

と訊《き》いた。

後《のち》に舟崎《ふなざき》が語《かた》って言《い》うよう――

如何《いか》に、大《だい》の男《おとこ》が手玉《てだま》に取《と》られたのが口惜《くや》しいと言《い》って、親《おや》、兄《あに》、姉《あね》をこそ問《と》わずもあれ、妙齢《としごろ》の娘《むすめ》に向《むか》って、お商売《しょうばい》？は些《ち》と思切《おもいき》った。

しかし、さもしいようではあるが、其《それ》には廻廊《かいろう》の紙幣《さつ》がある。

其《そ》の時《とき》、些《ち》と更《あらた》まるようにして答《こた》えたのが、

「私《わたし》は、手品《てじな》をいたします。」

近頃《ちかごろ》はただ活動写真《かつどうしゃしん》で、小屋《こや》でも寄席《よせ》でも一向入《いっこうい》りのない処《ところ》から、座敷《ざしき》を勤《つと》めさして頂《いただ》く。

「一寸嬰児《ちよいとあか》さんにお成《な》り遊《あそ》ばせ。」

思懸《おもいが》けない、其《そ》の御礼《おれい》までに、一《ひと》つ手前芸《てまえげい》を御覧《ごらん》に入《い》れる。

「お笑《わら》い遊《あそ》ばしちゃ、厭《いや》ですよ。」と云《い》う。

「此《これ》は拝見《はいけん》！」と大袈裟《おおげさ》に開《ひら》き直《なお》って、其《そ》の実《じつ》は嘘《うそ》だ、と思《おも》った。

すると、軽《かる》く膝《ひざ》を支《つ》いて、蒲団《ふとん》をずらして、すらりと向《む》うへ、……扉《ひらき》の前《まえ》。——此方《こなた》に劣《おと》らず杯《さかずき》は重《かさ》ねたのに、衣《きぬ》の薫《かおり》も冷《ひや》りとした。

扇子《せんす》を抜《ぬ》いて、畳《たたみ》に支《つ》いて、頭《つむり》を下《さ》げたが、がっくり、と低頭《うなだ》れたように悄《しお》れて見《み》えた。

「世渡《よわた》りの為《ため》とは申《もう》しながら……前《さき》へ御祝儀《ごしゅうぎ》を頂《いただ》いたり、」

と口籠《くちごも》って、

「お恥《はず》かしゅう存《ぞん》じます。」と何《なん》と思《おも》ったか、ほろりとした。其《そ》の美《うつく》しさは身《み》に染《し》みて、いまだ夢《ゆめ》にも忘《わす》れぬ。

いや、其処《そこ》どころか。

あの、籠《かご》の白《しろ》い花《はな》を忘《わす》れまい。

すっと抜《ぬ》くと、掌《てのひら》に捧《ささ》げて出《で》て、其《そ》のまま、欞子窓《れんじまど》の障子《しょうじ》を開《あ》けた。開《あ》ける、と中庭一面《なかにわいちめん》の池《いけ》で、又思懸《またおもいが》けず、船《ふね》が一艘《そう》、隅田《すみだ》に浮《う》いた鯨《くじら》の如《ごと》く、池《いけ》の中《なか》を切劃《しき》って浮《う》く。

空《そら》は晴《は》れて、霞《かすみ》が渡《わた》って、黄金《おうごん》のような半輪《はんりん》の月《つき》が、薄《うっす》りと、淡《あわ》い紫《むらさき》の羅《うすもの》の樹立《こだち》の影《かげ》を、星《ほし》を鏤《ちりば》めた大松明《おおたいまつ》の如《ごと》く、電燈《でんとう》とともに水《みず》に投《な》げて、風《かぜ》の余波《なごり》は敷妙《しきたえ》の銀《ぎん》の波《なみ》。

ト瞻《みつ》めながら、

「は、」と声《こえ》が懸《かか》る、袖《そで》を絞《しぼ》って、袂《たもと》を肩《かた》へ、脇明白《わきあけしろ》き花一片《はなひとひら》、手《て》を辷《すべ》ったか、と思《おも》うと、非《あら》ず、緑《みどり》の蔓《つる》に葉《は》を開《ひら》いて、はらりと船《ふね》へ投《な》げたのである。

唯一攫《ただひとつま》みなりけるが、船《ふね》の中《なか》に落《お》つると斉《ひと》しく、礫打《つぶてう》った水《みず》の輪《わ》のように舞《ま》って、花《はな》は、鶴《つる》の羽《は》の如《ごと》く舳《へさき》にまで咲《さ》きこぼれる。

爾時《そのとき》きりりと、銀《ぎん》の無地《むじ》の扇子《せんす》を開《ひら》いて、かざした袖《そで》の手《て》のしないに、ひらひらと池《いけ》を招《まね》く、と澄透《すみとお》る水《みず》に映《うつ》って、ちらちらと揺《ゆら》めいたが、波《なみ》を浮《う》いたか、霞《かすみ》を落《お》ちたか、其《そ》の大《おお》さ、やがて扇《おうぎ》ばかりな真白《まっしろ》な一羽《わ》の胡蝶《こちょう》、ふわふわと船《ふね》の上《うえ》に顕《あら》われて、つかず、離《はな》れず、豌豆《えんどう》の花《はな》に舞《ま》う。

軈《やが》て蝶《ちょう》が番《つがい》に成《な》った。

内《うち》は寂然《ひっそり》とした。

芸者《げいしゃ》の姿《すがた》は枝折戸《しおりど》を伸上《のびあが》った。池《いけ》を取廻《とりま》わした廊下《ろうか》には、欄干越《てすりごし》に、燈籠《とうろう》の数《かず》ほど、ずらりと並《なら》ぶ、女中《じょちゅう》の半身《はんしん》。

蝶《ちょう》は三《みっ》ツに成《な》った。影《かげ》を沈《しず》めて六《む》ツの花《はな》、巴《ともえ》に乱《みだ》れ、卍《まんじ》と飛交《とびか》う。

時《とき》にそよがした扇子《せんす》を留《と》めて、池《いけ》を背後《うしろ》に肱掛窓《ひじかけまど》に、疲《つか》れたように腰《こし》を懸《か》ける、と同《おな》じ処《ところ》に、肱《ひじ》をついて、呆気《あっけ》に取《と》られた一帆《かずほ》と、フト顔《かお》を合《あわ》せて、恥《は》じたる色《いろ》して、扇子《せんす》を其《そ》のまま、横《よこ》に背《そむ》いて、胸越《むねご》しに半面《はんめん》を蔽《おお》うて差俯向《さしうつむ》く時《とき》、すらりと投《な》げた裳《もすそ》を引《ひ》いて、足袋《たび》の爪先《つまさき》を柔《やわら》かに、こぼれた褄《つま》を寄《よ》せたのである。

フト現《うつつ》から覚《さ》めた時《とき》、女《おんな》の姿《すがた》は早《は》やなかった。

女中《じょちゅう》に聞《き》くと、

「お車《くるま》で、唯《たっ》た今《いま》……」

人魚の祠

一

「いまの、あの婦人《ふじん》が抱《だ》いて居《い》た嬰児《あかんぼ》ですが、鯉《こい》か、鼈《すっぽん》でも有《あ》りそうでならないんですがね。」

「…………」

私《わたし》は、黙《だま》って工学士《こうがくし》の其《そ》の顔《かお》を視《み》た。

「まさかとは思《おも》いますが。」

赤坂《あかさか》の見附《みつけ》に近《ちか》い、唯《と》ある珈琲店《コオヒイてん》の端近《はしぢか》な卓子《テエブル》で、工学士《こうがくし》は麦酒《ビイル》の硝子杯《コップ》を控《ひか》えて云《い》った。

私《わたし》は巻莨《まきたばこ》を点《つ》けながら、

「ああ、結構《けっこう》。私《わたし》は、それが石地蔵《いしじぞう》で、今《いま》のが姑護鳥《うぶめ》でも構《かま》いません。けれども、それじゃ、貴方《あなた》が世間《せけん》へ済《す》まないでしょう。」

六月《ろくがつ》の末《すえ》であった。府下渋谷辺《ふかしぶやへん》に或茶話会《あるさわかい》があって、斯《こ》の工学士《こうがくし》が其《そ》の席《せき》に臨《のぞ》むのに、私《わたし》は誘《さそ》われて一日出向《あるひでむ》いた。

談話《はなし》の聴人《ききて》は皆婦人《みなふじん》で、綺麗《きれい》な人《ひと》が大分見《だいぶみ》えた、と云《い》う質《たち》のであるから、羊羹《ようかん》、苺《いちご》、念入《ねんいり》に紫袱紗《むらさきふくさ》で薄茶《うすちゃ》の饗応《もてなし》まであったが――辛抱《しんぼう》をなさい――酒《さけ》と云《い》うものは全然《まるで》ない。が、予《かね》ての覚悟《かくご》である。それがために意地汚《いじきたな》く、帰途《かえり》に怳《こ》うした場所《ばしょ》へ立寄《たちよ》った次第《しだい》ではない。

本来《ほんらい》なら其《そ》の席《せき》で、工学士《こうがくし》が話《はな》した或種《あるしゅ》の講述《こうじゅつ》を、ここに筆記《ひっき》でもした方《ほう》が、読《よ》まるる方々《かたがた》の利益《りえき》なのであろうけれども、それは殊更《ことさら》に御海容《ごかいよう》を願《ねが》うとして置《お》く。

実《じっ》は往路《いき》にも同伴立《つれだ》った。

指《さ》す方《かた》へ、煉瓦塀板塀《れんがべいいたべい》続《つづ》きの細《ほそ》い路《みち》を通《とお》る、とやがて其《そ》の会場《かいじょう》に当《あた》る家《いえ》の生垣《いけがき》で、其処《そこ》で三《み》つの外囲《そとがこい》が三方《さんぼう》へ岐《わか》れて三辻《みつつじ》に成《な》る……曲角《まがりかど》の窪地《くぼち》で、日蔭《ひかげ》の泥濘《ぬかるみ》の処《ところ》が――空《そら》は曇《くも》って居《い》た――残《のこ》ンの雪《ゆき》かと思《おも》う、散敷《ちりし》いた花《はな》で真白《まつしろ》であった。

下《した》へ行《ゆ》くと学士《がくし》の背広《せびろ》が明《あかる》いくらい、今《いま》を盛《さかり》と空《そら》に咲《さ》く。枝《えだ》も梢《こずえ》も撓《たわわ》に満《み》ちて、仰向《あおむ》いて見上《みあ》げると屋根《やね》よりは丈伸《たけの》びた樹《き》が、対《つい》に並《なら》んで二株《ふたかぶ》あった。李《すもも》の時節《じせつ》でなし、卯木《うつぎ》に非《あら》ず。そして、木犀《もくせい》のような甘《あま》い匂《におい》が、燻《いぶ》したように薫《かお》る。楕円形《だえんけい》の葉《は》は、羽状複葉《うじようふくよう》と云《い》うのが真《ま》っ蒼《さお》に上《うえ》から可愛《かわい》い花《はな》をはらはらと包《つつ》んで、鷺《さぎ》が緑《みどり》なす蓑《みの》を被《かつ》いで、イ《たたず》みつつ、颯《さつ》と開《ひら》いて、双方《そうほう》から翼《つばさ》を交《かわ》した、比翼連理《ひよくれんり》の風情《ふぜい》がある。

私《わたし》は固《もと》よりである。……学士《がくし》にも、此《こ》の香木《こうぼく》の名《な》が分《わか》らなかった。当日《とうじつ》、席《せき》でも聞合《ききあわ》せたが、居合《いあ》わせた婦人連《ふじんれん》が亦誰《またたれ》も知《し》らぬ。其《そ》の癖《くせ》、佳薫《いいかおり》のする花《はな》だと云《い》って、小《ちい》さな枝《えだ》ながら硝子杯《コップ》に挿《さ》して居《い》たのがあった。九州《きゆうしゆう》の猿《さる》が狙《ねら》うような褄《つま》の媚《なまめ》かしい姿《すがた》をしても、下枝《したえだ》までも届《とど》くまい。小鳥《ことり》の啄《ついば》んで落《おと》したのを通《とお》りがかりに拾《ひろ》って来《き》たものであろう。

「お乳《ちち》のようですわ。」

一人《ひとり》の処女《しよじよ》が然《そ》う云《い》った。

成程《なるほど》、近々《ちかぢか》と見《み》ると、白《しろ》い小《ちい》さな花《はな》の、薄《うつす》りと色着《いろづ》いたのが一《ひと》ツ一《ひと》ツ、美《うつく》しい乳首《ちちくび》のような形《かたち》に見《み》えた。

却説《さて》、日《ひ》が暮《く》れて、其《そ》の帰途《かえり》である。

私《わたし》たちは七丁目《ななちようめ》の終点《しゆうてん》から乗《の》って赤坂《あかさか》の方《ほう》へ帰《かえ》って来《き》た……あの間《あいだ》の電車《でんしゃ》は然《さ》して込合《こみあ》う程《ほど》では無《な》いのに、空怪《そらあや》しく雲脚《くもあし》が低《ひく》く下《さが》って、今《いま》にも一降来《ひとふりき》そうだったので、人通《ひとどお》りが慌《あわただ》しく、一町場二町場《ひとちようばふたちようば》、近処《きんじよ》へ用《よう》たしの分《ぶん》も便《たよ》ったらしい、停留場毎《ていりゆうじようごと》に乗人《のりて》の数《かず》が多《おお》かった。

で、何時何処《いつどこ》から乗組《のりく》んだか、つい、それは知《し》らなかったが、丁《ちよう》ど私《わたし》たちの並《なら》んで掛《か》けた向《むこ》う側《がわ》——墓地《ぼち》とは反対《はんたい》——の処《ところ》に、二十三四《にじゆうさんし》の色《いろ》の白《しろ》い婦人《ふじん》が居《い》る……

先《ま》ず、色《いろ》の白《しろ》い婦《おんな》と云《い》おう、が、雪《ゆき》なす白《しろ》さ、冷《つめた》さではない。薄桜《うすざくら》の影《かげ》がさす、朧《おぼろ》に香《にお》う装《よそおい》である。……こんなのこそ、膚《はだえ》と云《い》うより、不躾《ぶしつけ》ながら肉《にく》と言《い》おう。其胸《そのむね》は、合歓《ねむ》の花《はな》が雫《しずく》しそうにほんのりと露《あらわ》である。

藍地《あいじ》に紺《こん》の立絞《たてしぼり》の浴衣《ゆかた》を唯一重《ただひとえ》、糸《いと》ばかりの紅《くれない》も見《み》せず素膚《すはだ》に着《き》た。襟《えり》をなぞえに膨《ふつく》りと乳《ちち》を劃《くぎ》って、衣《きぬ》が青《あお》い。青《あお》いのが葉《は》に見《み》えて、先刻《さつき》の白《しろ》い花《はな》が俤立《おもかげだ》つ……撫肩《なでがた》をたゆげに落《おと》して、すらりと長《なが》く膝《ひざ》の上《うえ》へ、和々《やわやわ》と重量《おもみ》を持《も》たして、二《に》の腕《うで》を撓《しな》やかに抱《だ》いたのが、其《それ》が嬰児《あかんぼ》で、仰向《あおむ》けに寝《ね》た顔《かお》へ、白《しろ》い帽子《ぼうし》を掛《か》けてある。寝顔《ねがお》に電燈《でんとう》を厭《いと》ったものであろう。嬰《あか》んぼ児の顔《かお》は見《み》えなかった、だけ其《それ》だけ、懸念《けねん》と云《い》えば懸念《けねん》なので、工学士《こうがくし》が——鯉《こい》か鼈《すっぽん》か、と云《い》ったのは此《これ》であるが……

此《こ》の媚《なま》めいた胸《むね》のぬしは、顔立《かおだ》ちも際立《きわだ》って美《うつく》しかった。鼻筋《はなすじ》の象牙彫《ぞうげぼり》のようにつんとしたのが難《なん》を言《い》えば強過《つよす》ぎる……かわりには目《め》を恍惚《うつとり》と、何《なに》か物思《ものおも》う体《てい》に仰向《あおむ》いた、細面《ほそおも》が引《ひき》緊《しま》って、口許《くちもと》とともに人品《じんぴん》を崩《くず》さないで且《か》つ威《い》がある……其《そ》の顔《かお》だちが帯《おび》よりも、きりりと細腰《ほそごし》を緊《し》めて居《い》た。面《おもて》で緊《し》めた姿《すがた》である。皓歯《しらは》の一《ひと》つも莞爾《にっこり》と綻《ほころ》びたら、はらりと解《と》けて、帯《おび》も浴衣《ゆかた》も其《そ》のまま消《き》えて、膚《はだ》の白《しろ》い色《いろ》が颯《さつ》と簇《むらが》って咲《さ》こう。霞《かすみ》は花《はな》を包《つつ》むと云《い》うが、此《こ》の婦《おんな》は花《はな》が霞《かすみ》を包《つつ》むのである。膚《はだえ》が衣《きぬ》を消《け》すばかり、其《そ》の浴衣《ゆかた》の青《あお》いのにも、胸襟《むねえり》のほのめく色《いろ》はうつろわぬ、然《しか》も湯上《ゆあが》りかと思《おも》う温《あたたか》さを全身《ぜんしん》に漲《みなぎ》らして、髪《かみ》の艶《つや》さえ滴《したた》るばかり濡々《ぬれぬれ》として、其《それ》がそよいで、硝子窓《がらすまど》の風《かぜ》に額《ひたい》に絡《まつ》わる、汗《あせ》ばんでさえ居《い》たらしい。

ふと明《あ》いた窓《まど》へ横向《よこむ》きに成《な》って、ほつれ毛《げ》を白々《しろじろ》とした指《ゆび》で掻《か》くと、あの花《はな》の香《か》が強《つよ》く薫《かお》った、と思《おも》うと緑《みどり》の黒髪《くろかみ》に、同《おな》じ白《しろ》い花《はな》の小枝《こえだ》を活《い》きたる蕚《うてな》、湧立《わきた》つ蕊《しべ》を揺《ゆる》がして、鬢《びんずら》に挿《さ》して居《い》たのである。

唯《と》、見《み》た時《とき》、工学士《こうがくし》の手《て》が、確《しか》と私《わたし》の手《て》を握《にぎ》った。

「下《お》りましょう。是非《ぜひ》、談話《はなし》があります。」

立《た》って見送《みおく》れば、其《そ》の婦《おんな》を乗《の》せた電車《でんしゃ》は、見附《みつけ》の谷《たに》の窪《くぼ》んだ広場《ひろば》へ、すらすらと降《お》りて、一度《いちど》暗《くら》く成《な》って停《と》まったが、忽《たちま》ち風《かぜ》に乗《の》ったように地盤《じばん》を空《そら》ざまに颯《さつ》と坂《さか》へ辷《すべ》って、青《あお》い火《ひ》花《ばな》がちらちらと、桜《さくら》の街樹《なみき》に搦《から》んだなり、暗夜《くらがり》の梢《こずえ》に消《き》えた。

小雨《こさめ》がしとしとと町《まち》へかかった。

其処《そこ》で珈琲店《コオヒイてん》へ連立《つれだ》って入《はい》ったのである。

ここに、一寸断《ちょっとことわ》っておくのは、工学士《こうがくし》は嘗《かっ》て苦学生《くがくせい》で、其当時《そのとうじ》は、近県《きんけん》に売薬《ばいやく》の行商《ぎょうしょう》をした事《こと》である。

二

「利根川《とねがわ》の流《ながれ》が汎濫《はんらん》して、田《た》に、畠《はたけ》に、村里《むらざと》に、其《そ》の水《みず》が引残《ひきのこ》って、月《つき》を経《へ》、年《とし》を過《す》ぎても涸《か》れないで、其《そ》のまま溜水《たまりみず》に成《な》ったのがあります。……

小《ちい》さなのは、河骨《こうほね》の点々《ぽつぽつ》黄色《きいろ》に咲《さ》いた花《はな》の中《なか》を、小児《こども》が徒《いたずら》に猫《ねこ》を乗《の》せて盥《たらい》を漕《こ》いで居《い》る。大《おお》きなのは汀《みぎわ》の芦《あし》を積《つ》んだ船《ふね》が、棹《さお》さして波《なみ》を分《わ》けるのがある。千葉《ちば》、埼玉《さいたま》、あの大河《たいが》の流域《りゅういき》を辿《たど》る旅人《たびびと》は、時々《ときどき》、否《いや》、毎日一《まいにちひと》ツ二《ふた》ツは度々此《たびたびこ》の水《みず》に出会《でっくわ》します。此《これ》を利根《とね》の忘《わす》れ沼《ぬま》、忘《わす》れ水《みず》と呼《よ》んで居《い》る。

中《なか》には又《また》、あの流《ながれ》を邸内《ていない》へ引《ひ》いて、用水《ようすい》ぐるみ庭《にわ》の池《いけ》にして、筑波《つくば》の影《かげ》を矜《ほこ》りとする、豪《ごう》農《のう》、大百姓《おおびやくしょう》などがあるのです。

唯今《ただいま》お話《はなし》をする、……私《わたし》が出会《であ》いましたのは、何《ど》うも庭《にわ》に造《つく》った大池《おおいけ》で有《あ》ったらしい。尤《もっと》も、居周囲《いまわり》に柱《はしら》の跡《あと》らしい礎《いしずえ》も見当《みあた》りません。が、其《それ》とても埋《うも》れたのかも知《し》れません。一面《いちめん》に草《くさ》が茂《しげ》って、曠野《あらの》と云《い》った場所《ばしょ》で、何故《なぜ》に一度《いちど》は人家《じんか》の庭《にわ》だったか、と思《おも》われたと云《い》うのに、其《そ》の沼《ぬま》の真中《まんなか》に拵《こしら》えたような中島《なかじま》の洲《す》が一《ひと》つ有《あ》ったからです。

で、此《こ》の沼《ぬま》は、話《はなし》を聞《き》いて、お考《かんが》えに成《な》るほど大《おお》きなものではないのです。然《そ》うかと云《い》って、向《むこ》う岸《ぎし》とさし向《むか》って声《こえ》が届《とど》くほどは小《ちい》さくない。それじゃ余程《よほど》広《ひろ》いのか、と云《い》うのに、又然《またそ》うでもない、ものの十四五分《じゅうしごふん》も歩行《ある》いたら、容易《たやす》く一周《ひとまわ》り出来《でき》そうなんです。但《ただ》し十四五分《じゅうしごふん》で一周《ひとまわり》と云《い》って、すぐに思《おも》うほど、狭《せま》いのでもないのです。

と、恁《こ》う言《い》います内《うち》にも、其《そ》の沼《ぬま》が伸《の》びたり縮《ちぢ》んだり、すぼまったり、拡《ひろ》がったり、動《うご》いて居《い》るようでしょう。——居《い》ますか、結構《けっこう》です——其《そ》のつもりでお聞《き》き下《くだ》さい。

一体《いったい》、水《みず》と云《い》うものは、一雫《ひとしずく》の中《なか》にも河童《かっぱ》が一個居《ひとつい》て住《す》むと云《い》う国《くに》が有《あ》りますくらい、気《き》心《こころ》の知《し》れないものです。分《わ》けて底澄《そこず》んで少《すこ》し白味《しろみ》を帯《お》びて、とろとろと然《しか》も岸《きし》とすれずれに満々《まんまん》と湛《たた》えた古沼《ふるぬま》ですもの。丁《ちょう》ど、其《そ》の日《ひ》の空模様《そらもよう》、雲《くも》と同一《おなじ》に淀《どんよ》りとして、雲《くも》の動《うご》く方《ほう》へ、一所《いっしょ》に動《うご》いて、時々《ときどき》、てらてらと天《てん》に薄日《うすび》が映《さ》すと、其《そ》の光《ひかり》を受《う》けて、晃々《きらきら》と光《ひか》るのが、沼《ぬま》の面《おもて》に眼《まなこ》があって、薄目《うすめ》に白《しろ》く人《ひと》を窺《うかが》うようでした。

此《これ》では、其《そ》の沼《ぬま》が、何《なん》だか不気味《ぶきみ》なようですが、何《なに》、一寸《ちょっと》の間《ま》の事《こと》で、――四時下《よじさが》り、五《ご》時前《じまえ》と云《い》う時刻《じこく》――暑《あつ》い日《ひ》で、大層疲《たいそうつか》れて、汀《みぎわ》にぐったりと成《な》って一息吐《ひといきつ》いて居《い》る中《うち》には、雲《くも》が、なだらかに流《なが》れて、薄《うす》いけれども平《たいら》に日《ひ》を包《つつ》むと、沼《ぬま》の水《みず》は静《しずか》に成《な》って、そして、少《すこ》し薄暗《うすぐら》い影《かげ》が渡《わた》りました。

風《かぜ》はそよりともない。が、濡《ぬ》れない袖《そで》も何《なん》となく冷《つめた》いのです。

風情《ふぜい》は一段《いちだん》で、汀《みぎわ》には、所々《ところどころ》、丈《たけ》の低《ひく》い燕子花《かきつばた》の、紫《むらさき》の花《はな》に交《まじ》って、あち此方《こち》に又一輪《またいちりん》ずつ、言交《いいか》わしたように、白《しろ》い花《はな》が交《まじ》って咲《さ》く……

あの中島《なかじま》は、簇《むらが》った卯《う》の花《はな》で雪《ゆき》を被《かつ》いで居《い》るのです。岸《きし》に、葉《は》と花《はな》の影《かげ》の映《うつ》る処《ところ》は、松葉《まつば》が流《なが》れるように、ちらちらと水《みず》が揺《ゆ》れます。小魚《こうお》が泳《およ》ぐのでしょう。

差渡《さしわた》し、池《いけ》の最《もっと》も広《ひろ》い、向《むこ》うの汀《みぎわ》に、こんもりと一本《ぽん》の柳《やなぎ》が茂《しげ》って、其《そ》の緑《みどり》の色《いろ》を際立《きわだ》てて、背後《うしろ》に一叢《ひとむら》の森《もり》がある、中《なか》へ横雲《よこぐも》を白《しろ》くたなびかせて、もう一叢《ひとむら》、一段高《いちだんたか》く森《もり》が見《み》える。うしろは、遠里《とおざと》の淡《あわ》い靄《もや》を曳《ひ》いた、なだらかな山《やま》なんです。――柳《やなぎ》の奥《おく》に、葉《は》を掛《か》けて、小《ちい》さな葭簀張《よしずばり》の茶店《ちゃみせ》が見《み》えて、横《よこ》が街道《かいどう》、すぐに水田《みずた》で、水田《みずた》のへりの流《ながれ》にも、はらはら燕子花《かきつばた》が咲《さ》いて居《い》ます。此《こ》の方《ほう》は、薄碧《うすあお》い、眉毛《まゆげ》のような遠山《とおやま》でした。

唯《と》、沼《ぬま》が呼吸《いき》を吐《つ》くように、柳《やなぎ》の根《ね》から森《もり》の裾《すそ》、紫《むらさき》の花《はな》の上《うえ》かけて、霞《かすみ》の如《ごと》き夕靄《ゆうもや》がまわりへ一面《いちめん》に白《しろ》く渡《わた》って来《く》ると、同《おな》じ雲《くも》が空《そら》から捲《ま》き下《おろ》して、汀《みぎわ》に濃《こ》く、梢《こずえ》に淡《あわ》く、中《なか》ほどの枝《えだ》を透《す》かして靡《なび》きました。

私《わたし》の居《い》た、草《くさ》にも、しっとりと其《そ》の靄《もや》が這《は》うようでしたが、袖《そで》には掛《かか》らず、肩《かた》にも巻《ま》かず、目《め》なんぞは水晶《すいしょう》を透《とお》して見《み》るように透明《とうめい》で。詰《つま》り、上下《うえした》が白《しろ》く曇《くも》って、五六尺水《ごろくしゃくみず》の上《うえ》が、却《かえ》って透通《すきとお》る程《ほど》なので……

ああ、あの柳《やなぎ》に、美《うつくし》い虹《にじ》が渡《わた》る、と見《み》ると、薄靄《うすもや》に、中《なか》が分《わか》れて、三《みっ》つに切《き》れて、友染《ゆうぜん》に、鹿《か》の子絞《こしぼり》の菖蒲《あやめ》を被《か》けた、派手《はで》に涼《すず》しい装《よそおい》の婦《おんな》が三人《さんにん》。

白《しろ》い手《て》が、ちらちらと動《うご》いた、と思《おも》うと、鉛《なまり》を曳《ひ》いた糸《いと》が三条《みすじ》、三処《みところ》へ棹《さお》が下《お》りた。

(ああ、鯉《こい》が居《い》る……)

一尺《いっしゃく》、金鱗《きんりん》を重《おも》く輝《かがや》かして、水《みず》の上《うえ》へ飜然《ひらり》と飛《と》ぶ。」

三

「それよりも、見事《みごと》なのは、釣竿《つりざお》の上下《あげおろし》に、縺《もつ》るる袂《たもと》、飜《ひるがえ》る袖《そで》で、翡翠《かわせみ》が六《むっ》つ、十二《じゅうに》の翼《つばさ》を飜《ひるがえ》すようなんです。

唯《と》、其《そ》の白《しろ》い手《て》も見《み》える、莞爾笑《にっこりわら》う面影《おもかげ》さえ、俯向《うつむ》くのも、仰《あお》ぐのも、手《て》に手《て》を重《かさ》ねるのも其《そ》の微笑《ほほえ》む時《とき》、一人《ひとり》の肩《かた》をたたくのも……蕾《つぼみ》がひらひら開《ひら》くように見《み》えながら、厚《あつ》い硝子《がらす》窓《まど》を隔《へだ》てたように、まるっ切《きり》、声《こえ》が……否《いや》、四辺《あたり》は寂然《ひっそり》して、ものの音《おと》も聞《きこ》えない。

向《むか》って左《ひだり》の端《はし》に居《い》た、中《なか》でも小柄《こがら》なのが下《おろ》して居《い》る、棹《さお》が満月《まんげつ》の如《ごと》くに撓《しな》った、と思《おも》うと、上《うえ》へ絞《しぼ》った糸《いと》が真直《まっすぐ》に伸《の》びて、するりと水《みず》の空《そら》へ掛《か》かった鯉《こい》が――」

――理学士《りがくし》は言掛《いいか》けて、私《わたし》の顔《かお》を視《み》て、而《そ》して四辺《あたり》を見《み》た。恁《こ》うした店《みせ》の端近《はしぢか》は、奥《おく》より、二階《にかい》より、却《かえ》って椅子《いす》は閑《しずか》であった――

「鯉《こい》は、其《それ》は鯉《こい》でしょう。が、玉《たま》のような真白《まっしろ》な、あの森《もり》を背景《はいけい》にして、宙《ちゅう》に浮《う》いたのが、すっと合《あわ》せた白脛《しろはぎ》を流《なが》す……凡《およ》そ人形《にんぎょう》ぐらいな白身《はくしん》の女子《じょし》の姿《すがた》です。釣《つ》られたのじゃありません。釣針《つりばり》をね、恁《こ》う、両手《りょうて》で抱《だ》いた形《かたち》。

御覧《ごらん》なさい。釣済《つりす》ました当《とう》の美人《びじん》が、釣棹《つりざお》を突離《つきはな》して、柳《やなぎ》の根《ね》へ靄《もや》を枕《まくら》に横倒《よこだお》しに成《な》ったが疾《はや》いか、起《おき》るが否《いな》や、三人《さんにん》ともに手鞠《てまり》のように衝《つ》と遁《に》げた。が、遁《に》げるのが、其《そ》の靄《もや》を踏《ふ》むのです。鈍《どん》な、はずみの無《な》い、崩《くず》れる綿《わた》を踏越《ふみこ》し踏越《ふみこ》しするように、褄《つま》が縺《もつ》れる、裳《もすそ》が乱《みだ》れる……其《それ》が、やや少時《しばらく》の間見《あいだみ》えました。

其《そ》の後《あと》から、茶店《ちゃみせ》の婆《ばあ》さんが手《て》を泳《およ》がせて、此《これ》も走《はし》る……一体《いったい》あの辺《へん》には、自動車《じどうしゃ》か何《なに》かで、美人《びじん》が一日《いちにち》がけと云《い》う遊山宿《ゆさんやど》、乃至《ないし》、温泉《おんせん》のようなものでも有《あ》るのか、何《ど》うか、其《そ》の後《ご》まだ尋《たず》ねて見《み》ません。其《それ》が有《あ》ればですが、それにした処《ところ》で、近所《きんじょ》の遊山宿《ゆさんやど》へ来《き》て居《い》たのが、此《こ》の沼《ぬま》へ来《き》て釣《つり》をしたのか、それとも、何《なん》の国《くに》、何《なん》の里《さと》、何《なん》の池《いけ》で釣《つ》ったのが、一種《いっしゅ》の蜃気楼《しんきろう》の如《ごと》き作用《さよう》で此処《ここ》へ映《うつ》ったのかも分《わか》りません。余《あま》り静《しずか》な、もの音《おと》のしない様子《ようす》が、夢《ゆめ》と云《い》うよりか其《そ》の海市《かいし》に似《に》て居《い》ました。

沼《ぬま》の色《いろ》は、やや蒼味《あおみ》を帯《お》びた。

けれども、其《そ》の茶店《ちゃみせ》の婆《ばあ》さんは正《しょう》のものです。現《げん》に、私《わたし》が通《とお》り掛《がか》りに沼《ぬま》の汀《みぎわ》の祠《ほこら》をさして、（あれは何様《なにさま》の社《やしろ》でしょう。）と尋《たず》ねた時《とき》に、（賽《さい》の神様《かみさま》だ。）と云《い》って教《おし》えたものです。今其《いまそ》の祠《ほこら》は沼《ぬま》に向《むか》って草《くさ》に憩《いこ》った背後《うしろ》に、なぞえに道芝《みちしば》の小高《こだか》く成《な》った小《ちい》さな森《もり》の前《まえ》にある。鳥居《い》が一基《いっき》、其《そ》の傍《そば》に大《おおき》な棕櫚《しゅろ》の樹《き》が、五株《ごかぶ》まで、一列《いちれつ》に並《なら》んで、蓬々《おどろおどろ》とした形《かたち》で居《い》る。……さあ、此《これ》も邸《やしき》あとと思《おも》われる一条《ひとつ》で、其《そ》の小高《こだか》いのは、大《おお》きな築山《つきやま》だったかも知《し》れません。

処《ところ》で、一銭《いっせん》たりとも茶代《ちゃだい》を置《お》いてなんぞ、憩《やす》む余裕《よゆう》の無《な》かった私《わたし》ですが、……然《そ》うやって売薬《ばいやく》の行商《ぎょうしょう》に歩行《ある》きます時分《じぶん》は、世《よ》に無《な》い両親《りょうしん》へせめてもの供養《くよう》のため、と思《おも》って、殊勝《しゅしょう》らしく聞《きこ》えて如何《いかが》ですけれども、道中《どうちゅう》、宮《みや》、社《やしろ》、祠《ほこら》のある処《ところ》へは、屹《きっ》と持合《もちあわ》せた薬《くすり》の中《なか》の、何《なに》種《しゅ》のか、一包《ひとつつみ》ずつを備《そな》えました。――詣《もう》ずる人《ひと》があって神仏《しんぶつ》から授《さず》かったものと思《おも》えば、屹《きっ》と病気《びょうき》が治《なお》りましょう。私《わたし》も幸福《こうふく》なんです。

丁度私《ちょうどわたし》の居《い》た汀《みぎわ》に、朽木《くちき》のように成《な》って、沼《ぬま》に沈《しず》んで、裂目《さけめ》に燕子花《かきつばた》の影《かげ》が映《さ》し、破《やぶ》れた底《そこ》を中空《なかぞら》の雲《くも》の往来《ゆきき》する小舟《こぶね》の形《かたち》が見《み》えました。

其《それ》を見棄《みす》てて、御堂《おどう》に向《むか》って起《た》ちました。

談話《はなし》の要領《ようりよう》をお急《いそ》ぎでしょう。

早《はや》く申《もう》しましょう。……其《そ》の狐格子《きつねごうし》を開《あ》けますとね、何《ど》うです……

（まあ、此《これ》は珍《めずら》しい。）

几帳《きちょう》とも、垂幕《さげまく》とも言《い》いたいのに、然《そ》うではない、萌黄《もえぎ》と青《あお》と段染《だんだら》に成《な》った綸子《りんず》か何《なん》ぞ、唐絵《からえ》の浮模様《うきもよう》を織込《おりこ》んだのが窓帷《カアテン》と云《い》った工合《ぐあい》に、格天井《ごうてんじょう》から床《ゆか》へ引《ひ》いて蔽《おお》うてある。此《これ》に蔽《おお》われて、其《そ》の中《なか》は見《み》えません。

此《これ》が、もっと奥《おく》へ詰《つ》めて張《は》ってあれば、絹一重《きぬひとえ》の裡《うち》は、すぐに、御厨子《みずし》、神棚《かみだな》と云《い》うのでしょうから、誓《ちか》って、私《わたし》は、覗《のぞ》くのではなかったのです。が、堂《どう》の内《うち》の、寧《むし》ろ格子《こうし》へ寄《よ》った方《ほう》に掛《かか》って居《い》ました。

何心《なにごころ》なく、端《はし》を、キリキリと、手許《てもと》へ、絞《しぼ》ると、蜘蛛《くも》の巣《す》のかわりに幻《まぼろし》の綾《あや》を織《お》って、脈々《みゃくみゃく》として、顔《かお》を撫《な》でたのは、薔薇《ばら》か菫《すみれ》かと思《おも》う、いや、それよりも、唯今思《ただいまおも》えば、先刻《さっき》の花《はな》の匂《におい》です、何《なん》とも言《い》えない、甘《あま》い、媚《なまめ》いた薫《かおり》が、芬《ぶん》と薫《かお》った。」

——学士《がくし》は手巾《ハンケチ》で、口《くち》を蔽《おお》うて、一寸額《ちょっとひたい》を圧《おさ》えた——

「——其処《そこ》が閨《ねや》で、洋式《ようしき》の寝台《ねだい》があります。二人寝《ふたりね》の寛《ゆった》りとした立派《りっぱ》なもので、一面《いちめん》に、光《ひかり》を持《も》った、滑《なめ》らかに艶々《つやつや》した、絖《ぬめ》か、羽二重《はぶたえ》か、と思《おも》う淡《あわ》い朱鷺色《ときいろ》なのを敷詰《しきつ》めた、聊《いささ》か古《ふる》びては見《み》えました。が、それは空《そら》が曇《くも》って居《い》た所為《せい》でしょう。同《おな》じ色《いろ》の薄掻巻《うすかいまき》を掛《か》けたのが、すんなりとした寝姿《ねすがた》の、少《すこ》し肉附《にくづき》を肥《よ》くして見《み》せるくらい。膚《はだ》を蔽《おお》うたとも見《み》えないで、美《うつく》しい女《おんな》の顔《かお》がはらはらと黒髪《くろかみ》を、矢張《やっぱ》り、同《おな》じ絹《きぬ》の枕《まくら》にひったりと着《つ》けて、此方《こちら》むきに少《すこ》し仰向《あおむ》けに成《な》って寝《ね》て居《い》ます。のですが、其《それ》が、黒目勝《くろめがち》な双《そう》の瞳《ひとみ》をぱっちりと開《あ》けて居《い》る……此《こ》の目《め》に、此処《ここ》で殺《ころ》されるのだろう、と余《あま》りの事《こと》に然《そ》う思《おも》いましたから、此方《こっち》も熟《じっ》と凝視《みつめ》ました。

少《すこ》し高過《たかす》ぎるくらいに鼻筋《はなすじ》がツンとして、彫刻《ちょうこく》か、練《ねり》ものか、眉《まゆ》、口許《くちもと》、はっきりした輪郭《りんかく》と云《い》い、第一桜色《だいいちさくらいろ》の、あの、色艶《いろつや》が、——其《それ》が——今《いま》の、あの電車《でんしゃ》の婦人《ふじん》に瓜二《うりふた》つと言《い》っても可《い》い。

時《とき》に、毛一筋《けひとすじ》でも動《うご》いたら、其《そ》の、枕《まくら》、蒲団《ふとん》、掻巻《かいまき》の朱鷺色《ときいろ》にも紛《まが》う莟《つぼみ》とも云《い》った顔《かお》の女《おんな》は、芳香《ほうこう》を放《はな》って、乳房《ちぶさ》から蕊《しべ》を湧《わ》かせて、爛漫《らんまん》として咲《さ》くだろうと思《おも》われた。」

四

「私《わたし》の目《め》が眩《くら》んだんでしょうか、婦《おんな》は瞬《またたき》をしません。五分《ごふん》か一時《いっとき》と、此方《こっち》が呼吸《いき》をも詰《つ》めて見《み》ます間《あいだ》——で、余《あま》り調《そろ》った顔容《かおだち》といい、果《は》たして此《これ》は白像彩塑《はくぞうさいそ》で、何《ど》う云《い》う事《こと》か、仔細《しさい》あって、此《こ》の廟《びょう》の本尊《ほんぞん》なのであろう、と思《おも》ったのです。

床《ゆか》の下《した》……板縁《いたえん》の裏《うら》の処《ところ》で、がさがさがさがさと音《おと》が発出《しだ》した……彼方《あっち》へ、此方《こっち》へ、鼠《ねずみ》が、ものでも引摺《ひきず》るようで、床《ゆか》へ響《ひび》く、と其《そ》の音《おと》が、変《へん》に、凭《こ》う上《うえ》に立《た》ってる私《わたし》の足《あし》の裏《うら》を擽《くすぐ》ると云《い》った形《かたち》で、むず痒《がゆ》くって堪《たま》らないので、もさもさ身体《からだ》を揺《ゆす》りました。——本尊《ほんぞん》は、まだ瞬《またたき》もしなかった。——其《そ》の内《うち》に、右《みぎ》の音《おと》が、壁《かべ》でも攀《よ》じるか、這上《はいあが》ったらしく思《おも》うと、寝《ね》台《だい》の脚《あし》の片隅《かたすみ》に羽目《はめ》の破《やぶ》れた処《ところ》がある。其《そ》の透間《すきま》へ鼬《いたち》がちょろりと覗《のぞ》くように、茶色《ちゃいろ》の偏平《ひらつた》い顔《つら》を出《だ》したと窺《うかが》われるのが、もぞり、がさりと少《すこ》しずつ入《はい》って、ばさばさと出《で》る、と大《おお》きさやがて三俵法師《さんだらぼうし》、形《かたち》も似《に》たもの、毛《け》だらけの凝団《かたまり》、足《あし》も、顔《かお》も有《あ》るのじゃない。成程《なるほど》、鼠《ねずみ》でも中《なか》に潜《もぐ》って居《い》るのでしょう。

其奴《そいつ》が、がさがさと寝台《ねだい》の下《した》へ入《はい》って、床《ゆか》の上《うえ》をずるずると引摺《ひきず》ったと見《み》ると、婦《おんな》が掻巻《かいまき》から二《に》の腕《うで》を白《しろ》く抜《ぬ》いて、私《わたし》の居《い》る方《ほう》へぐたりと投《な》げた。寝乱《ねみだ》れて乳《ちち》も見《み》える。其《それ》を片手《かたて》で秘《かく》したけれども、足《あし》のあたりを震《ふる》わすと、ああ、と云《い》って其《そ》の手《て》も両方《りょうほう》、空《くう》を掴《つか》むと裾《すそ》を上《あ》げて、弓形《ゆみなり》に身《み》を反《そ》らして、掻巻《かいまき》を蹴《け》て、転《ころ》がるように衾《ふすま》を抜《ぬ》けた。……

私《わたし》は飛出《とびだ》した……

壇《だん》を落《お》ちるように下《お》りた時《とき》、黒《くろ》い狐格子《きつねごうし》を背後《うしろ》にして、婦《おんな》は斜違《はすつかい》に其処《そこ》に立《た》ったが、呀《あ》、足許《あしもと》に、早《は》やあの毛《け》むくじゃらの三俵法師《さんだらぼうし》だ。

白《しろ》い踵《くびす》を揚《あ》げました、階段《かいだん》を辷《すべ》り下《お》りる、と、後《あと》から、ころころと転《ころ》げて附着《くっつ》く。さあ、それからは、宛然人魂《さながらひとだま》の憑《つき》ものがしたように、毛《け》が赫《かっ》と赤《あか》く成《な》って、草《くさ》の中《なか》を彼方《あっち》へ、此方《こっち》へ、ただ、伊達巻《だてまき》で身《み》についたばかりのしどけない媚《なまめ》かしい寝着《ねまき》の婦《おんな》を追廻《おいまわ》す。婦《おんな》はあとびっしゃりをする、脊筋《せすじ》を捩《よじ》らす。三俵法師《さんだらぼうし》は、裳《もすそ》にまつわる、踵《かかと》を嘗《な》める、刎上《はねあが》る、身震《みぶるい》する。

やがて、沼《ぬま》の縁《ふち》へ追迫《おいせま》られる、と足《あし》の甲《こう》へ這上《はいあが》る三俵法師《さんだらぼうし》に、わなわな身悶《みもだえ》する白《しろ》い足《あし》が、あの、釣竿《つりざお》を持《も》った三人《さんにん》の手《て》のように、ちらちらと宙《ちゅう》に浮《う》いたが、するりと音《おと》して、帯《おび》が辷《すべ》ると、衣《き》ものが脱《ぬ》げて草《くさ》に落《お》ちた。

「沈《しず》んだ船《ふね》――」と、思《おも》わず私《わたし》が声《こえ》を掛《か》けた。隙《ひま》も無《な》しに、陰気《いんき》な水音《みずおと》が、だぶん、と響《ひび》いた……

しかし、綺麗《きれい》に泳《およ》いで行《ゆ》く。美《うつく》しい肉《にく》の脊筋《せすじ》を掛《か》けて左右《さゆう》へ開《ひら》く水《みず》の姿《すがた》は、軽《かる》い羅《うすもの》を捌《さば》くようです。其《そ》の膚《はだ》の白《しろ》い事《こと》、あの合歓花《ねむのはな》をぼかした色《いろ》なのは、予《かね》て此《こ》の時《とき》のために用意《ようい》されたのかと思《おも》うほどでした。

動止《うごきや》んだ赤茶《あかちゃ》けた三俵法師《さんだらぼうし》が、私《わたし》の目《め》の前《まえ》に、惰力《だりょく》で、毛筋《けすじ》を、ざわざわとざわつかせて、うッぷうッぷ喘《あえ》いで居《い》る。

見《み》ると驚《おどろ》いた。ものは棕櫚《しゅろ》の毛《け》を引束《ひッつか》ねたに相違《そうい》はありません。が、人《ひと》が寄《よ》る途端《とたん》に、ぱちぱち豆《まめ》を焼《や》く音《おと》がして、ばらばらと飛着《とびつ》いた、棕櫚《しゅろ》の赤《あか》いのは、幾千万《いくせんまん》とも数《かず》の知《し》れない蚤《のみ》の集団《かたまり》であったのです。

早《は》や、両脚《りょうあし》が、むずむず、脊筋《せすじ》がぴちぴち、頸首《えりくび》へぴちんと来《く》る、私《わたし》は七顛八倒《しってんはっとう》して身体《からだ》を振《ふ》って振飛《ふりと》ばした。

唯《と》、何《なん》と、其《そ》の棕櫚《しゅろ》の毛《け》の蚤《のみ》の巣《す》の処《ところ》に、一人《ひとり》、頭《ず》の小《ちい》さい、眦《めじり》と頬《ほほ》の垂下《たれさが》った、青膨《あおぶく》れの、土袋《どぶつ》で、肥張《でっぷり》な五十恰好《ごじゅうかっこう》の、頤鬚《あごひげ》を生《はや》した、漢《おとこ》が立《た》って居《い》るじゃありませんか。何《なに》ものとも知《し》れない。越中褌《えっちゅうふんどし》と云《い》う……あいつ一《ひと》つで、真裸《まっぱだか》で汚《きたな》い尻《けつ》です。

婦《おんな》は沼《ぬま》の洲《す》へ泳《およ》ぎ着《つ》いて、卯《う》の花《はな》の茂《しげり》にかくれました。が、其《そ》の姿《すがた》が、水《みず》に流《なが》れて、柳《やなぎ》を翠《みどり》の姿見《すがたみ》にして、ぽっと映《うつ》ったように、人《ひと》の影《かげ》らしいものが、水《みず》の向《むこ》うに、岸《きし》の其《そ》の柳《やなぎ》の根《ね》に薄墨色《うすずみいろ》に立《た》って居《い》る……或《あるい》は又《また》……此処《ここ》の土袋《どぶつ》と同一《おなじ》ような男《おとこ》が、其処《そこ》へも出《で》て来《き》て、白身《はくしん》の婦人《おんな》を見《み》て居《い》るのかも知《し》れません。

私《わたし》も其《そ》の一人《ひとり》でしょうね……

（や、待《ま》てい。）

青膨《あおぶく》れが、痰《たん》の搦《から》んだ、ぶやけた声《こえ》して、早《は》や行掛《ゆきかか》った私《わたし》を留《と》めた……

（見《み》て貰《もれ》えたいものがあるで、最《も》う直《じき》じゃぞ。）と、首《くび》をぐたりと遣《や》りながら、横柄《おうへい》に言《い》う。

……何《なん》と、其《そ》の両足《りょうあし》から、下腹《したばら》へ掛《か》けて、棕櫚《しゅろ》の毛《け》の蚤《のみ》が、うようよぞろぞろ……赤蟻《あかあり》の列《れつ》を造《つく》ってる……私《わたし》は立窘《たちすく》みました。

ひらひら、と夕空《ゆうぞら》の雲《くも》を泳《およ》ぐように柳《やなぎ》の根《ね》から舞上《まいあが》った、ああ、其《それ》は五位鷺《ごいさぎ》です。中島《なかじま》の上《うえ》へ舞上《まいあが》った、と見《み》ると輪《わ》を掛《か》けて颯《さつ》と落《おと》した。

（ひい。）と引《ひ》く婦《おんな》の声《こえ》。鷺《さぎ》は舞上《まいあが》りました。翼《つばさ》の風《かぜ》に、卯《う》の花《はな》のさらさらと乱《みだ》るるのが、婦《おんな》が手足《てあし》を畝《うね》らして、身《み》を踠《もが》くに宛然《さながら》である。

今考《いまかんが》えると、それが矢張《やっぱ》り、あの先刻《さっき》の樹《き》だったかも知《し》れません。同《おな》じ薫《かおり》が風《かぜ》のように吹《ふき》乱《みだ》れた花《はな》の中《なか》へ、雪《ゆき》の姿《すがた》が素直《まっすぐ》に立《た》った。が、滑《なめら》かな胸《むね》の衝《つ》と張《は》る乳《ち》の下《した》に、星《ほし》の血《ち》なるが如《ごと》き一雫《ひとしずく》の鮮紅《からくれない》。糸《いと》を乱《みだ》して、卯《う》の花《はな》が真赤《まっか》に散《ち》る、と其《そ》の淡紅《うすべに》の波《なみ》の中《なか》へ、白《しろ》く真倒《まっさかさま》に成《な》って沼《ぬま》に沈《しず》んだ。汀《みぎわ》を広《ひろ》くするらしい寂《しず》かな水《みず》の輪《わ》が浮《う》いて、血汐《ちしお》の綿《わた》がすらすらと碧《みどり》を曳《ひ》いて漾《ただよ》い流《なが》れる……

（あれを見《み》い、血《ち》の形《かたち》が字《じ》じゃろうが、何《なん》と読《よ》むかい。）

――私《わたし》が息《いき》を切《き》って、頭《かぶり》を掉《ふ》ると、

（分《わか》らんかい、白痴《たわけ》めが。）と、ドンと胸《むね》を突《つ》いて、突倒《つきたお》す。重《おも》い力《ちから》は、磐石《ばんじゃく》であった。

（又《また》……遣直《やりなお》しじゃ。）と呟《つぶや》きながら、其《そ》の蚤《のみ》の巣《す》をぶら下《さ》げると、私《わたし》が茫然《ぼうぜん》とした間《あいだ》に、のそのそ、と越中褌《えっちゅうふんどし》の灸《きゅう》のあとの有《あ》る尻《しり》を見《み》せて、そして、やがて、及腰《およびごし》の祠《ほこら》の狐格子《きつねごうし》を覗《のぞ》くのが見《み》えた。

（奥《おく》さんや、奥《おく》さんや――蚤《のみ》が、蚤《のみ》が――）

と腹《はら》をだぶだぶ、身悶《みもだ》えをしつつ、後退《あとじさ》りに成《な》った。唯《と》、どしん、と尻餅《しりもち》をついた。が、其《そ》の頭《あたま》へ、棕櫚《しゅろ》の毛《け》をずぼりと被《かぶ》る、と梟《ふくろう》が化《ば》けたような形《かたち》に成《な》って、其《そ》のまま、べたべたと草《くさ》を這《は》って、縁《えん》の下《した》へ這込《はいこ》んだ。――

蝙蝠傘《こうもりがさ》を杖《つえ》にして、私《わたし》がひょろひょろとして立去《たちさ》る時《とき》、沼《ぬま》は暗《くろ》うございました。そして生《なま》ぬるい雨《あめ》が降出《ふりだ》した……

（奥《おく》さんや、奥《おく》さんや。）

と云《い》ったが、其《そ》の土袋《どぶつ》の細君《さいくん》だそうです。土地《とち》の豪農何某《ごうのうなにがし》が、内証《ないしょう》の逼迫《ひっぱく》した華族《かぞく》の令嬢《れいじょう》を金子《かね》にかえて娶《めと》ったと言《い》います。御殿《ごてん》づくりでかしずいた、が、其《そ》の姫君《ひめぎみ》は可恐《おそろし》い蚤嫌《のみぎら》いで、唯一匹《ただいっぴき》にも、夜《よる》も昼《ひる》も悲鳴《ひめい》を上《あ》げる。其《そ》の悲《かな》しさに、別室《べっしつ》の閨《ねや》を造《つく》って防《ふせ》いだけれども、防《ふせ》ぎ切《き》れない。で、果《はて》は亭主《ていしゅ》が、蚤《のみ》を除《よ》けるための蚤《のみ》の巣《す》に成《な》って、棕櫚《しゅろ》の毛《け》を全身《ぜんしん》に纏《まと》って、素裸《すっぱだか》で、寝室《しんしつ》の縁《えん》の下《した》へ潜《もぐ》り潜《もぐ》り、一夏《ひとなつ》のうちに狂死《くるいじに》をした。――

（まだ、迷《まよ》って居《い》さっしゃるかのう、二人《ふたり》とも――旅《たび》の人《ひと》がの、あの忘《わす》れ沼《ぬま》では、同《おな》じ事《こと》を度々見《たびたびみ》ます。）

旅籠屋《はたごや》での談話《はなし》であった。」

工学士《こうがくし》は附《つ》けたして、

「……祠《ほこら》の其《そ》の縁《えん》の下《した》を見《み》ましたがね、……御存《ごぞん》じですか……異類異形《いるいいぎょう》な石《いし》がね。」

日《ひ》を経《へ》て工学士《こうがくし》から音信《おとずれ》して、あれは、乳香《にゅうこう》の樹《き》であろうと言《い》う。

女波

一

海水浴《かいすいよく》で盛場《さかりば》の浜辺《はまべ》も、日《ひ》が暮《く》れて九時《くじ》は、人《ひと》の出《で》の引潮《ひきしお》で、十時《じゅうじ》には最《も》う寂寞《ひっそり》する。……月《つき》の渚《なぎさ》は、さらりと人間《にんげん》の塵芥《じんかい》を洗《あら》って、紫陽花《あじさい》の青《あお》い蔭《かげ》に、行水《ぎょうずい》を仕済《しすま》した濡色《ぬれいろ》の清《きよ》い膚《はだ》に、浪《なみ》の浴衣《ゆかた》をすらすらと絡《まと》って、山岬《やまみさき》の緑《みどり》なす黒髪《くろかみ》を、巌《いわ》が根《ね》の枕《まくら》に解《と》く。……分《わ》けて今夜《こよい》は、宵《よい》に被《め》した暈《かさ》が霞《かす》んで、朧々《おぼろおぼろ》の薄曇《うすぐも》りで、渚《なぎさ》は薄化粧《うすげしょう》の媚《なまめ》かしさ。いろいろの貝《かい》は、桜《さくら》も、撫子《なでしこ》も、阿古屋《あこや》、菖蒲《しょうぶ》も、月《つき》に輝《かがや》くとよりは、ほんのりと光《ひかり》を包んだ艶《えん》を燻《いぶ》した珠《たま》である。襟飾《えりかざり》、髪《かみ》の飾《かざり》、腕《うで》の装《よそおい》して、白々《しろじろ》とした膚《はだ》を、のびのびと——磯馴松《そなれまつ》の濃《こ》き、青田《あおた》の浅翠《あさみどり》なす——大幅《おおはば》の蚊帳《かや》の彼方《かなた》に、人間《にんげん》をごろごろさせ、沖《おき》には鮫《さめ》、鯨《くじら》を泳《およ》がせながら、安《やす》らかに、平《たい》らかに、夜露《よつゆ》にしっとりと憩《いこ》った状《さま》は、宛然妖婦《さながらようふ》の面影《おもかげ》である。

彼《か》の女《じょ》の呼吸《こきゅう》は、静《しず》かな浪《なみ》の音《おと》して、玉《たま》を走《はし》らした血《ち》が通《かよ》う。……女性《じょせい》の海《うみ》の、分《わ》けて内浦《うちうら》は美《うつく》しい。

が、左右《そう》なくは人《ひと》を寄《よ》せつけぬ。——近《ちか》づいて此《こ》の姿《すがた》を眺《なが》め得《え》らるるのは、恋《こい》を囁《ささや》くものか、星《ほし》に憧憬《あこが》るるものか、覚《さ》めながら、夢路《ゆめじ》を辿《たど》るものか、然《しか》らざれば身投《みな》げをするものでなければ成《な》らぬ。

人《ひと》は、影《かげ》もない、誰《たれ》も来《こ》ないだろう。渚《なぎさ》の妖婦《ようふ》は村里《むらざと》に対《たい》する備《そなえ》を弛《ゆる》め、寝返《ねがえ》りを打《う》って、沖《おき》の毒魚《どくぎょ》に乳《ちち》を庇《かば》った。月代移《つきしろうつ》る山蔭《やまかげ》に、波《なみ》の形《かたち》が打変《うちかわ》る、時《とき》は、一時《いちじ》に近《ちか》いのである。

時《とき》に、村《むら》へ往来《おうらい》の白砂《しらすな》の道一条《みちひとすじ》の——昼《ひる》は富士山《ふじさん》が見《み》えて其《そ》の影《かげ》さえ映《うつ》る——松原《まつばら》の中《なか》なる池《いけ》のほとりに、キヤキヤと冴《さ》えた女《おんな》の高声《たかごえ》、笑声《わらいごえ》、少《すこ》し含《ふく》んだ話声《はなしごえ》。五六人《ごろくにん》と思《おも》うのが、虫《むし》の音《ね》は乱《みだ》さずながら、路傍《みちばた》の青薄《あおすすき》の露《つゆ》を散《ち》らし、松葉《まつば》を揺《ゆす》るか、と蓮葉《はすは》に聞《きこ》えると、間《あいだ》に橋《はし》が一《ひと》つ架《かか》ったのに、其《そ》の跫音《あしおと》もせず、風《かぜ》の通《とお》るように渡《わた》ったらしい。……唯《と》、早《はや》や朦朧《もうろう》として、揃《そろ》って、浜《はま》に淡《あわ》い影《かげ》を見《み》せた。

数《かぞ》えて五人《ごにん》である、女《おんな》ばかり。

おなじような浴衣《ゆかた》を被《き》たが、結綿《ゆいわた》、島田《しまだ》、楽屋銀杏《がくやいちょう》、束《たば》ね髪《がみ》、思《おも》い思《おも》い。で、一人《ひとり》も帯《おび》を占《し》めて居《い》ない。伊達巻《だてまき》も、扱帯《しごき》も、納戸《なんど》、朱鷺色《ときいろ》、一結《ひとむす》びやら、ぐるぐる巻《まき》、中《なか》には手拭《てぬぐい》を胸《むね》に提《さ》げて、解広《とけひろ》げの褄《つま》を掻取《かいど》ったのさえ居《い》て交《まじ》った。

顔《かお》は夕顔《ゆうがお》、月見草《つきみそう》。昆虫《こんちゅう》か何《なん》ぞ飛《と》ぶような、ちらちら賢《さか》しげな黒《くろ》い目《め》を、斉《ひと》しく波《なみ》に向《む》けて、言合《いいあわ》せたごとく一様《いちよう》に海《うみ》を視《み》た。

「可懐《なつか》しいわねえ。」

「真個《ほんとう》に。……五年《ごねん》ぶりよ。」

「ほんとうに可懐《なつか》しいよ。」

「久《ひさ》しぶりなんですもの。」

「嘸《さ》ぞ逢《あ》いたかったでしょうね。」

と中《なか》にも一人《ひとり》、若《わか》い声《こえ》。

「生意気《なまいき》言《い》っているよ。」

と中年増《ちゅうどしま》の躾《たしな》めたらしい声《こえ》がして、其《そ》の櫛巻《くしまき》のが真先《まっさき》に、すらりと、一鑿《ひとのみ》の雪《ゆき》になると、揃《そろ》って、はらはら、すらすらと脱《ぬ》いで、五個《ごこ》は、砂《すな》に映《うつ》る影《かげ》も胡粉《ごふん》に成《な》った。

「お誂《あつら》えだね。」

と一人《ひとり》が先立《さきだ》って、誰《たれ》かの建《た》てた解衣場《きぬときば》の葭簀《よしず》へ入《はい》った。……太脛《ふくらはぎ》に薄《すすき》の葉《は》の影《かげ》。背筋《せすじ》が蔭《かげ》って、半身《はんしん》は月《つき》の隈《くま》と成《な》る。

即《すなわ》ち中年増《ちゆうどしま》で、

「此《これ》だから、浮世《うきよ》は嬉《うれ》しいんだよ。」

と、おくれ毛《げ》を払《はら》いながら、両腕《りょううで》をすらりと上《あ》げて、前髪《まえがみ》に結《むす》んだのは、それまで一寸口《ちょっとくち》に銜《くわ》えて居《い》た真青《まつさお》な稲《いね》の葉《は》であった。

「姉《ねえ》さん、何《なに》、それは。」

と手拭《てぬぐい》を頬《ほほ》に当《あ》てたのは、結綿《ゆいわた》の娘《むすめ》である。

「途中《とちゆう》で引扱《ひつこ》いて来《き》たんだあね、新藁気取《しんわらきどり》さ。――海月《くらげ》の禁厭《まじない》、ほほほほほほ。」

と晴《はれ》やかに笑《わら》った。

二

「真個《ほんとう》、姉《ねえ》さん。」

「嘘《うそ》でしょう。」

「串戯《じょうだん》なものかね、このくらいな心掛《こころがけ》がなくって、大海《たいかい》で、お前《まえ》、行水《ぎょうずい》が出来《でき》るものかね。」

と年増《としま》が心得《こころえ》た様子《ようす》をする。

「私《わたし》にも。」

「一寸《ちょっと》、私《わたし》にも。」

「そんなに、お前《まえ》さんたち、有《あ》りゃしないよ。一葉《ひとつば》ずつぐらいなら、さあ残《のこ》ったのを……此処《ここ》に置《お》いといた。」

と葭簀《よしず》の中《なか》の腰掛《ベンチ》を教《おし》えて、緊《しま》った小股《こまた》で、すっと出《で》て行《ゆ》く。

「薄《すすき》よ。」

「あら、薄《すすき》だわ。」

白《しろ》い膚《はだ》が二三枚《にさんまい》、だまされた其《そ》の青薄《あおすすき》に、穂《ほ》が出《で》たような手《て》を靡《なび》かした。

「尤《もっと》もお前《まえ》さんたちの、其《そ》れはね。……」

年増《としま》の姉《ねえ》さんは、脇《わき》を抱《いだ》いて振向《ふりむ》いて、

「蛸《たこ》を招《まね》くお禁厭《まじない》。」

「可厭《いや》。」

「きゃッ。」

と大袈裟《おおげさ》な金切声《かなきりごえ》する。

姉《ねえ》さんは、おもしろずくに、手拭《てぬぐい》で印《いん》を結《むす》んで、

「そら、こちょこちょこちょ、こちょこちょ、こちょ。」

「あれ。」

「ひい、御免《ごめん》。」

と、肩《かた》と肩《かた》と重《かさな》り合《あ》い、伸《の》び縮《ちぢ》みして、浮《う》いたと思《おも》うと、はらはらと手足《てあし》がほぐれ、飜《ひるがえ》って鷗《かもめ》の飛《と》ぶように、咽喉《のど》、脇腹《わきばら》を影《かげ》にして、乳《ち》も明白《あからさま》に、我勝《われがち》に、渚《なぎさ》へ五弁《べん》の白《しろ》い花《はな》。薄曇《うすぐもり》の月《つき》に怪《あや》しくも咲《さ》いた、と見《み》ると、ざぶりざぶりと、音《おと》を立《た》てて、散《ち》り込《こ》んだ——ああ結綿《ゆいわた》のが泳《およ》いで行《ゆ》く。

「まあ、涼《すず》しい――あ！……冷《つめ》たいじゃないか。」

と言《い》ったのは姉《ねえ》さんで。誰《たれ》かが、そッと背後《うしろ》から潮《しお》を刎掛《はねか》けたのであった。

「よくも人《ひと》を――さあ、影《かげ》を御覧《ごらん》。手《て》と足合《あしあわ》せて八本《はちほん》の蛸《たこ》。」

遁《に》げるのを追《お》っ掛《か》ける、背後《うしろ》から、脊中《せなか》を押《おさ》える、辷《すべ》る、と泳《およ》ぐ。繁吹《しぶき》を立《た》て、泡《あわ》を捲《ま》いて、月《つき》に腕《かいな》の跳《は》ねる影《かげ》、輝《かがや》く魚《うお》に異《こと》ならず。乳房《ちぶさ》に雪《ゆき》の雲《くも》を湧《わ》かせ、胸《むね》から霞《かすみ》を吐《は》くかと見《み》えて、東海姫氏国《とうかいきしこく》の浜《はま》、一処《ひとところ》、白粉《おしろい》の淵《ふち》と成《な》んぬ。

やがて大空《おおぞら》が、上《うえ》から圧《おさ》えたらしく、一息《ひといき》、ひっそりと静《しず》まったと思《おも》うと、水《みず》を颯《さつ》と裳《もすそ》に曳《ひ》き、雫《しずく》を裾捌《すそさば》きでひたひたと浪《なみ》を出《で》た。其《そ》の櫛巻《くしまき》の姉《ねえ》さんが、膝《ひざ》を搦《から》んで、手枕《たまくら》に、片腕《かたうで》白《しろ》く、鬢《びん》の緑《みどり》を圧《おさ》えつつ、渚《なぎさ》に伸々《のびのび》と横《よこ》に寝《ね》ながら、手《て》まさぐりに貝《かい》を拾《ひろ》って、掌《てのひら》で撓《た》めて、衝《つ》と海面《うなづら》へ投《な》げたのが、巧《たくみ》に水《みず》を切《き》って、きらきらと青《あお》く飛《と》んだ。

輝《かがや》いて星《ほし》が流《なが》るるようである。

この光《ひかり》が、花《はな》の四弁《しべん》の一枚々々《いちまいいちまい》を、つらつらと照《てら》して、其処《そこ》に簪《かんざし》の珠《たま》と成《な》り、彼処《かしこ》に、胸《むね》の襟飾《えりかざり》と成《な》って消《き》えた。肩《かた》まで浸《ひた》ったのが見《み》え、乳《ちち》を露《あらわ》したのが映《うつ》り、結綿《ゆいわた》で踞《うずくま》ったのが映《うつ》り、むこう向《むき》なる背《せ》も見《み》えた。

貝《かい》を取《と》って、又投《またな》げた。おなじく光《ひか》って海《うみ》を切《き》った。

四枚《よまい》の肉《にく》は、其《そ》の趣《おもむき》と、其《そ》の位置《いち》とが皆変《みなかわ》った。一度《いちど》、貝《かい》を取《と》って投《な》げた時《とき》、其《そ》の四《よッ》つの膚《はだ》は、花弁《はなびら》のつぼまる如《ごと》く、一所《ひとところ》にひたと合《あ》って、半《なか》ば浮《う》き、半《なか》ば沈《しず》みつつ、恰《あたか》も軽《かる》く寄《よ》する女波《めなみ》に送《おく》られて、ふらふらと海《うみ》を離《はな》れて出《で》た。櫛巻《くしまき》のがスッと立《た》つと、月《つき》に蒼《あお》ずむ波《なみ》の影《かげ》、岬《みさき》がくれに消《き》えそうに、肩腰《かたこし》を寄《よ》せ合《あわ》せる。疲《つか》れたのであろう。……揃《そろ》って、波《なみ》のように、十個《とお》の足《あし》の爪《つま》さきが濡《ぬ》れた砂《すな》を含《ふく》んで、さらさらと、あの、葭簀《よしず》の小屋《こや》へ立返《たちかえ》る。

真先《まっさき》に薄《うっす》りと、雪《ゆき》の膚《はだ》が綟子《もじ》を張《は》って、簀《す》の間《あいだ》を透《すか》して見《み》たのが、

「あッ。」

と言《い》った。

口々《くちぐち》に、

「衣服《きもの》がない。」

「あら、帯《おび》が。」

「紐《ひも》も。」

三

取乱《とりみだ》したのは女《おんな》たちで、葭簀《よしず》の蔭《かげ》に立惑《たちまど》うのもあれば、砂《すな》に縮《ちぢ》まるのもある。――すたすたとあせるように歩行《ある》くのは、見《み》る目《め》に足《あし》もふらついて、背後《うしろ》から鉄棒《かなぼう》で追立《おいた》てらるる状《さま》がある。血《ち》の池《いけ》、剣《つるぎ》の山《やま》、白《しろ》い犬《いぬ》、白《しろ》い豚《ぶた》、狐《きつね》、あられもなく、うろついて、さまよって、畜生道《ちくしょうどう》のあわれが見《み》えた。

自暴《やけ》に手拭《てぬぐい》をたたきつけた女《おんな》さえあった。

果《はて》は一団《ひとかたまり》に成《な》ったてではないか。

五人《ごにん》の中《なか》に、稲《いね》の葉《は》を唯一《ただひと》むすびしただけで、顔《かお》の五面《ごめん》ある白《しろ》い手足《てあし》が、胴《どう》を一体《いったい》にしてすくむと、薄月《うすづき》の波《なみ》の影《かげ》が、寂《さび》しい刺青《ほりもの》を彼等《かれら》に描《えが》く。……遠音《とおね》の虫《むし》も、声《こえ》に糸《いと》を引《ひ》いて、はた織《お》りつつ、膚《はだ》に透《とお》る。……皆《みな》ただ萎々《なえなえ》と成《な》ったのである。

「やあ、役者《やくしゃ》。」

「別嬪揃《べっぴんぞろ》い。」

あたりに引上《ひきあ》げた船《ふね》の舷《ふなばた》の蔭《かげ》だの、大《おお》きな蛸畚《たこびく》の背後《うしろ》から、三人《さんにん》ばかり村方《むらかた》の悪若《わるわか》い衆《しゅう》が、むくむくと顕《あらわ》れた。

——扨《さて》は女《おんな》たちは、停車場《ていしゃば》前《まえ》の座《ざ》に興行中《こうぎょうちゅう》の、旅芸人《たびげいにん》の一座《いちざ》であった。

「いけどりだぞ。」

「選取《よりど》り、つかみ取《ど》りよ。わはははは。」

「きものさ、あとで相談《そうだん》づくだえ。」

深夜《しんや》の風《かぜ》が、大輪《たいりん》なる肉《にく》の五弁《ごべん》の花片《はなびら》に颯《さつ》と戦《そよ》いだと思《おも》うと、あの貝《かい》を投《な》げた手《て》をはじめて、ハッと飛《と》ばす砂《すな》が黄色《きいろ》に散《ち》った。またたくまに、透間《すきま》あらせず手《て》に手《て》に投《な》げた。目潰《めつぶ》しをくった若《わか》い衆《しゅう》は、獣《けもの》のように叫《さけ》びながら、ただ狂《くる》いまわるばかりである。

「構《かま》うものかね。宿《やど》まで八町《はっちょう》足らずだよ——さあ、おいで。」

砂路《すなじ》を真《ま》っすぐに行《ゆ》く状《さま》は、霞《かすみ》に成《な》り、千鳥《ちどり》に成《な》り、鷺《さぎ》に成《な》った。——松原《まつばら》に、橋《はし》に、芦《あし》に、垣根《かきね》に、其《そ》の姿《すがた》に、月《つき》がこの時光《ときひかり》を浴《あ》びせて淡《あわ》く白砂《はくさ》の乱《みだ》るる色《いろ》は、町《まち》もさながら、何処《どこ》までも渚《なぎさ》であった。

波《なみ》さえ青白《あおじろ》く送《おく》るように、……逗子《ずし》の浜《はま》の夜更《よふけ》である。

海の使者

上

何心《なにごころ》なく、背戸《せど》の小橋《こばし》を、向《むこ》うの芦《あし》へ渡《わた》りかけて、思《おも》わず足《あし》を留《と》めた。

不図《ふと》、鳥《とり》の鳴音《なくね》がする。……如何《いか》にも優《やさ》しい、しおらしい声《こえ》で、きりきり、きりりりり。

其《そ》の声《こえ》が、直《す》ぐ耳近《みみぢか》に聞《きこ》えたが、つい目前《めさき》の樹《き》の枝《えだ》や、茄子畑《なすばたけ》の垣根《かきね》にした藤豆《ふじまめ》の葉蔭《はかげ》ではなく、歩行《ある》く足許《あしもと》の低《ひく》い処《ところ》。

其処《そこ》で立佇《たちどま》って、一寸気《ちょっとき》を注《つ》けたが、最《も》う留《や》んで寂《ひっそ》りする。——秋《あき》の彼岸《ひがん》過《す》ぎ三時《さんじ》下《さが》りの、西日《にしび》が薄曇《うすぐも》った時《とき》であった。此《こ》の秋《あき》の空《そら》ながら、まだ降《ふ》りそうではない。桜山《さくらやま》の背後《うしろ》に、薄《うす》黒《ぐろ》い雲《くも》は流《なが》れたが、玄武寺《げんむじ》の峰《みね》は浅葱色《あさぎいろ》に晴渡《はれわた》って、石《いし》を伐出《きりだ》した岩《いわ》の膚《はだ》が、中空《なかぞら》に蒼白《あおじろ》く、底《そこ》に光《ひかり》を帯《お》びて、月《つき》を宿《やど》して居《い》そうに見《み》えた。

其《そ》の麓《ふもと》まで見通《みとお》しの、小橋《こばし》の彼方《かなた》は、一面《いちめん》の芦《あし》で、出揃《でそろ》って早《は》や乱《みだ》れかかった穂《ほ》が、霧《きり》のように群立《むらだ》って、藁屋《わらや》を包《つつ》み森《もり》を蔽《おお》うて、何物《なにもの》にも目《め》を遮《さえぎ》らせず、山々《やまやま》の茅薄《かやすすき》と一連《ひとつら》に靡《なび》いて、風《かぜ》は無《な》いが、さやさやと何処《どこ》かで秋《あき》の暮《くれ》を囁《ささや》き合《あ》う。

其《そ》の芦《あし》の根《ね》を、折《お》れた葉《は》が網《あみ》に組合《くみあわ》せた、裏《うら》づたいの畦路《あぜみち》へ入《はい》ろうと思《おも》って、やがて踏出《ふみだ》す、と又《また》きりりりりと鳴《な》いた。

「何《なん》だろう。」

虫《むし》ではない、確《たしか》に鳥《とり》らしく聞《きこ》えるが、矢張下《やっぱりした》の方《ほう》で、何《ど》うやら橋杭《はしぐい》にでも居《い》るらしかった。

「千鳥《ちどり》か知《し》らん。」

いや、磯《いそ》でもなし、岩《いわ》はなし、其《それ》の留《と》まりそうな澪標《みおつくし》もない。有《あ》ったにしても、慿《こ》う人近《ひとちか》く、羽《はね》を驚《おどろ》かさぬ理由《わけ》はない。

汀《みぎわ》の芦《あし》に潜《ひそ》むか、と透《す》かしながら、今度《こんど》は心《こころ》して最《も》う一歩《ひとあし》。続《つづ》いて、がたがたと些《ち》と荒《あら》く出《で》ると、拍子《ひょうし》に掛《かか》って、きりきりきり、きりりりり、と鳴頻《なきしき》る。

熟《じっ》と聞《き》きながら、うかうかと早《は》や渡果《わたりは》てた。

橋《はし》は、丸木《まるき》を削《けず》って、三四本並《さんよんほんなら》べたものに過《す》ぎぬ。合《あわ》せ目《め》も中透《なかす》いて、板《いた》も朽《く》ちたり、人通《ひとどお》りにはほろほろと崩《くず》れて落《お》ちる。形《かたち》ばかりの竹《たけ》を縄搦《なわから》げにした欄干《てすり》もついた、其《それ》も膝《ひざ》までは高《たか》くないのが、往還《ゆきかえ》り何時《いつ》もぐらぐらと動《うご》く。橋杭《はしぐい》も最《も》う痩《や》せて――潮入《しおい》りの小川《おがわ》の、なだらかにのんびりと薄墨色《うすずみいろ》して、瀬《せ》は愚《おろ》か、流《なが》れるほどは揺《ゆ》れもしないのに、水《みず》に映《うつ》る影《かげ》は弱《よわ》って、倒《さかさま》に宿《やど》る芦《あし》の葉《は》とともに蹌踉《よろよろ》する。

が、如何《いか》に朽《く》ちたればと云《い》って、立樹《たちき》の洞《ほら》でないものを、橋杭《はしぐい》に鳥《とり》は棲《す》むまい。馬《うま》の尾《お》に巣《す》くう鼠《ねずみ》はありと聞《き》けど。

「何《ど》うも橋《はし》らしい。」

最《も》う一度《いちど》、試《こころ》みに踏《ふ》み直《なお》して、橋《はし》の袂《たもと》へ乗返《のりかえ》すと、跫音《あしおと》とともに、忽《たちま》ち鳴出《なきだ》す。

（きりきりきり、きりりりり……）

余《あま》り爪尖《つまさき》に響《ひび》いたので、はっと思《おも》って浮足《うきあし》で飛退《とびすさ》った。爾時《そのとき》は、雛《ひな》の鶯《うぐいす》を蹂躙《ふみにじ》ったようにも思《おも》った、傷々《いたいた》しいばかり可憐《かれん》な声《こえ》かな。

確《たしか》に今乗《いまの》った下《した》らしいから、又葉《または》を分《わ》けて……丁《ちょう》ど二三日前《にさんにちまえ》、激《はげ》しく雨水《あまみず》の落《おと》した後《あと》の、汀《みぎわ》が崩《くず》れて、草《くさ》の根《ね》のまだ白《しろ》い泥土《どろつち》の欠目《かけめ》から、楔《くさび》の弛《ゆる》んだ、洪水《でみず》の引《ひ》いた天井裏《てんじょううら》見るような、横木《よこぎ》と橋板《はしいた》との暗《くら》い中《なか》を見《み》たが何《なに》も居《お》らぬ。……顔《かお》を倒《さかさま》にして、捻向《ねじむ》いて覗《のぞ》いたが、ト真赤《まっか》な蟹《かに》が、ざわざわと動《うご》いたばかり。やどかりはようよう数珠形《じゅずなり》に、其処等《そこら》暗《くら》い処《ところ》に蠢《うごめ》いたが、声《こえ》の有《あ》りそうなものは形《かたち》もなかった。

手《て》を払《はら》って、

「ははあ、岡沙魚《おかはぜ》が鳴《な》くんだ。」

と独《ひとり》で笑《わら》った。

中

虎沙魚《とらはぜ》、衣沙魚《ころもはぜ》、ダボ沙魚《はぜ》も名《な》にあるが、岡沙魚《おかはぜ》と言《い》うのが有《あ》ろうか、有《あ》っても鳴《な》くか何《ど》うか、覚束《おぼつか》ない。

けれども爾時《そのとき》、唯何《ただなん》となく然《そ》う思《おも》った。

久《ひさ》しい後《あと》で、其頃《そのころや》薬研堀《げんぼり》に居《い》た友《とも》だちと二人《ふたり》で、木場《きば》から八幡様《はちまんさま》へ詣《まい》って、汐入町《しおいりちょう》を土手《どて》へ出《で》て、永代《えいたい》へ引返《ひっかえ》した事《こと》がある。其《それ》も秋《あき》で、土手《どて》を通《とお》ったのは黄昏時《たそがれどき》、果《はて》しのない一面《いちめん》の芦原《あしはら》は、唯見《ただみ》る水《みず》のない雲《くも》で、対方《むこう》は雲《くも》の無《な》い海《うみ》である。路《みち》には処々《ところどころ》、葉《は》の落《お》ちた雑樹《ぞうき》が、乏《とぼ》しい粗朶《そだ》の如《ごと》く疎《まばら》に散《ち》らかって見《み》えた。

「恁《こ》う云《い》う時《とき》、こんな処《ところ》へは岡沙魚《おかはぜ》と云《い》うのが出《で》て遊《あそ》ぶ。」

と渠《かれ》は言《い》った。

「岡沙魚《おかはぜ》って何《なん》だろう。」と私《わたし》が聞《き》いた。

「陸《おか》に棲《す》む沙魚《はぜ》なんです。芦《あし》の根《ね》から這上《はいあが》って、其処等《そこら》へ樹上《きのぼ》りをする……性《しょう》が魚《うお》だからね、余《あま》り高《たか》くは不可《いけ》ません。猫柳《ねこやなぎ》の枝《えだ》なぞに、ちょんと留《と》まって澄《す》まして居《い》る。人《ひと》の跫音《あしおと》がするとね、ひっそりと、飛《と》んで隠《かく》れるんです……此《こ》の土手《どて》の名物《めいぶつ》だよ。……劫《こう》の経《へ》た奴《やっ》は鳴《な》くとさ。」

「何《なん》だか化《ば》けそうだね。」

「いずれ怪性《けしょう》のものです。一寸気味《ちょいときみ》の悪《わる》いものだよ。」

で、何《なん》となく、お伽話《とぎばなし》を聞《き》くようで、黄昏《たそがれ》のものの気勢《けはい》が胸《むね》に染《し》みた。——成程《なるほど》、そんなものも居《い》そうに思《おも》って、略其《ほぼそ》の色《いろ》も、黒《くろ》の処《ところ》へ黄味《きみ》がかって、ヒヤリとしたものらしく考《かんが》えた。

後《あと》で拵《こしら》え言《ごと》、と分《わか》ったが、何故《なぜ》か、有《あ》りそうにも思《おも》われる。

其《それ》が鳴《な》く……と独《ひと》りで可笑《おか》しい。

もう、一度《いちど》、今度《こんど》は両手《りょうて》に両側《りょうがわ》の芦《あし》を取《と》って、ぶら下《さが》るようにして、橋《はし》の片端《かたはし》を拍子《ひょうし》に掛《か》けて、トンと遣《や》る、キイと鳴《な》る、トントン、きりりと鳴《な》く。

（きりりりり、

きり、から、きい、から、

きりりりり、きいから、きいから。）

紅《くれない》の綱《つな》で曳《ひ》く、玉《たま》の轆轤《ろくろ》が、黄金《こがね》の井《い》の底《そこ》に響《ひび》く音《おと》。

「ああ、橋板《はしいた》が、きしむんだ。削《けず》ったら、名器《めいき》の琴《こと》に成《な》ろうも知《し》れぬ。」

其処《そこ》で、欄干《らんかん》を掻擦《かいさす》った、此《こ》の楽器《がっき》に別《わか》れて、散策《さんさく》の畦《あぜ》を行《ゆ》く。

と芦《あし》の中《なか》に池《いけ》……と云《い》うが、やがて十坪《とつぼ》ばかりの窪地《くぼち》がある。汐《しお》が上《あ》げて来《き》た時《とき》ばかり、水《みず》を湛《たた》えて、真水《まみず》には干《ひ》て了《しま》う。池《いけ》の周囲《まわり》はおどろおどろと芦《あし》の葉《は》が大童《おおわらわ》で、真中所《まんなかどころ》、河童《かっぱ》の皿《さら》にぴちゃぴちゃと水《みず》を溜《た》めて、其処《そこ》を、干潟《ひがた》に取残《とりのこ》された小魚《こうお》の泳《およ》ぐのが不断《ふだん》であるから、村《むら》の小児《こども》が、袖《そで》を結《ゆ》って水悪戯《みずいたずら》に掻廻《かきまわ》す。……やどかりも、うようよ居《い》る。が、真夏《まなつ》などは暫時《しばらく》の汐《しお》の絶間《たえま》にも乾《かわ》き果《は》てる、壁《かべ》のように固《かたま》り着《つ》いて、稲妻《いなずま》の亀裂《ひび》が入《はい》る。さっと一《ひと》汐《しお》、田越川《たごえがわ》へ上《あ》げて来《く》ると、じゅうと水《みず》が染《し》みて、其《そ》の破《や》れ目《め》にぶつぶつ泡立《あわだ》って、やがて、満々《まんまん》と水《みず》を湛《たた》える。

汐《しお》が入《はい》ると、さて、さすがに濡《ぬ》れずには越《こ》せないから、此処《ここ》にも一《ひと》つ、――以前《さき》の橋《はし》とは間十間《あわいじゆつけん》とは隔《へだ》たらぬに、又橋《またはし》を渡《わた》してある。これは又《また》、纔《わず》かに板《いた》を持《も》って来《き》て、投《な》げたに過《す》ぎぬ。池《いけ》のつづまる、此《こ》の板《いた》を置《お》いた切《き》れ口《ぐち》は、ものの五歩《いつあし》はない。水《みず》は川《かわ》から灌《そそ》いで、橋《はし》を抜《ぬ》ける、と土手形《どてなり》の畦《あぜ》に沿《そ》って、芦《あし》の根《ね》へ染込《しみこ》むように、何処《どこ》となく隠《かく》れて、田《た》の畦《あぜ》へと落《お》ちて行《ゆ》く。

今《いま》、汐時《しおどき》で、薄《うす》く一面《いちめん》に水《みず》がかかって居《い》た。が、水《みず》よりは芦《あし》の葉《は》の影《かげ》が濃《こ》かった。

今日《きょう》は、無意味《むいみ》では此処《ここ》が渡《わた》れぬ、後《あと》の橋《はし》が鳴《な》ったから。待《ま》て、これは唄《うた》おうも知《し》れない。と踏掛《ふみか》けて二足《ふたあし》ばかり、板《いた》の半《なかば》で、立停《たちどま》ったが、何《なん》にも聞《きこ》えぬ。固《もと》より聞《き》こうとしたほどでもなしに、何《なん》となく夕暮《ゆうぐれ》の静《しずか》な水《みず》の音《おと》が身《み》に染《し》みる。

岩端《いわばな》や、ここにも一人《ひとり》、と、納涼台《すずみだい》に掛《か》けたように、其処《そこ》に居《い》て、さして来《く》る汐《しお》を視《なが》めて少時経《しばらくた》った。

下

水《みず》の面《おも》とすれすれに、むらむらと動《うご》くものあり。何《なに》か影《かげ》のように浮《う》いて行《ゆ》く。……はじめは芦《あし》の葉《は》に縋《すが》った蟹《かに》が映《うつ》って、流《なが》るる水《みず》に漾《ただよ》うのであろう、と見《み》たが、あらず、然《さ》も心《こころ》あるものの如《ごと》く、橋《はし》に沿《そ》うて行《ゆ》きつ戻《もど》りつする。さしたての潮《しお》が澄《す》んで居《い》るから差覗《さしのぞ》くとよく分《わか》った——幼児《おさなご》の拳《こぶし》ほどで、ふわふわと泡《あわ》を束《つか》ねた形《かたち》。取留《とりと》めのなさは、ちぎれ雲《ぐも》が大空《おおぞら》から影《かげ》を落《おと》したか、と視《なが》められ、ぬぺりとして、ふうわり軽《かる》い。全体《ぜんたい》が薄樺《うすかば》で、黄色《きいろ》い斑《ぶち》がむらむらして、流《ながれ》のままに出《で》たり、消《き》えたり、結《むす》んだり、解《と》けたり、どんよりと濁肉《にごりじし》の、半《なか》ば、水《みず》なりに透通《すきとお》るのは、是《これ》なん、別《べつ》のものではない、虎斑《とらまだら》の海月《くらげ》である。

生《しょう》ある一物《いちもつ》、不思議《ふしぎ》はないが、いや、快《こころよ》く戯《たわむ》れる。自在《じざい》に動《うご》く。……が、底《そこ》ともなく、中《なか》ほどともなく、上面《うわつら》ともなく、一条《ひとすじ》、流《ながれ》の薄衣《うすぎぬ》を被《かつ》いで、ふらふら、ふらふら、……斜《はす》に伸《の》びて流《なが》るるかと思えば、むっくり真直《まっすぐ》に頭《ず》を立《た》てる、と見《み》ると横《よこ》に成《な》って、すいと通《とお》る。

時《とき》に、他《ほか》に浮《うか》んだものは何《なん》にもない。

此《こ》の池《いけ》を独占《ひとりじめ》、得意《とくい》の体《てい》で、目《め》も耳《みみ》もない所為《せい》か、熟《じっ》と視《なが》める人《ひと》の顔《かお》の映《うつ》った上《うえ》を、ふい、と勝手《かって》に泳《およ》いで通《とお》る、通《とお》る、と引返《ひきかえ》して又横切《またよこぎ》る。

其《それ》が又思《またおも》うばかりではなかった。実際《じっさい》、其処《そこ》に踞《しゃが》んだ、胸《むね》の幅《はば》、唯《ただ》、一尺《しゃく》ばかりの間《あいだ》を、故《わざ》とらしく泳《およ》ぎ廻《まわ》って、これ見《み》よがしの、ぬっぺらぼう!

憎《にっく》い気《き》がする。

と膝《ひざ》を割《わ》って衝《つ》と手《て》を突込《つッこ》む、と水《みず》がさらさらと腕《かいな》に搦《から》んで、一来法師《いちらいほうし》、さしつらりで、ついと退《ひ》いた、影《かげ》も溜《たま》らず。腕《うで》を伸《の》ばしても届《とど》かぬ向《むこ》うで、くるりと廻《まわ》る風《ふう》して、澄《す》まして又泳《またおよ》ぐ。

「此奴《こいつ》、」

と思《おも》わず呟《つぶや》いて苦笑《くしよう》した。

「待《ま》てよ。」

獲物《えもの》を、と立《た》って橋《はし》の詰《つめ》へ寄《よ》って行《ゆ》く、とふわふわと着《つ》いて来《き》て、板《いた》と芦《あし》の根《ね》の行逢《ゆきあ》った隅《すみ》へ、足近《あしちか》く、ついと来《き》たが、蟹《かに》の穴《あな》か、芦《あし》の根《ね》か、ぶくぶく白泡《しろあわ》が立《た》ったのを、ひょい、と気《き》なしに被《かぶ》ったらしい。

ふッ、と言《い》いそうな其《そ》の容体《ようだい》。泡《あわ》を払《はら》うが如《ごと》く、むくりと浮《う》いて出《で》た。

其《そ》の内《うち》、一本根《ひともとね》から断《き》って、逆手《さかて》に取《と》ったが、くなくなした奴《やつ》、胴中《どうなか》を巻《ま》いて水分《みずわか》れをさして遣《や》れ。

で、密《そっ》と離《はな》れた処《ところ》から突込《つっこ》んで、横寄《よこよ》せに、そろりと寄《よ》せて、這奴《しゃっ》が夢中《むちゅう》で泳《およ》ぐ処《ところ》を、すいと掻上《かきあ》げると、つるりと懸《かか》った。

蓴菜《じゅんさい》が搦《から》んだように見《み》えたが、上《うえ》へ引《ひ》く雫《しずく》とともに、つるつると辷《すべ》って、最《も》う何《なん》にもなかった。

「鮹《たこ》の燐火《ひとだま》、退散《たいさん》だ。」

それ見《み》ろ、と何《なに》か早《は》や、勝誇《かちほこ》った気構《きがま》えして、芦《あし》の穂《ほ》を頬摺《ほほず》りに、と弓杖《ゆんづえ》をついた処《ところ》は可《よ》かったが、同時《どうじ》に目《め》の着《つ》く潮《うしお》のさし口《ぐち》。

川《かわ》から、さらさらと押《お》して来《く》る、芦《あし》の根《ね》の、約二間《やくにけん》ばかりの切《き》れ目《め》の真中《まんなか》。橋《はし》と正面《しょうめん》に向《む》き合《あ》う処《ところ》に、くるくると渦《うず》を巻《ま》いて、坊主《ぼうず》め、色《いろ》も濃《こ》く赫《かッ》と赤《あか》らんで見《み》えるまで、躍上《おどりあが》る勢《いきおい》で、むくむく浮上《うきあが》った。

ああ、人間《にんげん》に恐《おそれ》をなして、其処《そこ》から、川筋《かわすじ》を乗《の》って海《うみ》へ落行《おちゆ》くよ、と思《おも》う、と違《ちが》う。

しばらく同《おな》じ処《ところ》に影《かげ》を練《ね》って、浮《う》いつ沈《しず》みつして居《い》たが、やがて、すいすい、横泳《よこおよ》ぎで、然《しか》し用心深《ようじんぶか》そうな態度《たいど》で、芦《あし》の根《ね》づたいに大廻《おおまわ》りに、ひらひらと引返《ひきかえ》す。

穂《ほ》は白《しろ》く、葉《は》の中《なか》に暗《くら》くなって、黄昏《たそがれ》の色《いろ》は、うらがれかかった草《くさ》の葉末《はずえ》に敷詰《しきつ》めた。

海月《くらげ》に黒《くろ》い影《かげ》が添《そ》って、水《みず》を捌《さば》く輪《わ》が大《おお》きくなる。而《そ》して動《うご》くに連《つ》れて、潮《しお》は次第《しだい》に増《ま》すようである。川《かわ》べりの芦《あし》の根《ね》を揺《ゆすぶ》る、……ゆらゆら揺《ゆすぶ》る。水《み》の面《も》が、水《み》の面《も》が、脈《みゃく》を打《う》って、ずんずん拡《ひろ》がる。嵩増《かさま》す潮《しお》は、さし口《ぐち》を挟《はさ》んで、川《かわ》べりの芦《あし》の根《ね》を揺《ゆすぶ》る、……ゆらゆら揺《ゆすぶ》る。一揺《ひとゆ》り揺《ゆ》れて、ざわざわと動《うご》く毎《ごと》に、池《いけ》は底《そこ》から浮上《うきあが》るものに見《み》えて、次第《しだい》に水《みず》は増《ま》して来《き》た。映《うつ》る影《かげ》は人《ひと》も橋《はし》も深《ふか》く沈《しず》んだ。早《は》や、これでは、玄武寺《げんむじ》を倒《さかさ》に投《な》げうっても、峰《みね》は水底《みなそこ》に支《つか》えまい。

芦《あし》のまわりに、円《まろ》く拡《ひろ》がり、大洋《わたつみ》の潮《うしお》を取《と》って、穂先《ほさき》に滝津瀬《たきつせ》、水筋《みすじ》の高《たか》く成《な》り行《ゆ》く川面《かわづら》から灌《そそ》ぎ込《こ》むのが、一揉《ひとも》み揉《も》んで、どうと落《お》ちる……一方口《いっぽうぐち》のはけ路《みち》なれば、橋《はし》の下《した》は颯々《さっさっ》と瀬《せ》に成《な》って、畦《あぜ》に突当《つきあた》って渦《うず》を巻《ま》くと、其処《そこ》の芦《あし》は、裏《うら》を乱《みだ》して、ぐるぐると舞《ま》うに連《つ》れて、穂綿《ほわた》が、はらはらと薄暮《うすくれ》あいを蒼《あお》く飛《と》んだ。

（さっ、さっ、さっ、

しゅっ、しゅっ、しゅっ、

エイさ、エイさ！）

と矢声《やごえ》を懸《か》けて、潮《しお》を射《い》て駈《か》けるが如《ごと》く、水《みず》の声《こえ》が聞《きき》なさるる。と見《み》ると、龍宮《りゅうぐう》の松火《たいまつ》を灯《とも》したように、彼《かれ》の身体《からだ》がどんよりと光《ひかり》を放《はな》った。

白《しろ》い炎《ほのお》が、影《かげ》もなく橋《はし》にぴたりと寄《よ》せた時《とき》、水《みず》が穂《ほ》に被《かぶ》るばかりに見《み》えた。ぴたぴたと板《いた》が鳴《な》って、足《あし》がぐらぐらとしたので私《わたし》は飛退《とびの》いた。土《つち》に下《お》りると、早《は》や其処《そこ》に水《みず》があった。

橋《はし》がだぶりと動《うご》いた、と思《おも》うと、海月《くらげ》は、むくむくと泳《およ》ぎ上《あが》った。水《みず》は次第《しだい》に溢《あふ》れて、光《ひかり》物《もの》は衝々《つつ》と尾《お》を曳《ひ》く。

此《こ》の動物《どうぶつ》は、風《かぜ》の腥《なまぐさ》い夜《よ》に、空《そら》を飛《と》んで人《ひと》を襲《おそ》うと聞《き》いた……暴風雨《あらし》の沖《おき》には、海坊主《うみぼうず》にも化《ば》けるであろう。

逢魔《おうま》ケ時《とき》を、慌《あわただ》しく引返《ひきかえ》して、旧来《もとき》た橋《はし》へ乗《の》る、と、

（きりりりり、）

と鳴《な》った。此《こ》の橋《はし》はやや高《たか》いから、船《ふね》に乗《の》った心地《ここち》して、先《ま》ず意《こころ》を安《やす》んじたが、振返《ふりかえ》ると、もう此《これ》も袂《たもと》まで潮《しお》が来《き》て、海月《くらげ》はひたひたと詰寄《つめよ》せた。が、さすがに、ぶくぶくと其処《そこ》で留《とま》った、而《そ》して、泡《あわ》が呼吸《いき》をするような仇光《あだびかり》で、

（さっさっさっ、
しゅっしゅっ、
さっ、さっ！）

と曳々声《えいえいごえ》で、水《みず》を押上《おしあ》げようと努力《つとむ》る気勢《けはい》。
玄武寺《げんむじ》の頂《いただき》なる砥《と》の如《ごと》き巌《いわお》の面《おも》へ、月影《つきかげ》が颯《さつ》とさした。——

やどり木

一

「怪《あや》しいのは確《たしか》に今《いま》の其《そ》の猫万《ねこまん》、……然《さ》よう、渾名《あだな》です、姓《せい》は何《なん》といいますか存《ぞん》じません、万五《まんご》とか言《い》う鉄道《てつどう》の掃除《そうじ》夫《ふ》で。けれども従姉《いとこ》を殺《ころ》したのは、其《そ》の者《もの》だとは申《もう》しません、其《それ》は真個《ほんとう》の猫《ねこ》でございましょうから。」

紳士《しんし》は巻莨《まきたばこ》に火《ひ》を点《てん》じた、寒《さむ》さに密閉《みっぺい》した汽車《きしゃ》は夜更《よふ》けて、三島沼津《みしまぬまづ》間《かん》。

「最《も》う五年《ごねん》になります。」

「は、然《さ》ようでございますか。」と差向《さしむか》いに夫人《ふじん》一人《いちにん》、其附添《そのつきそい》と見《み》ゆる女中《じょちゅう》は、少《すこ》し下《さが》った椅子《いす》に居睡《いねむ》りして、二等《にとう》の此《こ》の一室《いっしつ》に乗客《じょうかく》は三人《さんにん》のみ。

手練《てだれ》の技師《ぎし》が、函嶺《はこね》の嶮《けん》を出《い》でて、刻下《こくか》、砥《と》の如《ごと》き線路《せんろ》を颯《さつ》と行《や》る、車輪《しゃりん》の音《おと》は、野中《のなか》の孤屋《ひとつや》、山寺《やまでら》の厨《くりや》にばかり轟々《ごうごう》と遥《はるか》に響《ひび》いて、車中《しゃちゅう》は却《かえ》って物静《ものしずか》に。

「矢張《やっぱり》こんな寒《さむ》い晩《ばん》で、一月《いちがつ》の半《なか》ばのことです。

御覧《ごらん》の通《とお》り、今《いま》でも何《なん》ということはありませんが、私《わたし》が学生《がくせい》の頃《ころ》で、正月《しょうがつ》のお小遣《こづかい》が少々《しょうしょう》出来《でき》ましたもんですから、函嶺《はこね》から熱海《あたみ》、三島越《みしまごえ》をして、三島《みしま》へ出《で》て、それから静岡《しずおか》へ帰《かえ》りまして、又東京《またとうきょう》へ出《で》がけに、久能《くのう》へまわって清水港《しみずみなと》から江尻《えじり》へ出《で》て、緩《ゆっく》り終汽車《しまいぎしゃ》に乗《の》ったのです。」

紳士《しんし》は室内《しつない》を見《み》まわしたが、

「此《こ》の辺《へん》で日《ひ》が暮《く》れた筈《はず》でした。

新橋《しんばし》へ着《つ》く、十時四十五分《じゅうじよんじゅうごふん》がいつでもおくれて、彼是十二時《かれこれじゅうにじ》近《ちこ》うなる上《のぼ》りですから、それから貴女《あなた》。大学《だいがく》の近所《きんじょ》まで参《まい》って、さきが下宿屋《げしゅくや》では一寸考《ちょっとかんが》えものなんですけれども、はじめから、横浜《よこはま》の其《そ》の従姉《いとこ》の処《ところ》へ寄《よ》りますつもり、尤《もっと》も宅《たく》から言《こと》づけなどもありましてね。」

夫人《ふじん》、

「貴下《あなた》も、其《そ》の方《かた》も、」

「然《そ》うです。静岡《しずおか》です。其処《そこ》で従姉《いとこ》というのが、名《な》はお話《はな》し申《もう》しません、野毛《のげ》の二丁目《にちょうめ》に女《おんな》の一人住居《ひとりずまい》というので、お恥《はず》かしいわけなんだけれども、」

微笑《ほほえ》みながら、

「同一静岡《おんなじしずおか》の或豪商《あるごうしょう》に囲《かこ》われて居《い》るんです、其《そ》の時分《じぶん》。尤《もっと》も然《そ》ういう境遇《きょうぐう》なんですから、始終懇意《しじゅうこんい》にして、居《い》たのではないので、横浜《よこはま》に居《い》るということも、実《じつ》は帰省《きせい》して始《はじ》めて聞《き》いた位《くらい》。

しばらく上方《かみがた》の方《ほう》へ往《い》って居《い》なすッた、ああ、姉《ねえ》さんが、然《そ》う、それはいい都合《つごう》、縦令《たとい》職人《しょくにん》でも、日傭取《ひようとり》でも、女房《にょうぼう》といわれるに越《こ》したことはありません、しかし、兎《と》も角《かく》も身《み》が定《さだ》まってお芽出《めで》たい、丁《ちょう》ど東京《とうきょう》へ帰《かえ》り路《みち》、久《ひさ》しぶりで逢《あ》って行《ゆ》きましょう。両親《ふたおや》が是非《ぜひ》、其《そ》の女《おんな》の母親《おふくろ》、叔母《おば》さんです、其《それ》も断《た》ってというし、自分《じぶん》も懐《なつか》しい人《ひと》でした。

未《ま》だ平沼《ひらぬま》という停車場《ステエション》は出来《でき》ない時分《じぶん》で、横浜《よこはま》へ着《つ》くと、十時些《じゅうじち》と廻《まわ》って居《い》ます。

予《かね》て、余《あま》り遠《とお》くないように聞《き》いて居《い》たもんですから、俥《くるま》も命《めい》じず、杉田《すぎた》へ行《い》った時《とき》に、あれから本牧《ほんもく》のはなを船《ふね》に乗《の》ろうというので一度《ど》、それから見送《みおく》る人《ひと》があって西京丸《さいきょうまる》へ一度《ど》、海岸《かいがん》の方《ほう》は其《それ》でも薄々《うすうす》知《し》って居《い》ましたけれども、山《やま》の手《て》は皆《かい》しき不案内《ふあんない》。路《みち》を聞《き》きながら、あの川《かわ》べりを伝《つたわ》って大概此処等《たいがいここら》という橋《はし》を一《ひと》ッ、停車場《ステエシヨン》の方《ほう》から渡《わた》りました。

暗《くら》い晩《ばん》で、彼処等《あすこいら》は片側立《かたがわだち》、仕舞屋《しもたや》が多《おお》いと見《み》えまして、未《ま》だ十一時《じゆういちじ》には間《ま》があるのに、ぴったり戸《と》を閉《し》めた門《かど》ばかり。中《なか》に一軒《けん》、山城屋《やましろや》と筆太《ふでぶと》に書《か》いた看板《かんばん》が、それも最《も》う消《き》えそうになって、半分《はんぶん》だけおもての雨戸《あまど》をあけた、車《くるま》の帳場《ちようば》がありましたから其処《そこ》で番地《ばんち》を聞《き》くと、些《ち》と数《かず》が多過《おおす》ぎる、野毛《のげ》の二丁目《にちようめ》は新開《しんかい》で、番地《ばんち》が皆若《みなわか》いのですが、お宅《たく》は何《なん》というッて聞《き》くのです。

で姓《せい》だけ言《い》いました。」

二

「一寸心当《ちよつとこころあたり》はありませんが、何《なに》をなすって在《い》らっしゃる。

まさか開《あけ》ッ放《ぱな》して、実際《じつさい》をいうわけにも参《まい》りませず、商売《しようばい》は知《し》らないが、女世帯《おんなじよたい》の一人住《ひとりずま》居《い》だといいますとね。

お少《わか》いのかねッて、些《ち》と調子《ちょうし》が上《うわ》ずって居《い》ましたっけ、何《なん》の気《き》も付《つ》かないで、少《わか》いのだよと、申《もう》しますと、知《し》らねえ、と打《う》ッ棄《ちゃ》ったような返事《へんじ》。心付《こころづ》いて極《きまり》が悪《わる》うございました。」

「車夫《しゃふ》なぞと申《もう》しますものは、人《ひと》が悪《わる》うございますよ。」

紳士《しんし》は頷《うなず》き、

「やッかまれようという柄《がら》でもありませんのに、気《き》を廻《まわ》したがるものと見《み》えます。家《うち》は分《わか》らず、さあ然《そ》うなると何《なん》だか気《き》が咎《とが》めて、かけ構《かま》いなしに何家《どこ》でも門口《かどぐち》から尋《たず》ねるわけにも参《まい》りません。

着換《きがえ》の一枚《いちまい》も、親元《おやもと》から仕入《しい》れて来《き》て、些《ち》とばかし荷物《にもつ》もございますなり、旅革鞄《たびかばん》の小《ちい》さいのを持《も》ってる手《て》も、凍《こご》えるように寒《さむ》さは寒《さむ》し、次第《しだい》に夜《よ》も更《ふ》けそうな様子《ようす》。

うろうろ路地《ろじ》へ入《はい》りましてね、何《なん》でも新開《しんかい》だというから、家並《やなみ》も新《あたら》しかろうと思《おも》って、見《み》て歩行《ある》く内《うち》が、皆寂寞《みんなひっそり》して居《い》るのだから、自分《じぶん》ながら、何《なに》か怪《あや》しいものが寝息《ねいき》を伺《うかが》ってでも歩行《ある》いてるようで、気咎《きとが》めはするし、始末《しまつ》が悪《わる》い、すると又一軒《またいっけん》ほんの棟割長屋《むねわりながや》のようでしたが、戸《と》の合《あわ》せ目《め》から、灯影《ほかげ》がさした処《ところ》がありましたから、佇《こ》う、立《た》って様子《ようす》を見《み》ると、五《ご》六人《ろくにん》も人《ひと》の寄《よ》って居《い》るらしい気勢《けはい》です。

御免《ごめん》なさい、何《ど》うして先方《むこう》は、何《なに》かしら気《き》が入《はい》って、一声呼《ひとこえよ》んだ位《くらい》じゃ耳《みみ》に留《と》めそうもないように思《おも》われましたので、御免《ごめん》なさい、失礼《しつれい》ですが、失礼《しつれい》ですがと、折入《おりい》って言《こと》をかけました。

急《きゅう》に、ばたばたと鼎《かなえ》が沸《わ》くように動揺《どよみ》を造《つく》ると忘《わす》れたように又《また》ひッそり、（はい、）ッて婦人《おんな》の声《こえ》で、妙《みょう》に改《あらた》まってこたえました。

あとで考《かんが》えますと、気《き》の毒《どく》です。」

「何《ど》うしたのでございましょう。」

「勝負事《しょうぶごと》をして居《い》たものと見《み》えます、聞《き》くと、彼処等《あすこいら》は、凡《すべ》てそんな風《ふう》な処《ところ》ですって、しかし気《き》が付《つ》いて冷汗《ひやあせ》を流《なが》したのですが、従姉《いとこ》の家《いえ》は知《し》れました。

二日前《ふつかまえ》まで、従姉《いとこ》は其家《そこ》に住《す》んで居《い》たんだそうで、予《かね》て望《のぞ》みだった二階家《にかいや》の恰好《かっこう》なのが見《み》つかって、新世帯《あらじょたい》なり、わけもなく引越《ひっこ》したということです。

(番地《ばんち》もよくは承《うけたまわ》りませんでしたが、このさきの荒物屋《あらものや》の横町《よこちょう》を入《はい》ると、二軒立《にけんだて》、おんなじ二階家《にかいや》で、外《ほか》は平家《ひらや》ばかり、直《じ》きにわかるというお話《はな》し、否《いいえ》、知《し》れにくい処《ところ》ですから、嘸《さぞ》お困《こま》り）と言《い》い言《い》い、出《で》て来《き》て、雨戸《あまど》をあけて深切《しんせつ》にいってくれたのは、粋《いき》な女房《かみさん》だったので。

礼《れい》をいって其路地《そのろじ》を出《で》ますと、荒物屋《あらものや》が分《わか》りました、通《とおり》の角《かど》に瓦斯燈《がすとう》が一本《いっぽん》、暗《くら》い横町《よこちょう》。

入《はい》ってしばらくすると、道《みち》の幅《はば》が広《ひろ》くなったはいいが、突当《つきあた》りのようで、見付《みつ》からないものですから、はて、知《し》れないと難儀《なんぎ》此《こ》の上《うえ》もなしだと、少々《しょうしょう》慌《あわ》てまして、ぐるぐるあるきながら見廻《みまわ》しますと、又《ま》た板戸《いたど》から灯《あかり》がさして、其処《そこ》じゃ嬰児《あかんぼ》の泣《な》く声《こえ》がいたしました。

おなじようなことを申《もう》して、くどいようですが順《じゅん》でございますから。

嘸迷惑《さぞめいわく》だろうと存《ぞん》じながら、其処《そこ》でまた従姉《いとこ》の姓《せい》をいって聞《き》きますと、隣《となり》の格子戸《こうしど》がそれだといいます。

喜《よろこ》んで、退《すさ》って見上《みあ》げると、なるほど二階家《にかいや》、暗《くら》いからまるで平家《ひらや》のように見《み》えたので。

いかにも二軒立《にけんだて》。

戸《と》をがたがたと遣《や》ると閉《しま》って居《い》るので、然《しか》も其《そ》の路地《ろじ》の突当《つきあたり》の広《ひろ》くなった丸《まる》い地所《じしょ》の中《なか》へ、十文字《じゅうもんじ》を入《い》れた角家《かどいえ》ですから、ついて勝手《かって》の方《ほう》があいてやしないか知《し》らと、まわって見《み》たのです。」

三

「矢張《やっぱり》、しまって居《い》るので、寝《ね》たのか、然《そ》うすると寝入端《ねいりばな》だから一寸《ちょいと》は起《お》きまい、留守《るす》だと此《こ》の寒《さむ》いのにと思《おも》いまして辟易《へきえき》して、引返《ひっかえ》して参《まい》って貴女《あなた》。

大戸《おおど》を密《そっ》と、がたがた遣《や》って見《み》るという、先刻《さっき》から、凡《およ》そ気《き》の利《き》かな過《す》ぎる役廻《やくまわ》りで、定《さだ》めしお聞《き》きなさるにも張合《はりあい》がございますまい、お待《ま》ちなさいよ、」

と灰《はい》を落《おと》して、二《ふた》ツばかり、葉巻《はまき》を振《ふ》ったのを持直《もちなお》した。

「しかし追《お》って先《ま》ず長火鉢《ながひばち》で、差向《さしむか》いになるという寸法《すんぽう》なんですから。

其処《そこ》でまた格子戸《こうしど》のあたりに寄《よ》って、(隣家《となり》は留守《るす》なんでございましょうか、)

女房《かみさん》らしい物越《ものごし》で、

(ツイ今《いま》しがたまで、話声《はなしごえ》がして居《お》りましたよ、)

(度々《たびたび》お邪魔《じゃま》を、)と早々《そうそう》軒《のき》づたいに従姉《いとこ》の戸口《とぐち》を、

(姉《ねえ》さん、姉《ねえ》さん、)ッて呼《よ》んで見《み》たのです。

(長《ちょう》さん、長《ちょう》さんかい、)

(然《そ》うです、)

(今《いま》あけますよ、)と直《す》ぐに出《で》て、カッチリ錠《じょう》をはずすと寝衣《ねまき》の態《なり》。

(真暗《まっくら》じゃありませんか、)

(あかりを引込《ひっこ》ましてあるんですよ、)ッていそいそして、土間《どま》から取着《とッつき》の三畳《さんじょう》の間《ま》に吊《つる》し

た、洋燈《ランプ》の心《しん》を、扱帯《しごき》を巻《ま》いた後姿《うしろすがた》で、ぱっと繰上《くりあ》げますとね、畳《たたみ》に引《ひ》いた裾《すそ》の処《ところ》で、長《なが》煙管《ぎせる》、茶盆《ちゃぼん》が顕《あらわ》れる、長火鉢《ながひばち》がてらてらして、傍《わき》に茶棚《ちゃだな》が見《み》えようという体裁《ていさい》で。

(何《ど》うも寒《さむ》いッたら、寒《さむ》いッたら、)

私《わたし》は飛上《とびあが》るようにして、障子《しょうじ》の隅《すみ》へ、突然革鞄《いきなりかばん》を抛《ほう》り出《だ》して胸《むね》の釦《ぼたん》を引切《ひっき》るばかり急《いそ》いで外套《がいとう》を脱《ぬ》ぐ始末《しまつ》。

(今暖《いまあつたか》にしてあげるわ、)ッて入《いれ》かわって、貴女《あなた》、あとの障子《しょうじ》を閉《し》めて、はらはらと、向《むこ》う正面《しょうめん》、茶棚《ちゃだな》のわきへ膝《ひざ》を丸《まる》くついて、ずッしり重量《おもみ》のある鉄瓶《てつびん》をずらして、其《そ》の手《て》で襟《えり》を掻合《かきあわ》せて、帯《おび》をぐるりとまわしながら、片手《かたて》は炭《すみ》を継《つ》ぐという働《はたら》きぶり。

(よくねえ、ほんとうによく来《き》たのねえ、今《いま》しがたがあッといったあの汽車《きしゃ》でお着《つ》きなの、久《ひさ》しぶりッちゃあないよ、)とことごとしく久《ひさ》しぶりの顔《かお》を見《み》ないのが、一層馴染《いっそなじみ》がいで隔《へだて》がないじゃありませんか。

(恐《おそ》しく早寝《はやね》だね、)

(もうそちこち十時半《じゅうじはん》でしょう、いいえ、それにしても未《ま》だ寝《ね》るのじゃないの、一人《ひとり》ね、寄席《よせ》へ行《い》ってるのがあって、未《ま》だそれも帰《かえ》って来《こ》ないんですから、唯床《ただとこ》へ入《はい》って居《い》たばかり、)

（これかい、）と親指《おやゆび》を見《み》せました。

棚《たな》から今燗徳利《いまかんどくり》を取《と》ろうとして居《い》たのが、此《こ》の時《とき》はじめて顔《かお》を見《み》て、わけもなく、

（ううむ、なあに、泊《とま》りに来《き》て貰《もら》ってる男《おとこ》の人《ひと》、）

どうこへトンと入《はい》る、猪口《ちょく》を出《だ》したと思《おも》うと、小皿《こざら》に布巾《ふきん》をかけながら、

（さあ、楽《らく》に在《い》らっしゃい、何《ど》うしたの、何《なに》か見《み》えませんか、）

私《わたし》は紙入《かみいれ》がないのであわてて居《い》たので。

（長《ちょう》さん、大丈夫《だいじょうぶ》よ、江戸《えど》なれたものが、横浜《はま》で落《おと》したり、掏《す》られたりして、可《い》いものですか、屹《きっ》と其処《そこ》等にありますよ、落着《おちつ》いておいでなさい、何《ど》うしてもなけりゃ、あなたのお小遣《こづかい》ぐらい立《た》てかえて置《お》くわ、）と澄《すま》して海苔《のり》をあぶります。

（じゃ、其《そ》の気《き》さ、）

（さあ息《いき》つぎに一《ひと》ツ、お茶《ちゃ》のかわり、まだぬるいでしょう、其《そ》の内《うち》お湯《ゆ》が沸《たぎ》るとほうじたのを入《い》れておまんまを上《あ》げます。）

（大船《おおふな》で弁当《べんとう》を食《く》ったから、腹《おなか》はいいが、それから此方《こっち》震《ふる》えが留《と》まらない、寒《さむ》いね、）

（おかさねなさい、まあ、おまんまは。それじゃ即席御料理早吸物《そくせきおんりょうりはやすいもの》というのをお目《め》にかけましょう、お香《こう》のものは出《だ》しませんよ。）

（沢山《たくさん》、）

（一寸《ちょいと》、まぶが来《き》たような晩《ばん》だねえ、）と従姉《いとこ》は自分《じぶん》も一口《ひとくち》、」と飲《の》む真似《まね》、口軽《くちがる》うはないが、話上手《はなしじょうず》な紳士《しんし》であった。

四

「（飛《と》んだ晩《ばん》だね、）と年上《としうえ》だって憎《にく》いから謂《い》って遣《や》ったのです。そうすると莞爾《にこにこ》と笑《わら》いましたっけ。

（長《ちょう》さん、飛《と》んだ晩《ばん》といや、此間《このあいだ》盗賊《どろぼう》に入《はい》られてね、）

飛《と》んだ話《はなし》じゃありませんか。

（へえ？）

（何《なに》も目《め》を円《まる》くしなくッても可《い》い、私《わたし》は無事《ぶじ》さ、）

（別《べっ》に盗《と》られたものはないのか、）

（些《ちっ》とやられたの、）

（余《あま》り無事《ぶじ》なこともないじゃないか。何《ど》うしたんです、）ッてうっかり猪口《ちょく》を下《した》に置《お》きました。

（ですがね、私《わたし》は怪我《けが》も何《なん》にもしなくッて宜《よ》かったんですよ、丁度湯《ちょうどゆ》に行《い》って居《い》たの、）

（留守《るす》なしで、）

（はあ、それからそら今寄席《いまよせ》へ行《い》って居《い》るてッたね、其《そ》の万《まん》という男《おとこ》に泊《とま》って貰《もら》うことにしたんだわ。）――」

語《かた》りかけつつ紳士《しんし》は後《あと》なる方《かた》、次《つぎ》の室《しつ》と隔《へだて》の扉《ドア》の方《かた》を、稍伸上《ややのびあが》るが如《ごと》くにして振向《ふりむ》いたが、静《しずか》に夫人《ふじん》に向直《むきなお》って、

「貴女《あなた》、」

といって髪《かみ》の黒《くろ》い、若《わか》やかな額《ひたい》を差寄《さしよ》せた。

「其《そ》の万《まん》というのが一件《いっけん》です。」

「それでは其《そ》の者《もの》があの、掃除人《そうじにん》でございますか。」

「全《まった》く。……それから、従姉《いとこ》が一葛籠《ひとつづら》、帯《おび》を三本《ぼん》、衣《き》もの、羽織五枚《はおりごまい》、紋着《もんつき》も交《まじ》って居《い》たそうで、外《ほか》に抛《ほう》り出《だ》して置《お》いた不断着《ふだんぎ》をそッくり、櫛《くし》だの笄《こうがい》だのを入《い》れた桐《きり》の手箱《てばこ》を一《ひと》ッ、幸《さいわ》い、鏡台《きようだい》の上《うえ》に抜《ぬ》いて出《で》た、珊瑚《さんご》の佳《い》い方《ほう》は取《と》られなかッたッて、さしてるのを抜《ぬ》いて見《み》せたりなんかして、雲丹《うに》と海苔《のり》で先触《さきぶれ》のあった早吸物《はやすいもの》などが出来《でき》ましてさ、あとの気味《きみ》の悪《わる》

かったことや、巡査《じゅんさ》の深切《しんせつ》なこと、届《とどけ》を出《だ》したこと、それから、土地馴《とちな》れないで見《み》くびられるが口惜《くや》しいから、桂庵《けいあん》に口《くち》をかけないこと、予《かね》て約束《やくそく》をしてある女中《じょちゅう》が郷里《きょうり》の静岡《しずおか》から旧《きゅう》の正月《しょうがつ》が済《す》むと出《で》て来《く》ること。

旦那《だんな》は浜《はま》に取引《とりひき》があって便宜上《べんぎじょう》、自分《じぶん》を爰《ここ》へ引越《ひっこ》さした様子《ようす》、其時《そのとき》は矢張商業《やっぱりしょうぎょう》で京都《きょうと》の方《ほう》へ行《い》ってることだの、其《それ》が年寄《としより》で肥《ふと》った人《ひと》で、いろいろものも思《おも》ったけれど、あきらめて堅《かた》くして居《い》るの、年寄《としより》は愚癡《ぐち》だの、別《わか》れる時泣《ときな》いたの。茶《ちゃ》が好《す》きだの、扨万《さてまん》というのは、もと静岡《しずおか》の湯屋《ゆや》に三助奉公《さんすけぼうこう》をして居《い》たもので、隣家《となり》のうどん屋《や》の雇女《やといおんな》を何《ど》うとかで、其《それ》で何《なん》とかして首《くび》を縊《し》めようとしたのを、自分《じぶん》の主人《しゅじん》が助《たす》けて、鉄道《てつどう》の掃除夫《そうじふ》に世話《せわ》をして、横浜《よこはま》に居《い》るから、淋《さび》しければ泊《とま》らして置《お》けといわれたこと、乃至其《ないしそ》の男《おとこ》が大《だい》の色男《いろおとこ》がりで、勿論些《もちろんちっ》と甘《あま》くッて、おはこが夕暮《ゆうぐれ》にながめ見渡《みわた》すという踊《おどり》で、汚《きたな》い大《おお》きな足《あし》をひょいとあげて、身振《みぶり》をするの、しかし小力《こぢから》はあるの。

何《なん》のッて、やがて勉強《べんきょう》をおしなさいよ、あなたも女《おんな》なんぞにと些《ち》とまわった処《ところ》へ寄席《よせ》から。

(万《まん》さんか、)

(はあい、)と生《なま》ぬるい返事《へんじ》です。

従姉《いとこ》は　さん、と様《さま》づけにして呼《よ》んで居《い》ましたけれども、然《そ》ういう関係《かんけい》なのですから、遠《えん》

慮《りょ》はしないと見《み》えて、万《まん》が、私《わたし》の傍《そば》へ坐《すわ》って、顔《かお》をじろじろ見《み》ながら、両提《りょうさげ》の煙草入《たばこいれ》を捻《ひね》くるのを、

（もう、お寝《ね》なさいよ、）とうっちゃるようにいいますので。

（一《ひと》ッ何《ど》うです、）と私《わたし》は愛想振《あいそぶり》にさしましたけれども、受取《うけとり》もしないで、黙《だま》って、辞儀《じぎ》をして、

（私《わし》ゃ、眠《ねむ》らないで、）と舌《した》ッ足《た》らずにものをいいます。

いやな奴《やつ》だとは思《おも》いましたが　又気《またき》の毒《どく》な、不便《ふびん》なような気《き》がして、其晩《そのばん》は些《ちっ》とも恐《おそろ》しいの凄《すご》いのという、心持《こころもち》はしなかったんですが、イヤ、」

駅夫《えきふ》が、

「原《はら》——原《はら》——」

此処《ここ》で三分《さんぷん》。

五

「十日《とおか》経《た》って、二度目《にどめ》に今度《こんど》は東京《とうきょう》から参《まい》った夜《よる》……万《まん》の顔《かお》というものは、実《じっ》に私《わたし》は男子《だんし》

だけれども身《み》ぶるいをして悚気《ぞっ》としたのです。

唯今貴女《ただいまあなた》が御覧《ごらん》なすった通《とお》りです。」

夫人《ふじん》ははずして膝《ひざ》に置《お》いたフラシテンの肩掛《かたかけ》に包《つつ》んだ手《て》を、帯《おび》のあたりに出《だ》して、柔《やわら》かに指《ゆび》を組《く》み反《そら》して、

「私《わたし》はまた国府津《こうづ》で乗合《のりあい》の方《かた》が、ばらばら、皆降《みんなお》りてお了《しま》いなすって、急《きゅう》にさみしくなりますのに、これがもう他愛《たわい》なく眠《ねむ》がりますし、」

供《とも》の女中《じょちゅう》は、うつつなのありさま也《なり》。

「其《そ》のうち又貴下《またあなた》が、うとうと遊《あそ》ばすもんですから、急《きゅう》に電燈《でんとう》も暗《くら》くなりましたように思《おも》われまして、陰気《いんき》で、寂《さび》しくって仕《し》ようがなかったのでございます、然《そ》うします内《うち》、確《たし》か御殿場《ごてんば》を越《こ》してからでございました。

彼《あ》の掃除人夫《そうじにんぷ》が、むこうの、」

斉《ひと》しく其方《そなた》に眼《め》を注《そそ》いで、

「なるほど、」

「ね、貴方《あなた》、あの扉《ドア》をあけて出《で》ましたが、真直《まっすぐ》に立《た》つまでもなしに、直《す》ぐ這《は》うばかりに俯向《うつむ》いて、丁寧《ていねい》に、お弁当《べんとう》の殻《から》、蜜柑《みかん》の皮《かわ》、早附木《マッチ》の燃《もえ》さし、灰落《はいおと》しの上《うえ》まで綺麗《きれい》に掃《は》いて参《まい》

りまして、箒《ほうき》をね、貴下《あなた》の御足《おみあし》の処《ところ》へ当《あ》てましたッけ。

フトお顔《かお》を見《み》ると、ずっと立《た》って、」

一寸指《ちょっとゆびさ》し、

「あすこまで後飛《うしろと》びに退《すさ》って、外套《がいとう》の頭巾《ずきん》の中《なか》から、じっと見《み》て居《い》ましたが、つかつかと此方《こっち》の扉《ドア》をあけて、又振返《またふりかえ》ったと思《おも》うと出《で》て行《ゆ》きました。

逢《あ》っては悪《わる》いお方《かた》なんだろうと、存《ぞん》じましたばかり、貴下《あなた》には何《なん》でもない人《ひと》らしゅうございましたので、まあ、其時《そのとき》は、然《さ》まで気《き》にも留《と》めなかったのでございます。はあ、先刻《さっき》、未《ま》だお言葉《ことば》も交《かわ》しませんでした貴下《あなた》を、見《み》ず知《し》らずの私《わたし》がお起《おこ》し申《もう》しましたまでは、」

「何《ど》うも、怟《こ》う汽車《きしゃ》の中《なか》で、ふらふら居眠《いねむり》なんかしたことはありませんのに、何《ど》うしたことでしょう、私《わたし》は故郷《こきょう》の静岡《しずおか》から新橋《しんばし》、其《そ》の距離《きょり》より長《なが》い汽車《きしゃ》に乗《の》ったことはございませんから、大《たい》して退屈《たいくつ》なことも覚《おぼ》えないで、真個《まったく》です、眠《ねむ》るなんということはなかったのに、魔《ま》がさしたのかも知《し》れません。じゃあ彼奴《あいつ》が、私《わたし》の肩《かた》を摑《つか》もうといたしたのは、函嶺《はこね》の中《なか》でございますね。」

「否《いいえ》、その前《ぜん》にも、一度《いちど》然《そ》うやって貴下《あなた》に目《め》をつけてからと申《もう》しますものは、此《こ》の室《しつ》を燕《つばめ》が通《とお》るように、何《なん》なんですよ、電燈《でんとう》の下《した》を切《き》っちゃあ、行《ゆ》き抜《ぬ》けましたが、然《そ》うです、丁度函嶺《ちょうどはこね》で、アノ恐《おそろ》しい轟々《ごうごう》という中《なか》に、靴《くつ》の音《おと》を沈《しず》めてじりじりと寄《よ》って参《まい》って、貴下《あなた》の背後《うしろ》へ一杯《いっぱい》に立《た》ちはだかりましたから、私《わたし》は其《それ》まで、女中《じょちゅう》と並《なら》んで、彼処《あすこ》に居《い》て、其《そ》の掃除夫《そうじふ》には気《き》も付《つ》かないようなふりをして居《い》ましたのですが、変《へん》だと思《おも》いましたから、故《わざ》と顔《かお》を見《み》てやりました。

然《そ》うすると、気《き》がさしたようすで、私《わたし》の方《ほう》を見《み》ましたっけ、睨《にら》みつけました、何《ど》うも其《そ》のいやなことッたら。

其《それ》までは、スリででもあるかと疑《うたが》いましたのが、余《あま》りいやな人相《にんそう》なんで、大変《たいへん》に取《と》って、私《わたし》は、貴下《あなた》の敵《かたき》で、これは！お殺《ころ》されなさるんじゃないかと思《おも》いましたもの。」

「何《なん》のおかかりあいのないお方《かた》が見《み》て其《それ》だもの、まともにやられた従姉《いとこ》は無理《むり》もありません。」

と人知《ひとし》れず歎息《たんそく》した。

「それで、まあ、何《ど》うなすったのでございます。」

「話《はなし》があとさきになりましたが。

却説《さて》、其《そ》の二度目《にどめ》に従姉《いとこ》の許《もと》に参《まい》りましたのは、先刻《さっき》も申《もう》しました通《とお》り、十日過《とおかす》ぎて後《のち》で。

前《せん》の時《とき》、矢張《やっぱり》、何《ど》うもお恥《はずか》しいにも何《なん》にも全《まった》く何処《どこ》へか紙入《かみいれ》を失《な》くなして居《い》たのですから、差当《さしあた》り困《こま》ります。

串戯《じょうだん》を事実《じじつ》にして、小遣《こづかい》を借《か》りて帰《かえ》りました、それを返《かえ》しかたがた、学校《がっこう》が済《す》んで、彼是《かれこれ》して出《で》かけました時間《じかん》ですから、日《ひ》の短《みじか》い時分《じぶん》のこと、横浜《よこはま》へ着《つ》きますと又夜分《またやぶん》で。」

六

「従姉《いとこ》は長火鉢《ながひばち》の向《むこ》うに貸本《かしほん》を読《よ》んで居《お》りましたっけ、火鉢《ひばち》は場所《ばしょ》をかえて、次《つぎ》の六畳《ろくじょう》に置《お》いてあったのです。

其《そ》の六畳《ろくじょう》は、前夜《せんや》私《わたし》どもが床《とこ》を三《みっ》ツならべて寝《ね》た処《ところ》でございました。」

紳士《しんし》は思《おも》い出《だ》したように、

「然《そ》う然《そ》う、未《ま》だ申《もう》しませんでしたが、前晩《せんばん》は未《ま》だ他《ほか》に小児《こども》が二人《ふたり》来《き》て泊《とま》って居《い》たのです、あとで聞《き》くと、矢張《やっぱり》従姉《いとこ》の世話《せわ》をした主人《しゅじん》が遠縁《とおえん》で、おなじ鉄道《てつどう》に運送係《うんそうがかり》を勤《つと》めて居《い》るものの小児《こども》だそうで、五《いつ》ツになるのと九《ここの》ツになるのと。

小《ちい》さな方《ほう》は女《おんな》の児《こ》で、これは盗人《ぬすつと》に入《はい》られて、万《まん》を頼《たの》まないさき、横浜《よこはま》に世帯《しょたい》を持《も》った当初《はじめ》から、夜《よる》は淋《さび》しいッて従姉《いとこ》が抱《だ》いて寝《ね》たんですな。

すると私《わたし》が飛込《とびこ》んだ晩《ばん》は、小児《こども》たちの内《うち》にも不意《ふい》の泊客《とまりきやく》があったとかいうことで、九《ここの》ツになる坊《ぼう》やがあぶれて泊《とま》りに来《き》たのだということでした。

（万《まん》さん、小児《こども》を踏《ふ》んじゃ厭《いや》よ、）と寄席《よせ》がえりが、ようよう寝《ね》に行《ゆ》く時《とき》に、従姉《いとこ》が気《き》をつけたので、私《わたし》もはじめて気《き》がついた、スーとも言《い》わないで、よく静《しずか》に寝《ね》て居《い》たものです。襖《ふすま》一重《ひとえ》で分《わか》りません位《くらい》、其癖《そのくせ》ね、兄坊《にいぼう》の方《ほう》は、おばさん盗賊《どろぼう》が入《はい》ると突《つ》くよかなんかで、小刀《ナイフ》を捻《ひね》りながら寝《ね》たんですとさ。

（そりゃ大変《たいへん》だ、新世帯《あらじよたい》に三《み》組《くみ》泊客《とまりきやく》じゃ、夜具《やぐ》にありつけそうもない、姉《ねえ》さん許《とこ》で風《かぜ》をひいちゃ、先祖《せんぞ》のお位牌《いはい》に済《す》まない、）と一杯機嫌《いっぱいきげん》で勇気《ゆうき》がついたから、迷惑《めいわく》を察《さっ》して、遅《おそ》いが旅籠屋《はたごや》へでも行《ゆ》く気《き》だったんです。

従姉《いとこ》が、

（私《わたし》は冷性《ひえしょう》だから行火《あんか》を二《ふた》ツ抱《だ》く、夜《よる》のものは其《そ》のつもりで一番《いちばん》さきに用意《ようい》がしてあるから、気遣《きづかい》なさるにゃ及《およ》ばない、私《わたし》は小児二人《こどもふたり》と一所《いっしょ》に寝《ね》るから、）

（其《そ》の方《ほう》へ私《わたし》が入《はい》ろう、）

（お前《まえ》さんを子持《こもち》にするのは未《ま》だ惜《お》しい、いいから任《ま》かしてお置《お》きなさい。）ッて、並《なら》べて床《とこ》を取《と》ってくれました。

小児《こども》の寝所《ねどこ》と此方《こっち》が二《ふた》ツ、裾合《すそあわ》せにして、万《まん》が寝《ね》たのです。

内《うち》には二階《にかい》が一室《ひとま》、も一《ひと》ツ台所《だいどころ》の傍《わき》に三畳《さんじょう》、盗賊《どろぼう》は其処《そこ》から入《はい》ったといいます、それだけありましたけれども、二階《にかい》は建具《たてぐ》を入《い》れたが骨《ほね》ばかりで、未《ま》だ障子《しょうじ》が貼《は》ってなかったんで、万《まん》を次《つぎ》の室《ま》へ、下《さ》げて寝《ね》かしては、襖《ふすま》を隔《へだ》てる、縦令従姉弟同士《たといいとこどうし》でも、若《わか》いものが二人《ふたり》、という遠慮《えんりょ》があったらしい、殊《こと》に掃除夫《そうじふ》は、大分主人《だいぶしゅじん》に恩《おん》を被《き》て居《い》る男《おとこ》だもんですから。

(じゃあすぐお寝《やす》みなさい、)と私《わたし》はさきへころげ込《こ》みました。手足《てあし》をのばした工合《ぐあい》はよし、くたびれては居《い》るし、酔《よ》っちゃ居《お》りましたし、枕《まくら》に就《つ》くと、もううとうと。

柔《やわらか》な裾《すそ》で、枕頭《まくらもと》を二度《ど》ばかり、するすると硝子杯《コップ》、煙草盆《たばこぼん》などをくれましたような気《き》がして、あとは分《わか》らなくなりました。

然《そ》うすると何《なに》か身体《からだ》に触《さわ》ったから、フト目《め》が覚《さ》めますと、従姉《いとこ》が一所《いっしょ》に寝《ね》て居《い》たんです。」

やましき処《ところ》なかりけむ、紳士《しんし》は事《こと》もなげに語《かた》ったのである。

「裾《すそ》の方《ほう》で、

(ああ、寝《ね》られぬ、寝《ね》られぬ、)と万《まん》が独言《ひとりごと》をいうんでさ。

(もう、起《お》きたら可《い》いでしょう、)と従姉《いとこ》が澄《すま》していった時《とき》、私《わたし》の方《ほう》へ肩《かた》を見《み》せて、身《み》をねじりました。

（六時《ろくじ》打《う》ったよ、）

（どりゃ、起《お》きようかねや、）

と万《まん》が大欠伸《おおあくび》をして、しばらくもじもじして居《い》ました、衣《き》ものを引《ひ》ッかけたと見《み》えて、のそりと襖《ふすま》をあけて、それからも三畳《さんじょう》に出《で》て、釜《かま》の下《した》を焚《た》きつける役《やく》だったんです。

それが早《はや》いか、従姉《いとこ》はするりと、起上《おきあが》りさまに、抜《ぬ》け出《だ》したあとの夜具《やぐ》の襟《えり》を、私《わたし》の胸《むね》におさえつけましたが、」

七

「一《ひと》ッ飛《と》びにトンと万《まん》の寝《ね》た衾《ふすま》の殻《から》へ、音《おと》をさしてずぶりと入《はい》って、（おお、暖《あったか》い、万《まん》さん、お前《まえ》さん火《ひ》の性《しょう》だと見《み》えてほかほかするねえ、あああ可《い》い心持《こころもち》だ、）とあだな声《こえ》で。

私《わたし》は胸《むね》がどきどきしたから、夜具《やぐ》を引被《ひっかぶ》ってしまいました。ぱちぱち聞《きこ》えたのは、万《まん》がやがて、釜《かま》の下《した》を焚《た》くんです。

雀《すずめ》の声《こえ》がすると、小児《こども》が目《め》を覚《さま》し、冴《さ》えた声《こえ》で饒舌《しゃべ》り出《だ》したのを、聞《き》き聞《き》き、又《また》ぐっすり一寝入《ひとねいり》。

目《め》を覚《さま》すと、私《わたし》の寝床《ねどこ》一《ひと》ツ残《のこ》して、あとは綺麗《きれい》に片《かた》づいて居《い》ました。帯《おび》を取《と》ってくれる、書生羽織《しょせいばおり》を着《き》せてくれる、紺足袋《こんたび》も裏《うら》を揃《そろ》えて、行火《あんか》に暖《あった》めてある、顔《かお》を洗《あら》いに行《ゆ》くと、シャボン、歯磨《はみがき》、櫛《くし》、鏡《かがみ》も揃《そろ》って、丼《どんぶり》には豆腐《とうふ》、真白《まっしろ》な葱《ねぎ》まで買《か》ってある。

万《まん》が、親類《しんるい》のお客様《きゃくさま》に御馳走《ごちそう》をしておあげなさいと、それはそれは小《こ》まめに立働《たちはたら》いて、雑巾《ぞうきん》も二度《ど》かけて、朝疾《あさはや》く勤《つと》めに出《で》て行《い》ったといいます。

小児《こども》も最《も》う帰《かえ》って居《い》ました。

従姉《いとこ》は別《べつ》に変《かわ》った様子《ようす》もなし、私《わたし》も何《なん》とも思《おも》いませんでしたが、妙《みょう》に胸《むね》の底《そこ》に得《え》もいわれないような心持《こころもち》がしたのです。十一時《じゅういちじ》の汽車《きしゃ》で、本郷《ほんごう》の下宿《げしゅく》に帰《かえ》りました、それから十日《とおか》経《た》って其《そ》の二度目《にどめ》に参《まい》りました時《とき》まで、此《こ》の思《おもい》は絶《た》えなかったので。

すると貸本《かしほん》を読《よ》んで居《い》た、一心《いっしん》に見入《みい》って、明《あかる》い洋燈《ランプ》も霞《かす》んだように、うっとりして顔《かお》を上《あ》げましたが、

（おお、長《ちょう》さん、）とばったり畳《たたみ》に伏《ふ》せたのです、元気《げんき》よく声《こえ》をかけて、快《こころよ》くいそいそ迎《むか》えてくれましたけれども、何《なん》となく窶《やつ》れて、あいかわらず串戯《じょうだん》をいう内《うち》に、取《と》ってつけたよう

に、一寸《ちょい》一寸《ちょい》真面目《まじめ》になって、何《なに》か考《かんが》え事《ごと》をするらしい。

従姉《いとこ》は、小取《ことり》まわしに、座《ざ》を立《た》たないで、二《ふた》ツ三《み》ツ一寸《ちょっと》食《た》べられるものをならべて、酒《さけ》を出《だ》すのが不断《ふだん》から大《だい》の自慢《じまん》で。蓋物《ふたもの》を出《だ》しながら、又考《またかんが》えて居《い》ましたが、

（ああ、万《まん》さん、）

（へい、）と例《れい》の舌《した》ッたるく、台所《だいどころ》のわきの三畳《さんじょう》の襖《ふすま》を中《なか》からあけて、ぼっとして間《ま》のぬけた、然《しか》も目《め》も眉《まゆ》も口《くち》つきも、せせッこましい顔《かお》を出《だ》したのは掃除夫《そうじふ》です。

（あのね、長《ちょう》さんは今夜《こんや》泊《とま》るんですからね。）

（はい、）

（そしてね、お身体《からだ》の都合《つごう》で、しばらく同居《どうきょ》をしますから、）

私《わたし》に目配《めくば》せをして、

（お前《まえ》さん、最《も》う可《い》いんですよ、）

睨《にら》めるようにして又私《またわたし》の顔《かお》を見《み》たんです、口《くち》を出《だ》すなというのでしょう。

（はあ、然《そ》うかね、そして私《わし》これから官舎《かんしゃ》の溜《たまり》へ去《い》って寝《ね》るかね。）

（何《ど》うともさ、）

（はあ、）といったッ切《きり》、びしゃりと襖《ふすま》を閉《し》めたんです。

内証《ないしょう》で、極低声《ごくこごえ》でひそひそいうことがあるだろうと、私《わたし》は耳《みみ》を差寄《さしよ》せましたけれども、従姉《いとこ》は膝《ひざ》にブリッキの海苔《のり》の缶《かん》をついたまま、うつむいて、呼吸《いき》を殺《ころ》すように。

しばらくしてはッと溜息《ためいき》、いやしらけましたこと夥《おびただ》しい。

トがさがさして居《い》た襖《ふすま》を又開《またあ》けますと新《あたら》しい手拭《てぬぐい》を腰《こし》にはさんで、手織《ており》のどんつく、こてこてと綿《わた》の厚《あつ》いのを、はや座敷《ざしき》から尻端折《しりばしょり》。

棒縞《ぼうじま》の汚《よご》れたズボン下《した》を太《ふと》く穿《は》いて、例《れい》の汚《きたな》い、大《おおき》な足《あし》で、のさりのさりと私《わたし》のうしろを通《とお》る、片手《かたて》に風呂敷《ふろしき》づつみ、片手《かたて》に何《なん》と行火《あんか》をむき出《だ》しに引提《ひッさ》げてましょう。

(おやおや大変《たいへん》なお荷物《にもつ》、)

(もう、むこうじゃ火《ひ》もねえだ、)といいましたが、土間見《どまみ》たような処《ところ》へ寝《ね》るんですってね。

(荷物《にもつ》はあしたでも取《と》りにおいでな、)

(へへへへへへ、)と不意《ふい》に笑《わら》いましたぜ。」

八

「而《そう》して其《そ》の時《とき》、あの凄《すご》い目《め》で、二人《ふたり》をじろりと見《み》ましたが、

（今度《こんど》くりゃ、そんな用《よう》じゃござりません。）ッて。

従姉《いとこ》は蒼《あお》くなりましたが、そんな気《き》の弱《よわ》い人《ひと》じゃないのでしたが、しかし、

紳士《しんし》はあらたまって、

「貴女《あなた》も唯今御覧《ただいまごらん》なすった時《とき》、あいつの睨《にら》むのを見《み》て、私《わたし》が殺《ころ》されでもする、大切《たいせつ》な事《こと》のようにお思《おも》いなすったとおッしゃいました。

誰《だれ》が見《み》ても何《なん》ともいわれない獰悪《どうあく》な目《め》つきなんでございますね。で、ひどい泥濘《ぬかるみ》だったもんですから、其《そ》のなりでのさのさ出《で》て行《い》ったあとで、しばらくして従姉《いとこ》が、

（長《ちょう》さん、済《す》まないが、今夜《こんや》は帰《かえ》って下《くだ》さい、御出世前《ごしゅつせまえ》の身体《からだ》だから何《なに》につけても御大切《おだいじ》だ、）ッていうのです。

何事《なにごと》がはじまるのだろうと思《おも》いますと、

（屹《きっ》と万《まん》が殺《ころ》しに来《く》るよ、）といいました。

而《そ》して染々《しみじみ》、

（前世《ぜんせ》の因縁《いんねん》というのでしょう、私《わたし》は境涯《きょうがい》で、心《こころ》にもない罪《つみ》も造《つく》って居《い》るし、好《す》きなこと、勝手《かって》なこと、随分我《ずいぶんわが》ままをして、長《ちょう》さんとも一所《いっしょ》に寝《ね》たから、もう思《おも》い残《のこ》すことはない、）

といって顔《かお》を見《み》て莞爾《にッこり》する。

一度《いちど》は私《わたし》も吃驚《びッくり》したけれど、これを聞《き》いて、馬鹿々々《ばかばか》しくなって安心《あんしん》をしたのです。けれども、串戯《じょうだん》は串戯《じょうだん》、誰《だれ》も他《ほか》に人《ひと》がないから、其《それ》には寄《よ》らず終汽車《しまいぎしゃ》で引返《ひっかえ》しました、別《べつ》に心《こころ》には留《と》めなかったんですが、何《なん》となく別《わか》れぎわが悪《わる》かったも、道理《どうり》、従姉《いとこ》はもう亡《なく》なりました。

話《はなし》の様子《ようす》でお分《わか》りになりましたでしょう、勿論殺《もちろんころ》されて。

しかし、咽喉《のど》だの背《せ》だの、七八《しちはち》ケ所《しょか》嚙み散《ち》らかしてあった歯《は》のあとが、当時《とうじ》のしらべでは、何《ど》うも獣《けだもの》の牙《きば》だということで、未《いま》だに警察《けいさつ》の疑問《ぎもん》になって居《お》ります。

私《わたし》は公儀《こうぎ》のことについて、何《なん》とも口《くち》を出《だ》しません、唯心静《ただこころしずか》に亡《な》き人《ひと》を弔《とむら》うばかりでありますが、ここで万《まん》に逢《あ》うとは思《おも》いませんでした。

万《まん》は何《ど》うしたか七年越《しちねんごし》うわさも聞《き》かないのでしたが、じゃあ、矢張掃除夫《やっぱりそうじふ》をして居《い》るのでしょう。

決《けっ》して、万《まん》の仕業《しわざ》だとは思《おも》いません、従姉《いとこ》を殺《ころ》したのはあいつではありますまいが、しかし、貴女《あなた》が気《き》をつけて下《くだ》さいませんと、私《わたし》もフト嚙《か》まれたかも知《し》れないのです。

何《なん》と、あの顔《かお》は一種《いっしゅ》の猫《ねこ》に肖《に》ては居《い》ませんでしたか、左《ひだり》の目《め》のふちから頰《ほほ》へかけた、赤痣《あかあざ》は、斑《ぶち》のように見《み》えませんでしたか。

ついては、同一形《おなじかたち》の斑猫《ぶちねこ》が一疋《ぴき》此《こ》の話《はなし》に絡《から》んで居《い》ます、腕白盛《わんぱくざかり》に、亡《な》くなった従姉《いとこ》がお転《てん》婆《ば》で、いやもう近所《きんじょ》を荒《あら》して歩行《ある》いた名高《なだか》いのを、二人《ふたり》で殺《ころ》して、見届《みとど》けて、裏《うら》の大藪《おおやぶ》へ棄《す》てたことがありました。

くだらないことですから、貴女《あなた》には、一切其事《いっさいそのこと》に就《つ》いては申《もう》しませぬ。お棄《す》てなさらないで、お聞《き》きだというなら、なお悪《わる》い、夜更《よふけ》だし、それにあやかしがついて居《い》ますから、お気味《きみ》が悪《わる》うございましょう。

二十五《にじゅうご》の厄年《やくどし》の男《おとこ》とは、同行《どうこう》もしないものと申《もう》します。殊《こと》に猫万《ねこまん》が此《こ》の汽車《きしゃ》に居《い》て、既《すで》に私《わたし》の身《み》のまわりへ出没《しゅつぼつ》します上《うえ》は、なお更《さら》のこと、貴女《あなた》にまた御迷惑《ごめいわく》でもかかってはなりませんから、室《しつ》を別《べつ》にいたしましょう、これで、」

夫人《ふじん》は浜松《はままつ》に帰《かえ》ってから、然《さ》る寂《さみ》しい、物凄《ものすご》い夜汽車《よぎしゃ》に乗《の》ったことをついぞ覚《おぼ》えぬ、で、寧《むし》ろ同車《どうしゃ》して事件《じけん》に携《たずさ》わるより、跡《あと》に取残《とりのこ》されて女《おんな》ばかりになる方《ほう》がなお堪《た》えられないと、言《い》って切《せつ》に引留《ひきと》めたが、静岡《しずおか》で別《わか》れて何《なん》の事《こと》もなかった。しかし心《こころ》を寒《さむ》うしたのは、興津《おきつ》の停車場《ていしゃば》で、他愛《たわい》のなかった女中《じょちゅう》が、恐《おそ》しく魘《うな》された時《とき》であったと、親《した》しい友《とも》に物語《ものがた》って、

「其《そ》の掃除夫《そうじふ》は、私《わたし》が見《み》ても猫《ねこ》そッくり。」

千鳥川

上

「おかみさん。心中《しんじゅう》のあった処《ところ》だそうだね。何《なん》だか気《き》の毒《どく》らしくって、好《い》い景《け》色《しき》だとも言《い》えないような気《き》がするな。」

夕陽《ゆうひ》にかざした小手《こて》を払《はら》って、客《きゃく》なる学生《がくせい》は差置《さしお》いた猪口《ちょく》を取上《とりあ》げた。

「嘘《うそ》でございますよ、あなた、案内者《あんないしゃ》をお連《つ》れなさいましたか。」

「可哀相《かわいそう》に、御覧《ごらん》の通《とお》りの椋鳥《むくどり》だけれども、汽車《きしゃ》という重宝《ちょうほう》なもののあるお庇《かげ》には、今《いま》はじめての参詣《さんけい》ではない。」

店頭《みせさき》へ床几《しょうぎ》を据《す》えた、土間《どま》に掘立《ほったて》の柱《はしら》につかまって居《い》る女房《にょうぼう》、仰山《ぎょうさん》に胸《むね》を反《そ》らして、

「あら、まあ、飛《と》んだことをおっしゃる。然《そ》うではございませんけれど、大方案内者《おおかたあんないしゃ》が、そんなことを申上《もうしあ》げたんでしょうと思《おも》います。」

「其《それ》では間違《まちが》って居《い》るのかい。」

「まるで、貴下《あなた》、嘘《うそ》なんでございますもの。」

「でも何《なん》だぜ、新聞《しんぶん》にさえ委《くわ》しく出《で》て、一時大騒《ひとしきりおおさわ》ぎをやったんだぜ。」

「其《それ》は貴下《あなた》、心中《しんじゅう》のあったのは真個《まったく》でございますけれど、何《なに》も彼《あ》の鱗岩《うろこいわ》からではございません。此《こ》のさきの千鳥川《ちどりがわ》の川下《かわしも》へ身《み》を投《な》げたのでございますがね。それじゃ些《ちっ》とも引立《ひきた》ちませんから、ああやって此《こ》の土地《とち》へさえ入《い》らっしゃれば、直《す》ぐ誰方《どなた》でも目《め》につきます、御覧《ごらん》なさいまし、彼《あ》の通《とお》り、」

立《た》って居《い》て伸上《のびあが》る、女房《にょうぼう》の目《め》には望《のぞ》むべく、胡坐《あぐら》で居《い》て、俯向《うつむ》く学生《がくせい》の目《め》には瞰《みおろ》すべく、島山《しまやま》の根《ね》をさらさらと嚙《か》んで、恰《あたか》も霜柱《しもばしら》の崩《くず》れるような、浪打際《なみうちぎわ》を稍離《ややはな》れた辺《あたり》、五尺海面《ごしゃくかいめん》を抜《ぬ》いて五十畳敷《ごじゅうじょうじき》ばかりの一座《いちざ》の岩《いわ》、一脈《いちみゃく》、一秒《いちびょう》に波《なみ》が被《かぶ》って、たらたらと其《そ》の上《うえ》を走《はし》るが、

折《おり》からの夕焼《ゆうやけ》に金《きん》を溶《と》かして流《なが》せる如《ごと》く、又《また》、右《みぎ》より、左《ひだり》より、前《まえ》より、後《うしろ》より、悠然《ゆうぜん》と然《しか》も隙《すき》なく、静《しず》かに然《しか》も強《つよ》く、和《やわら》かに然《しか》も揺《ゆ》れて、乗上《のりあが》り、躍越《おどりこ》し、引返《ひきかえ》し、溢《あふ》れかかり、ざッと引《ひ》いてやがて打《う》ち打《う》ち打寄《うちよ》する、水《みず》と水《みず》と相合《あいあ》う処々《ところどころ》、水銀《すいぎん》を投《な》げて砕《くだ》くよう、然《しか》も周《しゅう》囲《い》は、緑青《ろくしょう》の濃《こ》き慎重雄大《しんちょうゆうだい》な色《いろ》を湛《たた》えて、恰《あたか》も一条《いちじょう》の青龍《せいりゅう》有《あ》り、其《そ》の岩《いわ》の根《ね》に棲《す》んで、其《そ》の鱗《うろこ》を一個《ひとつ》々《ひとつ》、潮《しお》に呼吸《いき》つく毎《ごと》に、海《うみ》はただ彼処《かしこ》ばかり常《つね》に大動揺《だいどうよう》をするが如《ごと》くである。

「彼《あれ》でございますから、貴下《あなた》、龍《たつ》の鱗岩《うろこいわ》と申《もう》しますと、津々浦々《つつうらうら》まで聞《きこ》えて居《お》りますので、評判《ひょうばん》の立《た》ち好《い》いように、新聞《しんぶん》で拵《こしら》えたのでございますとさ。」

「然《そ》うか、成程《なるほど》、」と、他《た》に思《おも》うことのあるらしい、生返事《なまへんじ》を為《し》ながら、今《いま》なお瞻《みまも》って居《い》た鱗岩《うろこいわ》から目《め》を返《かえ》して、

「じゃあ其《そ》の、」

一口《ひとくち》飲《の》み、

「川下《かわしも》だね、抱合《だきあ》って入《はい》ったのは。而《そ》して千鳥川《ちどりがわ》といえば此処《ここ》へ来《く》る路《みち》に、川《かわ》つづき、山《やま》の下《した》まで早船《はやぶね》が出《で》る、彼処《あそこ》だろう。」

「然《さ》ようでございますよ。」

「はてな、」

学生《がくせい》は膝《ひざ》で割《わ》ってはさむようにして居《い》る、膳《ぜん》の上《うえ》の箸《はし》を取《と》ったが、謂《い》うことに実《み》が入《い》ったか、其《そ》のまま置《お》き、

「千鳥川《ちどりがわ》と聞《き》くと恐《おそ》ろしく寒《さむ》くって凄《すご》そうだが、いや一向《いっこう》なものじゃないか。匍匐《はらばい》になったって、急《きゅう》に沈《しず》みそうにも見《み》えないぜ。」

「貴下《あなた》、潮《しお》がさしひきをいたしますよ。其《それ》に丁《ちょう》ど心中《しんじゅう》したのは引潮時《ひきしおどき》でございましたから、ずるずると海《うみ》へ奪《と》られましてね、死骸《しがい》は、何《なん》でございます、此《こ》の沖《おき》で上《あが》りました。」

学生《がくせい》は頬《ほほ》に手《て》を当《あ》て、

「はあ、潮《しお》のさしひき、いや、大《だい》うかつ。薩張其処《さっぱりそこ》へ気《き》が着《つ》かなかった、潮《しお》のさしひき。……おお、然《そ》う云《い》や、杯《さかずき》の引潮時《ひきしおどき》だ。」

と手酌《てじゃく》で注《つ》ぎ足《た》して、呵々《からから》と笑《わら》った、怪《け》しからず、可《い》い機嫌《きげん》。

女房《にょうぼう》は余《あま》り機嫌《きげん》がよくない。何故《なぜ》なら、書生客《しょせいきゃく》と、土間《どま》を僅《わずか》ばかり隔《へだ》てた、此《こ》の岩端《いわばな》の掛《かけ》茶屋《ぢゃや》の其《そ》の一番海《いちばんうみ》に臨《のぞ》んだ端《はし》の床几《しょうぎ》に、貴《あで》なる美《うつく》しい令嬢一人《れいじょうひとかた》、女中《じょちゅう》が二人《ふたり》ついたのが休《やす》んで居《い》るから。

利害失得《りがいしっとく》、之《これ》に酒客《しゅかく》を置《お》くのは、彼処《かしこ》の茶代《ちゃだい》に関《かん》する、と思《おも》うので。

下

「お銚子《ちょうし》はいかがでございますね。」

其《それ》にもせよ、取合《とりあ》わずに居《い》ては、何時《いつ》まで飲《の》んで居《い》るか知《し》れないので、女房《にょうぼう》が自分《じぶん》に、お銚子《ちょうし》の区切《くぎり》をつけに来《き》たのであった。

「未《ま》だある、女房《おかみ》さん、お酌《しゃく》には及《およ》ばないが、まあ話《はな》し給《たま》え。ええと、恬《こ》う斬《き》ったり、はったり、人《ひと》の生命《いのち》にかかわるようなことは、都会《とかい》にはいくらもあるが、こんな辺鄙《へんぴ》だから嘸《さぞ》其《そ》の時《とき》は騒《さわ》いだろう。」

「そりゃ、随分騒《ずいぶんさわ》ぎました、」

「どんな風《ふう》だった、おかみさん、見《み》たか、」

「さあ、見《み》ましたとも、死《し》んで上《あが》りました時《とき》は存《ぞん》じませんが、心中《しんじゅう》をします日《ひ》の晩方《ばんがた》、二人《ふたり》づれでお参詣《まいり》をして、その時私《ときわたし》どもへ一寸休《ちょっとやす》んだのでございますもの、」

学生《がくせい》は乗出《のりだ》して、

「様子《ようす》は？　些《ちっ》ともそんな様子《ようす》は無《な》かったかね、」

「何《なん》ですか、貴方《あなた》、栄螺《さざえ》でも召食《めしあが》りませんかなんて申《もう》しましても、ああ、ああッたッ切《きり》、上《あ》げて可《い》いんだか、悪《わる》いんだか分《わか》りません位《ぐらい》、二人《ふたり》とも中《ちゅう》で返事《へんじ》をして、上《うわ》の空《そら》ででも居《い》るようでしたッけ。少《わか》い同士《どうし》夢中《むちゅう》なんでしょう。それに、女《むすめ》の方《ほう》は、テキハキものを言《い》い得《え》ませんし、大方《おおかた》、極《きまり》が悪《わる》いんだろうと思《おも》って居《い》ましたがね、なあに、男《おとこ》は尋常《じんじょう》の方《かた》なんだそうですけれど、女《むすめ》と来《き》た日《ひ》にゃ、良《い》い家《うち》のお嬢《じょう》さんで、立派《りっぱ》な学校《がっこう》の生徒《せいと》さんだというのに、飛《とん》だ浮気《うわき》もんだそうですよ、行《ゆ》きがけの道《みち》づれにされたのでございます、而《そ》して些《ちっ》とも容色《きりよう》が好《よ》かないんだから厭《いや》じゃありませんかね。」

「だッて、欺《だま》されたと言《い》うわけでもなかろう。思合《おもいあ》った中《なか》なればこそ、心中《しんじゅう》もしたし、又《また》死骸《しがい》さえ女《むすめ》の扱帯《しごき》で結合《むすびあ》って居《い》たというぜ。」

「其《それ》が皆《みんな》、こましゃくれた女《むすめ》のさし金《がね》でございます。いいえ、皆知《みんなし》って居《お》ります。つい此《こ》のさきの、増屋《ますや》という旅籠屋《はたごや》のお客《きゃく》で、四五日《しごにち》逗留《とうりゅう》をするという話《はなし》だったのが、学校《がっこう》の都合《つごう》で、急《きゅう》に終汽車《しまいぎしゃ》で東京《とうきょう》へ帰《かえ》らなければならぬと言出《いいだ》しましたそうで、其《それ》がもう日《ひ》が暮《く》れてからでございましたものですから、番頭《ばんとう》が提灯《ちょうちん》をつけて、千鳥川筋《ちどりがわすじ》を村《むら》はずれの立場《たてば》まで見送《みおく》りました。

其《そ》のあとで、又《また》あとへ引返《ひっかえ》して、川下《かわしも》から這入《はい》りました様《よう》ですが、其《そ》の番頭《ばんとう》なぞも然《そ》ういいます、旦那《だんな》の方《ほう》は内気《うちき》な優《おとな》しい方《かた》でしたって。

だから、御覧《ごらん》なさい、はじめは、あれ彼処《あすこ》に、」

と、女房《にょうぼう》は山《やま》の方《ほう》を見返《みかえ》った。白布《しらぬの》を引《ひ》いて磯形《いそなり》に上《うえ》へ並《なら》んで、虹《にじ》の如《ごと》く、岩《いわ》の狭間《はざま》に途切《とぎれと》途切《ぎれ》の故道《ふるみち》を横切《よこぎ》って、遥《はるか》に一条《いちじょう》の濃《こ》き煙《けむり》、胡粉《ごふん》を以《も》て描《えが》けるよう、そよとも靡《なび》かず。其《そ》の辺《あたり》から黄昏《たそが》れて、岩間《いわま》々《いわま》々の波暗《なみくら》く、栄螺《さざえ》の背《せな》に暮《く》れかかって膳《ぜん》の上《うえ》がうら淋《さびし》い。

「あの海草《うみくさ》を焚《た》いて居《お》ります、彼処等《あすこいら》が、合葬場《がっそうば》で、死骸《しがい》は仮埋《かりうめ》になりました。

後《あと》で知《し》れたのでございますが、なかなか貴下《あなた》、其《そ》の女《むすめ》の家《うち》は、急《きゅう》に名《な》の知《し》れませんような身分《みぶん》ではないのですけれど、最《も》う親達《おやたち》も、家《いえ》の恥《はじ》と、打棄《うっちゃ》って置《お》くのでございましょう。

男《おとこ》の方《ほう》は御親類《ごしんるい》の方《かた》が、直《す》ぐに駈《か》けつけてお見《み》えになりまして、早速掘起《さっそくほりおこ》して立派《りっぱ》にお引《ひき》取《と》りなさいました。」

学生《がくせい》は眉《まゆ》をあげて、

「女《むすめ》の死骸《しがい》は、」

「其《そ》のままでございます。身《からだ》を結《ゆわ》えつけた上《うえ》に、未《ま》だ、黒髪《くろかみ》の水《みず》にほぐれたのが、恐《おそろし》い、男《おとこ》の肩《かた》をびったりと巻《ま》いて、女《むすめ》の方《ほう》からしっかり抱《だき》ついて死《し》んで居《い》たと云《い》うんでございますよ。そんなしだらで男《おとこ》をそそのかして、慾《よく》の深《ふか》い、貴下《あなた》、何《ど》うぞ死骸《しがい》は一所《いっしょ》に葬《ほうむ》ってくださいましと、お役人宛《やくにんあて》に女《むすめ》の手《て》で遺言《ゆいごん》がしてあったんだそうでございます。憎《にく》いじゃございませんか。

其《そ》の遺書《かきおき》が、村役場《むらやくば》に大事《だいじ》に了《しま》ってあったのを、男《おとこ》の方《ほう》の御親類《ごしんるい》に見《み》せましたものですから、叔父御《おじご》だといいましたね、書記官《しょきかん》とかを遊《あそ》ばす、御身分《ごみぶん》のある方《かた》が、憎《にく》い阿魔《あま》だ、と歯《は》がみを遊《あそ》ばして、引裂《ひっさ》いてお棄《す》てなさいましたそうでございます。可気味《いいきみ》じゃございませんか。

あとで胸《むね》も乳《ちち》も露出《むきだし》のままで、阿魔《あま》っ児《こ》は一人《ひとり》ぼっち、旧《もと》の投埋《なげうめ》、ほんとに唾《つば》でも引《ひっ》かけてお遣《や》りなされば可《よ》かったと、其時《そのとき》もお供《とも》をした増屋《ますや》の御主人《ごしゅじん》、番頭《ばんとう》さんも然《そ》う申《もう》します。」

「ま、ま、待《ま》て。」

学生《がくせい》は、女房《にょうぼう》の行《ゆ》きかけたのを、猪口《ちょく》の雫《しずく》を切《き》りざまに、斜《なな》めに手《て》を振《ふ》って遮《さえぎ》った。

「待て、気《き》の毒千万《どくせんばん》。そんな分《わか》らず家《や》が揃《そろ》って居《い》るから、若木《わかぎ》の枝《えだ》を撓《た》め枯《か》らすようなことにもなるのだ。可《よし》、親類《しんるい》の者《もの》は、身贔屓《みびいき》や、身内《みうち》の可愛《かわい》さに目《め》も眩《くら》もう。但《ただ》、此処《ここ》へ遊《あそ》びに来《く》るものが、自然《しぜん》おかみさん、お前《まえ》の話《はなし》なぞを聞《き》いたら、嘸《さ》ぞ皆可哀相《みんなかわいそう》だというだろう。彼《あ》の鱗岩《うろこいわ》を弔《とむら》う者《もの》もあろうし、旧道《きゆうどう》を通《とおり》がかりには、路傍《みちばた》の草《くさ》なりと、手向《たむ》ける人《ひと》が沢山《たくさん》だろうね。」

「否《いいえ》、貴下《あなた》、誰《だれ》がそんな間違《まちが》った、第一《だいいち》、身《み》を投《な》げたのは彼《あ》の岩《いわ》からではないと申《もう》しますと、何《なん》だ馬鹿《ばか》々《ばか》しい、とおっしゃいます。心得違《こころえちが》いなどという方《かた》もあり、業曝《ごうざらし》などという方《かた》もございますね。つい此《こ》の間《あいだ》も、其《そ》の女《むすめ》の、学校《がっこう》ともだちの、皆様《みなさん》、蝦茶《えびちゃ》のお袴《はかまめ》を召したお嬢《じょう》さんがお三方《さんかた》で、島遊《しまあそ》びにおいでなさいましてね、其《そ》の話《はなし》が出《で》ますと、私《わたし》たちはもう旧《もと》から交際《つきあい》は為《し》なかったとおっしゃいましてね。抱合《だきあ》って死《し》ぬなんて何《なん》という醜態《しゅうたい》だろう、学《がっ》校《こう》の名《な》なんか出《だ》されて、ほんとうに友達《ともだち》の外聞《がいぶん》だ、聞《き》くのも厭《いや》と、耳《みみ》をおさえるやら、目《め》をかくすやら、貴下《あなた》、口《くち》を袖《そで》で塞《ふさ》ぐやら、ほんとうに学問《がくもん》を遊《あそ》ばした方《かた》は豪《えろ》うございますよ。それから貴下《あなた》、黙《だま》って居《い》れば可《よ》うございましたけれども、ついお話《はなし》の序《ついで》に、心中《しんじゅう》が此店《ここ》で休《やす》んで参《まい》りました、と申《もう》しますと、ええ、まあ汚《けが》らわしい、同一家《おなじうち》に休《やす》んだといって、袖《そで》を払《はら》ったり、裾《すそ》を振《ふ》ったり、鶴亀《つるかめ》々《つるかめ》をして、さっさとお帰《かえ》りなすったので、私《わたし》も気《き》がつきましたものでございますから、遅蒔《おそまき》ながら心中《しんじゅう》の休《やす》んだ床几《しょうぎ》に、塩《しお》をバラバラとふりましてございます、もう些《ちっ》ともおきづかいはないのでございます。」

「いや、戯談《じょうだん》じゃない。」

と学生《がくせい》は擲《なげう》つ如《ごと》く、ぴたりと杯《さかずき》を俯向《うつむ》けに膳《ぜん》に伏《ふ》せ、

「汚《けが》らわしいも凄《すさま》じい！お茶《ちゃ》ッぴいめら。尤《もっと》もな、蝦茶《えびちゃ》なんか穿《は》いてた日《ひ》にゃ、身《み》を投《な》げ

たって、龍宮《りゅうぐう》で門前払《もんぜんばらい》だ。」

と激《はげ》しく声高《こわだか》にいった……我《われ》ながら、別座《べつざ》の客《きゃく》に気《き》がさしたか、学生《がくせい》がフト後《うしろ》を見《み》ると、岩端《いわばた》に立《た》って、小形《こがた》の双眼鏡《そうがんきょう》を取《と》りながら、球《たま》を袖《そで》に伏《ふ》せて、すらりと背姿《うしろすがた》で彳《たたず》んで居《い》た、世《よ》にも麗《あでや》かな高髷《たかまげ》の、頸脚《えりあし》の雪《ゆき》のようなのが、思《おも》わずもの思《おも》う風情《ふぜい》で、振返《ふりかえ》って、ト顔《かお》を見《み》合《あわ》せた。

二人《ふたり》の女中《じょちゅう》は、二人《ふたり》して、手《て》に手《て》に、しとやかに林檎《りんご》を剝《む》いて居《い》たが、菓子皿《かしざら》を挟《さしはさ》んで、向《む》き合《あ》って、緋《ひ》の毛氈《もうせん》の上《うえ》に正《ただ》しく坐《ざ》したまま、斉《ひと》しく莞爾《にっこり》した、が、又伏目《またふしめ》になる。

令嬢《れいじょう》はそれなり双眼鏡《そうがんきょう》を其《そ》の涼《すずし》い目《め》にあてて、山手《やまて》の方《かた》へ向《むき》をかえたが、一度《いちど》辷《すべ》らしたように外《はず》して、やがて片手《かたて》を柱《はしら》にかけた。羅《うすもの》の袖《そで》は優《やさ》しく、時《とき》に件《くだん》の煙《けむり》とともに、やさしく晩《ばん》風《ぷう》にそよいだのである。

意気昂然《いきこうぜん》として、

「そんな徒《てあい》は簀《す》巻《まき》にして沈《しず》めたって活返《いきかえ》るのだから論外《ろんがい》だが、可哀相《かわいそう》に、死《し》んだものを、くさしかける奴《やつ》があるか。

善《ぜん》にせよ、悪《あく》にせよ、まあ、聞《き》け。死《し》ぬというはよくせきだぜ。たとい、ふしだらにもせよ、又身性《またみじょう》の悪《わる》いものにもせよ、懺悔《ざんげ》に消《き》えるとさえいうものを、活《い》きて居《い》られないと覚悟《かくご》をすりゃ、罪《つみ》も報《むくい》も其迄《それまで》だ。

譬《たと》いどんなことがあったにしろ、身《み》を棄《す》てたら許《ゆる》すべきじゃないか。

現在《げんざい》、命《いのち》を捧《ささ》げたものを、其《そ》の情《じょう》を酌《く》まないで、親類《しんるい》とやらの奴《やつ》も然《そ》うだ。対手《あいて》の女《むすめ》をこき下《おろ》すのは、男《おとこ》の恥《はじ》を曝《さら》すんだぜ。死骸《しがい》になっても黒髪《くろかみ》で抱緊《だきし》めて居《い》たあわれなものが、引《ひき》放《はな》されて一人《ひとり》あの路傍《みちばた》へ投埋《なげう》めにされたら、何《ど》んな心持《こころもち》がすると思《おも》う。

一体貴様《いったいきさま》たちのいいようが宜《よろし》くない。女《むすめ》は不身持《ふみもち》だの、死《し》んだ場処《ばしょ》が違《ちが》ってるの、容色《きりよう》がよくないのと散々《さんざん》に話《はな》すから、聞《き》く奴等《やつら》も鼻《はな》のさきで扱《あつか》うんだ。

嘘《うそ》でもいい、追善菩提《ついぜんぼだい》のため、飽《あく》まで誉《ほ》めろ、思《おも》うさま庇《かば》って話《はな》せ。

場処《ばしょ》も如何《いか》にも、鱗岩《うろこいわ》で、然《しか》も月夜《つきよ》だったといえ。一度《いちど》お顔《かお》を見上《みあ》げたものは、私《わたくし》どもはじめ、思出《おもいだ》しては泣《な》きますと何故《なぜ》いってやらない。

塩《しお》をふったような了簡方《りようけんかた》だから、貴様《きさま》の此《こ》の店《みせ》も繁昌《はんじよう》しない。一生栄螺《いっしようさざえ》を焚《や》いて終《おわ》りたくなかったら、お二方《ふたかた》のお休《やす》み遊《あそ》ばした処《ところ》だといって、道行茶屋《みちゆきぢやや》という看板《かんばん》でも出《だ》して見《み》ろ、あの鱗岩《うろこいわ》を築山《つきやま》にして、此《こ》の海《うみ》を庭《にわ》にする位《くらい》、三階建《さんがいだて》に出世《しゅつせ》をすら、馬鹿《ばか》な奴《やつ》だ。

何《ど》うせ、くさしついでだと思《おも》って、第一女振《だいいちおんなぶり》が好《よ》くないなぞということがあるものか。先《ま》ず其《そ》の容色《きりよう》から誉《ほ》め立《た》てろ、ついぞ見《み》た事《こと》のないような美《うつく》しいお姫様《ひめさま》でございましたと、」

「ほほほほほ、」

女房《にょうぼう》は余《あま》りのことに大笑《おおわらい》をして、然《さ》も軽蔑《けいべつ》したように、

「はあ、可《よ》うございますから、お静《しずか》に行《い》らっしゃいまし。誉《ほ》めましょうとも、男《おとこ》の方《ほう》は貴下《あなた》をそッくり、」

と馬鹿《ばか》にする。

学生《がくせい》は、じっと見《み》て、

「可《よ》し、そして女《むすめ》の方《ほう》は、」

と片膝《かたひざ》立てて、屹《きっ》と振向《ふりむ》き、

「彼処《あすこ》においでの、あの御婦人《ごふじん》を其《その》まま、」

「貴下《あなた》滅相《めっそう》な、途方《とほう》もない、」

それだからいわぬことか、酔漢《よっぱらい》と、女房《にょうぼう》は蒼《あお》くなって、此《こ》の罰《ばち》に茶店《ちゃみせ》が崖《がけ》から落《お》ちるだろうと思《おも》うばかり蒼《あお》くなった。

学生《がくせい》は自若《じじゃく》として、しかし白面《はくめん》に酔《よい》ならず、紅《こう》を潮《ちょう》して、

「失礼《しつれい》……失礼《しつれい》ながら、」

「何《ど》うぞ、あの、私《わたくし》でよろしくば、」と優《やさ》しく微笑《ほほえ》んで見《み》かえりながら、呆《あき》れて茫然《ぼうぜん》とした

腰元《こしもと》に、静《しずか》に、立《た》ったまま其《そ》の手《て》なる双眼鏡《そうがんきょう》を渡《わた》したので、一膝《ひとひざ》出《で》て、跪《ひざまず》いて受取《うけと》った。其《そ》の時《とき》まで、一双《いっそう》の明眸《めいぼう》に映《えい》じて居《い》た、故道《ふるみち》の彼《か》の煙《けむり》は、自《おのず》から下伏《したぶせ》になって、情《なさけ》に平伏《ひれふ》すが如《ごと》くに見《み》えたのである。

鯛

一

皆様《みなさま》はお駒《こま》の浄瑠璃《じょうるり》を御存《ごぞん》じでございましょう。……何《なに》、別《べつ》にそんなものを御存《ごぞん》じなくても可《い》い。お駒《こま》が密通《みっつう》のとがで、江戸《えど》町中引廻《まちじゅうひきまわ》しの上《うえ》……これは誰方《どなた》も御承知《ごしょうち》の品川《しながわ》の先《さき》の安《あ》房上総《わかずさ》見霽《みはらし》の浪打際《なみうちぎわ》で、磔《はりつけ》に掛《かか》るのを、見物《けんぶつ》――

一寸《ちょっと》お待《ま》ち下《くだ》さい。……

大商人《おおあきうど》の若《わか》い細君《さいくん》が磔《はりつけ》にされるのを見物《けんぶつ》は可訝《おかし》い。……其《そ》の時分《じぶん》の人《ひと》は、怙《こ》う云《い》う刑罰《けいばつ》を見《み》に行《ゆ》くことを、お互《たがい》に何《なん》と申《もう》したか、手近《てぢか》に訊正《ききただ》すべき故老《ころう》がないので解《わか》りません。惟《おも》うに皆様《みなさま》もお知《し》りなさいますまい。私《わたし》も知《し》らない。

しかし、其《そ》の浄瑠璃《じょうるり》の中《なか》には、怙《こ》うあります——余《あん》り待《ま》ったで寒《さぶ》なった、鮫洲《さめず》のお茶屋《ちゃや》で一杯《いっぱい》しよ、さあさあござれと打連《うちつ》れてエエ、皆《みな》みいな、と太《ひど》くいい機嫌《きげん》に浮《うか》れたもので、此《こ》の分《ぶん》だと、もの見遊山《みゆさん》の気分《きぶん》でございます。

処《ところ》で、此《こ》の実説中《じっせつちゅう》の艶麗《あでやか》なる細君《さいくん》と、出入《でいり》の魚屋《さかなや》の若《わか》いのが、あるまじき密通《みっつう》、尚《な》お其《そ》の上《うえ》に姑《しゅうとごろし》殺と云《い》う逆罪《ぎゃくざい》によって、同《おな》じ刑場《しおきば》で磔《はりつけ》の刑《けい》に処《しょ》せられました当日《とうじつ》、……お定《さだま》りの矢来《やらい》を取巻《とりま》いた数万《すまん》の群集《ぐんしゅう》も、何《ど》うやら活《い》きた劇《しばい》の幕開《まくあき》でも見《み》るつもりで居《い》たろうと思《おも》われます。

可哀相《かわいそう》に、殺《ころ》される男女《ふたり》は、そんな呑気《のんき》なものじゃあない。天気《てんき》はよし、風《かぜ》は凪《な》ぎたり、春霞《はるがすみ》で、場所《ばしょ》は広重《ひろしげ》の絵《え》の五枚目《ごまいめ》あたり、東海道《とうかいどう》でも名所《めいしょ》の中《うち》で、景色《けしき》は言分《いいぶん》なし、桟敷《さじき》は無銭《ただ》だし、見物連《けんぶつれん》には更《さら》に遺憾《いかん》はなかろうけれど、——ここへ瘠馬《やせうま》から下《おろ》されて、悄々《しおしお》として刑場《しおきば》の真中《まんなか》に追立《おいた》てられた当人《とうにん》たちの身《み》に成《な》って御覧《ごらん》なさい。

極楽《ごくらく》の影《かげ》とも見《み》よう、世《よ》に蓬莱《ほうらい》と譬《たと》えらるる、富士山《ふじさん》さえ、罪《つみ》あるものには背《そむ》けられて、霞《かすみ》の隙《すき》に見《み》ゆるのが、鋸山《のこぎりやま》、と言《い》うのさえ疼々《いたいた》しい。

「下《した》に居《お》れ。」

間三間《あいださんげん》を隔《へだ》てました磔柱《はりつけばしら》の一《ひと》つ一《びと》つに、男女《なんにょ》は引据《ひきす》えられたのであります。

女《おんな》は、お洛《らく》と言《い》って、年《とし》、二十六《にじゅうろく》、二十《ちょうど》うち外《そと》に見《み》えたと言《い》います。もと浪人《ろうにん》の娘《むすめ》で、容《き》色《りょう》のぞみで、日本橋宗右衛門町《にほんばしそうえもんちょう》の老舗《しにせ》、鼈甲問屋《べっこうどいや》長崎屋《ながさきや》に娶《めと》られました、……大資産家《おおがねもち》の御《ご》新姐《しんぞ》。

水髪《みずがみ》を毛巻島田《けまきしまだ》、薄化粧《うすげしょう》に鉄漿《かね》をつけて、死支度《しにじたく》の白小袖《しろこそで》、浅葱縮緬《あさぎちりめん》の長襦袢《ながじゅばん》、黒繻子《くろじゅす》の帯《おび》で、襟《えり》に水晶《すいしょう》の珠数《じゅず》を掛《か》けて居《い》ました。凄《すご》いほど色《いろ》が白《しろ》い。両手《りょうて》もいましめられて居《い》るとは見《み》えない、首《くび》も胸《むね》も一《ひと》つに薄《うっす》りと霞《かす》んだようでございます。

勿体《もったい》ないようだが、此《こ》のお身代《みがわ》りの普賢菩薩《ふげんぼさつ》の像《ぞう》のような姿《すがた》に対《たい》して、対手《あいて》の魚屋《さかなや》は実《まこと》に醜劣《みじめ》で、講談師《こうしゃくし》の所謂《いわゆる》、何《なん》とかの蔓《つる》と称《しょう》するようなものもなくて、牢屋《ろうや》で世話《せわ》の仕手《して》もなかったか、一枚着換《まいきか》えるすべもなく、獄衣《ごくい》のままで、憔悴脱落《しょうすいだつらく》、頤《あご》にも頬《ほほ》にも一面《いちめん》の髯《ひげ》だらけ、年紀《とし》は御新姐《ごしんぞ》とは一《ひと》つ下《した》の本厄《ほんやく》だと言《い》う若《わか》さに、心気《しんき》の枯《か》れた身《み》は白《しろ》い毛《け》さえ交《まじ》ったらしい。ぢぢむなのが、脊骨《せぼね》も胴体《どうたい》も、八重搦《やえがらみ》に成《な》って平突張《へいつくば》った形《かたち》は——此《こ》の虫《むし》が出《で》るとやがて涙《なみだ》の雨《あめ》かも知《し》れない。——美女《びじょ》の白衣《びゃくえ》に対《たい》して、霜《しも》の上《うえ》へ這出《はいだ》した草鞋虫《わらじむし》のようでございました。

「面《おもて》を上《あ》げい、面《おもて》を上《あ》げい。」

係《かかり》の役人《やくにん》が、床几《しょうぎ》に控《ひか》えて、——四辺《あたり》が鳴《なり》を静《しず》めた時《とき》、こう云《い》って渠《かれ》を呼《よ》びました。

「友七《ともしち》、友七《ともしち》。」

「へい。」

と虫《むし》の鳴《な》くような声《こえ》、ハテナ草鞋虫《わらじむし》が鳴《な》きますか知《し》ら。

「これ、面《おもて》を上《あ》げい。」

と厳《おごそか》に、しかも鷹揚《おうよう》に申《もう》さるる。——役人《やくにん》は小出番之丞《こいでばんのじょう》と、時《とき》の記録《きろく》にございます。

魚屋《さかなや》の友七《ともしち》が、茲《ここ》にお受《うけ》をしましたのが、何《なん》とも間《ま》の抜《ぬ》けたものでございまして、

「へい、上《あ》げて居《お》ります。」

成程《なるほど》、胸《むね》も背中《せなか》も、だらしなく、ぐしゃりと地《ち》に拉《ひしゃ》げながら、頤《あご》で嘗《な》めるようにして顔《かお》を上《あ》げて居《お》りました。しかし、熟《じっ》と視《み》て居《い》たのは、此《こ》の際《さい》、閻魔大王《えんまだいおう》であり、また地蔵尊《じぞうそん》であるべきお役人《やくにん》の顔《かお》ではなくて、可恐《おそろ》しい生命《いのち》とりの御新姐《ごしんぞ》の、静《しずか》に首垂《うなだ》れた雪《ゆき》なす頸《うなじ》でありました。

面《おもて》を上《あ》げい。

へい、上《あ》げて居《お》ります。

これでは、些《ち》とお役人《やくにん》に勝手《かって》が違《ちが》いました。

恩《おん》も、威《い》も、ともに、傍《わき》へそれたのを、膝《ひざ》に構《かま》えた扇子《せんす》と諸《もろ》ともに立直《たてなお》して、

「これこれ、臨終《いまわ》の際《きわ》に、何《なに》か申残《もうしのこ》すことはないか。」

「ええ。」

と言《い》いつつ、歯《は》も唇《くちびる》もわなわなと震《ふる》えて居《お》ります。

「申残《もうしのこ》す儀《ぎ》はないか。これ友七《ともしち》、魂《たましい》をよく落着《おちつ》けて申《もう》せよ。」

「へい、た、魂《たましい》は落着《おちつ》きませぬ。」

「何《なに》。」

又《また》しても、誂《あつらえ》の違《ちが》った変《へん》なことを言《い》うから、役人《やくにん》は聞返《ききかえ》して、

「いやさ、其《そ》の落着《おちつ》かぬ魂《たましい》を落着《おちつ》けて申《もう》せと言《い》うのじゃ。——……な、臨終《いまわ》の際《きわ》に何《なに》か
——」

今度《こんど》は、すぐに解《わか》るように、

「……何《なに》か願事《ねがいごと》はないか、番之丞《ばんのじょう》聞届《ききとど》け遣《つか》わすぞ。」

「旦那《だんな》。」

と、むくむくと身《み》を起《おこ》した状《さま》は、しかし矢張《やっぱ》り草鞋虫《わらじむし》が縦《たて》に這《は》ったようでありました。

「お願《ねが》いがございます。」

「ふむ。」

とは云《い》ったが、役人《やくにん》は、威儀《いぎ》爽《さわや》かに床几《しょうぎ》を前《まえ》へ乗出《のりだ》す筈《はず》の処《ところ》を、胸《むね》を些《ち》とあとへ引《ひ》きました。と申《もう》す事《こと》でございます。

「何《なん》……じゃ。」

「お聞《き》きなすって下《くだ》さりますか。」

「うむ。」

と言《い》って、些《ち》と差支《さしつか》えた。……

はじめから、聞《き》く処《ところ》によると、渠等《かれら》両人《りょうにん》の死刑囚《しけいしゅう》は、婦人《ふじん》も然《そ》うだったが、下調《したしら》べでも白洲《しらす》でも、何一《なにひと》つ、こだわりも、未練《みれん》もなく白状《はくじょう》して、すらすらと罪《つみ》に伏《ふく》したので、政府《おかみ》に於《おい》ても、磔《はりつけ》と言《い》う極刑《きょくけい》に処《しょ》するのに、此《こ》のくらい寝覚《ねざめ》のいいのはなかった。

ものは違《ちが》うけれど、大阪《おおさか》の陣《じん》では、鉄砲《てっぽう》を折敷《おりしき》に打《う》ったのが、後天草《のちあまくさ》の役《えき》では、足軽《あしがる》が棒立《ぼうだ》ちに立《た》って打《う》った。此《これ》を見《み》て、——其《そ》の間《あいだ》僅《わずか》に二十年《にじゅうねん》——戦場生残《せんじょういきのこ》りの老兵《ふるつわもの》が、歎息《たんそく》をしたと言《い》う事《こと》がある。

仁政世《じんせいよ》に普《あまね》く、民心《みんしん》も治《ち》に化《か》して、久《ひさ》しく極刑《きょくけい》を侵《おか》すもののないために、磔《はりつけ》の様式《ようしき》が忘《わす》れられた頃《ころ》だったら、一寸《ちょっと》、式《かた》を取《と》るために使《つか》っても可《い》いまで心易《こころやす》い罪人《ざいにん》で、斬刻《きりきざ》もうが、突《つ》こうが、三年旱《ねんひでり》したり、六月霜《ろくがつしも》を降《ふ》らしたりするような憂《うれい》はない。

同時《どうじ》に、……そんなあきらめの可《い》い罪人《ざいにん》、――それも、町中引廻《まちじゅうひきまわ》しの途中《とちゅう》だと、水《みず》を一口《ひとくち》、ぶっかけ蕎麦《そば》を一杯程度《ぱいていど》の臨終《いまわ》の望《のぞみ》を申出《もうしで》ないとも限《かぎ》らない、且《か》つ、勿論《もちろん》それは仔細《しさい》ない――が、此《こ》の場《ば》に望《のぞ》んで、何事《なにごと》を申出《もうしで》よう？　別《べつ》して、友七《ともしち》の方《ほう》は、女房《にょうぼう》も子《こ》もなし、両親《りょうしん》もなし、叔父《おじ》が一人《ひとり》ある切《きり》なれば、どんな望《のぞ》みも、遺言《ゆいごん》もあろうようはあるまいと、役人《やくにん》はたかを括《くく》って、見物《けんぶつ》（？）の前《まえ》、周囲《しゅうい》の見栄《みえ》に、内々畠山重忠《ないないはたけやましげただ》――役者《やくしゃ》だと其《そ》の頃《ころ》の沢村宗十郎《さわむらそうじゅうろう》と云《い》う処《ところ》を試《こころ》みたのであります。

「面《おもて》を上《あ》げい、友七《ともしち》、臨終《いまわ》の際《きわ》に願《ねがい》はないか、番之丞《ばんのじょう》、聞届《ききとど》け得《え》さするぞ。」と――

其《そ》の日《ひ》、刑《けい》の執行《しっこう》の順序《じゅんじょ》は、先《ま》ず這奴《やつ》が面前《めんぜん》で、御新姐《ごしんぞ》の白《しろ》い柔《やわらか》な乳《ちち》の脇《わき》をズブリと錆槍《さびやり》で貫《つらぬ》いて見《み》せて、次《つぎ》に友七《ともしち》に及《およ》ぼす筈《はず》。……順序《じゅんじょ》としては御新姐《ごしんぞ》が前《まえ》だが、遺言《ゆいごん》を聞《き》いて、聞届《ききとど》け得《え》さする方《ほう》は、男《おとこ》の方《ほう》が先《さき》だった。……御新姐《ごしんぞ》の方《ほう》は、種々繫累《しゅじゅけいるい》が多《おお》いから、うっかりいまわの望《のぞ》みなどは聞《き》かれない……其処《そこ》は役人《やくにん》も如才《じょさい》がなかった。

然《しか》るに——

「旦那《だんな》、お聞《き》きなすって下《くだ》さいますか。」

「うむ……何《なん》じゃ申《もう》せ。とにかく……予《よ》が聞《き》き置《お》く。」

「へい、臨終《いまわ》のお願《ねが》いでござります。」

「うむ。」

いま磔柱《はりつけばしら》を腰《こし》につけたものの言《い》うことでありますから、番之丞《ばんのじよう》も自分《じぶん》が言出《いいだ》した事《こと》だけに、左右《さゆう》を顧《かえり》みて固唾《かたず》を飲《の》む。

見物《けんぶつ》にも無論聞《むろんきこ》えた。

近《ちか》い処《ところ》から饒舌《しゃべ》り伝《つた》えて、一度《ど》、どどと鳴《な》って、やがて寂然《しん》と耳《みみ》ばかりの波《なみ》が打《う》った。

此《こ》の耳《みみ》と耳《みみ》が唯一方《ただいっぽう》に向《む》いた処《ところ》は、鰻屋《うなぎや》で割《さ》く鰻《うなぎ》の頭《あたま》が、ぬめりと揃《そろ》って、真黒《まっくろ》に押重《おしかさな》って、一《ひと》つずつ目《め》をパチパチと同《おな》じ方角《ほうがく》を向《む》くのと同一《おなじ》だったそうであります。

友七《ともしち》の願望《ねがい》と言《い》うのは……

「磔《はりつけ》に成《な》ります前《まえ》に、へい、御新姐《ごしんぞ》さんと一所《いっしょ》にねとうござります。」

其《そ》の当時《とうじ》、これがために、特《とく》に記録《きろく》に伝《つた》えたと言《い》うのであります。

真個《ほんとう》でしょうか。

十万人《じゅうまんにん》唖然《あぜん》とした中《なか》に、——独《ひと》り、艶《つや》やかな御新姐《ごしんぞ》のもつれた鬢《びん》が、はらはらと揺《ゆ》れたと思《おも》うと、水《みず》のように透通《すきとお》った瞼《まぶた》に、ほんのりと色《いろ》を染《そ》めた。風《かぜ》なきにひとり声《こえ》ある刑場《しおきば》の松《まつ》も長閑《のどか》に、縛《いましめ》の縄《なわ》は、羽衣《はごろも》の白《しろ》き袖《そで》を敷《し》いて、ぼっと桃《もも》の映《うつ》ったように見《み》えました。

唯《と》思《おも》う見物《けんぶつ》の群集《ぐんしゅう》は、天《そら》に一面《いちめん》の黒雲《くろくも》と成《な》って、叫《さけ》び声《ごえ》は雷《いかづち》のように鳴渡《なりわた》った。

大不機嫌《だいふきげん》であるべき筈《はず》の役人《やくにん》が、笑《わら》い笑《わら》い、しかし、手《て》に汗《あせ》を握《にぎ》りながら、衝《つ》と床几《しょうぎ》を離《はな》れて立《た》ちました。

「白痴《たわけ》め!」

今度《こんど》は見物《けんぶつ》も、えたも、非人《ひにん》も、一同《いちどう》に声《こえ》を揚《あ》げて哄《どっ》と笑《わら》った。

二

成程《なるほど》、白痴《たわけ》に違《ちが》いありますまい。友七《ともしち》は、俠《きおい》で勇《いさみ》な江戸《えど》の魚屋《さかなや》の中《うち》に、些《ち》とおめでたいと言《い》われるくらい、人《ひと》の好《い》い、おとなしい若《わか》いもので、刑場《しおきば》では、そんな草鞋虫同然《わらじむしどうぜん》に見《み》えましたが、一体色白《いったいいろじろ》で、くるくると肥《ふと》った、眉《まゆ》のとぼけた、頤《あご》の円《まる》い、無邪気《むじゃき》なものでありました。

働《はたら》きもなければ、罪《つみ》もない。女《おんな》もない、女房《にょうぼう》らしいものもない、女房《にょうぼう》も固《もと》よりない。軽少《けいしょう》な魚屋《さかなや》で。……長屋《ながや》はちゃんと解《わか》って居《お》ります。芝金杉四丁目《しばかなすぎよんちょうめ》を浜方《はまかた》へ入《はい》る路地《ろじ》、……其《そ》の頃《ころ》、俗《ぞく》に身延横町《みのぶよこちょう》。で、場所《ばしょ》がらの事《こと》ゆえ、魚《さかな》も売《う》ってあるけば、漁《すなどり》もするし、雇《やと》われれば網《あみ》も打《う》つ、船《ふね》も漕《こ》ぐ。

が、不思議《ふしぎ》な事《こと》は、其《そ》のぼんやりした慾《よく》のない友七《ともしち》が、禁厭《まじない》がじょうずだったのでございます。お禁厭《まじない》も唯一《ただひと》つ、刺抜《とげぬき》をするのであります。此《これ》だけは奇術異法《きじゅついほう》と言《い》っても宜《い》い。……それに至極簡単《しごくかんたん》で、自分《じぶん》、神仏《しんぶつ》を念《ねん》ずるでもなければ、他《た》に行《ぎょう》をさせるでもありません。石《いし》の腸《はらわた》も、海鼠《なまこ》の骨《ほね》、鰯《いわし》の頭《あたま》も何《なん》にも入《い》らない。刺《とげ》が刺《さ》さって難儀《なんぎ》をするのが、身延横町《みのぶよこちょう》の其《そ》の長屋《ながや》を訪《たず》ねて頼《たの》むと、唯《ただ》……

一言《ひとこと》、

「よし、よし。」

と、友七《ともしち》が言《い》うと斉《ひと》しく、如何《いか》に、念入《ねんいり》な刺《とげ》も、言下《げんか》、立処《たちどころ》にするりと抜《ぬ》ける！……千百人《せんひゃくにん》に一度《ど》も、一人《ひとり》も、間違《まちがい》とてはありませなんだ。

鼈甲問屋《べっこうどいや》、長崎屋《ながさきや》の御新姐《ごしんぞ》の事《こと》のために、町奉行《まちぶぎょう》が刺抜《とげぬき》の術《じゅつ》を検《しら》べて、何事《なにごと》か、深秘《しんぴ》な家《か》法口伝《ほうくでん》などがあるかと訊《たず》ねた時《とき》、友七《ともしち》は、唯小児《ただこども》の時《とき》、家《いえ》の祖母《ばば》に、――頼《たの》まれた刺《とげ》を抜《ぬ》こうと念《ねん》じて、（よし、よし、）とさえ言《い》えば、（すぐに抜《ぬ》けるぞ、）と教《おし》えられて、其《そ》の通《とお》りにするだけだ、と答《こた》えましたが。

お奉行《ぶぎよう》は怪《あや》しみました。

「佯《いつわり》であろう。」

「真個《まったく》でございます。」

「其方《そのほう》の父《ちち》は、何《ど》うじゃ……同《おな》じ刺抜《とげぬき》をいたしたか。」

「何《なん》でございますか、父《ちち》はお禁厭《まじない》をしなかったんでございます。」

「何《なに》か法《ほう》があるであろう、佯《いつわり》を申《もう》すな。」

「いえ、全《まった》くでございます。何《なに》も秘伝《ひでん》はございません、へい。」

友七《ともしち》の此《こ》の答《こたえ》に裏書《うらがき》をしましたのは、合長屋《あいながや》の同《おな》じ漁師《りようし》の女房《にようぼう》でございました。

一度《いちど》、七歳《ななつ》ばかりの男《おとこ》の児《こ》——芝片門前《しばかたもんぜん》あたりの提灯屋《ちようちんや》の児《こ》だそうで、蹠《あしのうら》に釘《くぎ》の踏抜《ふみぬき》をしたのが、何《ど》うしても抜《ぬ》けないで、ひいひい泣《な》くのを、両親《りようしん》が抱《だ》きつ負《おぶ》いつしてお禁厭《まじない》を頼《たの》みに来《き》ました。なれど、折悪《おりあし》く友七《ともしち》が内《うち》に居《い》ない。何処《どこ》へ呼《よ》びに行《ゆ》こうと言《い》う出先《でさき》も分《わか》らないので、両親《りようしん》の当惑《とうわく》、小児《こども》のなやみ、其《そ》の生憎《あいにく》さ。合長屋《あいながや》の女房《にようぼう》が見《み》るに見兼《みか》ねました。

「はいはい、お奉行様《ぶぎようさま》の前《まえ》で恐入《おそれい》りましてござりまするが、ものは験《ためし》と存《ぞん》じまして、友《とも》さんのお禁厭《まじない》を見《み》よう見真似《みまね》に、其《そ》の児《こ》の足《あし》を撫《な》でまして、（よしよし）と一言申《ひとこともう》しまするると、すぐにポイと抜《ぬ》けましてございます。」

が、此《こ》の女房《にょうぼう》のは、其切《それつき》りで、あとは幾度《いくど》試《こころ》みても些《ちっ》とも験《しるし》がないと言《い》うのでありますーー

此《これ》は後《あと》の事《こと》ーー

さて、或日《あるひ》、友七《ともしち》が商売《あきない》から帰《かえ》って、此《これ》から一風呂《ひとふろ》と、手拭《てぬぐい》を持《も》って出掛《でか》けようとする露地《ろじ》へ、栴檀《せんだん》の材《き》で拵《こしら》えたかと思《おも》う、芬《ぷん》と得《え》ならぬ薫《かおり》のする駕籠《かご》が一挺入《いっちょうはい》りました。

消防夫《しごとし》と、手代《てだい》と、年配《ねんぱい》の女中《じょちゅう》が着《つ》いて居《い》ます。気勢《けはい》は外《そと》からでも知《し》れる。蠣殻《かきがら》、小貝《こがい》、蛤《はまぐり》に、昼間《ひるま》蟀《こおろぎ》の鳴《な》く侘《わび》しい処《ところ》へ、艶《えん》なる女駕籠《おんなのりもの》は、田舎源氏《いなかげんじ》の桂木《かつらぎ》の絵《え》が、須磨《すま》へ迷《まよ》って来《き》ましたような、其《そ》の裡《なか》なのが此《こ》の御新姐《ごしんぞ》、長崎屋《ながさきや》のお洛《らく》でございました。

三

其《そ》の前晩《まえのばん》の事《こと》だった。ーーお洛《らく》が夕餉《ゆうげ》を済《す》まして、箸《はし》をおいて、一寸《ちょっと》うつむいて、爪楊枝《つまようじ》をつかいながら茶《ちゃ》を一口《ひとくち》、艶《つやや》かな鉄漿《かね》の口《くち》へ含《ふく》みました。トタンに隠居所《いんきょじょ》で、界隈評判《かいわいひょうばん》の姑《しゅうとめ》が、悪《わる》く猫撫声《ねこなでごえ》で、

「お洛《らく》や。」

「はい、」

と言《い》って立《た》った拍子《ひょうし》に、茶《ちゃ》は涼《すず》しく通《とお》りましたが、其《そ》の爪楊枝《つまようじ》が、ツト辷《すべ》ると、可恐《おそろし》い、もの の機《はずみ》で、咽喉《のど》へ横《よこ》に刺《た》ったのでございます。吃驚《びっくり》して、手《て》で圧《おさ》えて抜《ぬ》こうとすると、尚《な》お其《そ》の上《うえ》にブツリと刺《さ》さった。……裡《なか》から透《とお》して、刺《さ》さった楊枝《ようじ》の尖《さき》のとがったのが、真綿《まわた》、薄絹《うすぎぬ》の皮一重《かわひとえ》で、指《ゆび》にびくびくと触《さわ》ったのには、御新姐《ごしんぞ》は、最《も》うぞッとして震《ふる》えました。

「お洛《らく》や。」

早《は》や思《おも》うように声《こえ》さえ出《で》ません。

女《おんな》どもが走集《はせつど》って、象牙《ぞうげ》の箸《はし》で擦《さす》っても、撫《な》でても、なかなか、抜《ぬ》けも、通《とお》りもしない。

あせって咳《せき》をするたびに、つぶつぶと深《ふか》く刺《さか》ります。

「お洛《らく》や……」

姑《しゅうと》は長煙管《ながぎせる》を片手《かたて》に出《で》て来《き》て、

「お風邪気《かぜけ》かの、大分咳《だいぶせ》きなさるの。此方《こちら》は口《くち》へ風邪《かぜ》を引《ひ》くぞ。」

で、火鉢《ひばち》のふちへ消々《きえぎえ》と成《な》った御新姐《ごしんぞ》の耳《みみ》へ、臭《くさ》い口《くち》をつけて、大《おお》きな声《こえ》で、

「お洛《らく》や。」

「は……い。」

傍《そば》から女《おんな》どもが仔細《しさい》を言《い》うと、

「不断行儀《ふだんぎょうぎ》が悪《わる》いからじゃ。親《おや》のしつけが思《おも》われるぞ。……是《これ》に懲《こ》りての、ぬしたちも謹《つっし》まっしゃい。」

と女《おんな》どもに一睨《ひとにらみ》をくれて、猫背《ねこぜ》で裾《すそ》を曳《ひ》いて、煙管《きせる》を持《も》ったなり、ずかずか出《で》て行《ゆ》く。

時刻《じこく》が経《た》つと、其《そ》の日留守《ひるす》だった主人《しゅじん》の出先《でさき》へ小僧《こぞう》が使《つかい》に立《た》つほどの容体《ようだい》に成《な》りました。次第次第《しだいしだい》に咽喉《のど》がはれて、疼《いた》むこと夥多《おびただ》しい。湯水《ゆみず》も通《とお》らなく成《な》って、深夜《しんや》、明方《あけがた》、あくる朝《あさ》を掛《か》けて、本道外科《ほんどうげか》も手《て》をつかねた。勿論《もちろん》、灸《きゅう》も、鍼《はり》も、按腹《あんぷく》も、施《ほどこ》す術《すべ》がなかったのでございます。

わずかに爪楊枝《つまようじ》一本《ぽん》で、江戸《えど》の、一枚絵《いちまいえ》とも言《い》うべき御新姐《ごしんぞ》が、唯其《ただそ》のままでは死《し》を待《ま》つばかり、鼈甲屋《べっこうや》の店《みせ》は簾《すだれ》を掛《か》けたように陰気《いんき》に暗《くら》く成《な》りました。

成田《なりた》へ日帰《ひがえり》をすると言《い》う、足《あし》だっしゃの町内《ちょうない》の頭《かしら》が、午過《ひるす》ぎに駈《かけ》つけました。秋《あき》の半《なかば》の時候《こう》はよし、是《これ》は夜半《よなか》だちに成田《なりた》へ詣《もう》でて、朝護摩《あさごま》を上《あ》げて帰《かえ》ったと言《い》う大侠勇《おおきおい》。

「……ええ、もし、桶町《おけちょう》の大六《だいろく》さんの普請《ふしん》の時《とき》を御存《ごぞん》じでございますかね。大工《だいく》の安五郎《やすごろう》の倅《せがれ》だ。十四に成《な》るそりへがしが、遊《あそ》び半分手間取《はんぶんてまとり》に来《き》て居《い》ましたがね、悪戯《いたずら》な奴《やっこ》で、四辺《あたり》構《かま》わずすッ飛《と》ぶもんだから、跳《はね》る拍子《ひょうし》に四目錐《よつめぎり》を蹴《け》つけたんだが、間拍子《まびょうし》の悪《わる》い事《こと》は、柄《え》の込際《こめぎわ》からプツリと足《あし》のおや指《ゆび》へ突刺《つきさ》った。勢《いきおい》は凄《すさま》じい、骨《ほね》へ搦《から》んだと見《み》えて、引《ひ》いたって、しゃくったって、鑷《けぬき》や釘抜《くぎぬき》で抜《ぬ》ける処《どころ》の騒《さわ》ぎじゃあねえ。しまいには一寸触《ちょっとさわ》っても悲鳴《ひめい》を上《あ》げて転《ころ》げ廻《まわ》る。手《て》のつけようがねえ、と云《い》ううちに膝《ひざ》まで紫色《むらさきいろ》にはれ上《あが》った。此奴《こいつ》あ生命《いのち》とりだね。」

頭《かしら》は此処《ここ》で、芝《しば》の友七《ともしち》の事《こと》を話《はな》したのでございます。

「竹《たけ》の輿《こし》で釣出《つりだ》して、身延横町《みのぶよこちょう》へ運《はこ》びますとね、可《い》い塩梅《あんばい》にとげ抜大明神御鎮座《ぬきだいみょうじんごちんざ》だ。斯《かく》の通《とおり》と、刺《とげ》を見《み》せると、色《いろ》の白《しろ》い夷子顔《えびすがお》で、よしよしと、言《い》ったか言《い》わねえかに、つるりと抜《ぬ》けて落《お》ちたってね。切《きれ》で結《ゆわ》えてこそ居《い》ましたけれども、翌日《あくるひ》は親父《おやじ》と一所《いっしょ》に桶町《おけちょう》の仕事場《しごとば》へ出《で》て来《き》ましたぜ。……現《げん》に見《み》て私《わっし》が知《し》って居《い》るんだよ、ものは験《ためし》だ。――番頭《ばんとう》さん、すぐに御新姐《ごしんぞ》さんをお連《つ》れ申《もう》しちゃあ何《ど》んなものだね。」

途方《とほう》にくれた鼈甲屋《べっこうや》は、芝《しば》の方《ほう》へ光明《あかり》がさします。

御新姐《ごしんぞ》は、其《そ》の苦《くる》しみの中《なか》にも、纏《もつ》れた円髷《まるまげ》を撫《な》でつけて、路考茶《ろこうちゃ》の縞縮緬《しまちりめん》に、紅羽二重《こうはぶたえ》の対丈襦袢《ついたけじゅばん》。

姑《しゅうとめ》が部屋《へや》を覗《のぞ》きに出《で》て来《き》て、

「やれ、好色《いや》らしい、おめかしかいの。ぞろりとの。」

緋の腰帯《こしおび》をしたまま、褄《つま》を乱《みだ》して、腰《こし》をするりと、消《き》えるように、お洛《らく》は膝《ひざ》をつきました。

駕籠《かご》に乗《の》るにも手《て》を曳《ひ》かれたのでございます。

頭《かしら》が一所《いっしょ》に供《とも》をして。

「やあ、大明神《だいみょうじん》、お頼《たの》み申《もう》すぜ。」

女中《じょちゅう》が駕籠《かご》の垂《たれ》を上《あ》げました。其《そ》の艶《えん》に美《うつく》しいのが、無慙《むざん》や、咽喉《のど》に矢《や》を貫《つらぬ》かれて居《い》るようでございます。

唯《と》、天降《あまくだ》った大明神《だいみょうじん》は、おなじ天降《あまくだ》ったにしても、凧《たこ》が切《き》れて落《お》ちたように、手拭《てぬぐい》を摑《つか》んだまま、駕籠《かご》の棒端《ぼうばな》にふらふらして居《い》る。

「何《ど》うぞ、お禁厭《まじない》を願《ねが》います。」

と、手代《てだい》も折《おり》め正《ただ》しく揉手《もみで》をする。

「お願《ねげえ》だ、大明神《だいみょうじん》。」

「へい。」

と大明神《だいみょうじん》は、のたまうばかり。

「どんなに、お苦《くる》しいだろうねえ。まあ……唯今《ただいま》すぐでございます。……兄《にい》さん、何《ど》うぞお頼《たの》み申《もう》します。」

と、ひたと駕籠《かご》の戸《と》に寄《よ》り添《そ》って居《い》る女中《じょちゅう》も言《い》います。

露地《ろじ》は抜裏《ぬけうら》、両方《りょうほう》へ人《ひと》の山《やま》。

「頼《たの》むッてんだ、おう、兄哥《あにい》。」

「御免下《ごめんくだ》さい。」

と友七《ともしち》は、頭《かしら》の権幕《けんまく》に怯《おび》えた体《てい》で、

「何《ど》うもね、頭《かしら》、何《ど》うもね、頭《かしら》。その私《わっし》のお禁厭《まじない》が、何《なん》でございますよ。権柄《けんぺい》らしくございますのでね、可《よ》うございますとか、結構《けっこう》でございますとか、言《い》うんだと可《い》いけれど、何《ど》うもね、ええ、此《こ》の、お御台様《みだいさま》にゃ勿体《もったい》なくてね、へへへ。」

「笑事《わらいごと》じゃねえ、此《こ》の御容子《おようす》を見《み》ねえな、お御台様《みだいさま》だって言《い》わあ、御台様《みだいさま》だってお禁厭《まじない》だ、遣《や》ってくんねえ。」

「だがね、頭《かしら》の前《まえ》だがね。何《ど》うも、へへへ。」

「あれ、また私《にや》笑りやがる、箍《たが》あ弛《ゆる》んでるぜ、片手桶《さるぼう》め。」

「御免《ごめん》なさいまし。」

「あやまられちゃあ困《こま》っ了《ちま》う。じゃあ何《ど》うすりゃ可《い》いんだい。」

「其《そ》のね、お御台様《みだいさま》から、許《ゆる》すとか、いいよ、とか何《なん》とかね、一言《ひとこと》おっしゃって下《くだ》さると、其《そ》の勢《いきおい》で行《や》れようと思《おも》うんでございますがね。」

女中《じょちゅう》の手《て》へ、もみじが、ちらりと、袖口《そでくち》がこぼれかかった。白魚《しらお》の手《て》を縋《すが》りさまに、駕籠《かご》の戸《と》を出《で》ようとした、片褄落《かたづまお》つる紅《くれない》は、咽喉《のど》の血《ち》の滴《したた》るように蠣殻《かきがら》の乱《みだれ》に震《ふる》えつつ、

「召使《めしつかい》と思《おも》って下《くだ》さいまし、……御存分《ごぞんぶん》に遊《あそ》ばして。」

とお洛《らく》が消々《きえぎえ》に言《い》いました。

「よしよし。」

「あッ。」

嚙裂《かみさ》くように、口《くち》へ当《あ》てた、懐紙《ふところがみ》に、紫《むらさき》の血《ち》が、どッと散《ち》って、鮮血《からくれない》の楊枝《ようじ》が一条《ひとすじ》。

予《かね》て病身《びょうしん》なお洛《らく》が、それからは、鳩尾《むね》のさしこみ、頭痛《ずつう》、めまいの度《たび》ごとに、鍼《はり》も薬《くすり》も効《き》かないで、刺《とげ》ではなけれど、友七《ともしち》の（よしよし）で、すぐに治《なお》るが癖《くせ》に成《な》って、しばしば宗右衛門町《そうえもんちょう》の内儀《ないぎ》へ迎《むか》える。――次第《しだい》に浮名《うきな》が立《た》ちました。……

亭主《ていしゅ》と言《い》うのは、女中《じょちゅう》、下婢《はした》、対手《あいて》は選《えら》ばぬ至極《しごく》の色好《いろごのみ》ではありましたが、ぐずらものの お人《ひと》よし。一面痘痕《いちめんあばた》があるばかり、顔《かお》もさして醜《みにく》くもなかった。が、両方《りょうほう》の耳《みみ》の穴《あな》から、も

一《ひと》つ、耳《みみ》が出《で》たように、蚕豆《そらまめ》ほどのものが、何《なに》やら頭《あたま》を出《だ》して附《つ》いて居《い》て、少々《しょうしょう》気味《きみ》の悪《わる》い男《おとこ》なのでございました。

亀《かめ》の怨念《おんねん》だと噂《うわさ》をしました。嘘《うそ》ばっかり、鼈甲屋《べっこうや》と泥亀屋《すっぽんや》とは違《ちが》いますもの。

四

「お洛《らく》。」

「…………」

「おのれが給仕《きゅうじ》したぞ。」

「…………」

「お洛《らく》、おのれが給仕《きゅうじ》したぞ。」

或日《あるひ》――其《そ》の夕餉《ゆうげ》に、潮《うしお》を吸《す》った、鯛《たい》の骨《ほね》が咽喉《のど》に刺《さ》さって、姑《しゅうとめ》が激《はげ》しい悩《なやみ》をしたのであります。

「お洛《らく》、おのれが給仕《きゅうじ》したぞ。」

出入《でいり》どめに成《な》って居《い》ました、芝《しば》の友七兄哥《ともしちあにい》が、小僧《こぞう》の早打《はやうち》で駈《かけ》つけました時《とき》も、隠居《いんきょ》は、最《も》う青白《あおじろ》く成《な》って消入《きえい》りそうなお洛《らく》の肩《かた》を、皺手《しわで》でむずと摑《つか》んで、揺《ゆす》ぶって其《それ》を言《い》った。

「友《とも》さんかい。」

「御新姐《ごしん》さん、大丈夫《だいじょうぶ》でございます。」

と、魚友《うおとも》は其《そ》の有様《ありさま》に、ぽろぽろと大粒《おおつぶ》な涙《なみだ》をこぼしながら、姑《しゅうと》隠居《いんきょ》の背中《せなか》へ廻《まわ》って、

「よしよし。」

と申《もう》しました。

鯛《たい》の骨《ほね》はツイと抜《ぬ》けた。が、しかし咽喉《のど》を抜《ぬ》けて、胃《い》を傷《きず》つけて、グサと腸《ちょう》に刺《さ》さったのでございます。

もう、其《そ》の夜《よ》の中《うち》に、姑《しゅうとめ》は七顛八倒《しちてんばっとう》の苦悩《くるしみ》にかかりました。

「うーむ、夜叉《やしゃ》め、……鬼《おに》め、馴合《なれあ》って私《わし》を殺《ころ》すな、ううむ、苦《くる》しい、ううむ苦《くる》しいぞ、堪《た》え難《がた》いぞ。」

はじめ、骨《ほね》の刺《さ》さった時《とき》から、引摑《ひきつか》んだお洛《らく》の袖《そで》を、寝《ね》つつのたうちながら何時《いつ》までも離《はな》さなかった。

一類《いちるい》の集《あつま》った断末魔《だんまつま》に、逃《に》げも、走《はし》りも、起居《たちい》も出来《でき》ず、台所《だいどころ》の隅《すみ》にまごまごして居《い》た友《とも》七《しち》を、両手《りょうて》を引立《ひきた》てて連《つ》れて来《こ》させて、お洛《らく》と二人《ふたり》を、

「やあ。」

「あれえ。」

左右《さゆう》に取《と》って、両手《りようて》に引伏《ひきふ》せ、

「人殺《ひとごろ》し、姑殺《しゆうとごろ》し、親殺《おやころ》し……敵《かたき》を取《と》れ、敵《かたき》を取《と》れ。倅《せがれ》――長崎屋《ながさきや》の一類縁《いちるいえん》じゃ。」

と、うめきうめき、悪相《あくそう》を顕《あらわ》して、もだえ死《じに》に死《し》んだのでございました。――

お奉行《ぶぎよう》が白洲《しらす》に於《おい》て、

「友七《ともしち》、其方《そのほう》は、長崎屋《ながさきや》の隠居《いんきよ》を何《なん》と思《おも》う。」

「はい、猫《ねこ》またと存《ぞん》じます。」

お奉行《ぶぎよう》が、しばらく考《かん》がえておいでなすった。

「其方《そのほう》は、刺《とげ》を抜《ぬ》く時《とき》、何《なん》と思《おも》った。」

「はい、抜《ぬ》けずに死《し》ねばいいと存《ぞん》じました。」

別《べつ》におなじ事《こと》を……言《ことば》をかえて、お洛《らく》に、

「有体《ありてい》に申《もう》せよ、――其方《そち》は姑《しゆうとめ》が死《し》ねばいいと思《おも》ったであろう。」

「はい。」

と、申《もう》しました。――

お奉行《ぶぎょう》は、ハッとして、見下《みおろ》す筈《はず》の女《おんな》を反対《はんたい》に、庁《ちょう》の天井《てんじょう》を仰《あお》ぎました。「はい。」と言《い》った一語《ひとこと》は、何故《なぜ》か、おお空《ぞら》から聞《きこ》えたように思《おも》われましたから。とに角《かく》、許《ゆる》しようはない。

これが、遠山左衛門《とおやまさえもん》、おいらんの所謂《いわゆる》、金《きん》さんだと、計《はか》いようがあったかも知《し》れません。が、此《こ》のお奉行《ぶぎょう》は正《ただ》しいお方《かた》で、意気《いき》な人《ひと》ではなかったのでございます。

五

「……白痴《たわけ》め。」

罵《ののし》りもあえず、番之丞《ばんのじょう》が指揮《さしず》の下《した》に、磔柱《はりつけばしら》を立《た》てた状《さま》は、大《おお》いなる魔《ま》の簪《かんざし》のように見《み》えましたそうでございます。

槍《やり》がチャリンと……グイと引《ひ》いて、雪《ゆき》を欺《あざむ》くお洛《らく》の脇《わき》を肩先《かたさき》へ、穂尖《ほさき》鋭《するど》く貫《つらぬ》いた。渚《なぎさ》の浪《なみ》の白《しろ》いのが、衣《きぬ》ながら女《おんな》の胸《むね》を其《そ》のままに揺《ゆら》いだ時《とき》、……黒髪《くろかみ》をはらはらと、顔《かお》を横《よこ》に、頸《うなじ》白《しろ》く――苦痛《くるしさ》が思遣《おもいや》られる――唇《くちびる》をひしとあてて、襟《えり》に掛《か》けた其《そ》の水晶《すいしょう》の珠数《じゅず》をカキリと前《まえ》歯《ば》で噛《か》みました。

立並《たちなら》んだ磔柱《はりつけばしら》の上《うえ》から、是《これ》を見《み》て、凝視《みつ》めると、

「やあ、大《おお》きな刺《とげ》だなあ。」

と、まだ槍《やり》を被《こうむ》らない、蒼《あお》しょびれた草鞋虫《わらじむし》の友七《ともしち》の面《つら》に、真赤《まっか》な血《ち》が赫《かッ》と上《のぼ》って、

「よし、よし。」と大音《だいおん》に叫《さけ》んで、躍《おど》り上《あが》るように身悶《みもだえ》した。

お洛《らく》は端然《たんぜん》として、そして莞爾《にっこり》しました。

続《つづ》いて貫《つらぬ》いた槍《やり》に血《ち》も染《そ》まらぬ。

白衣《びゃくえ》にただ、珠数《じゅず》の色《いろ》が紅《くれない》に、玉《たま》を揃《そろ》えた珊瑚《さんご》のようでございましたとさ。

Ⅲ　故郷追懐

胡　桃

旅人《たびびと》が言《い》った。

雪国《ゆきぐに》の、緋葉《もみじ》の頃《ころ》である。大通《おおどお》りに道普請《みちぶしん》に敷《し》いた、一面《いちめん》の小砂利《こじゃり》に、人《ひと》のつけた路《みち》も、積《つも》った雪《ゆき》を踏分《ふみわ》ける一条路《ひとすじみち》も、おのずから同《おな》じ形《かたち》だと思《おも》いつつ、故郷《こきょう》の町《まち》を歩行《ある》いて居《い》た。

小《こ》ぎれいな菓子屋《かしや》がある。

彼《かれ》は、その店《みせ》へ入《はい》った。

「胡桃《くるみ》の砂糖《さとう》にくるんだのはありますか。」

旅人《たびびと》は土産《みやげ》を買《か》うつもりであった。

「はい、ございます。」

と答《こた》えたのは、桃色《ももいろ》の手絡《てがら》で、艶々《つやつや》しい円髷《まるまげ》に結《ゆ》った、綺麗《きれい》な婦人《ふじん》であった。背《せい》のすらりとしたのが、やや大柄《おおがら》に見《み》えたのは、一《ひと》つは其《そ》の着《き》つけの所為《せい》であろう。……上下大島《うえしたおおしま》の絣《かすり》を着《き》て居《い》た。羽織《はおり》の紐《ひも》を細《ほそ》くあわせたので、肉《にく》づきのいい胸《むね》も優《やさ》しい。……襟《えり》も清《きよ》らかで、肌着《はだぎ》の緋《ひ》が幽《かすか》に覗《のぞ》く、八《や》ツ口《くち》のきちんと正《ただ》しく、内端《うちは》に人形《にんぎよう》の衣裳《いしよう》に似《に》て合《あ》ったのに、めりんすだと思《おも》う……真新《まあたら》しそうな友染《ゆうぜん》も花《はな》やかだが、藤紫《ふじむらさき》の襟《えり》が深《ふか》い、肩《かた》のあたりの、何《なん》となく、さみしいとよりは陰気《いんき》なのは、雪《ゆき》にうまれた女《おんな》たちの例《れい》である。

「……唯今《ただいま》。」

然《そ》う言《い》ったのは、先客《せんきやく》があったからで。……年紀《とし》は二十《はたち》、二《ふた》ツ三《み》つ越《こ》したろうか。まだ初々《ういうい》しい、嫁《よめ》さんらしい其《そ》の女《おんな》は、小《ちい》さな折《おり》を上包《うわづつ》みの紙《かみ》につつみかけて居《い》た処《ところ》であった。何《なに》か台《だい》の上《うえ》で、うしろ向《む》きの羽織《はおり》の肱《ひじ》の柔《やわら》かく動《うご》くのか、絣《かすり》の袖《そで》なぞへにほのめいた。あれが、縞《しま》だと、透通《すきとお》る。……

向直《むきなお》って、衣《きぬ》ずれの音《おと》をすっすっと、前褄《まえづま》が捌《さば》かれると、店《みせ》の正面《しようめん》へ出《で》て、少《すこ》し斜《はす》かいになって——其処《そこ》に、髪《かみ》の赤縮《あかちぢ》れた丸顔《まるがお》の女中《じよちゆう》の立《た》ったのを、親《した》しみのある態度《ようす》で見《み》ながら莞《にっ》爾《こり》した。

「紅屋《べにや》さんの女中《じょちゅう》さん、……あの……」

「へい。」

と、寒《さむ》そうな声《こえ》を出《だ》す、両《りょう》の手首《てくび》を筒袖《つつッぽ》へ引込《ひっこ》めて、肩《かた》をすくめて居《い》た。

「一寸《ちょっと》、其処《そこ》の砂糖《さとう》の空箱《あきばこ》の上《うえ》に、先刻《さっき》お客様《きゃくさま》にお貸《か》し申《もう》したままで、小皿《こざら》に糊《のり》の入《はい》ったのがあるんですよ。……後生《ごしょう》して、一寸取《ちょっとと》って下《くだ》さいましな。」

「へい。」

「おつかい立《た》て申《もう》して済《す》みませんこと。……お心安《こころやす》だてに……ほほほほほ。」

と微笑《ほほえ》む。――瓜核顔《うりざねがお》の鼻筋《はなすじ》の通《とお》った、目《め》の清《すず》しいのが……微笑《ほほえ》むと、……白《しろ》い歯《は》の、上《うえ》の歯茎《はぐき》が漏《も》れた。桃《もも》の熟《じゅく》した色《いろ》がある。惜《おし》い、が、此《これ》が人間《にんげん》だ。然《そ》うでないと、品《ひん》が好《よ》すぎて神々《こうごう》しかろうと思《おも》った。

「へいへい。」

「ね、何《ど》うぞ。」

と言《い》いかけて、在所《ありか》を、目《め》で知《し》らせて、怙《こ》う気組《きぐ》みに、袂《たもと》の端《はし》を片手《かたて》に取《と》った。

糊《のり》の皿《さら》は、ふと見《み》ると、丁《ちょう》ど旅人《たびびと》の立《た》ったうしろの荒《あら》けずりの箱《はこ》の端《はし》にある。成程《なるほど》、明箱《あきばこ》だ。折《おり》から時雨《しぐれ》の晴間《はれま》だったが、まだ雫《しずく》する番傘《ばんがさ》が一本立掛《いっぽんたてか》けてあった。

旅人《たびびと》は借《か》りた傘《からかさ》を縦《たて》について佇《たたず》んだのであるが、店《みせ》はぐるりと高《たか》く取《と》って、細《ほそ》い台《だい》のように仕切《しき》ってある、土間《どま》に置《お》いた瀬戸《せと》の火鉢《ひばち》も、傘《からかさ》の脊《せ》ほどに突立《つった》つ。いま其《そ》の気組《きぐ》んだなりで、ひょいと褄《つま》さきを、もろに上《あ》げて、のしかかって乗出《のりだ》して、腕《うで》をずっと伸《の》ばせば此《こ》のうつくしい嫁《よめ》さんの手《て》は皿《さら》に届《とど》く。

女中《じょちゅう》を頼《たの》んだのは、旅人《たびびと》を憚《はばか》って控《ひか》えたのである。……と気《き》がついて、

「此《これ》ですか。」

「あれ、まあ、……難有《ありがと》う存《ぞん》じます。」

と不意《ふい》に打《う》たれて口籠《くちごも》ったのを、すぐ、しとやかに言《い》った。が、やや急《いそ》ぐように、爪先《つまさき》を浮《う》かして畳《たたみ》を切《き》った。

上包《うわづつ》みを糊《のり》で封《ふう》じて、其《そ》の紅《べに》さしを拭布《ふきん》で反《そら》して、清《きよ》めながら、またいまのように、袂《たもと》を袱紗《ふくさ》に折《お》って、紅梅色《こうばいいろ》の裏仄《うらほのか》に、しとやかに八口《やつくち》へ挟《はさ》んで、白《しろ》やかな手《て》を宙《ちゅう》に伸《のば》した。天井《てんじょう》に枠《わく》の車《くるま》で、浅葱《あさぎ》のテップが巻《ま》いてある。

肩《かた》も腰《こし》も大島《おおしま》もやや伸《の》びたが、もう些《ちっ》とで指《ゆび》のさきが届《とど》かない。——前《さき》に、短《みじか》く戻《もど》し過《すご》したからである。

「よ……」

と小《ちい》さく言《い》った。

頭《つむり》もともに鬢《びん》が揺《ゆ》れて、うしろ状《ざま》に背《せ》を反《そら》す。其《そ》の高《たか》く縋《すが》ろうとする指《ゆび》さきは、天井《てんじょう》の雲《くも》の青空《あおぞら》に、紅《あか》い千代紙《ちよがみ》の袖口《そでぐち》から、真白《まっしろ》な折鶴《おりづる》の舞《ま》う風情《ふぜい》である。

旅人《たびびと》が恍惚《うっとり》する時《とき》、あさぎの紐《ひも》は折鶴《おりづる》を巻《ま》いてすらりと下《さが》った。

此《こ》の挙動《ふるまい》に、ずるりと落《お》ちた、袂《たもと》を、口《くち》に銜《くわ》えながら軽《かる》い吐息《といき》をして結《むす》んだ。

「お待遠《まちどお》さま……」

女中《じょちゅう》の、折《おり》と傘《かさ》を引抱《ひっかか》えて、前屈《まえかが》みに成《な》って、紺足袋《こんたび》で帰《かえ》ったあとで言《い》った。

「折《おり》を一《ひと》つ見《み》せて下《くだ》さい。」

「はい。」

二《ふた》つ並《なら》べて、小《ちい》さな方《ほう》を此方《こなた》へ寄《よ》せる。……売《う》る人《ひと》が内端《うちは》なため、旅人《たびびと》はその大《おお》きい方《ほう》を誂《あつら》えた。

店《みせ》の正面《しょうめん》の硝子《がらす》戸棚《とだな》の、上《うえ》の段《だん》に、カステーラと、西洋菓子《せいようがし》の花《はな》のようなのが並《なら》んで、胡桃《くるみ》は下《した》の長箱《ながばこ》に入《はい》って居《い》た。嫁《よめ》さんは横顔《よこがお》で、伏目《ふしめ》に膝《ひざ》をついたが、襟《えり》の色《いろ》も紫《むらさき》に映《うつ》って、温室《おんしつ》の戸《と》を開《あ》けたようで、旅人《たびびと》の手《て》さきを翳《かざ》した火鉢《ひばち》の灰《はい》も、此《こ》の時《とき》は温《あたたか》い。

はらはらと、静《しずか》な音《おと》を立《た》てて、白《しろ》い胡桃《くるみ》は、撓《しな》う指《ゆび》とともに、折《おり》に並《なら》ぶ、と、見《み》るうちに、一顆《ひとつ》笑《わら》ったように、いや拗《す》ねたように、あらず、からかったように、ひょいと手《て》を辷《すべ》って、ころんと畳《たたみ》に転《ころ》がった。

此《これ》が、奇怪《きかい》な、世《よ》の中《なか》の賽《さい》であった。

頤《おとがい》で斜《ななめ》に視《み》つつ、撮《つま》んで拾《ひろ》って、しずかに折《おり》に入《い》れようとするのを視《み》た。

「ああ。」

旅人《たびびと》は声《こえ》を掛《か》けた。

「不可《いけな》い……東京《とうきょう》へ帰《かえ》って、遣《つか》いものにするんですから。」

嫁御寮《よめごりょう》はハッと色《いろ》を染《そ》めた。恥《は》じて、ハタとついた膝《ひざ》で、且《かつ》はずむように衝《つ》と立《た》って、素《す》直《なお》に店《みせ》から戸外《そと》へ投《な》げようとした。

また袖口《そでぐち》に、天女《てんにょ》の弄《もてあそ》ぶ、白《しろ》い筑羽根《つくばね》のような肱《ひじ》が見《み》えた時《とき》である。

「勿体《もったい》ない——勿体《もったい》ないぞ——」

中仕切《なかじきり》の、もの蔭《かげ》から、人《ひと》とも獣《けもの》ともつかず、たとえば九官鳥《きゅうかんちょう》の呟《つぶや》くが如《ごと》き声《こえ》を発《はっ》した。

……

がらりがらりがらり、ざらざら、……その蔭《かげ》に金平糖《こんぺいとう》を掻《か》くらしい音《おと》がする。

あわれ、御寮《ごりょう》は、胸《むね》を打《う》たれたが、あわただしげに、もとの箱《はこ》へ戻《もど》そうとしつつ、また旅《たび》人《びと》を見《み》て猶予《ためら》った。

袂《たもと》に入《い》れようとしてたゆたった。

時《とき》に、両手《りょうて》を、双《そう》の掌《てのひら》を、拝《おが》むように合《あわ》せて、薄手《うすで》なその甲《こう》に、円髷《まるまげ》の傾《かたむ》くばかり、頬《ほほ》を押《おし》あてながら、立《た》って旅人《たびびと》を視《み》て言《い》った。

「……何《ど》うしましょう、私《わたし》、何《ど》うしたら可《い》いでしょう。」

「半分《はんぶん》ずつ食《た》べましょう。あなたと……」

旅人《たびびと》は決然《けつぜん》として言《い》った。

「……手《て》で破《わ》っては不可《いけ》ません。……私《わたし》は此《こ》の国《くに》のものです。胡桃《くるみ》を知《し》って居《い》ます——破《わ》ると砕《くだ》けて了《しま》います。あなたの口《くち》で……あとを半分《はんぶん》。」

「ええ。」

睁《みひら》いた瞳《ひとみ》に、うまれて以来《いらい》の、あらゆる影《かげ》、過世《すぐせ》の幻《まぼろし》、未来《みらい》の地獄《じごく》さえ宿《やど》しつつ、口《くち》の蕾《つぼみ》が爽《さわやか》に開《ひら》いた。ああ、その歯茎《はぐき》もきれいだ。且《か》つ血《ち》が上《あが》って、ただれたかと見《み》る中《うち》に旅人《たびびと》はおのが舌《した》の先《さき》が、白《しろ》い魂《たましい》になって転《ころ》ぶよ、と其《そ》の胡桃《くるみ》を視《み》た。

大《おお》な猿《さる》の山猿《やまざる》は、雪《ゆき》を溢《こぼ》れた実《み》のように、半分嫁《はんぶんよめ》さんの掌《てのひら》から頬張《ほほば》って、さっとかかる片《かた》時雨《しぐれ》の暗《くら》い軒《のき》を、傘《かさ》もささず逃出《にげだ》した。

町《まち》に久《ひさ》しい金看板《きんかんばん》の老舗《しにせ》の薬店《やくてん》の、金雲円《きんうんえん》の門深《かどふか》き中庭《なかにわ》に、千《ち》とせ年経《としふ》る老松《おいまつ》の、道《みち》をさしのぞいた梢《こずえ》に、ハタと目《め》を打《う》たれて、突当《つきあた》るように思《おも》って振返《ふりかえ》ると、振上《ふりあ》げ振廻《ふりまわ》す金平糖《こんぺいとう》の掛鏝《かけごて》が火《ひ》のように見《み》えた。……片腕《かたうで》で摑《つか》み伏《ふ》せた夫《おっと》の下《した》に、褄《つま》を染葉《そめば》に、手《て》を散《ちら》して、肌《はだ》を乱《みだ》して、髷《まげ》を水々《みずみず》と倒《たお》れて居《い》た。

旅人《たびびと》は、瞬間《しゅんかん》、お伽話《とぎばなし》の魔神《ましん》の犠牲《ぎせい》の姫君《ひめぎみ》を思《おも》った。

が、あの肉体《にくたい》、手足《てあし》は半分《はんぶん》に裂《さ》く事《こと》は出来《でき》まい。……胡桃《くるみ》でないから。

それにしても、甘《あま》い肝《きも》のように、いま咽喉《のど》を通《とお》った胡桃《くるみ》の、此《こ》の一顆《ひとつ》は、山深《やまふか》くあった時《とき》、山《やま》の神様《かみさま》が不思議《ふしぎ》なお禁厭《まじない》をして置《お》きなすったのであろう。

松《まつ》の梢《こずえ》にその山《やま》の影《かげ》がさす。――

旅人《たびびと》は……然《そ》う思《おも》った。……なお、いっさんに逃《に》げながら。

と旅人《たびびと》が言《い》った。

月　夜

月《つき》の光《ひかり》に送《おく》られて、一人《ひとり》、山《やま》の裾《すそ》を、町《まち》はずれの大川《おおかわ》の岸《きし》へ出《で》た。

同《おな》じ其《そ》の光《ひかり》ながら、山《やま》の樹立《こだち》と水《みず》の流《なが》れと、蒼《あお》く、白《しろ》く、薄《うっす》りと色《いろ》が分《わか》れて、一《ひと》ツを離《はな》れると、一《ひと》ツが迎《むか》える。影法師《かげぼうし》も露《つゆ》に濡《ぬ》れて——此《こ》の時《とき》は夏帽子《なつぼうし》も単衣《ひとえ》の袖《そで》も、うっとりとした姿《なり》で、俯向《うつむ》いて、土手《どて》の草《くさ》のすらすらと、瀬《せ》の音《おと》に揺《ゆら》れるような風情《ふぜい》を視《なが》めながら、片側《かたかわ》、山《やま》に沿《そ》う空屋《あきや》の前《まえ》を寂《さみ》しく歩行《ある》いた。

以前《いぜん》は、此《こ》の辺《へん》の様子《ようす》もこんなでは無《な》かった。偲《こ》う涼風《すずかぜ》の立《た》つ時分《じぶん》でも、団扇《うちわ》を片手《かたて》に、手拭《てぬぐい》を提《さ》げなどして、派手《はで》な浴衣《ゆかた》が、もっと川上《かわかみ》あたりまで、岸《きし》をちらほら徜徉《ぶら》ついたものである。

秋《あき》にも成《な》ると、山遊《やまあそ》びをする町《まち》の男女《なんにょ》が、ぞろぞろ続《つづ》いて、坂《さか》へ掛《かか》り口《くち》の、此処《ここ》にあった酒屋《さかや》で、吹筒《すいづつ》、瓢《ひさご》などに地酒《じざけ》の澄《す》んだのを詰《つ》めたもので。……軒《のき》も門《かど》も傾《かたむ》いて、破廂《やれびさし》を漏《も》る月影《つきかげ》に掛棄《かけす》てた、杉《すぎ》の葉《は》が、現《げん》に梟《ふくろう》の巣《す》のように、がさがさと釣下《つりさが》って、其《そ》の古《ふる》びた状《さま》は、大津絵《おおつえ》の奴《やっこ》が置忘《おきわす》れた大鳥毛《おおとりげ》のようにも見《み》える。

「狐狸《こり》の棲家《すみか》と云《い》うのだ、相馬《そうま》の古御所《ふるごしょ》、いやいや、酒《さけ》に縁《えん》のある処《ところ》は酒顚童子《しゅてんどうじ》の物置《ものおき》です、此《これ》は……」

渠《かれ》は立停《たちど》まって、露《つゆ》は、しとど置《お》きながら水《みず》の涸《か》れた磧《かわら》の如《ごと》き、ごつごつと石《いし》を並《なら》べたのが、引傾《ひっかし》いで危《あぶ》なッかしい大屋根《おおやね》を、杉《すぎ》の葉越《はごし》の峰《みね》の下《した》にひとり視《なが》めて、

「店賃《たなちん》の言訳《いいわけ》ばかり研究《けんきゅう》をして居《い》ないで、一生《いっしょう》に一度《いちど》は自分《じぶん》の住《す》む家《いえ》を買《か》え。其《それ》も東京《とうきょう》で出来《でき》なかったら、故郷《こきょう》に住居《すまい》を求《もと》めるように、是非恰好《ぜひかっこう》なのを心懸《こころが》ける、と今朝《けさ》も従姉《いとこ》が言《い》うから、いや、何《ど》う仕《つかまつり》まして、とつい真面目《まじめ》に云《い》って叩頭《おじぎ》をしたっけ。人間然《にんげんそ》うした場合《ばあい》には、実際《じっさい》、謙遜《けんそん》の美徳《びとく》を顕《あらわ》す。

其《それ》もお値段《ねだん》によりけり……川向《かわむこ》うに二三軒《げん》ある空屋《あきや》なぞは、一寸《ちょっと》お紙幣《さつ》が一束《ひとたば》ぐらいな処《ところ》で手《て》に入《はい》る、と云《い》って居《い》た。家《いえ》なんざ買《か》うものとも、買《か》えるものとも、てんで分別《ふんべつ》に成《な》らな

いのだから、空耳《そらみみ》を走《はし》らかしたばかりだったが、……成程《なるほど》。名所図絵《めいしょずえ》の家並《いえなみ》を、ぼろぼろに虫《むし》の蝕《く》ったと云《い》う形《かたち》の此処《ここ》なんです。此《こ》れなら、一生涯《いっしょうがい》に一度《ど》ぐらい買《か》えまいとも限《かぎ》らない。其《そ》のかわり武者修行《むしゃしゅぎょう》に退治《たいじ》られます。此《これ》を見懸《みか》けたのは難有《ありがた》い。子《こ》を見《み》る事親《ことおや》に如《し》かずだって、其《そ》の両親《りょうしん》も何《なん》にもないから、私《わたし》を見《み》る事従姉《こといとこ》に如《し》かずだ。」

と苦笑《にがわらい》をして又俯向《またうつむ》いた……フと気《き》が付《つ》くと、川風《かわかぜ》に手尖《てさき》の冷《つめた》いばかり、ぐっしょり濡《ぬ》らした新《あたら》しい、白《しろ》い手巾《ハンケチ》に――闇夜《やみよ》だと橋《はし》の向《むこ》うからは、近頃聞《ちかごろきこ》えた寂《さび》しい処《ところ》、卯辰山《うたつやま》の麓《ふもと》を通《とお》る、陰火《おにび》、人魂《ひとだま》の類《たぐい》と見《み》て驚《おどろ》こう。青《あお》い薄《すすき》で引結《ひきむす》んで、蛍《ほたる》を包《つつ》んで提《さ》げて居《い》た。

渠《かれ》は後《うしろ》を振向《ふりむ》いた。

最《も》う、角《かど》の其《そ》の酒屋《さかや》に隔《へだ》てられて、此処《ここ》からは見《み》えないが、山《やま》へ昇《のぼ》る坂下《さかした》に、崖《がけ》を絞《しぼ》る清《し》水《みず》があって、手桶《ておけ》に受《う》けて、真桑《まくわ》、西瓜《すいか》などを冷《ひや》す水茶屋《みずぢゃや》が二軒《けん》ばかりあった……其《それ》も十年《ねん》一昔《ひとむかし》に成《な》る。其《そ》の茶屋《ちゃや》あとの空地《あきち》を見ると、人《ひと》の丈《たけ》よりも高《たか》く八重葎《やえむぐら》して、末《すえ》の白露《しらつゆ》、清水《しみず》の流《なが》れに、蛍《ほたる》は、網《あみ》の目《め》に真蒼《まっさお》な浪《なみ》を浴《あ》びせて、はらはらと崖《がけ》の樹《き》の下《した》の、漆《うるし》の如《ごと》き蔭《かげ》を飛《と》ぶのであった。

此《これ》から帰《かえ》る従姉《いとこ》の内《うち》へ土産《みやげ》に、と思《おも》って、つい、あの、二軒茶屋《にけんぢゃや》の跡《あと》で取《と》って来《き》たんだが、待《ま》てよ……考《かんが》えて見《み》ると、是《これ》は此《こ》の土地《とち》では珍《めず》らしくも何《なん》ともない。

「出《で》はじめなら知《し》らず……最《も》うこれ今頃《いまごろ》は小児《こども》でも玩弄《おもちゃ》にして沢山《たくさん》に成《な》った時分《ころ》だ。東京《とうきょう》に居《い》て、京都《きょうと》の芸妓《げいこ》に、石山寺《いしやまでら》の螢《ほたる》を贈《おく》られて、其処等《そこら》露草《つゆぐさ》を探《さが》して歩行《ある》いて、朝晩井戸《あさばんいど》の水《みず》の霧《きり》を吹《ふ》くと云《い》う了簡《りょうけん》だと違《ちが》うんです……矢張《やっぱ》り故郷《ふるさと》の事《こと》を忘《わす》れた所為《せい》だ、なんぞと又厭《またいや》味《み》を言《い》われてははじまりません。放《はな》す事《こと》だ。」

と然《そ》う思《おも》って、落《おと》すように、川《かわ》べりに手巾《ハンケチ》の濡《ぬ》れたのを、はらりと解《と》いた。

ふっくり蒼《あお》く、露《つゆ》が滲《にじ》んだように、其《そ》の手巾《ハンケチ》の白《しろ》いのを透《とお》して、土手《どて》の草《くさ》が浅緑《あさみどり》に美《うつく》しく透《す》いたと思《おも》うと、三《み》ツ五《いつ》ツ、上臈《じょうろう》が額《ひたい》に描《えが》いた黛《まゆずみ》のような姿《すがた》が映《うつ》って、すらすらと彼方此方《かなたこなた》光《ひかり》を曳《ひ》いた。

颯《さっ》と、吹添《ふきそ》う蒼水《あおみず》の香《か》の風《かぜ》に連《つ》れて、流《ながれ》の上《うえ》へそれたのは、卯《う》の花縅《はなおどし》の鎧着《よろいき》た冥界《めいかい》の軍《ぐん》兵《びょう》が、弗《ふ》ッと射出《いだ》す幻《まぼろし》の矢《や》が飛《と》ぶようで、川《かわ》の半《なか》ばで、白《しろ》く消《き》える。

ずぶ濡《ぬれ》の、一所《いっしょ》に包《つつ》んだ草《くさ》の葉《は》に、弱々《よわよわ》と成《な》って、其《そ》のまま縋着《すがりつ》いたのもあったから、手巾《ハンケチ》は其《それ》なりに土手《どて》に棄《す》てて身《み》を起《おこ》した。

が、丁度一本《ちょうどひともと》の古《ふる》い槐《えんじゅ》の下《した》で。

此《こ》の樹《き》の蔭《かげ》から、すらりと向《むこ》うへ、隈《くま》なき白銀《しろがね》の夜《よ》に、雪《ゆき》のような橋《はし》が、瑠璃色《るりいろ》の流《ながれ》の上《うえ》を、恰《あたか》も月《つき》を投掛《なげか》けた長《なが》き玉章《たまずさ》の風情《ふぜい》に架《かか》る。

欄干《らんかん》の横木《よこぎ》が、水《みず》の響《ひび》きで、光《ひかり》に揺《ゆ》れて、袂《たもと》に吹《ふ》きかかるように、薄黒《うすぐろ》く二《ふた》ツ三《み》ツ彳《たたず》むのみ、四辺《あたり》に人影《ひとかげ》は一《ひと》ツもなかった。

やがて、十二時《じ》に近《ちか》かろう。

耳《みみ》に馴《な》れた瀬《せ》の音《おと》が、一時《ひとしきり》ざッと高《たか》い。

「……螢《ほたる》だ、それ露虫《つゆむし》を捉《つかま》えるわと、よく小児《こども》の内《うち》、橋《はし》を渡《わた》ったっけ。此《こ》の槐《えんじゅ》が可恐《こわ》かった……」

時々梢《ときどきこずえ》から、（赤茶釜《あかちゃがま》）と云《い》うのが出《で》る。目《め》も鼻《はな》も無《な》い、赤剝《あかは》げの、のっぺらぼう、三尺《じゃく》ばかりの長《なが》い顔《かお》で、敢《あえ》て口《くち》と云《い》うも見《み》えぬ癖《くせ》に、何処《どこ》かでゲラゲラと嘲笑《あざわら》う……正体《しょうたい》は小児《こども》ほどある大《おお》きな梟《ふくろう》。あの嘴《くちばし》で丹念《たんねん》に、這奴《しゃつ》我《わ》が胸《むね》、我《わ》が腹《はら》の毛《け》を残《のこ》りなく挘《むし》り取《と》って、赤裸《あかはだか》にした処《ところ》を、いきみをくれて、ぬぺらと出《だ》して、葉隠《はがく》れに……へたばる人間《にんげん》をぎろりと睨《にら》んで、噴飯《ふきだ》す由《よし》。

形《かたち》は大《おおい》なる梟《ふくろう》ながら、性《せい》は魔《ま》ものとしてある。

其《そ》の樹《き》の下《した》を通《とお》りがかりに、影《かげ》は映《さ》しても光《ひかり》を漏《も》らさず、枝《えだ》は鬼《おに》のような腕《うで》を伸《の》ばした、真黒《まっくろ》な其《そ》の梢《こずえ》を仰《あお》いだ。

「今《いま》も居《い》るか、赤茶釜《あかちゃがま》。」と思《おも》うのが、つい声《こえ》に成《な》って口《くち》へ出《で》た。

「ホウ。」

と唐突《だしぬけ》に茂《しげり》の中《なか》から、宛然応答《さながらへんとう》を期《き》して居《い》たものの如《ごと》く、何《なに》か鳴《な》いた。

思《おも》わず、肩《かた》から水《みず》を浴《あ》びたように慄然《ぞっ》としたが、声《こえ》を続《つづ》けて鳴出《なきだ》したのは梟《ふくろう》であった。

唯《と》知《し》れても、鳴《な》くと云《い》うより、上《うえ》から吠下《ほえお》ろして凄《すさま》じい。

渠《かれ》は身動《みうご》きもしないで立竦《たちすく》んで、

「提灯《ちょうちん》か、ああ。」

と呟《つぶや》いて一《ひと》ツ溜息《ためいき》する。……橋詰《はしづめ》から打向《うちむか》う真直《まっすぐ》な前途《ゆくて》は、土塀《どべい》の続《つづ》いた場末《ばすえ》の屋敷町《やしきまち》で、

門《かど》の軒《のき》もまばらだけれども、其《それ》でも両側《りょうがわ》は家続《いえつづ》き……

で、町《まち》は便《たより》なく、すうと月夜《つきよ》に空《そら》へ浮《う》く。上《うえ》から覗《のぞ》いて、山《やま》の崖《がけ》が処々《ところどころ》で松《まつ》の姿《すがた》を楔《くさび》に入《い》れて、ずッしりと圧《おさ》えて居《い》る。……然《そ》うでないと、あの梟《ふくろう》が唱《とな》える呪文《じゅもん》を聞《き》け、寝鎮《ねしずま》った恁《こ》うした町《まち》は、ふわふわと活《い》きて動《うご》く、鮮麗《あざやか》な銀河《ぎんが》に吸取《すいと》られようも計《はか》られぬ。

其《そ》の町《まち》の、奥《おく》を透《す》かす処《ところ》に、誂《あつら》えたような赤茶釜《あかちゃがま》が、何処《どこ》かの廂《ひさし》を覗《のぞ》いて、宙《ちゅう》にぼッとして掛《かか》った。

面《つら》の長《なが》さは三尺《じゃく》ばかり、頤《あご》の痩《やせ》た眉間尺《みけんじゃく》の大額《おおびたい》、ぬっと出《で》て、薄霧《うすぎり》に包《つつ》まれた不気味《ぶきみ》なの

は、よく見《み》ると、軒《のき》に打《う》った秋祭《あきまつり》の提灯《ちようちん》で、一軒取込《けんとりこ》むのを忘《わす》れたのであろう、寂寞《ひつそり》した侍町《さむらいまち》に唯一箇《ただひとつ》。

其《それ》が、消《き》え残《のこ》った。頓《やが》て尽《つ》きがたの蠟燭《ろうそく》に、ひくひくと呼吸《いき》をする。

其処《そこ》へ、魂《たましい》を吹込《ふきこ》んだか、凝《じつ》と視《み》るうち、老槐《ろうえんじゆ》の梟《ふくろう》は、はたと忘《わす》れたように鳴止《なきや》んだのである。

「ああ、毘沙門様《びしやもんさま》の祭礼《まつり》だな。」

而《そ》して、其《そ》の提灯《ちようちん》の顋《あぎと》に、凄《すさ》まじい影《かげ》の蠢《うごめ》くのは、葉《は》やら、何《なに》やら、べたべたと赤《あか》く蒼《あお》く塗《ぬ》った中《なか》に、真黒《まつくろ》にのたくらしたのは大《おお》きな蜈蚣《むかで》で、此《これ》は、其《そ》の宮《みや》のおつかわしめだと云《い》うのを予《かね》て聞《き》いた。……

町双六

一

結《ゆ》いたての円髷《まげ》の艶《つや》に、色《いろ》の白《しろ》さが、すっきりと尚《な》お目立《めだ》つ。お鶴《つる》は町家《まちや》の女房《にょうぼう》とて、土地《ち》の風俗《ふう》で、等閑《なおざり》の外出《そとで》に羽織《はおり》も着《き》ず、黒繻子《くろじゅす》と八端《はったん》の腹合《はらあわ》せの昼夜帯《ちゅうやおび》を引掛《ひきか》けの帯腰《おびごし》が嬝娜《すらり》として、浅葱《あさぎ》の絹縮《きぬちぢみ》の下〆《したじめ》が、褄捌《つまさば》く身動《みじろ》ぎに繻子《しゅす》を辷《すべ》って媚《なまめ》かしい。

「姉《ねえ》さん。」

「兄《にい》さん。」

従兄妹《いとこ》で、同年《おないどし》だから両方《りょうほう》で言交《いいか》わす。由紀之助《ゆきのすけ》が今年《ことし》の春《はる》、久《ひさ》しぶりの帰省《きせい》に、其《そ》の両《りょう》親《しん》の、山《やま》の墓《はか》へ詣《もう》ずるのに、倸《こ》うして町《まち》を連立《つれだ》って来《き》た。お鶴《つる》の其《そ》の姿《すがた》に対《たい》して、硬《こわ》ばった外套《がいとう》を着《き》たのが、何《ど》うやら消《そぐ》わないように見《み》えたので、此《これ》から一坂山路《ひとさかやまじ》へ掛《かか》る、丁度新地《ちょうどしんち》の遊廓《ゆうかく》を出《で》た処《ところ》、毘沙門《びしゃもん》の社《やしろ》の外囲《そとがこ》い、石垣《いしがき》の角《かど》で、すっぽり脱《ぬ》いで、人形《にんぎょう》のような男《おとこ》の児《こ》をのせた乳母車《うばぐるま》の上《うえ》へ掛《か》けた。……二歳《ふたつ》に成《な》るお雪《ゆき》の子《こ》である。

此《こ》の乳母車《うばぐるま》を押《お》しながら、町《まち》を通《とお》って、川《かわ》の大橋《おおはし》を渡《わた》る頃《ころ》から、軽《かる》く車《くるま》の廻《まわ》るのが面白《おもしろ》いのか、何故《なぜ》か、新地《しんち》を抜《ぬ》けるのにも、お鶴《つる》が元来余《がんらいあま》り内気《うちき》な穏当《おんとう》な方《ほう》でないから不思議《ふしぎ》はないが、さっさと急足《いそぎあし》に成《な》ったので、外套《がいとう》を脱《ぬ》ぐに寒《さむ》いとも思《おも》わないほど身内《からだ》が温《あたたか》かった。また雪国《ゆきぐに》には珍《めずら》しい、暮《くれ》に降《ふ》ったのが根雪《ねゆき》に成《な》らず、一度《いちど》雨《あめ》に消《き》えて、其《そ》れからまだ積《つも》らない嘘《うそ》のような七草《ななくさ》の午時過《ひるさがり》。

「兄《にい》さん、一寸此処《ちょっとここ》で。」

乳母車《うばぐるま》の番《ばん》に附《つ》いて、待《ま》って居《い》る、トのんどりと霞《かすみ》が懸《かか》って晴《は》れた空《そら》を、二《ふた》つ三《み》つ鳶《とび》が舞《ま》う廓《くるわ》の屋根《やね》の上高《うえたか》く、あの暢気《のんき》らしい昼《ひる》ぞめきが、口笛《くちぶえ》を吹《ふ》く音《ね》のような、追羽根《おいばね》の音《おと》がカチリカチリと天《そら》に響《ひび》く……其《それ》を背後《うしろ》に聞《き》きながら、お鶴《つる》は新地裏《しんちうら》を抜《ぬ》けて急《いそ》いで帰《かえ》った。小《こ》菊《ぎく》の花《はな》を袖苞《そでづと》に——

「お待遠《まちどお》さま、さあ、参《まい》りましょう。」

「ああ、花《はな》を買《か》いに行《い》っておくんなすったか。」

「私《わたし》、気《き》のつかない事《こと》をしたんですよ。橋向《はしむこ》うだと、些《ちっ》とは綺麗《きれい》なのがあったんでしょうのに……駄菓子屋《だがしや》の婆《ばあ》さんが兼業《けんぎょう》なんですから、もう、こんなのばかり、霜《しも》げて、乾《ひ》からびて、葉《は》なんかカラカラして……」

と小指《こゆび》を反《そ》らすと、手《て》で裏表《うらおもて》、葉《は》を撫《な》でつつ、俯目《ふしめ》に吻《ほっ》と、花《はな》に息《いき》して温《あたた》むる。手《て》に羽子板《はごいた》は無《な》けれども、羽子《はね》を繕《つくろ》う状《さま》見《み》えて、紅《あか》き唇《くちびる》に触《ふ》るる時《とき》、白《しろ》の小菊《こぎく》は皓歯《しらは》の薫《かお》り、黄菊《きぎく》映《うつ》れば何《なに》となく鉄漿《かね》を含《ふく》んだ俤《おもかげ》して、其《そ》の娘《むすめ》の頃《ころ》、女房《にょうぼう》ぶり、昔《むかし》も今《いま》も可懐《なつか》しい。

「此方《こっち》へ下《くだ》さい、姉《ねえ》さん……私《わたし》の方《ほう》が尚《な》おうっかりして居《い》た。山《やま》へ入《はい》って、途中《とちゅう》で摘《つ》もうと思《おも》ってね。」

「何処《どこ》だと思《おも》っていらっしゃる……兄《にい》さんが遊《あそ》んで歩行《ある》くような暖《あったか》い国《くに》ではありませんよ。」

と莞爾《にっこり》しながら躾《たしな》めるように、

「今時《いまじ》分山《ぶんやま》ン中《なか》じゃ、石《いし》に霜《しも》ばかり咲《さ》いて居《い》るじゃありませんか。——そんなに故郷《くに》の事《こと》をお忘《わす》れなさると、また弁天様《べんてんさま》に叱《しか》られますよ。……丁《ちょう》ど其処《そこ》の処《ところ》でしょう。」と乳母車《うばぐるま》をやや仰向《あおむ》けに押上《おしあ》げながら、下掻《したがい》のおのが褄外《つまぞ》れを見《み》るようにして振返《ふりかえ》った。

成程《なるほど》、いま居《い》た毘《び》沙門《しゃもん》の石垣《いしがき》の処《ところ》だった、と思出《おもいだ》す。……お鶴《つる》は鋭《するど》いまで記憶《きおく》の可《い》い婦《おんな》である。

「真個《ほんとう》に優《やさ》しい、綺麗《きれい》な方《かた》だったんですってね。」

「西洋《せいよう》の娘《むすめ》を弁天様《べんてんさま》も妙《みょう》だけれども……丁《ちょう》ど毘《び》沙門《しゃもん》の石垣《いしがき》でね、其処《そこ》から馬《うま》に乗《の》って、飄然《ひらり》と駆《か》け出《だ》した姿《すがた》が雲《くも》に乗《の》って行《ゆ》くように見《み》えたもんだから——それに、馬《うま》が又白《またしろ》かったんでね。」

「大勢《おおぜい》だったの？叱《しか》られた生徒《せいと》さんは。」

「何《なに》、八九人《はちくにん》さ。基督教《クリスチャン》の学校《がっこう》で、其時分《そのじぶん》の事《こと》だから。——そして一番若《いちばんわか》い、下《した》の級《くみ》も持《も》って居《い》たのが其《そ》の娘《むすめ》さんでね。秋日和《あきびより》に此《こ》の山《やま》へ入《はい》って、乗走《のっぱし》らす、駆廻《かけまわ》るで、遊《あそ》んだとお思《おも》いなさい。野菊《のぎく》だの、嫁菜《よめな》だの、薄《すすき》はあるし、束《たば》に折《お》っちゃ徒《いたず》らに打棄《うっちゃ》るのを、娘《むすめ》の先生《せんせい》が留《と》めるのを、肯《き》くもんですか。帰途《かえり》は此《こ》の坂《さか》が急《きゅう》だから、先生《せんせい》、馬《うま》を下《お》りて轡《くつわ》を取《と》って、いまの毘《び》沙門《しゃもん》の石垣《いしがき》へ上《あが》って立《た》った。足代《あししろ》にして鐙《あぶみ》を掛《か》けるのだろうと思《おも》うと。——（手向《たむ》けるなり、土産《みやげ》にするなり、いけて見《み》るなり、しもしないで、何故《なぜ》、美《うつく》しい、可愛《かわい》らしい、可懐《なつか》しい花《はな》を捥《もぎ》って棄《す》てます。……戒《いましめ》のために故《わざ》と麓《ふもと》まで一度《いちど》下《お》りた――罰《ばつ》として、草臥《くたび》れた足《あし》で、今《いま》から山《やま》へ戻《もど》って、投《な》げ棄《ず》てにした花《はな》を拾《ひろ》って持《も》って来《い》らっしゃい、私《わたし》は待《ま》ってて帰《かえ》らない。)と言《い》うのさね。驚《おどろ》きましたよ。蒼空《あおぞら》の下《した》に、そら色《いろ》の服《ふく》で、すっと立《た》って、それは美《うつく》しい気高《けだか》い人《ひと》が、真面目《まじめ》に涙《なみだ》ぐんで云《い》うんだから、尊《たっと》い命令《めいれい》ででもあるように……皆《みな》駆上《かけあが》った、又山《またやま》へね。中《なか》には、口髯《くちひげ》の生《は》えたのが居《い》たから可笑《おか》しい。……

茸狩《たけがり》に競争《きようそう》で獲《え》ものを捜《さが》すように、各々《めいめい》、然《そ》う成《な》ると、血眼《ちまなこ》で、八方《はっぽう》を飛廻《とびまわ》って、また不《ふ》思議《しぎ》に正直《しようじき》に、自分《じぶん》が摘《つ》んだ覚《おぼ》えのあるのを探《さが》しちゃ取《と》り、尋《たず》ねちゃ拾《ひろ》って、申合《もうしあわ》せたように、あの、(岩清水《いわしみず》。)のある処《ところ》へ一人々々《ひとりひとり》寄《よ》ったのは、成《な》りたけ萎《しお》れない、活々《いきいき》と成《な》った処《ところ》を見《み》せようと云《い》う了簡《りようけん》です。――これを露雫《つゆしずく》のまま、帽《ぼう》に翳《かざ》し、釦《ぼたん》にさし、鞍《くら》の前輪《まえわ》に虹《にじ》に積《つ》むと、空色《そらいろ》の衣《きもの》の裳《もすそ》を、薄《うっす》りと霧《きり》にかけて、颯《さつ》と白馬《はくば》で毘沙門堂《びしやもんどう》を乗出《のりだ》した。廓《くるわ》の中《なか》を、庇《ひさし》より高《たか》い凛《りん》とした其《そ》の肩《かた》を見《み》て、空《そら》を行《ゆ》くように思《おも》ったから、それから弁天様《べんてんさま》だと言《い》った――もう、弗《ふッつ》り、皆《みな》が、活《い》けも、視《なが》めもしない草花《くさばな》を折《お》って棄《す》てる事《こと》と、蜻蛉《とんぼ》を縛《しば》ったり、蝙蝠《こうもり》を擲落《はたきおと》す事《こと》を留《と》めたのは、其《そ》の人《ひと》のお庇《かげ》なんです、とに角《かく》……」

手《て》にした手向《たむ》けの小菊《こぎく》を見《み》つつ、ふとお鶴《つる》の姿《すがた》を視《なが》めた。

「ああ、呼吸《いき》が切《き》れるね、姉《ねえ》さん、私《わたし》が代《かわ》ろう。」

「何《ど》うぞ。」

乳母車《うばぐるま》を押《お》す手《て》が、……替《か》わる。……

「兄《にい》さん、然《そ》う云《い》う深切《しんせつ》も、其《そ》の先生《せんせい》に教《おそ》わったんですか。」

と、おくれ毛《げ》を一寸《ちよつと》上《あ》げた。

「存《ぞん》じませんな。」

「ほほほ、真個《ほんとう》に済《す》みませんね。」

「何《ど》ういたして、光栄《こうえい》に存《ぞん》じます、若様《わかさま》のお守役《もりやく》。」

「まあ、憎《にく》らしい。」

二

「さあ、五本松《ごほんまつ》。——此処《ここ》まで二町《にちよう》には足《た》りない坂《さか》だが、随分急《ずいぶんきゆう》だね。……姉《ねえ》さん、小児《こども》のうちから、余程険《よつぽどけわ》しい、と思《おも》うのが心《こころ》に沁込《しみこ》んで居《い》ると見《み》えて、夢《ゆめ》を見《み》てね、坂《さか》があると、坂《さか》は屹《きつ》と此《こ》の坂《さか》なんだよ。……大《おお》きな切立《きつたて》の巌《いわ》を抱《だ》いて木上《きのぼ》りをする程《ほど》に、あとへもさきへも行《ゆ》かないで、びっしょり汗《あせ》に成《な》って魘《うな》される事《こと》が度々《たびたび》あるがね。」

「私《わたし》はね、兄《にい》さん、何故《なぜ》ですか、此《こ》の坂《さか》を、坂《さか》、とは見《み》ないで、矗立《まっすぐ》に立《た》った火《ひ》の見《み》の階子《はしご》のように思《おも》ってね、……夢《ゆめ》にですよ……矢張《やっぱ》り。……そうしちゃ其階子《そのはしご》を駆昇《かけのぼ》って、城下《じょうか》一面《いちめん》の火《ひ》の海《うみ》、炎《ほのお》の波《なみ》のね、火事《かじ》を見《み》ることが度々《たびたび》ですわ。」

「ああ不可《いけな》い。」

由紀《ゆき》が慌《あわ》ただしく、

「此処《ここ》で、そんな事《こと》を言《い》っちゃ、姉《ねえ》さん。」

小山《こやま》を切通《きりどお》しの細《ほそ》い石段《いしだん》が、落葉《おちば》の鱗《うろこ》、青苔《あおごけ》の紋《もん》を染《そ》めて、龍《りゅう》の斜《なな》めに臥《ふ》したる状《さま》ある、一《ひと》ツ小山《こやま》の頭《かしら》に、城下十万軒《じょうかじゅうまんげん》の門松《かどまつ》を取《と》って、一束《ひとたば》にしたるが如《ごと》き、根《ね》より五株《いつかぶ》、中空《なかぞら》に聳《そび》えた松《まつ》がある。

カチリカチリと、其処《そこ》とも分《わ》かず、高《たか》き梢《こずえ》に羽子《はね》の音《おと》が幽《かすか》に響《ひび》いて、瞰下《みおろ》す町家《まちや》は、道条《みちすじ》も、屋根《やね》の数々《かずかず》も、急《きゅう》に此《こ》の緑《みどり》の影《かげ》に、薄暗《うすくら》く成《な》って颯《さっ》と風《かぜ》。——魔所《ましょ》なのである。

三

「落着《おちつ》いておくんなさい、姉《ねえ》さん、恁《こ》う言《い》う時《とき》は、気《き》を鎮《しず》めないと、飛《と》んだ間違《まちが》いがあるものですよ。

今《いま》ふっと気《き》が着《つ》いた。——眉毛《まゆげ》に火《ひ》がつく処《どころ》じゃない、真個《ほんとう》に、姉《ねえ》さんの家《うち》の焼《や》けてるのを見《み》ながら——気《き》の着《つ》いた、と云《い》うも変《へん》だけれども……あのね、何故《なぜ》嬰児《あかんぼ》を、姉《ねえ》さんなり、私《わたし》なりが抱《だ》いて来《こ》なかったろう、と思《おも》うんだ。

五本松《ごほんまつ》の坂《さか》でさえ然《そ》うだのに、あれから此方《こっち》も、崩《くず》れた崖《がけ》、石《いし》で塞《ふさ》がった路《みち》、難儀《なんぎ》をして、落《おと》すまい、転《ころ》がすまい、と二人《ふたり》して、かわるがわる、大息吐息《おおいきといき》で、乳母車《うばぐるま》を此処《ここ》まで引上《ひきあ》げたのは何《どう》したのだろう……」

今其《いまそ》の乳母車《うばぐるま》は、丘一《おかひと》つ小松《こまつ》の中《なか》なる、由紀《ゆき》が両親《りょうしん》の墓《はか》の入口《いりくち》に、標《しるし》の松《まつ》の稍丈《やゃたけ》の高《たか》い根《ね》に凭掛《よせか》けた、それさえ、凸凹《たかひく》の赤土《あかつち》に転《ころ》げそうで危《あぶな》かしい。

「僅《わず》かの間《あいだ》だけれども、馬《うま》の背《せ》を越《こ》す処《ところ》もあったし、岩清水《いわしみず》の崖下《がけした》なんぞは、それこそ、剣《つるぎ》の刃《は》を渡《わた》るように、ひやひやしたのに、姉《ねえ》さんも私《わたし》も、二人《ふたり》が二人《ふたり》ながら、嬰児《あかんぼ》を抱《だ》かなかったのは、余程変《よっぽどへん》だ。——一人《ひとり》がおんぶなり抱《だ》くなりして、一人《ひとり》が空車《からぐるま》を引《ひ》けば目《め》を閉《ふさ》いでも来《こ》られたものを、笹《ささ》の根《ね》、山《やま》のひだに、錦葉《もみじ》を包《つつ》んだ雪《ゆき》の残《のこ》ったのを掴《つか》んで、いりつく咽喉《のど》を霑《しめ》すまでに苦《くる》しんで、重荷《おもに》を押《お》してさ、危《あぶな》い。一《ひと》つ間違《まちが》えば、嬰児《あかんぼ》に、どんな怪我《けが》をさしたか分《わか》りやしない。それを、姉《ねえ》さんが汲《く》んで来《き》た水《みず》を飲《の》んでも、墓《はか》を拝《おが》んでも、まだ気《き》が着《つ》かなかったのは不思議《ふしぎ》じゃありませんか。それで居《い》て、城下《じょうか》の町《まち》の真中《まんなか》へ火柱《ひばしら》が立《た》った、あの黒煙《くろけむり》。——見当方角《けんとうほうがく》どころじゃない、屋根《やね》、物干《ものほし》も分《わか》る、門松《かどまつ》も見《み》える、姉《ねえ》さんの家《うち》が焼《や》けてる、と成《な》った、此《こ》の言《い》いようの無《な》い非常《ひじょう》な場合《ばあい》に、夢《ゆめ》が覚《さ》めたように、始《はじ》めて、嬰児《あかんぼ》ぐるみ乳母車《うばぐるま》を引《ひ》き上《あ》げた事《こと》に気《き》が着《つ》いたのです。……魔《ま》の所為《しわざ》だろうと私《わたし》は思《おも》う。……あの煙《けむり》も、小児《こども》のうちによく聞《き》いた、……天狗《てんぐ》が驚《おどろ》かすんじゃないかと思《おも》う。五本松《ごほんまつ》を御覧《ごらん》なさい。」

二人《ふたり》は墓《はか》の前《まえ》を、劃《くぎり》の畝《うね》一《ひと》つ越《こ》えて、平地《ひらち》の端《はし》へ出《で》て立《た》って居《い》る。間《あわい》は離《はな》れたが、下《した》を通《とお》って来《き》た、あの五本松《ごほんまつ》の梢《こずえ》に彳《たたず》んだ姿《すがた》である。其《そ》の五本《ほん》の枝《えだ》はずれに、城下《じょうか》の町《まち》は、川《かわ》も、橋《はし》も、城《しろ》も森《もり》も、天守《てんしゅ》の櫓《やぐら》も、処々《ところどころ》に薄霞《うすがすみ》した一枚《まい》の絵双六《えすごろく》の風情《ふぜい》である。一人《ひとり》は胡粉《ごふん》で、一人《ひとり》は墨《すみ》で、男女《だんじょ》の名《な》をかいた札《ふだ》が賽《さい》の目《め》に従《したが》って、遊《あそ》びに出《で》たようで、はじめ墓《はか》の前《まえ》の堆《うずたか》い松《まつ》の落葉《おちば》に外套《がいとう》を敷《し》いて、並《なら》んで坐《すわ》って、此《こ》の景色《けしき》を詠《なが》めた時《とき》は、五本松《ごほんまつ》の茂《しげり》の中《なか》に、大《おお》きな賽《さい》が、ころんと掛《かか》った。……遥《はる》かな海《うみ》へ入方《いりかた》の陽《ひ》は、紅《くれない》で染《そ》めた目《め》の一《いち》であった、そして、此《こ》の丘《おか》を取巻《とりま》いた雪《ゆき》の連山《れんざん》は、賽《さい》を水晶《すいしょう》に輝《かがや》かした。

長閑《のどか》に、清《きよ》く、且《か》つ閑《しずか》に、慥《かか》る景色《けしき》に対《たい》しつつ、二人《ふたり》は団栗《どんぐり》の独楽《こま》で、手桶《ておけ》から手向《てむ》けの水《みず》を汲《く》み交《かわ》した。お鶴《つる》は小杯《こさかずき》だと言《い》った。が、やがて考《かんが》えると其《それ》も希有《けう》な事《こと》に思《おも》われる。

水《みず》は、山《やま》の井《い》を、無住《むじゅう》に成《な》った山寺《やまでら》の庫裏《くり》から――途中《とちゅう》から片寄《かたよ》りに道《みち》を切《き》れて、由紀《ゆき》が、前《さき》へ墓所《はかしょ》へ来《き》て乳母車《うばぐるま》の番《ばん》をして待《ま》つ中《うち》に、――片褄端折《かたづまはしょ》りでお鶴《つる》が一手桶《ひとておけ》提げて来《き》たのであった。

「お転婆《てんば》な、見《み》て頂戴《ちょうだい》。」

袂《たもと》を襷《たすき》に投上《なげあ》げて、雪《ゆき》なす腕《うで》は、つつむ友禅《ゆうぜん》の惜《おし》いばかり美《うつく》しかった。

其《そ》の掌《てのひら》からうけて、飲《の》んだ、また掌《てのひら》でうけて、飲《の》ました。

「由紀《ゆき》が参《まい》りました。」

「おばさん、お久《ひさ》しう……」

ああ、母《はは》の石塔《せきとう》は由紀《ゆき》の力《ちから》で建《た》てるんだ、と云《い》った、其《そ》の父《ちち》も後《あと》を追《お》って……まだ石塔《せきとう》が立《た》てられない。墓《はか》はただ松《まつ》を植《う》えた塚《つか》なのである。

由紀《ゆき》が伏拝《ふしおが》む間《ま》を、お鶴《つる》は横向《よこむ》きに成《な》って嬰児《あかんぼ》に乳房《ちぶさ》を含《ふく》めた。……不思議《ふしぎ》にまだ一度《いちど》も泣《な》かぬ。が、若《わか》い母《かあ》さんが、何故《なぜ》か熟《じっ》と見《み》てほろりしたのを、男《おとこ》は知《し》らなかったのである。

時《とき》に松風《まつかぜ》は、二人《ふたり》の外《ほか》の声《こえ》であった。

「花《はな》を両方《りょうほう》へ備《そな》えたのが、小菊《こぎく》で拵《こしら》えたお墓《はか》の門《かど》に見《み》えるのね。」

其《そ》の外套《がいとう》を敷《し》いた上《うえ》で、杯《さかずき》は唯二《ただふた》ツ、団栗《どんぐり》のころころと崖《がけ》を落《お》つる数《かず》のかさなった時《とき》、お鶴《つる》が、ふと然《そ》う言《い》って由紀《ゆき》の顔《かお》を見《み》た。

「あけて出《で》て来《き》てくれれば可《い》いね。」

「兄《にい》さん、私《わたし》は入《はい》りたい。」

飲《の》んでた巻煙草《まきたばこ》を落《おと》すと、それが、あの、其《そ》の双六《すごろく》の絵《え》の一個所《いっかしょ》、――城《しろ》の大手《おおて》に縦《たて》に並《なら》んだ三筋《みすじ》の町《まち》の真中《まんなか》の中《なか》ほどへ落《お》ちるように見《み》えて、おなじ巻煙草《まきたばこ》のような煙《けむり》がスッと立《た》った、と思《おも》うと、線香《せんこう》の動《うご》くにおなじ火《ひ》が見《み》えた。

確《たしか》に家《いえ》が焼《や》けるのである。

烏《からす》が飛《と》んだ、双六《すごろく》の上《うえ》を乱《みだ》れて、賽《さい》の目《め》の三四《さんし》、城下《じょうか》を飛《と》ぶ。

霞《かすみ》を払《はら》って、尚《な》お見定《みさだ》めようとて、由紀《ゆき》が劃《しきり》の畝《うね》を飛越《とびこ》える、とお鶴《つる》も続《つづ》いて出《で》て、平地《ひらち》の端《はし》に立《た》ったのである。

四

「何《なに》しろ、確乎《しっかり》して下《くだ》さい、姉《ねえ》さん。気休《きやす》めを言《い》う隙《ひま》はない。あれ、ああやって家《いえ》は焼《や》けて居《い》るが、今《いま》云《い》ったようなわけだから、これに驚《おどろ》いて慌《あわ》てたり、駆出《かけだ》したりすると、嬰児《あかんぼ》は居《い》る、どんな怪我《けが》が無《な》いとも言《い》えないから。」

震《ふる》えながら縋《すが》って居《い》るお鶴《つる》の手《て》を、しっかと取《と》って、

「大丈夫《だいじょうぶ》、気《き》を鎮《しず》めると火《ひ》が消《き》えるのかも分《わか》らない。落着《おちつ》いて、確乎《しっかり》して、」

「兄《にい》さん、」

じりじりと力《ちから》が籠《こも》った。

「私《わたし》、些《ちっ》とも慌《あわ》てはしませんよ。兄《にい》さん。貴方《あなた》は、今日《きょう》のお墓参《はかまい》りを済《す》ますと、すぐに東《とう》京《きょう》へ帰《かえ》るんでしょう。」

「今《いま》、そんな事《こと》を。」

「否《いいえ》、何《ど》うしても、何《ど》うしても私《わたし》は分《わか》れるのが可厭《いや》に成《な》ったから、屹《きっ》と分《わか》れないように覚《かく》悟《ご》して、先刻《さっき》家《うち》を出《で》る時《とき》に、土蔵《どぞう》の中《なか》へ火《ひ》を伏《ふ》せて、燃《も》えるようにして来《き》たんです。——何《なん》です、……何《なん》だ！　あんな蔵《くら》。……私《わたし》が赤《あか》い半襟《はんえり》で、かくれて兄《にい》さんに逢《あ》った度《たんび》に、継母《ままはは》や、後見人《こうけんにん》が、（お鶴《つる》おいで。）然《そ》う云《い》っちゃ、押込《おしこ》んで、ぴしりと鍵《かぎ》を掛《か》けた土蔵《どぞう》だもの。ああ嬉《うれ》しい。」

と、よろよろすると、枯芝《かれしば》に膝《ひざ》を敷《し》いた。が、火《ひ》を、煙《けむり》を、霞《かすみ》の中《なか》に瞰下《みおろ》した山《やま》の端《は》に、一双《いっそう》の瞳《ひとみ》の色《いろ》は、氷《こおり》よりも透通《すきとお》った。雪《ゆき》の顔《かんばせ》、緋《ひ》の唇《くちびる》、由紀《ゆき》が知《し》ったお鶴《つる》の姿《すがた》に、かばかり

美《うつく》しかった事《こと》はない。

町《まち》も、家《いえ》も焼《や》いた、おわびに――

水《みず》へ――

で、天田沼《あまだぬま》と云《い》うのをさして、山《やま》の深《ふか》さへ落《お》ちて行《ゆ》く。――唯《ト》、五本松《ごほんまつ》の賽《さい》は、真黒《まつくろ》な二《に》を向《む》けて、嘲《あざけ》るが如《ごと》く、くるりと廻《まわ》った。

五

乳母車《うばぐるま》の嬰児《あかんぼ》が、火《ひ》のつくように、あッと泣《な》く。

小菊《こぎく》の花《はな》を白綾《しろあや》の、霞《かすみ》に縫《ぬ》ったが、墓《はか》の前《まえ》へ、すっと立《た》った、端麗《たんれい》なる婦人《ふじん》がある。

「困《こま》った子《こ》どもたち。」

二人《ふたり》の行方《ゆくえ》を見送《みおく》った、恩愛《おんあい》の瞳《ひとみ》を、また……熟《じつ》と……嬰児《あかんぼ》を抱取《だきと》って、清《きよ》く、朗《ほが》らかに妙《たえ》なる声《こえ》。

坊《ぼう》やのお守《もり》は何処《どこ》へ行《い》った、山《やま》を越《こ》えて里《さと》へ行《い》った、里《さと》の土産《みやげ》に何《なに》もろた、でんでん太鼓《たいこ》に笙《しょう》の笛《ふえ》――

やがて、此《こ》の声《こえ》に、二人《ふたり》が抱合《だきあ》ったまま引戻《ひきもど》されると、嬰児《あかんぼ》はすやすやと嬉《うれ》しそうに眠《ねむ》って居《い》た。町《まち》には霞《かすみ》ほどの煙《けむり》も立《た》たず、お鶴《つる》の家《うち》なる其《そ》の土《ど》蔵《ぞう》の壁《かべ》の白《しろ》さ。音楽《おんがく》の如《ごと》き羽子《はね》の音《おと》。

立春

一

「父様《おとつさん》、母様《おつかさん》、私《わたし》は今日《きょう》から十八《じゅうはち》になりました。」

思《おも》わず雪《ゆき》に手《て》を着《つ》いたが——と両親《りょうしん》の無《な》い人《ひと》は私《わたし》に語《かた》った。

山《やま》の中《なか》で、掌《てのひら》が並《なら》んで雪《ゆき》の上《うえ》に印《しる》された。雪《ゆき》には限《かぎ》らず、泥《どろ》にでも、這麼跡《こんなあと》が着《つ》くと、其《その》手《て》を魔《ま》が曳《ひ》いて導《みちび》く、と聞《き》いたから、袂《たもと》で消《け》して衝《つ》と立《た》って、遥《はるか》に、真白《まっしろ》な谷《たに》の向《むこ》うの峰《みね》の方《ほう》を仰《あお》ぐ。

二

毎年元日《まいねんがんじつ》、祖父《そふ》の墓《はか》に参詣《さんけい》するのが父《ちち》の例《れい》であった。一昨年其《いっさくねんそ》の亡《なく》った後《のち》、私《わたし》が代《かわ》ったので、父《ちち》も母《はは》も同一処《おなじとこ》に葬《ほうむ》ってある。

墓《はか》と思《おも》う処《ところ》の、少《すこ》し小高《こだか》く見《み》えたのは、気《き》の所為《せい》であろう。山《やま》は唯雪《ただゆき》で、あたりに生《い》きたものは何《なに》もない。

麓《ふもと》から、此処《ここ》に来《く》る間《あいだ》に、出逢《であ》ったものは、唯一頭《ただいっとう》の痩《や》せた犬《いぬ》で、奥山《おくやま》の雪《ゆき》が日《ひ》に日《ひ》に深《ふか》くなるに従《したご》うて、恰《あたか》も洪水《こうずい》の力《ちから》で、巨大《おおき》な石《いし》が川上《かわかみ》を流《なが》れて来《く》るよう、狼《おおかみ》が一《ひと》ツずつ次第《しだい》に里近《さとちか》く押出《おしだ》されると言《い》うことを聴《き》いて居《い》たので、可恐《おそろし》かったから、其《そ》の毛色《けいろ》も見《み》なかった。が、立窘《たちすく》んだ傍《そば》を通《とお》って、路《みち》を除《よ》けて、西《にし》の方《かた》、天神山《てんじんやま》の森《もり》の方《ほう》へ、弓形《ゆみがた》に大《おお》きく雪《ゆき》の上《うえ》を駆《か》けて行《い》った。

見返《みかえ》りもしないで走《はし》って来《き》たが、足跡《あしあと》は其処《そこ》から二筋《ふたすじ》に分《わか》れて居《い》よう。一筋《ひとすじ》は麓《ふもと》の方《かた》へ、一筋《ひとすじ》は森《もり》ある方《かた》へ。……見返《みかえ》れば又《また》それから此処《ここ》まで、一筋《ひとすじ》、飛々《とびとび》に、草鞋《わらじ》で踏《ふ》んで来《き》た足《あし》跡《あと》が、果《はて》しなく続《つづ》いているが、身《み》の周囲《まわり》のは大《おお》きく入乱《いりみだ》れて、良《やや》離《はな》れたのは正《ただ》しく片足《かたあし》ずつ入違《いりちが》いに、雪《ゆき》は刻々《ぎざぎざ》な角《かど》を立《た》てて窪《くぼ》んで居《い》る。遠《とお》くは唯一筋白《ただひとすじしろ》い糸《いと》。

三

心寂《こころさび》しいので、又墓《またはか》の方《ほう》に向《むか》って御名《おんな》を唱《とな》えた。

其《そ》の墓《はか》を、二町《にちょう》ばかり隔《へだ》ったところに、峰《みね》の堂《どう》が一《ひと》つある。

爺《おやじ》の堂守《どうもり》が、其《そ》の子《こ》の嫁《よめ》と二人《ふたり》で籠《こも》って居《い》るが、元日《がんじつ》の此《こ》の墓参《はかまいり》の時《とき》に限《かぎ》らず、盂蘭盆《うらぼん》、又祥月命日《またしょうつきめいにち》などに登山《とざん》の都度《つど》、堂《どう》に寄《よ》って憩《いこ》うのが例《れい》で、爺《おやじ》は、山男《やまおとこ》、狼《おおかみ》、猿《さる》、兎《うさぎ》、木霊《こだま》などの、怪《あや》しく、奇《く》しく、珍《めずら》しい話《はなし》をしてくれる。……

嫁《よめ》は餅《もち》を炙《あぶ》ってくれた、栗《くり》を剝《む》いてくれた……可懐《なつか》しい、冷《つめた》い足袋《たび》を脱《ぬ》がせて貰《もら》って、早《はや》く炉《ろ》の縁《ふち》へと思《おも》って来《き》たのに、丁度目《ちょうどめ》の前五六間《まえごろっけん》の処《ところ》、山懐《やまふところ》の崖路《がけみち》が、上《うえ》の峰《みね》から、一雪頽《ひとなだれ》に谷《たに》の底《そこ》まで降積《ふりつも》って、爪尖《つまさき》を懸《か》ける凸凹《たかひく》もなく、団栗《どんぐり》の枝《えだ》の栞《しおり》もないので一足《ひとあし》も進《すす》まれなかったのである。

あわれ、堂《どう》に籠《こも》って此雪《このゆき》に埋《うず》もる二人《ふたり》。炉《ろ》のある次《つぎ》の間《ま》に何時《いつ》も私《わたし》を通《とお》してくれる、那《あ》の六畳《ろくじょう》の南《みなみ》の小窓《こまど》一《ひと》つ開《あ》けても見《み》よ。雪《ゆき》の山《やま》に、四角《しかく》な黒《くろ》い穴《あな》が開《あ》いて、其《そ》の美《うつく》しい顔《かお》が覗《のぞ》くであろうのに、と思《おも》う時《とき》、ふと其《そ》の六畳《ろくじょう》の間《ま》の、紙《かみ》で貼《は》った天井《てんじょう》の渦巻《うずまき》のことが胸《むね》に浮《うか》んだ。墨絵《すみえ》の渦巻《うずまき》は、なにがしの絵師《えし》が描《か》いたという、手拭《てぬぐい》に濃《こ》い墨《すみ》を絞《しぼ》るばかりに含《ふく》ませた一筆《ひとふで》で、打付《うちつ》けた、其《そ》の筆《ふで》を起《おこ》した処《ところ》が、龍《りゅう》の頭《かしら》の形《かたち》になって、勢《いきおい》余《あま》る墨《すみ》の飛沫《はね》は、其処《そこ》とも分《わ》かず、一面《いちめん》に迸《ほとばし》り、猛然《もうぜん》として凄《すさま》じい。下《した》の畳《たたみ》はいつも青々《あおあお》と綺麗《きれい》な、我《われ》も人《ひと》も馴染《なじみ》の一室《ひとま》。

然《しか》し、峰《みね》の堂《どう》の天井《てんじょう》の渦巻《うずまき》は黒《くろ》いが、裏《うら》の戸《と》を一枚開《いちまいあ》けると、山《やま》の奥《おく》は吹雪《ふぶき》の白《しろ》い渦《うず》であろう。其《そ》の渦《うず》が重《かさな》り又重《またかさな》る空《そら》の、巻《ま》いて巻《ま》いて、渦《うず》を巻《ま》いて段々奥深《だんだんおくふか》くなる方《かた》は、白山《はくさん》よ、大汝《おおなんじ》よ、御前《ごぜん》ケ嶽《たけ》よ、剣《けん》ケ峰《みね》よ、石炭《せきたん》のような黒雲《くろくも》の中《なか》から、すらすらと研出《とぎだ》した如《ごと》く、白刃《しらは》を交《まじ》えて現《あらわ》れて居《い》るが、山《やま》は近《ちか》いほど、間近《まぢか》なほど、次第《しだい》に薄雲《うすぐも》のどんよりとなって、南下《みなみさが》りに金沢《かなざわ》の町《まち》、海《うみ》の方《ほう》は蒼《あお》い空《そら》。

四

一月元旦《いちがつがんたん》、不断着《ふだんぎ》のまま羽子《はね》を突《つ》いて居《い》た、十二三《じゅうにさん》なのが二三人《にさんにん》門口《かどぐち》に立《た》った中《なか》を通《とお》って来《き》た。大通《おおどおり》の商売《あきうど》は未《ま》だ一様《いちよう》に戸《と》を鎖《とざ》して居《い》たが、今《いま》は早《は》や、両側《りょうがわ》の家《いえ》の軒毎《のきごと》に、国旗《こくき》が飜《ひるが》えるのが、ちらちらと遥《はるか》に望《のぞ》まれて、車《くるま》の響《ひびき》と、人声《ひとごえ》と、凡《およ》そ、胸《むね》に浮《うか》ぶほどの元旦《がんたん》のものの気勢《けはい》が広《ひろ》い空気《くうき》を伝《つた》わって、一人雪《ひとりゆき》の中《なか》に立《た》ってる耳《みみ》に響《ひび》いた。

眺《なが》めて佇《たたず》む、身《み》の周囲《まわり》は極《きわ》めて寒《さむ》い、嵐《あらし》が吹《ふ》く毎《ごと》に、降《ふ》るとしもない雪《ゆき》がひらひらと来《き》ては袂《たもと》に触《さわ》る、爪尖《つまさき》は氷《こおり》のよう、私《わたし》は帰《かえ》りかけた。

　　正月《しょうがつ》はどうこまで、
　　　からから山《やま》の下《し》いたまで、
　　土産《みやげ》は何《なん》じゃ、
　　　榧《かや》や、勝栗《かちぐり》、蜜柑《みかん》、柑子《こうじ》、橘《たちばな》……

此時《このとき》いとせめて、あわれな、冴《さ》えた、且《か》つ細《ほそ》い、透《とお》る、幼《おさな》い声《こえ》で唄《うた》うのが山《やま》の中《なか》に聞《きこ》えて、木霊《こだま》に響《ひび》く。

耳《みみ》を澄《すま》すと谷《たに》の底《そこ》、それよ、藁屋根《わらやね》に厚《あつ》い雪《ゆき》を被《かぶ》った、土人《どじん》の家《いえ》が、戸《と》を見《み》せ、背戸《せど》を見《み》せ、ふっくりして横《よこ》に長《なが》い垣根《かきね》を見《み》せて五六《ごろく》ある。

ああ、雪《ゆき》に埋《うず》もれた、白《しろ》い墓《はか》の中《なか》で唄《うた》うのであろう、其声《そのこえ》は、魔《ま》が、拘《とら》えて来《き》た児《こ》に唄《うた》わせるようにも聞《きこ》え、又山姫《またやまひめ》が、女童《めのわらわ》に唄《うた》わせるようにも聞《きこ》え、聖《ひじり》の膝下《しっか》に新発意《しんぼち》が唄《うた》うようでもあり、継子《ままこ》が唄《うた》うようでもあり、腕白《わんぱく》が喚《な》くようでもあった。が、故郷《ふるさと》の児等《こら》は皆師走《みなしわす》に入《い》って、半頃《なかばごろ》から吟《ぎん》ずるので、私《わたし》はこれを幼《おさな》い時《とき》、戸外《おもて》で、雪丸《ゆきまろ》げをして体《からだ》は皆氷《みなこおり》のようになって赤《あか》くなって、晩方内《ばんがたうち》へ帰《かえ》ると（御覧《ごらん》、悪戯《いたずら》が過《す》ぎますから。）と火鉢《ひばち》の上《うえ》で母親《ははおや》に手《て》を握《にぎ》られつつ唄《うた》ったのである。

五

「もう十八《じゅうはち》になりました。」と思《おも》わず俯向《うつむ》く……目《め》に入《い》ったのは、雪《ゆき》にさした一把《は》の花《はな》。水仙《すいせん》、梅《うめ》の枝《えだ》など取添《とりそ》えて、之《これ》は下《した》から買《か》って来《き》た。丁度《ちょうど》、山《やま》の裾《すそ》を流《なが》るる大川《おおかわ》の橋《はし》を渡《わた》って、坂《さか》の取着《とりつき》に来《く》る観音町《かんのんまち》と云《い》うのを出脱《ではず》れる処《ところ》に、石《いし》の地蔵尊《じぞうそん》が七体《ななたい》、手《て》ン手《で》に珍《めずら》しい、一束《ひとたば》の稲《いね》を提《さ》げた七《なな》ツ地蔵《じぞう》というのがある。——今年《ことし》は国々豊穣《くにぐにほうじょう》だったけれども、去《い》にし飢《き》饉《きん》の時《とき》、徒党《ととう》を組《く》んで此《こ》の山《やま》の巓《いただき》に推登《おしのぼ》って、城内《じょうない》の藩主《はんしゅ》の寝耳《ねみみ》に響《ひび》くよう、一斉《いっせい》に声《こえ》を放《はな》って泣《な》いた。

為《ため》に倉庫《そうこ》は開《ひら》かれて、幾多《いくた》の貧民《ひんみん》は命《いのち》を繋《つな》いだが、重立《おもだ》った者七人《ものしちにん》というのが刑《けい》に処《しょ》せられた、其記念《そのきねん》なので、地蔵堂《じぞうどう》の傍《かたわら》に花《はな》を売《う》る店《みせ》がある。其門《そのかど》を出《で》て立向《たちむか》うと、直《す》ぐに此《こ》の抱《だ》いてあがるような雪《ゆき》の山《やま》。
其《そ》の主《あるじ》の婆《ばあ》さんから買《か》って来《き》た。例年《れいねん》、其《そ》の時分《じぶん》には未《ま》だ何処《どこ》も市《いち》では店《みせ》を出《だ》さぬので、父《ちち》の代《だい》も、花《はな》は其処《そこ》で買《か》うのであった。蓋《けだ》し、其《そ》の七《なな》ツ地蔵《じぞう》を境《さかい》として、五六《ごろく》の山家《やまが》も麓《ふもと》の小家《こいえ》も、郡部《ぐんぶ》に属《ぞく》して、正月《しょうがつ》は旧暦《きゅうれき》を用《もち》うるのであるから、
正月《しょうがつ》はどうこまで、
からから山《やま》のしいたまで。
と又繰返《またくりかえ》す、苧環《おだまき》の糸《いと》の縺《もつ》れ縺《もつ》れて、峰《みね》から谷《たに》、一山《いっさん》を縢《かが》ったように聞《きこ》えるのに引留《ひきと》められながら、断《た》ちもやらず、その、黒《くろ》い渦巻《うずまき》ある部屋《へや》、吹雪《ふぶき》の白《しろ》い渦巻《うずまき》のある奥山《おくやま》の方《ほう》を見返《みかえ》っては、俯向《うつむ》き俯向《うつむ》き引返《ひきかえ》す、……空《そら》は、下《お》りるに従《したが》って次第《しだい》に晴《は》れて、日《ひ》の御旗《みはた》は大《おお》きく鮮明《あざやか》になった。

六

麓《ふもと》で又《また》、花屋《はなや》に休《やす》んだ時《とき》。
「もう今年《ことし》あたりから、坊様達《ぼうさまたち》と一所《いっしょ》のお正月《しょうがつ》にいたしとうござります。」

と、婆《ばあ》さんは言《い》った。而《そ》して爾時《そのとき》、花屋《はなや》の背戸《せど》に迫《せま》る、山続《やまつづ》きの崕《がけ》を落《お》つる、雌滝《めだき》の音《おと》、雄滝《おだき》の音《おと》が、二筋聞《ふたすじきこ》えた。此音《このおと》は、市《まち》と一所《いっしょ》に、此《こ》の山《やま》へ正月《しょうがつ》が来《く》るようになっても聞《きこ》えよう。

鶺狩

一

初冬《はつふゆ》の夜更《よふけ》である。

片山津《かたやまづ》（加賀《かが》）の温泉宿《おんせんやど》、半月館弓野屋《はんげつかんゆんのや》の二階《にかい》――だけれど、広《ひろ》い階子段《はしごだん》が途中《とちゆう》で一段大《いちだんおお》きく蜿《うね》ってS形《エスがた》に昇《のぼ》るので三階《さんがい》ぐらいに高《たか》い――取着《とツつき》の扉《ドア》を開《あ》けて、一人旅《ひとりたび》の、三十《さんじゆう》ばかりの客《きやく》が、寝衣《ねまき》で薄《うす》ぼんやりと顕《あらわ》れた。

此《こ》の、半《なか》ば西洋《せいよう》づくりの構《かまえ》は、日本間《にほんま》が二室《ふたま》で、四角《しかく》な縁《えん》が、名《な》にしおう此処《ここ》の名所《めいしょ》、三《さん》湖《こ》の雄《ゆう》なる柴山潟《しばやまがた》を見晴《みはら》しの露台《ろだい》の誂《あつら》えゆえ、硝子戸《がらすど》と二重《にじゅう》を隔《へだ》てては居《い》るけれど、霜置《しもお》く月《つき》の冷《つめ》たさが、渺々《びょうびょう》たる水面《すいめん》から、自《おのず》から沁徹《しみとお》る。……

いま偶《ふ》と寝覚《ねざめ》の枕《まくら》を上《あ》げると、電燈《でんとう》は薄暗《うすぐら》し、硝子戸《がらすど》を貫《つらぬ》いて、障子《しょうじ》に其《そ》の水《みず》の影《かげ》さえ映《うつ》るばかりに見《み》えたので、

「おお、寒《さむ》い。」

頸《えり》から寒《さむ》く成《な》って起《お》きて出《で》た。が、寝《ね》ぬくもりの冷《さ》めないうち、早《はや》く厠《かわや》へと思《おも》う急心《せきごころ》に、向《むこ》う見《み》ずに扉《ドア》を押《お》した。

押《お》して出《で》ると、不意《ふい》に凄《すご》い音《おと》で刎返《はねかえ》した。ドーンと扉《ドア》の閉《しま》るのが、広《ひろ》い旅館《りょかん》のがらんとした大天井《おおてんじょう》から地《ち》の底《そこ》まで、以《もっ》ての外《ほか》に響《ひび》いたのである。一《ひと》つ、大《おお》きなもの音《おと》のしたあとは、目《め》の前《まえ》の階子段《はしごだん》も深《ふか》い穴《あな》のように見《み》えて、白《しろ》い灯《ひ》も霜《しも》を敷《し》いた状《さま》に床《ゆか》に寂《さび》しい。木目《もくめ》の節《ふし》の、点々黒《ぽつぽつくろ》いのも鼠《ねずみ》の足跡《あしあと》かと思《おも》われる。

まことに、此《こ》の大旅館《だいりょかん》はがらんとして居《い》た。——宵《よい》に受持《うけもち》の女中《じょちゅう》に聞《き》くと、ひきつづき二《は》十日《つか》余《あま》りの間団体観光《あいだだんたいかんこう》の客《きゃく》が立《た》てつけて毎日百人近《まいにちひゃくにんちか》く込合《こみあ》ったそうである。其処《そこ》へ女中《じょちゅう》が漸《やっ》と四人《よにん》ぐらいだから、もし昨日《きのう》にもおいでだと、どんなにお気《き》の毒《どく》であったか知《し》れない。

すっかり潮《しお》のように引《ひ》いたあとで、今日《きょう》は又不思議《またふしぎ》にお客《きゃく》が少《すくな》く、此室《ここ》に貴方《あなた》と、離室《はなれ》の茶《ちゃ》室《しつ》をお好《この》みで、御隠居様御夫婦《ごいんきょさまごふうふ》のお泊《とま》りがあるばかり、よい処《ところ》で、よい折《おり》から――と言《い》った癖《くせ》に……客《きゃく》が膳《ぜん》の上《うえ》の猪口《ちょく》を一寸控《ちょっとひか》えて、其《それ》はお前《まえ》さんたち嘸疲《さぞつか》れたろう、大掃除《おおそうじ》の後《あと》の骨《ほね》休《やす》め、と言《い》う処《ところ》だ。此処《ここ》は構《かま》わないで、湯《ゆ》にでも入《はい》ったら可《よ》かろうと、湯治《とうじ》の客《きゃく》には妙《みょう》にそぐわない世辞《せじ》を言《い》うと、言《ことば》に随《つ》いて、では然《そ》うさして頂《いただ》きます、後生《ごしょう》ですわ、と膠《にべ》もなく引《ひき》退《さが》った。畳《たたみ》も急《きゅう》に暗《くら》くなって、客《きゃく》は胴震《どうぶる》いをしたあとを呆気《あっけ》に取《と》られた。

……思《おも》えば、それも便宜《たより》ない。……

さて下《お》りる階子段《はしごだん》は、一曲《ひとまが》り曲《まが》る処《ところ》で、一度《ど》ぱっと明《あか》るく広《ひろ》くなっただけに、下《した》を覗《のぞ》くと尚《な》お寂《さび》しい。壁《かべ》も柱《はしら》もまだ新《あたら》しく、隙間《すきま》とてもないのに、薄《うす》い霧《きり》のようなものが、すっと這《は》入《い》っては、そッと爪尖《つまさき》を嘗《な》めるので、変《へん》にスリッパが辷《すべ》りそうで、足許《あしもと》が覚束《おぼつか》ない。

渠《かれ》は壁《かべ》に摑《つかま》った。

掌《てのひら》が其《そ》の壁《かべ》の面《めん》に触《ふ》れると、遠《とお》くで湯《ゆ》の雫《しずく》の音《おと》がした。

聞《き》き澄《すま》すと、潟《かた》の水《みず》の、汀《みぎわ》の芦間《あしま》をひたひたと音訪《おとず》れる気勢《けはい》もする。……風《かぜ》は死《し》んだのに、遠《とお》くなり、近《ちか》くなり、汽車《きしゃ》が谺《こだま》するように、ゴーと響《ひび》くのは海鳴《うみなり》である。

更《さら》に遠《とお》く来《き》た旅《たび》を知《し》りつつ、沈《しず》むばかりに階段《かいだん》を下切《おりき》った。

何処《どこ》にも座敷《ざしき》がない、あっても泊客《とまりきゃく》のないことを知《し》った長廊下《ながろうか》の、底冷《そこびえ》のする板敷《いたじき》を、影《かげ》の徜徉《さまよ》うように、我《われ》ながら朦朧《もうろう》として辿《たど》ると……

「ああ、此《こ》の音《おと》だった。」

汀《みぎわ》の芦《あし》に波《なみ》の寄《よ》ると思《おも》ったのが、近々《ちかぢか》と聞《きこ》える処《ところ》に、洗面所《せんめんじょ》のあったのを心着《こころづ》いた。

機械口《かいぐち》が緩《ゆる》んだままで、水《みず》が点滴《したた》って居《い》るらしい。

其《そ》の袖壁《そでかべ》の折角《おれかど》から、何心《なにごころ》なく中《なか》を覗《のぞ》くと、

「あッ。」と、思《おも》わず声《こえ》を立《た》てて、ばたばたと後《あと》へ退《さが》った。

雪《ゆき》のような女《おんな》が居《い》て、姿見《すがたみ》に真蒼《まっさお》な顔《かお》が映《うつ》った。

温泉《いでゆ》の宿《やど》の真夜中《まよなか》である。

二

客《きゃく》は、なまじ自分《じぶん》の他《ほか》に、離室《はなれ》に老人夫婦《ろうじんふうふ》ばかりと聞《き》いただけに、廊下《ろうか》でいきなり、女《おんな》の顔《かお》の白鷺《しらさぎ》に擦違《すれちが》ったように吃驚《びっくり》した。

が、雪《ゆき》のようなのは、白《しろ》い頸《くび》だ。……背後《うしろ》むきで、姿見《すがたみ》に向《むか》ったのに相違《そうい》ない。燈《ひ》の消《き》え

た其《そ》の洗面所《せんめんじょ》の囲《まわり》が暗《くら》いから、肩《かた》も腰《こし》も見《み》えなかったのであろう、と、疑《うたがい》の幽霊《ゆうれい》を消《け》しながら、矢張《やっぱ》り悚然《ぞっ》として立淀《たちよど》んだ。

洗面所《せんめんじょ》の壁《かべ》の其《そ》の柱《はしら》へ、袖《そで》の陰《かげ》が薄《うっす》りと、立縞《たてじま》の縞目《しまめ》が映《うつ》ると、片頬《かたほ》で白《しろ》くさし覗《のぞ》いて、

「お手水《ちょうず》……」

と、ものを忍《しの》んだように言《い》った。優《やさ》しい柔《やわら》かな声《こえ》が、思《おも》いなしか、ちらちらと雪《ゆき》の降《ふ》りかかるようで、再《ふたた》び悚然《ぞっ》として息《いき》を引《ひ》く。……

「どうぞ、此方《こちら》へ。」

と言《い》った時《とき》は――もう怪《あや》しいものではなかった――紅鼻緒《べにはなお》の草履《ぞうり》に、白《しろ》い爪《つま》さきも見《み》えつつ、廊下《ろうか》を導《みちび》いてくれるのであろう。小褄《こづま》を取《と》った手《て》に、黒繻子《くろじゅす》の襟《えり》が緩《ゆる》い。胸《むね》が少《すこ》しはだかって、褄《つま》を引揚《ひきあ》げたなりに乱《みだ》れて、こぼれた浅葱《あさぎ》が長《なが》く絡《からま》った、ぼっとりものの中肉《ちゅうにく》が、帯《おび》もないのに、嫋娜《しなやか》である。

「いや知《し》って居《い》ます。」

これで安心《あんしん》して、衝《つ》と寄《よ》り状《ざま》に、斜《ななめ》に向《む》こうへ離《はな》れる時《とき》、いま見《み》たのは、此《こ》の女《おんな》の魂《たましい》だったろう、と思《おも》うほど、姿《すがた》も艶《えん》に判然《はっきり》して、薄化粧《うすげしょう》した香《か》さえ薫《かお》る。湯上《ゆあが》りの湯《ゆ》のにおいも可懐《なつかし》いまで、ほんのり人肌《ひとはだ》が、空《くう》に来《き》て絡《まつわ》った。

階段《かいだん》を這《は》った薄《うす》い霧《きり》も、此《こ》の女《おんな》の気《き》を分《わ》けた幽《かすか》な湯《ゆ》の煙《けむり》であったろうと、踏《ふ》んだのは惜《おし》い気《き》がする。

「何《なん》だろう、ここの女中《じょちゅう》とは思《おも》うが、すばらしい中年増《ちゅうどしま》だ。」

手《て》を洗《あら》って、ガタン、トンと、土間穿《どまばき》の庭下駄《にわげた》を引摺《ひきず》る時《とき》、閉《し》めて出《で》た障子《しょうじ》が廊下《ろうか》からスッと開《あ》いたので、客《きやく》は最《も》う一度《いちど》ハッとした。

唯小《とこ》がくれて、其《そ》の中年増《ちゅうどしま》が其処《そこ》に立《た》つ。

「これは憚《はばか》り……」

「いいえ。」

と、もう縞《しま》の小袖《こそで》をしゃんと端折《はしよ》って、昼夜帯《ちゅうやおび》を引掛《ひっかけ》に結《むす》んだが、紅《あか》い扱帯《しごき》の何処《どこ》かが漆《うるし》の葉《は》のように、紅《くれない》にちらめくばかり。もの静《しずか》な、ひとがらな、おっとりした、顔《かお》も下《しも》ぶくれで、一重瞼《ひとえまぶた》の、すっと涼《すず》しいのが、ぽっと湯《ゆ》に染《そ》まって、眉《まゆ》の優《やさ》しい、容子《ようす》のいい女《おんな》で、色《いろ》はただ雪《ゆき》をあざむく。

「しかし、驚《おどろ》きましたよ、まったくの処驚《ところおどろ》きましたよ。」

と、懐中《ふところ》に突込《つっこ》んで来《き》た、手巾《ハンケチ》で手《て》を拭《ふ》くのを見《み》て、

「あれ、貴方《あなた》……お手拭《てぬぐい》をと思《おも》いましたけれど、唯今《ただいま》お湯《ゆ》へ入《はい》りました、私《わたし》のだものです

から。――それに濡《ぬ》れては居《お》りますし……」

「それは……其奴《そいっ》は是非《ぜひ》拝借《はいしゃく》しましょう。貸《か》して下《くだ》さい。」

「でも、貴方《あなた》。」

「否《いや》、結構《けっこう》、是非《ぜひ》願《ねが》います。」

と、うっかりらしく手《て》に持《も》った女《おんな》の濡手拭《ぬれてぬぐい》を、引手繰《ひったく》るようにぐいと取《と》った。

「まあ。」

「ばけものの する事《こと》だと思《おも》って下《くだ》さい、丑満時《うしみつどき》で、刻限《こくげん》が刻限《こくげん》だから。」

ほぼ其《そ》の人《ひと》がらも分《わか》ったので、遠慮《えんりょ》なしに、半調戯《なかばからか》うように、手《て》どころか、するすると面《おもて》を拭《ふ》いた。湯《ゆ》のぬくもりがまだ残《のこ》る、木綿《もめん》も女《おんな》の膚馴《はだな》れて、柔《やわら》かに滑《なめら》かである。

「あれ、お気味《きみ》が悪《わる》うございましょうのに。」

と釣込《つりこ》まれたように、片袖《かたそで》を頬《ほほ》に当《あ》てて、取戻《とりもど》そうと差出《さしだ》す手《て》から、ついと、あとじさりに離《はな》れた客《きゃく》は、手拭《てぬぐい》を人質《ひとじち》の如《ごと》く、しかと取《と》って、

「気味《きみ》の悪《わる》かったのは只今《ただいま》でしたな――此《こ》の夜《よ》ふけに、しかも、此処《ここ》から、唐突《だしぬけ》だろう。」

其《そ》のまま洗面所《せんめんじょ》へ肩《かた》を入《い》れて、

「思《おも》いも寄《よ》らない――それに、余《あま》り美《うつく》しい綺麗《きれい》な人《ひと》なんだから。」

声《こえ》が天井《てんじょう》へもつき通《とお》して、廊下《ろうか》へも響《ひび》くように思《おも》われたので、急《きゅう》に、ひっそりと声《こえ》の調子《ちょうし》を沈《しず》めた。

「ほんとうに胆《きも》が潰《つぶ》れたね。今思《いまおも》ってもぞッとする……別嬪《べっぴん》なのと、不意討《ふいうち》で……」

「お巧言《じょうず》ばっかり。」

と、少《すこ》し身《み》を寄《よ》せたが、さしうつむく。

「串戯《じょうだん》じゃありません。……(お手水《ちょうず》……)の時《とき》の如《ごと》きは、頭《あたま》から霜《しも》を浴《あ》びて潟《かた》の底《そこ》へ引込《ひきこ》まれるかと思《おも》ったのさ。」

大袈裟《おおげさ》には聞《きこ》えたが。……

「何《なん》とも申訳《もうしわけ》がありません。――時《とき》ならない時分《じぶん》に、髪《かみ》を結《ゆ》ったりなんかしましたものですから。――あの、実《じつ》は、今《いま》しがた、遠方《えんぽう》のお客様《きゃくさま》から電報《でんぽう》が入《はい》りまして、此《こ》の三時十分《さんじじっぷん》に動橋《いぶりばし》へ着《つ》きます汽車《きしゃ》で、当方《とうほう》へおいでに成《な》るッて事《こと》だものですから、あとは皆年下《みんなとしした》の女《おんな》たちが疲《つか》れて寝《ね》て居《い》ますし……私《わたし》がお世話《せわ》を申上《もうしあ》げますので。あの、久《ひさ》しぶりで宵《よい》に髪《かみ》を洗《あら》いましたものですから、一寸束《ちょっとたば》ねて居《お》りました処《ところ》なんでございますよ。」

いまは櫛巻《くしまき》が艶々《つやつや》しく、すなおな髪《かみ》のふっさりしたのに、顔《かお》がやつれてさえ見《み》えるほどである。

「女中部屋《おんなべや》でいたせばようございますのに、床《とこ》も枕《まくら》も一杯《いっぱい》に成《な》って寝《ね》て居《い》るものでございますから、つい、一風呂《ひとふろ》頂《いただ》きましたあとを、お客様《きゃくさま》のお使《つか》いに成《な》ります処《ところ》を拝借《はいしゃく》をいたしまして、よる夜中《よなか》だと申《もう》すのに。……変化《おばけ》でございますわね——真個《ほんとう》に。」

と鬢《びん》に手《て》を触《さわ》ったまま又俯向《またうつむ》く。

「何《なに》、温泉宿《おんせんやど》の夜中《よなか》に、寂《さび》しい廊下《ろうか》で出会《でっくわ》すのは、そんなお化《ばけ》に限《かぎ》るんだけれど、何《なん》てたって驚《おどろ》きましたよ——馬鹿《ばか》々《ばか》々しいほど驚《おどろ》いたぜ。」

言《い》うまでもなく、女中《じょちゅう》と分《わか》って、ものいいぶりも遠慮《えんりょ》なしに、

「いまだに、胸《むね》がどきどきするね。」

と、何《ど》うした料簡《りょうけん》だか、ありあわせた籐椅子《とういす》に、ぐったりとなって肱《ひじ》をもたせる。

「あなた、お寒《さむ》くはございませんの。」

「今度《こんど》は赫《かっ》々《か》とほてるんだがね。——腰《こし》が抜《ぬ》けて立《た》てません。」

「まあ……」

三

「お澄《すみ》さん……私《わたし》は見事《みごと》に強請《ねだ》ったね。――強請《ねだ》ったより強請《ゆすり》だよ。いや、此《こ》の時刻《じこく》だから強盗《ごうとう》の所業《わざ》です。しかし難有《ありがた》い。」

と、枕《まくら》だけ刎《は》ねた寝床《ねどこ》の前《まえ》で、盆《ぼん》の上《うえ》ながら其女中《そのじょちゅう》――お澄《すみ》――に酌《しゃく》をして貰《もら》って、怪《け》しからず恐悦《きょうえつ》して居《い》る。

客《きゃく》は、手《て》を曳《ひ》いてくれないでは、腰《こし》が抜《ぬ》けて二階《にかい》へは上《あが》れないと、串戯《じょうだん》を真顔《まがお》で強《し》いると、一寸微笑《ちょっとほほえ》みながら、それでも心《しん》から気《き》の毒《どく》そうに、否《いや》とも言《い》わず、肩《かた》を並《なら》べて、階子段《はしごだん》を――上《あが》ると蜿《うね》りしなの寂《さび》しい白《しろ》い燈《ひ》に、顔《かお》がまた白《しろ》く、褄《つま》が青《あお》かった。客《きゃく》は、機会《きかい》のこんな事《こと》は人間一生《にんげんいっしょう》の旅行《りょこう》のうちに、幾度《いくたび》もあるものではない。辻堂《つじどう》の中《なか》で三々九度《さんさんくど》の杯《さかずき》をするように一杯飲《ぱいの》もう、と言《い》った。――酒《さけ》は、宵《よい》の、膳《ぜん》の三本《さんぼん》めの銚子《ちょうし》が、給仕《きゅうじ》は遁《に》げたし、一人《ひとり》では詰《つま》らないから、寝《ね》しなに呷《あお》ろうと思《おも》って、それにも及《およ》ばず、ぐっすり寝込《ねこ》んだのが、其《そ》のまま袋戸棚《ふくろとだな》の上《うえ》に忍《しの》ばしてある事《こと》を思《おも》い出《だ》したし、……又然《またそ》うも言《い》った。――お澄《すみ》が念《ねん》のため時間《じかん》を訊《き》いた時《とき》、懐中時計《かいちゅうどけい》は二時半《にじはん》に少《すこ》し間《ま》があった。

「では、――一寸《ちょっと》、……掃除番《そうじばん》の目《め》ざとい爺《じい》やが一人起《ひとりお》きましたから、それに言《い》って、心《こころ》得《え》さす事《こと》がありますから。」と軽《かる》く柔《やわらか》にすり抜《ぬ》けて、扉《ひらき》の口《くち》から引返《ひきかえ》す。……客《きゃく》に接《せっ》しては、草履《ぞうり》を穿《は》かない素足《すあし》は、水《みず》のように、段《だん》の中途《ちゅうと》でもう消《き》える。……宵《よい》に鯊《はぜ》を釣落《つりおと》した苦《にが》き経《けい》験《けん》のある男《おとこ》が、今度《こんど》は鱸《すずき》を水際《みずぎわ》で遁《にが》した。恰《あたか》も其《そ》の影《かげ》を追《お》う如《ごと》く、障子《しょうじ》を開《あ》けて硝子戸越《がらすどごし》に湖《うみ》を覗《のぞ》いた。

連《つらな》り亙《わた》る山々《やまやま》の薄墨《うすずみ》の影《かげ》の消《き》えそうなのが、霧《きり》の中《なか》に縁《へり》を繞《めぐ》らす、湖《うみ》は、一面《いちめん》の大《おおい》なる銀《ぎん》盤《ばん》である。その白銀《しろがね》を磨《みが》いた布目《ぬのめ》ばかりの浪《なみ》もない。目《め》の下《した》の汀《みぎわ》なる枯芦《かれあし》に、縦横《たてよこ》に霜《しも》を置《お》いたのが、天心《てんしん》の月《つき》に咲《さ》いた青《あお》い珊瑚珠《さんごじゅ》のように見《み》えて、其《そ》の中《なか》から、瑪瑙《めのう》の桟《さん》に似《に》て、長《なが》く水面《すいめん》を遥《はるか》に渡《わた》るのは別館《べっかん》の長廊下《ながろうか》で、棟《むね》に欄干《らんかん》を繞《めぐ》した月《つき》の色《いろ》と、露《つゆ》の光《ひかり》をうけるための台《うてな》のような建《たて》ものが、中空《なかぞら》にも立《た》てば、水《みず》にも映《うつ》る。其処《そこ》に鎖《とざ》した雨戸《あまど》々々《あまど》が透通《すきとお》って、淡《あわ》く黄《き》を帯《お》びたのは人《ひと》なき燈《ともしび》のもれるのであろう。

鐘《かね》の音《ね》も聞《きこ》えない。

潟《かた》、此《こ》の湖《みずうみ》の幅《はば》の最《もっと》も広《ひろ》く、山《やま》の形《かたち》の最《もっと》も遠《とお》いあたりに、唯一《ただひと》つ黒《くろ》い点《てん》が浮《う》いて見《み》える。船《ふね》か雁《かり》か、鸊鷉《かいつぶり》か、ふと其《それ》が月影《つきかげ》に浮《うか》ぶお澄《すみ》の、眉《まゆ》の下《した》の黒子《ほくろ》に似《に》て居《い》た。

冷《ひ》える、冷《つめた》い……女《おんな》に遁《に》げられた男《おとこ》はすぐに一《ひと》すくみに寒《さむ》く成《な》った。一人《ひとり》で、蟻《あり》が冬籠《ふゆごもり》に貯《たくわ》えたような件《くだん》の其《そ》の一銚子《ひとちょうし》。——誰《たれ》に習《なら》って何時《いつ》覚《おぼ》えた遣繰《やりくり》だか、小皿《こざら》の小鳥《ことり》に紙《かみ》を蔽《おお》うて、煽《あお》って散《ち》らないように杉箸《すぎばし》をおもしに置《お》いたのを取出《とりだ》して、自棄《やけ》に茶碗《ちゃわん》で呷《あお》った処《ところ》へ——あの、跫音《あしおと》は——お澄《すみ》が来《き》た。「何《なに》もございませんけれど、」と、いや、それ処《どころ》か、瓜《うり》の奈良漬《ならづけ》。「山家《やまが》ですわね。」と胡桃《くるみ》の砂糖煮《さとうに》。台十能《だいじゅう》に火《ひ》を持《も》って来《き》たのを、此処《ここ》の火鉢《ひばち》と、もう一《ひと》つ。……段《だん》の上《あが》り口《くち》の傍《わき》に、水屋《みずや》のような三畳《さんじょう》があって、瓶掛《びんかけ》、茶道具《ちゃどうぐ》の類《るい》が置《お》いてある。其処《そこ》の火鉢《ひばち》とへ、取分《とりわ》けた。それから隣座敷《となりざしき》へ運《はこ》ぶのだそうで、床《とこ》の間《ま》の壁裏《かべうら》が、其《そ》の隣座敷《となりざしき》。——「旦那様《だんなさま》の前《まえ》ですけど、この二室《ふたま》が取《と》って置《お》きの上等《じょうとう》」で、電報《でんぽう》の客《きゃく》と言《い》うのが、追《お》って其処《そこ》へ通《とお》るのだそうである。——

「まあお一杯《ひとつ》。……お銚子《ちょうし》が冷《さ》めますから、ここでお燗《かん》を。ぶしつけですけれど、途中《とちゅう》が遠《とお》うございますから、おかわりの分《ぶん》も、」と銚子《ちょうし》を二本《にほん》。行届《ゆきとど》いた小取《ことり》まわしで、大《おお》びけすぎの小酒《こざか》もり。北《きた》の海《うみ》なる海鳴《うみなり》の鐘《かね》に似《に》て凍《こお》る時《とき》、音《おと》に聞《き》く……安宅《あたか》の関《せき》は、此《こ》の辺《あたり》から海《かい》上三里《じょうさんり》、弁慶《べんけい》が伺《ど》うしたと? 石川県能美郡片山津《いしかわけんのみごおりかたやまづ》の、直侍《なおざむらい》とは、こんなものかと、客《きゃく》は広袖《どてら》の襟《えり》を撫《な》でて、胡坐《あぐら》で納《おさ》まったものであった。

「だけど……お澄《すみ》さんあと最《も》う十五分《じゅうごふん》か、二十分《にじっぷん》で隣《となり》座敷へ行《い》って了《しま》われるんだと思《おも》うと、情《なさけ》ない気《き》がするね。」

「いいえ。——まあ、お重《かさ》ねなさいまし、すぐに又《また》まいります。」

「何《なに》、彼方《あっち》で放《はな》すものかね。——電報一本《でんぽういっぽん》で、遠《とお》くから魔術《まじゅつ》のように、旅館《りよかん》の大戸《おおど》をがらがらと開《あ》けさせて、お澄《すみ》さんに、夜中《よなか》に湯《ゆ》をつかわせて、髪《かみ》を結《ゆ》わせて、薄化粧《うすげしよう》で待《ま》たせるほどの大《たい》したお客《きやく》なんだもの。」

「まあ、……だって貴方《あなた》、さばき髪《がみ》でお迎《むか》えは出来《でき》ないではございませんか。——それに、手順《てじゆん》で私《わたし》が承《うけたまわ》りましたばかりですもの。何《なに》も私《わたし》に用《よう》があって入《い》らっしゃるのではありません。唯今《ただいま》は、丁度季節《ちようどきせつ》だものでございますから、此《こ》の潟《かた》へ水鳥《みずどり》を撃《う》ちに。」

「ああ、銃猟《じゆうりよう》に——鴫《しぎ》かい、鴨《かも》かい。」

「はあ、鴫《しぎ》も鴨《かも》も居《い》ますんですが、おもに鷭《ばん》をお撃《う》ちに成《な》ります。——此《こ》の間《あいだ》おいでに成《な》りました時《とき》などは、お二人《ふたり》で鷭《ばん》が、一百二三十《いっそくにさんじゆう》も取《と》れましてね、猟袋《りようぶくろ》に一杯《いっぱい》、七《なな》つも持《も》ってお帰《かえ》りに成《な》りましたんですよ。此《こ》のまだ陽《ひ》の上《あが》りません、霜《しも》のしらしらあけが一番《いちばん》よく取《と》れますって、それで、いま時分《じぶん》お着《つき》に成《な》ります。」

「何処《どこ》から来《く》るんだね、遠方《えんぽう》ッて。」

「名古屋《なごや》の方《かた》でございますの。おともの人《ひと》と、犬《いぬ》が三頭《さんとう》、今夜《こんや》も大方然《おおかたそ》うなんでございましょうよ。ここでお支度《したく》をなさる中《うち》に、馴《な》れました船頭《せんどう》が参《まい》りますと、小船《こぶね》二艘《そう》でお出《で》かけなさるんでございますわ。」

「それは……対手《あいて》は大紳士《だいしんし》だ。」と客《きやく》は歎息《たんそく》して怯《おび》えたように言《い》った。

「ええ、何《なん》ですか、貸座敷《かしざしき》の御主人《ごしゆじん》なんでございます。」

「貸座敷《かしざしき》——女郎屋《じよろや》の亭主《ていしゆ》かい。おともは雑《ざつ》と幇間《たいこもち》だな。」

「あ、当《あた》りました、旦那《だんな》。」

と言《い》ったが、軽《かる》く膝《ひざ》で手《て》を拍《う》って、

「ほんに、辻占《つじうら》がよくって、猟《りよう》のお客様《きやくさま》はお喜《よろこ》びでございましょう。」

「お喜《よろこ》びかね。ふう成程《なるほど》——ああ大《たい》した勢《いきお》いだね。おお、此《こ》の静寂《しずか》な霜《しも》の湖《みずうみ》を船《ふね》で乱《みだ》して、谺《こだま》が白山《はくさん》へドーンと響《ひび》くと、寝《ね》ぬくまった目《め》を覚《さま》して、芦《あし》の間《あいだ》から美《うつく》しい紅玉《こうぎよく》の陽《ひ》の影《かげ》を、黒水晶《くろずいしよう》のような羽《はね》に鏤《ちりば》めようとする鷭《ばん》が、一羽《いちわ》ばたりと落《お》ちるんだ。血《ち》が、ぽたぽたと流《なが》れよう。犬《いぬ》の口《くち》へぐたりとはまって、水《みず》しぶきの中《なか》を、船《ふね》へ倒《たお》れると、ニタニタと笑《わら》う貸座敷《かしざしき》の亭主《ていしゆ》の袋《ふくろ》へ納《おさ》まるんだな。」

お澄《すみ》は白《しろ》い指《ゆび》を扱《しご》きつつ、うっかり聞《き》いて顔《かお》を見《み》た。

「——お澄《すみ》さん、私《わたし》は折入《おりい》って姐《ねえ》さんにお願《ねが》いが一《ひと》つある。」

客《きやく》は膝《ひざ》をきめて居直《いなお》ったのである。

四

渠《かれ》は稲田《いなだ》雪次郎《ゆきじろう》と言《い》う——宿帳《やどちょう》の上《うえ》を更《あらた》めて名《な》を言《い》った。画家《がか》である。いくたびも生死《しょうし》の境《さかい》にさまよいながら、今年初《ことしはじ》めて……東京上野《とうきょううえの》の展覧会《てんらんかい》——「姐《ねえ》さんは知《し》って居《い》るか。」「え《》え此《こ》の辺《へん》でも評判《ひょうばん》でございます。」——其《そ》の上野《うえの》の美術展覧会《びじゅつてんらんかい》に入選《にゅうせん》した。構図《こうず》と言《い》うのが、湖畔《こはん》の霜《しも》の鷭《ばん》なのである。——

「鷭《ばん》は一生《いっしょう》を通《つう》じての私《わたし》のために恩人《おんじん》なんです。生命《いのち》の親《おや》とも思《おも》う恩人《おんじん》です。其《そ》の大恩《だいおん》のある鷭《ばん》の一類《いちるい》が、夫《おっと》も妻《つま》も娘《むすめ》も倅《せがれ》も、貸座敷《かしざしき》の亭主《ていしゅ》と幇間《たいこもち》の鉄砲《てっぽう》を食《くら》って、一時《いっとき》に、一百二三十《いっそくにさんじゅう》ずつ、袋《ふくろ》へ七《なな》つも詰込《つめこ》まれるんでは遣切《やりき》れない。——深更《よふけ》に無理《むり》を言《い》ってお酌《しゃく》をして貰《もら》うのさえ、間違《まちが》って居《い》る処《ところ》へ、こんな馬鹿《ばか》な、無法《むほう》な、没常識《ぼつじょうしき》な、お願《ねが》いと言《い》っちゃあないけれど、頼《たの》むから、後生《ごしょう》だから、お澄《すみ》さん、姐《ねえ》さんの力《ちから》で、私《わたし》が居《い》る……此《こ》の朝《あさ》だけ、其《そ》の鷭撃《ばんうち》を留《や》めさしては貰《もら》えないだろうか。……男《おとこ》だてなら、あの木曾川《きそがわ》の、で、留《と》めて見《み》ると言《い》ったって、水《みず》の流《ながれ》は留《と》められるものではない。が、女《おんな》の力《ちから》だ。あなたの情《なさけ》だ。——此《こ》の潟《かた》の水《みず》が一時《いちじ》凍《こお》らないとも、火《ひ》に成《な》らないとも限《かぎ》らない。其処《そこ》が御婦人《ごふじん》の力《ちから》です。勿論《もちろん》まる切《き》り、其《そ》の人《ひと》たちに留《や》めさせる事《こと》の出来《でき》ない事《こと》は、解《わか》って、あきらめなければ成《な》らないまでも、手筈《てはず》を違《ちが》えるなり、故障《こしょう》を入《い》れるなり、せめて時間《じかん》でも遅《おく》れさして、鷭《ばん》が明《あき》らかに夢《ゆめ》からさめて、水鳥相当《みずどりそうとう》に、自衛《じえい》の守備《しゅび》の整《ととの》うようにして、一羽《いちわ》でも、獲《え》ものの方《ほう》が少《すくな》く、鳥《とり》の助《たす》かる方《ほう》が余計《よけい》にして貰《もら》いたい。――実《じつ》は小松《こまつ》から此処《ここ》に流《なが》れる桟川《かけはしがわ》で以前《いぜん》――雪間《ゆきま》の白鷺《しらさぎ》を、船《ふね》で射《い》た友《とも》だちがあって、……いままですらりと立《た》って遊《あそ》んで居《い》たのが、弾丸《たま》の響《ひびき》と一所《いっしょ》に姿《すがた》が横《よこ》に消《き》えると、颯《さっ》と血《ち》が流《なが》れたと言《い》う……話《はなし》を聞《き》いた事《こと》があって、それ一羽《いちわ》、私《わたし》には他《た》人《にん》の鷺《さぎ》でさえ、お澄《すみ》さんのような女《おんな》が殺《ころ》されでもしたように、悚然《ぞっ》として震《ふる》え上《あが》った。――然《しか》るに鷭《ばん》は恩人《おんじん》です。――姐《ねえ》さん、此《これ》はお酌《しゃく》を強請《ねだ》ったような料簡《りょうけん》ではありません。真人間《まにんげん》が、真面目《まじめ》に、師《し》の前《まえ》、両親《りょうしん》の前《まえ》、神仏《しんぶつ》の前《まえ》で頼《たの》むのとおなじ心《こころ》で云《い》うんです。――私《わたし》は孤児《みなしご》だが、嘗《かつ》て志《こころざし》を得《え》たら、東京《とうきょう》へ迎《むか》えます。と言《い》ううちに、両親《りょうしん》はなくなりました。其《そ》の親《おや》たちの位牌《いはい》を、……上野《うえの》に展覧会《てんらんかい》の今最中《いまさいちゅう》、故郷《こきょう》の寺《てら》の位牌堂《いはいどう》から移《うつ》して来《き》たのが、あの、大《おおき》な革鞄《かばん》の中《なか》に据《す》えてあります。其《そ》の前《まえ》で、謹《つつし》んで言《い》うのです。――お位牌《いはい》も、此《こ》の姐《ねえ》さんに、どうぞお力《ちから》をお添《そ》え下《くだ》さい。」

と言《い》った。面《おもて》が白蠟《はくろう》のように色澄《いろす》んで、伏目《ふしめ》で聞入《ききい》ったお澄《すみ》の、長《なが》い睫毛《まつげ》のまたたくとともに、床《とこ》に置《お》いた大革鞄《おおかばん》が、揺《ゆ》れて熊《くま》の動《うご》くように見《み》えたのである。

「あら！私《わたし》……」

この、もの淑《しずか》なお澄《すみ》が、慌《あわただ》しく言葉《ことば》を投《な》げて立《た》った、と思《おも》うと、どかどかどかと階子段《はしごだん》を踏立《ふみた》てて、かかる夜陰《やいん》を憚《はばか》らぬ、音《おと》が静寂間《しじま》に湧上《わきあが》った。

「奥方《おくがた》は寝床《ねどこ》で、お待《ま》ちで。それで、お出迎《でむか》えがないと言《い》った寸法《すんぽう》でげしょう。」

と下《した》から上《うえ》へ投掛《なげか》けに肩《かた》へ浴《あ》びせたのは、旦那《だんな》に続《つづ》いた件《くだん》の幇間《たいこもち》と頷《うなず》かれる。白《しろ》い呼吸《いき》もほッほッと手《て》に取《と》るばかり、寒《さむ》い声《こえ》だが、生《なま》ぬるいことを言《い》う。

「や、お澄《すみ》——此処《ここ》か、座敷《ざしき》は。」

扉《ドア》を開《あ》けた出会頭《であいがしら》に、爺《じい》やが傍《そば》に、供《とも》が続《つづ》いて突立《つった》った忘八《くつわ》の紳士《しんし》が、我《わ》がために髪《かみ》を結《ゆ》って化粧《けしょう》したお澄《すみ》の姿《すがた》に、満悦《まんえつ》らしい鼻声《はなごえ》を出《だ》した。が、気疾《きばや》に頸《くび》からさきへ突込《つっこ》む目《め》に、何《なん》と、閨《ねや》の枕《まくら》に小《こ》ざかもり、媚薬《びやく》を髣髴《ほうふつ》とさせた道具《どうぐ》が並《なら》んで、生白《なまじろ》けた雪次郎《ゆきじろう》が、しまの広袖《どてら》で、微酔《ほろよい》で、夜具《やぐ》に凭《もた》れて居《い》たろうではないか。

正《しょう》の肌身《はだみ》は其処《そこ》で藻抜《もぬ》けて、ここに空蟬《うつせみ》の立《た》つようなお澄《すみ》は、呼吸《いき》も黒《くろ》く成《な》る、相撲取《すもうとり》ほど肥《ふと》った紳士《しんし》の、臘虎襟《らっこえり》の大外套《おおがいとう》の厚《あつ》い煙《けむり》に包《つつ》まれた。

「いつもの上段《じょうだん》の室《ま》でございますことよ。」

と、さすが客商売《きゃくしょうばい》の、透《す》かさず機嫌《きげん》を取《と》って、扉隣《ドアとなり》へ導《みちび》くと、紳士《しんし》の開閉《あけたて》の乱暴《らんぼう》さは、ドドンドシン、続《つづ》け状《さま》に扉《ドア》が鳴《な》った。

五

「旦那《だんな》は――ははあ、奥方様《おくがたさま》と成程《なるほど》。……それから御入浴《ごにゅうよく》と言《い》う、先《ま》ず以《もっ》ての御寸法《ごすんぽう》。――其処《そこ》でげす。……いえ、馬鹿《ばか》でも其《その》くらいな事《こと》は心得《こころえ》て居《お》りますんで。……然《しか》し御口中《ごこうちゅう》ぐらいになさいませんと、此《これ》から飛道具《とびどうぐ》を扱《あつか》います。いえ、第一遠《だいいちとお》く離《はな》れて在《い》らっしゃるで、奥方《おくがた》の方《ほう》で御承知《ごしょうち》をなさいますまい。はははは、御遠慮《ごえんりょ》なくお先《さき》へ。……しかして其《そ》の上《うえ》にゆっくりと。」

階子段《はしごだん》に足踏《あしぶみ》して、

「鸛《ばん》だよ、鸛《ばん》だよ、お次《つぎ》の鸛《ばん》だよ、晩《ばん》の鸛《ばん》だよ、月《つき》の鸛《ばん》だよ、深夜《よなか》の鸛《ばん》だよ、トンと打《ぶ》つけてトントントンとサ、おっとそいつは水鶏《くいな》だ、水鶏《くいな》だ、トントントトトン。」と下《お》りて行《ゆ》く。

あとは、しばらく、隣座敷《となりざしき》に、火鉢《ひばち》があるまいと思《おも》うほど寂寞《ひっそり》した。が、お澄《すみ》のしめやかな声《こえ》が、何《なん》となく雪次郎《ゆきじろう》の胸《むね》に響《ひび》いた。

「黙《だま》れ!」

と梁《はり》から天井《てんじよう》へ、つつぬけにドス声《ごえ》で、

「分《わか》った！然《そ》うか。三晩《みばん》つづけて、俺《おれ》が鷭撃《ばんうち》に行《い》って怪我《けが》をした夢《ゆめ》を見《み》たか。然《そ》うか、分《わか》った。夢《ゆめ》が何《ど》うした、そんな事《こと》は木片《こっぱ》でもない。――俺《おれ》が汝等《うぬら》の手《て》で面《つら》へ溝泥《どぶどろ》を塗《ぬ》られたのは夢《ゆめ》じゃないぞ。此《こ》の赫《かッ》と開《あ》けた大《おお》きな目《め》を見《み》ろい。――よくも汝《うぬ》、溝泥《どぶどろ》を塗《ぬ》りおったな。――聞《きこ》えるか、聞《きこ》えるか。となりの野郎《やろう》には聞《きこ》えまいが、此《こ》のくらいな大声《おおごえ》だ。われが耳《みみ》は打《ぶち》ぬいたろう。どてッ腹《ぱら》へ響《ひび》いたろう。」

「響《ひび》いたが何《ど》うしたい。」と、雪次郎《ゆきじろう》は鸚鵡《おうむ》がえしで、夜具《やぐ》に凭《もた》れて、両《りよう》の肩《かた》を聳《そび》やかした。

そして身構《みがま》えた。

が、其《そ》のまま何《なに》もなくバッタリ留《や》んだ。――聞《き》け、時《とき》に、ピシリ、ピシリ、ピシャリと肉《にく》を鞭打《むちう》つ音《おと》が響《ひび》く。チンチンチンチンと、微《かすか》に鉄瓶《てつびん》の湯《ゆ》が沸《たぎ》るような音《おと》が交《まじ》る。が、それでないと、湯気《ゆげ》のけはいも、血汐《ちしお》が噴《ふ》くようで、凄《すさま》じい。

雪次郎《ゆきじろう》はハッと立《た》って、座敷《ざしき》の中《なか》を四五度《しごたび》廻《まわ》った。――衝《つ》と露台《ろだい》へ出《で》る、此《こ》の片隅《かたすみ》に二枚《にまい》つづきの硝子《がらす》を嵌《は》めた板戸《いたど》があって、青《あお》い幕《まく》が垂《た》れて居《い》る。晩方《ばんがた》の心覚《こころおぼ》えには、すぐ其《そ》の向《むこ》うが、おなじ、ここよりは広《ひろ》い露台《ろだい》で、座敷《ざしき》の障子《しようじ》が二三枚《にさんまい》覗《のぞ》かれた――と思《おも》う。……其《そ》のまま忍寄《しのびよ》って、密《そっ》と其《そ》の幕《まく》を引《ひき》なぐりに絞《しぼ》ると、隣室《りんしつ》の障子《しようじ》には硝子《がらす》が嵌《は》め込《こみ》になって居《い》たので、一面《いちめん》に映《うつ》るように透《す》いて見《み》えた。ああ、顔《かお》は見《み》えないが、お澄《すみ》の色《いろ》は、あの、姿見《すがたみ》に映《うつ》った時《とき》とおなじであろう。真《ま》うつむけに背《せ》ののめった手《て》が腕《うで》のつけもとまで、露《あら》呈《わ》に白《しろ》く捻上《ねじあ》げられて、半身《はんしん》の光沢《つや》のある真綿《まわた》をただ、ふっくりと踵《かかと》まで畳《たたみ》に裂《さ》いて、二条引伸《ふたすじひきの》ばしたようにされて居《い》る。――ずり落《お》ちた帯《おび》の結目《むすびめ》を、みしと踏《ふ》んで、片膝《かたひざ》を胴腹《どうばら》へむずと乗掛《のりかか》って、忘八《くつわ》の紳士《しんし》が、外套《がいとう》も脱《ぬ》がず、革帯《かわおび》を陰気《いんき》に重《おも》く光《ひか》らしたのが、鉄《てつ》の火箸《ひばし》で、ため打《う》ちにピシャリ打《う》ちピシリと当《あ》てる。八寸釘《はっすんくぎ》を、横《よこ》に打《う》つような此《こ》の拷掠《ごうりゃく》に、ヒッつる肌《はだ》に青《あお》い筋《すじ》の蜿《うね》るのさえ、紫色《むらさきいろ》にのたうちつつも、お澄《すみ》は声《こえ》も立《た》てず、呼吸《いき》さえせぬのである。

「ええ！ずぶてえ阿魔《あま》だ。」

と、其《そ》の鉄火箸《かなひばし》を、今《いま》は突刺《つきさ》しそうに逆《ぎゃく》に取《と》った。

此《こ》の時《とき》、階段《かいだん》の下《した》から跫音《あしおと》が来《こ》なかったら、雪次郎《ゆきじろう》は、硝子《がらす》を破《やぶ》って、血《ち》だらけに成《な》って飛込《とびこ》んだろう。

然《さ》までの苦痛《くつう》を堪《こら》えたな。――あとでお澄《すみ》の片頬《かたほほ》に、畳《たたみ》の目《め》が鑢《やすり》のようについた。横顔《よこがお》で突《つっ》ぷして歯《は》をくいしばったのである。そして、其《そ》のくい込《こ》んだ畳《たたみ》の目《め》に、あぶら汗《あせ》にへばりついて、鬢《びん》のおくれ毛《げ》が彫込《ほりこ》んだようになって居《い》た。其《そ》の髪《かみ》の一条《ひとすじ》を、雪次郎《ゆきじろう》が引《ひ》いてとった時《とき》「あ痛《いた》、」と声《こえ》を上《あ》げたくらいであるから。……

恬《か》くまでの苦痛《くつう》を知《し》らぬ顔《かお》で堪《こら》えた。——幇間《ほうかん》が帰《かえ》ってからは、いまの拷掠《ごうりゃく》については、何《なん》の気色《けしき》もしなかったのである。

銃猟家《じゆうりようか》のいいつけでお澄《すみ》は茶漬《ちゃづけ》の膳《ぜん》を調《ととの》えに立《た》った。

扉《ドア》から雪次郎《ゆきじろう》が密《そっ》と覗《のぞ》くと、中段《ちゅうだん》の処《ところ》で、肱《ひじ》を硬直《こうちょく》に、帯《おび》の下《した》の腰《こし》を圧《おさ》えて、片手《かたて》をぐったりと壁《かべ》に立《た》って、倒《たお》れそうにうつむいた姿《すがた》を見《み》た。が、気勢《けはい》がしたか、ふいに真青《まっさお》な顔《かお》して見《み》ると、寂《さび》しい微笑《びしょう》を投《な》げて、すっと下《お》りたのである。

隣室《りんしつ》には、しばらく賤《いやし》げに、浅《あさ》ましい、売女商売《ばいじょしょうばい》の話《はなし》が続《つづ》いた。

「何《なに》をしてうせおる。——遅《おそ》いなあ。」

二度《にど》まで爺《じい》やが出《で》て来《き》て、催促《さいそく》をされたあとで、お澄《すみ》が膳《ぜん》を運《はこ》んだらしい。

「何《なん》にもございません。——料理番《りようりばん》が一寸休《ちよっとやす》みましたものですから。」

「奈良漬《ならづけ》、結構《けっこう》。……お弁当《べんとう》も之《これ》が関《せき》でげすぜ、旦那《だんな》。」

と、幇間《ほうかん》が茶《ちゃ》づけをすする音《おと》、さらさらさら。スウーと歯《は》ぜせりをしながら、

「天気《てんき》は極上《ごくじょう》、大猟《たいりょう》でげすぜ、旦那《だんな》。」

「首途《かどで》に、くそ忌々《いまいま》しい事《こと》があるんだ。何《ど》うだかなあ。さらけ留《や》めて、一番新地《いちばんしんち》で飲《の》んだろかと思《おも》うんだ。」

六

「貴方《あなた》、一寸《ちょっと》……お話《はなし》がございます。」

——弁当《べんとう》は帳場《ちょうば》に出来《でき》て居《い》るそうだが、船頭《せんどう》の来《き》ようが、また遅《おそ》かった。——「へい、旦那御機嫌《だんなごきげん》よう。」と三人《さんにん》ばかり座敷《ざしき》へ出《で》ると、……「遅《おそ》いじゃねえか。」と其《そ》の御《ご》機嫌《きげん》が大不機嫌《だいふきげん》。「先刻《さっき》お勝手《かって》へ参《まい》りましただが、お澄《すみ》さんが、まだ旦那方《だんながた》、御飯中《ごはんちゅう》で、失《しつ》礼《れい》だと言《い》わっしゃるものだで。」——「撃《ぶ》つぞ。出《で》ろ。此処《ここ》から一発《ぱつ》はなしたろか。」と銃《じゅう》猟家《りょうか》が、怒《おこ》りだちに立《た》った時《とき》は、もう横雲《よこぐも》がたなびいて、湖《みずうみ》の面《おもて》がほんのりと青《あお》ずんだ。月《つき》は水線《すいせん》に玉《たま》を沈《しず》めて、雪《ゆき》の晴《は》れた白山《はくさん》に、薄紫《うすむらさき》の霧《きり》がかかったのである。

早《はや》いもので、湖《みずうみ》に、小《ち》さい黒《くろ》い点《てん》が二《ふた》つばかり、霧《きり》を曳《ひ》いて動《うご》いた。船《ふね》である。

睡眠《ねむり》は覚《さ》めたろう。翼《つばさ》を鳴《な》らせ、朝霜《あさじも》に、光《ひかり》あれ、力《ちから》あれ、寿《いのちなが》かれ、鷭《ばん》よ。

雪次郎《ゆきじろう》は、しかし、青《あお》い顔《かお》して、露台《ろだい》に湖《みずうみ》に面《めん》して、肩《かた》をしめて立《た》って居《い》た。

お澄《すみ》が入《はい》って来《き》た——が、すぐに顔《かお》が見《み》られなかった。首筋《くびすじ》の骨《ほね》が硬《こわ》ばったのである。

「貴方《あなた》、一寸《ちよつと》……お話《はなし》がございます。」

お澄《すみ》が静《しずか》に然《そ》う言《い》うと、からからと釣《つり》を手繰《たぐ》って、露台《ろだい》の硝子戸《がらすど》に、青《あお》い幕《まく》を深《ふか》く蔽《おお》うた。

閨《ねや》の障子《しようじ》はまだ暗《くら》い。

「何《なん》とも申《もう》しようがない。」

雪《ゆき》は撲《どう》となって手《て》を支《つ》いた。

「私《わたし》は懺悔《ざんげ》をする、皆嘘《みなうそ》だ。――画工《えかき》は画工《えかき》で、上野《うえの》の美術展覧会《びじゆつてんらんかい》に出《だ》しは出《だ》したが、まったくの処《ところ》は落第《らくだい》したんだ。自棄《やけ》まぎれに飛出《とびだ》したんで、両親《りようしん》には勘当《かんどう》はされても、位牌《いはい》に面目《めんぼく》のあるような男《おとこ》じゃない。――其《そ》の大革鞄《おおかばん》も借《かり》ものです。樊噲《はんかい》の盾《たて》だと言《い》って、貸《か》した友《とも》だちは笑《わら》ったが、しかし、破《やぶ》りも裂《さ》きも出来《でき》ないので、其《そ》のなかにたたき込《こ》んである、鷭《ばん》を画《か》いたのは事実《じじつ》です。女郎屋《じよろや》の亭主《ていしゆ》が名古屋《なごや》くんだりから、電報《でんぽう》で、片山津《かたやまづ》の戸《と》を真夜中《まよなか》にあけさせた上《うえ》に、お澄《すみ》さんほどの女《おんな》に、髪《かみ》を結《い》わせ、化粧《けしよう》をさせて、給仕《きゆうじ》につかせて、供《とも》をつれて船《ふね》を漕《こ》がせて、湖《みずうみ》の鷭《ばん》を狙撃《ねらいうち》に撃《う》って廻《まわ》る。犬《いぬ》が三頭《さんとう》――三疋《さんびき》とも言《い》わないで、姐《ねえ》さんが奴等《やつら》の口《くち》うつしに言《い》うらしい、其《そ》の三頭《さんとう》も癪《しやく》に障《さわ》った。何《な》にしろ、私《わたし》の画《え》が突刎《つつぱ》ねられたように口惜《くやし》かった。嫉妬《ねたみ》だ、そねみだ、自棄《やけ》なんです。――私《わたし》は鷭《ばん》に成《な》ったんだ。――

鷭《ばん》が命乞《いのちご》いに来《き》た、と思《おも》って堪《こら》えてくれ、お澄《すみ》さん、堪忍《かんにん》してくれ給《たま》え。いまは、勘定《かんじょう》があるばかりだ、此処《ここ》の勘定《かんじょう》に心配《しんぱい》はないが、そのほかは何《なん》にもない。——無論《むろん》、私《わたし》が志《こころざし》を得《え》たら……」

「貴方《あなた》。」

とお澄《すみ》がきっぱり言《い》った。

「身《み》を切《き》られるより、貴方《あなた》の前《まえ》で、お恥《はず》かしい事《こと》ですが、親兄弟《おやきようだい》を養《やしな》いますために、私《わたし》はとうから、あの旦那《だんな》のお世話《せわ》に成《な》って居《お》りますんです。夫《それ》も棄《す》て、身《み》も棄《す》てて、死《し》ぬほどの思《おも》いをして、あなたのお言葉《ことば》を貫《つらぬ》きました。……あなたは此処《ここ》をお立《た》ちに成《な》ると、もう其《そ》の時《とき》から、私《わたし》なぞは、山《やま》の鳥《とり》です、野《の》の薊《あざみ》です。路傍《みちばた》の塵《ちり》なんです。見返《みかえ》りもなさいますまい。——いいえ、いいえ……それを承知《しょうち》で、……覚悟《かくご》の上《うえ》でしました事《こと》です。私《わたし》は女《おんな》が一生《いっしょう》に一《いち》度《ど》と思《おも》う事《こと》をしました。貴方《あなた》、私《わたし》に御褒美《ごほうび》を下《くだ》さいまし。」

「其《そ》の、其《そ》の、其《そ》の事《こと》だよ……実《じつ》は。」

「いいえ、ほかのものは要《い》りません。唯一品《ただひとしな》。」

「唯一品《ただひとしな》。」

「貴方《あなた》の小指《こゆび》を切《き》って下《くだ》さい。」

「………」

「澄《すみ》に、小指《こゆび》を下《くだ》さいまし。」

少《すく》なからず不良性《ふりようせい》を帯《お》びたらしいまでの若者《わかもの》が、わなわなと震《ふる》えながら、

「親《おや》が、両親《ふたおや》があるんだよ。」

「私《わたし》にもございますわ。」

と凛《りん》と言《い》った。

拳《こぶし》を握《にぎ》って、屹《きつ》と見《み》て、

「お澄《すみ》さん、剃刀《かみそり》を持《も》って居《い》るか。」

「はい。」

「いや、――食切《くいき》ってくれ、其《そ》の皓歯《しらは》で。……潔《いさぎよ》くあなたに上《あ》げます。」

やがて、唇《くちびる》にふくまれた時《とき》は、却《かえ》って稚児《おさなご》が乳《ちち》を吸《す》うような思《おも》いがしたが、あとの疼痛《いたみ》は鋭《するど》かった。

渠《かれ》は大夜具《おおやぐ》を頭《あたま》から引被《ひっかぶ》った。

「看病《かんびょう》をいたしますよ。」

お澄《すみ》は、胸白《むねしろ》く、下《した》じめの他《ほか》に血《ち》が浸《にじ》む。……繻子《しゅす》の帯《おび》がするすると鳴《な》った。

本書は『鏡花全集』『新編　泉鏡花集』（ともに岩波書店）を底本とした。

本文表記は原則として新漢字・新仮名づかいを採用した。

一部、今日の観点からみるとふさわしくない語句・表現が用いられているが、作品の時代的背景と文学的価値に鑑み、そのまま掲載することとした。

収録作品初出一覧

Ⅰ　龍潭譚の系譜

龍潭譚　「文藝倶楽部」第二巻第十三編（明治二十九年十一月）博文館
飛縁魔物語　「鏡花研究」第二号（昭和五十一年三月）石川近代文学館
白鬼女物語　「明治大正文学研究」第二十一号（昭和三十二年三月）東京堂
蝙蝠物語　「新文壇」第二巻第三号〜第六号（明治二十九年三月〜六月）文学館　＊のちに「湯女の魂」（「新小説」明治三十三年五月）に改作して発表
蓑谷　「少年世界」第二巻第十三号（明治二十九年七月）博文館
毬栗　「大倭心」第一号（明治二十九年九月）女教社
妙の宮　「北國新聞」第一〇三一号（明治二十九年六月）北國新聞社
清心庵　「新著月刊」第四号（明治三十年七月）東華堂

Ⅱ　女怪幻妖譜

酸漿　「万朝報」第六二六〇号〜六二六三号（明治四十四年一月三日〜六日）万朝報社
ほたる　「文車」第一巻（明治二十八年十月）墨浪社
露肆　「中央公論」第二十六年第二号（明治四十四年二月）反省社
きん稲　「随筆」第二巻第三号（大正十三年四月）随筆社
妖術　「太陽」第十七巻第六号（明治四十四年五月）博文館
人魚の祠　「新日本」第六巻第七号（大正五年七月）冨山房
女波　「サンデー毎日」第二年第二十九号（大正十二年七月）大阪毎日新聞社

海の使者「文章世界」第四巻第九号（明治四十二年七月）博文館
やどり木　「太陽」第八巻第十号（明治三十五年八月）博文館
千鳥川　「時好」辰之第五号（明治三十七年五月）三井呉服店
鯛　「現代」第二巻第一号（大正十年一月）大日本雄弁会

Ⅲ　故郷追懐

胡桃　「新興」創刊号（大正十三年二月）新興社
月夜　「婦女界」第四巻第二号（明治四十四年八月）同文館
町双六　「新小説」第二十二年第一巻（大正六年一月）春陽堂
立春　初出題「雪の山家」で「読売新聞」第七七一三号（明治三十二年一月）日就社　＊のちに改題して「立春」など
鶺狩　「サンデー毎日」第二年第一号（大正十二年一月）大阪毎日新聞社

編者解説

昨年、平凡社ライブラリーから刊行した『お住の霊　岡本綺堂怪異小品集』は、二〇二二年に生誕一五〇年のメモリアル・イヤーを迎えた綺堂の、レアな初期作品を蒐《あつ》めたアンソロジーだった。

明けて今年二〇二三年は、近代日本が生んだ史上最大の幻想文学者と呼んでも過言ではない泉鏡花の生誕一五〇年である。

綺堂と鏡花——わずか一年違いで明治の始めごろに生を享《う》け、生涯の大半を同じ東京・麴町の一隅で過ごした二人。没年も同じ昭和十四年（一九三九）と、完全なる同時代人であった、無類の「おばけずき」な両巨匠。

〈日本語のもっとも奔放な、もっとも高い可能性を開拓し、講談や人情話などの民衆の話法を採用しながら、海のように豊富な語彙で金石の文を成し、高度な神秘主義と象徴主義の密林へほとんど素手で分け入った〉……かつて文豪・三島由紀夫は、鏡花の比類なき文業をこのように評したが、これはいささか方向は異なるものの、綺堂の文業にも当てはまりうる言葉だと云えよう。古今の怪異談に該博な知識を有する両大家が、時を同じくして出現し、創作に、翻訳に、はたまたリアル怪談会に、思うさま腕をふるった、この時代。明治末から昭和はじめ、我が国の怪談黄金時代は、この両雄の巧まざる活躍に支えられていたといっても、過言ではなかろう。

さて、二〇一二年の夏、平凡社ライブラリーで〈文豪怪異小品集〉を始めるに際して私は、そのトップバッターに、泉鏡花の『おばけずき』を選んだ。創作から随筆、談話まで全方位に及ぶ百物語小品集を企図したのである。幸い同書は順調に版を重ね、〈文豪怪異小品集〉がシリーズ化される基《もとい》を築いた。

以来、星辰めぐること十二度《たび》、新たな旅立ちのときを迎えて、ここに再び新編集による鏡花アンソロジーを送りだすこととなった。

今回の編纂の眼目は二つある。

一つは、澁澤龍彦鍾愛の小傑作「龍潭譚」、そして不朽の名作「高野聖」に結実を見る鏡花の初期習作群――すなわち〈龍潭譚の系譜〉を、史上初めて文庫本サイズで集大成すること。

いま一つは、鏡花作品を何より特色づける〈幻想と怪奇〉の物語を、膨大な小品群の中から、新たに拾い蒐めること。

以上の二点を眼目に編纂されたのが、今回の『龍潭譚／白鬼女物語　鏡花怪異小品集』である。


全体は三つのパートから成る。

パート1「龍潭譚の系譜」には、「高野聖」の原型というべき〈隠れ里幻想〉を描いた小傑作「龍潭譚」へと至る、鏡花の初期習作群八篇を収めた。とりわけ執筆時期不明のまま、泉家の近親者・目細家に遺されていた「飛縁魔物語」と「白鬼女物語」には、やがて「高野聖」へと直結する〈女と馬〉さらには〈山中の孤屋《ひとつや》〉というモチーフが全面展開されていて、

福井県鯖江市中心部を流れる白鬼女川（日野川）。かつては北國街道有数の水運拠点「白鬼女の渡し」が。

石川近代文学館所蔵の屏風仕立てになった「白鬼女物語」原稿。

たいそう興味深い。また、そのバリエーションというべき〈魔法つかいの女〉が躍動する「蝙蝠物語」も、「高野聖」との関連から注目すべき作品であろう。同篇は後に改作されて「湯女の魂」（一九〇〇年「新小説」に発表／作者自身による「講談」台本の形で初演されたという）となるが、巨大な蝙蝠に変身したり（あの『ドラキュラ』と同時期！）、魔法の小瓶に死者の霊を封印したり（ラヴクラフトさながら？）、果ては「開けゴマ！」めいた一節まで登場する稀代の怪作ぶりは、『アラビアン・ナイト』からの直接的影響を割り引いたとしても、後の〈大いなる幻視者〉鏡花を先ぶれするものとして刮目《かつもく》に値しよう。

　これら幻妖の影ただならぬ作品群と、「蓑谷」「毬栗」「妙の宮」など、やはり一種の無何有郷《ユートピア》を舞台に、〈庇護者〉としての〈姉〉的な存在が交錯するところに誕生したのが、「龍潭譚」であり「高野聖」であったのだと申せようか。

続くパート2「女怪幻妖譜」とパート3「故郷追懐」は、鏡花幻想の核心を成す〈美女〉と〈故郷〉をめぐる、幻想と怪奇の小品集である。

清楚な俠気の美女と、忌まわしい女怪の対比も鮮やかな「酸漿」は、かつて鈴木清順監督も自作で引用したことのある小さな名品。鏡花懐旧の地・神楽坂界隈を舞台に、姉と弟の情愛を可憐な螢の明滅に象徴させた「ほたる」、鏡花にしては珍しく、露店の情景を念入りに描出した「露肆《ほしみせ》」では女の片腕が、リアルで馴染みの店を登場させた「きん稲」では空を行く飛行機が、不穏な天変地異を予感させよう。やはり慕わしい浅草の地に、女手品師を躍動させた「妖術」、水妖幻視譚の一極点というべき「人魚の祠」、第二いや第三の故郷

白鬼女橋の袂には「白鬼女観世音菩薩」の御堂が、今も！

たる相州逗子の海辺の情景が、まことに印象深い「女波《めなみ》」（夜道を全裸で駆け抜ける娘たち！）と「海の使者」（ああ、海月の囁き！）、鏡花にとって根深い強迫観念《オブセッション》となっている〈猫恐怖〉が露わな「やどり木」、最後は古今の〈心中〉事件をテーマに、鏡花にしてはやや珍しい「千鳥川」と「鯛」の両篇で締めよう。

「故郷追懐」の冒頭は、郷里で土産の菓子を買い求める旅人と人妻の哀しくも不穏な物語「胡桃」から。若き日の〈怪奇ハンター〉鏡太郎の面影をしのばせる「月夜」、あの「五本松」（『おばけずき』所収）の妖異を彷彿させる「町双六」、亡き両親への思いが、最も率直に溢れ出した趣の「立春」、そして虐げられた女の侠気が、恐ろしくも痛快な名作「鶺狩」……さあ、前代未聞の〈鏡花尽くし〉を、御堪能いただけたら幸いなり！

二〇二三年七月　白鬼女橋のたもとにて

東 雅夫

［著者］
泉鏡花（いずみ・きょうか）
1873年、石川県金沢市生まれ。本名鏡太郎。真愛学校（のちに北陸英和学校と改称）に学んだ後、小説家を志して1890年に上京。1年余の放浪を経て、尾崎紅葉に師事する。1895年、『夜行巡査』が出世作となり、『高野聖』などで熱狂的な読者を持つ人気作家に。代表作に『草迷宮』『歌行燈』『婦系図』『天守物語』などがある。1939年没。

［編者］
東雅夫（ひがし・まさお）
1958年、神奈川県横須賀市生まれ。早稲田大学文学部卒業。アンソロジスト、文芸評論家。1982年から「幻想文学」、2004年から「幽」の編集長を歴任。著書に『遠野物語と怪談の時代』（角川選書、第64回日本推理作家協会賞受賞）、『百物語の怪談史』（角川ソフィア文庫）など、編纂書に『文豪怪談ライバルズ！』（ちくま文庫）、『文豪てのひら怪談』（ポプラ文庫）ほかがある。また近年は『怪談えほん』シリーズ（岩崎書店）、『絵本 化鳥』（国書刊行会、中川学＝画）など、児童書の企画監修も手がけ、ますます活躍の場を広げている。

平凡社ライブラリー 948
龍潭譚《りゅうたんだん》／白鬼女物語《しらきじょものがたり》 鏡花怪異小品集《きょうかかいいしょうひんしゅう》

発行日……………2023年8月25日　初版第1刷

著者………………泉鏡花
編者………………東雅夫
発行者……………下中順平
発行所……………株式会社平凡社
〒101-0051　東京都千代田区神田神保町3-29
電話　(03)3230-6579［編集］
(03)3230-6573［営業］

印刷・製本……藤原印刷株式会社
DTP………………藤原印刷株式会社
装幀………………中垣信夫

ISBN978-4-582-76948-7

平凡社ホームページ https://www.heibonsha.co.jp/